www.b-books.co.kr

www.b-books.co.kr

결혼 계절

결혼 계절

반해 장편 소설

DAHYANG ROMANCE STORY

프롤로그   007

1. 7시 30분과 7시 30분   015

2. 운세 풀이   037

3. 어쩌면 가벼운 폭탄   061

4. 욕망 짙은 순간   087

5. 야수의 시간   113

6. 탐색   137

7. 교차로에서 만나다   163

8. 캐논 D장조   189

9. 가을 건너 겨울   213

10. 변화의 전조   239

11. 폭주   265

12. 절정과 결말   291

13. 교차로에서 그대를 만나다   315

14. 결혼의 이유   341

에필로그 1   379

에필로그 2   401

작가 후기   411

contents

프롤로그

어느새 하늘은 긴 밤을 준비하듯 어두워질 채비를 하고 있었다. 여름과 가을의 한복판에 자리한 계절답게 애매한 날씨만큼이나 하늘의 색깔도 애매하다. 이론적으론 검은색과 하늘색의 중간이니 엷은 검정 정도 되겠지만, 지금은 어쩐지 연두색에 가깝다.

퇴근이 시작된 시점에 맞춰 차량이 현저하게 늘어나고 거리에 오가는 사람들도 부쩍 많아졌다. 하나둘 불이 켜지기 시작하는 빌딩 숲은 시간이 흘러 완벽하게 어두워진 밤이 오면 현란한 장관을 이룰 것이다.

"후우……."

신희는 기다란 한숨을 쉬며 창밖으로부터 시선을 떼고 돌아섰다. 퇴근 시간을 20분이나 넘기고 있었다. 여전히 본부장실의 문은 굳게 닫혀 있고, 회의에 참석한 그는 돌아올 생각을 하지 않았다.

스케줄대로라면 이미 30분 전에 끝났어야 할 회의였다. 하지만 다다음 달 보스턴에서 있을 모터쇼 실무 기획 회의니 안건의 중요도가 컸고, 당연히 오가는 말은 길어질 것이다.

그가 주재하는 회의는 기본적으로 한 시간 연장은 각오해야 한다는 직원들의 우스갯소리가 절대 농담만은 아니었던 것이다.

그럼에도 불구하고 신희는 불평하지 않았다. 예상했던 일이니 오히려 의자에 앉아 차분하게 기다리기로 했다. 회의가 길어지면 이후 저녁 일정에 대해 조율하라는 지시가 있었으니, 그것도 해치워야 했다.

신희는 빠른 손놀림으로 인터폰을 들었고, '도정순'이라는 이름이 적힌 메모 용지를 들여다보며 핸드폰 번호를 눌렀다. 건너편에서 나이가 있음직한 여자의 음성이 들려왔다.

"권영모 본부장실입니다. 본부장님의 회의가 길어질 것 같습니다. 시간을 변경하시겠습니까?"

여자는 조금 난감한 기색으로 차후에 본인과 통화를 하겠다며 전화를 끊었다. 아주 잠시, 누굴까, 하는 의문이 생겼지만 곧 접어두기로 한다.

'있는 듯 없는 듯.'

그녀의 비서 업무 제1 원칙이며 동시에 그가 가장 처음 주문했던 것이기도 했다. 그의 비서가 된 지 6개월이 흘렀고, 제법 잘해내고 있다고 자평하는 이유는 바로 그런 기본적인 것들을 지키기 때문이라 여겼다.

전화를 끊은 신희는 본부장실의 문을 열고 들어갔다. 선우자동차 그룹 신사동 사옥 마케팅본부장 권영모의 사무실은 그의 외모와 성격만큼이나 단정하고 꾸밈이 없다.

각도가 조금 흐트러진 명패를 바로 세우면서 그의 이름 석 자를 손끝으로 찬찬히 훑어 내렸다. 입술 끝이 비틀리더니 이내 보조개가 움푹 팬다.

스물아홉 해를 살면서 그녀가 가장 잘한 일은 권영모의 비서가 된 것이다. 급류를 탄 듯 정신없이 흘러가던 삶이 그 속도를 늦추고 찬찬히 굴러가게 된 건 그를 만난 이후부터였다.

물론 그가 제게 해 준 일은 아무것도 없었다. 시기가 적절했을 수도 있다. 그녀도 긴 일생에 한 번쯤은 평화를 영유할 권리가 있으니까. 그럼에도 불구하고 '있는 듯 없는 듯'이라는 말로 업무 원칙을 부여한 그가, 신희는 더없이 고마웠다.

그때부터였을까.

그가 저를 부르는 목소리에, 보내오는 섬세한 눈길에, 스칠 때마다 닿는 체온에 가슴 한구석이 바스라진 건.

"퇴근 안 했습니까?"

본부장실을 나오고 나서도 40분을 더 기다려서야 신희는 그를 만날 수 있었다. 아침나절에 비해 조금은 까칠해진 얼굴과 매듭이 흐트러진 넥타이가 눈에 금세 띄었다.

"네. 회의는 잘 끝나셨어요?"

"내일 저녁에 또 한 판 해야겠어. 왜들 준비를 철저하게 하지 않는 거지?"

잘생긴 입매를 불만스럽게 비튼 그가 양손을 단정히 모으고 그

11

를 쳐다보고 있는 신희를 지나쳤다. 신희는 빠른 걸음으로 그를 뒤따랐다. 회의가 길어지는 데엔 그만한 이유가 있는 법이다.

의자에 몸과 함께 피로감도 묻은 영모가 긴 손가락으로 이마를 쓰는 것이 보였다. 이따금 그가 난감해할 때 자주 행하는 습관이었다. 지난 6개월 동안 터득하고 학습한 바에 의하면 이럴 때는 여유가 필요했다.

"차를 드릴까요?"

"고맙군. 한 잔 부탁해요. 채 비서는 이만 퇴근하고."

"네. 그리고 오늘 저녁에 예정됐던 '도정순'이라는 분과의 약속은 차후로 미뤘습니다. 본부장님께 직접 전화를 드리겠다고……."

"아……."

영모가 그제야 생각이 났다는 듯 다섯 손가락을 차례대로 움직여 책상 위를 쳤다. 마치 피아노 건반을 두드리는 듯했다. 그중 검지를 이용하여 규칙적으로 툭툭 치며 고민을 이어 가던 그가 짧게 뇌까렸다.

"맞선."

신희의 눈이 무의식적으로 커졌다. 단 두 글자였지만 앞뒤로 생략되고 함축된 말이 무엇인지 짐작이 가능했기 때문이다. 그는 오늘 저녁 맞선을 볼 예정이었고 아까 통화 속 도정순이라는 여자는 맞선을 주선한 사람임에 틀림없다.

처음엔 대수롭지 않게 여겼던 일이 몇 차례 반복되다 보면 색다른 시선을 갖고 대하게 된다. 신희는 올여름부터 시작된 그의 맞선 퍼레이드를 상기했다. 벌써 세 번째던가. 아니, 오늘 취소된 약속까지 더해 보면 네 번째였다. 처음 한두 번은 그럴 수도 있다며 쓰게 웃고 넘겼지만, 네 번째가 되다 보니 조바심이 들이쳤다.

"오늘 취소된 약속이 맞선이었다고."

그는 허탈하게 웃으며 한 번 더 확인 사살을 시켜 주었다. 평소
처럼 부드럽고 다정한 미소였지만 지금의 신희에겐 잔인하기 짝이
없다.

감정의 동요를 애서 삼킨 신희는 잘 훈련된 미소로 응했다.

"아, 네. 그러십니까? 저, 본부장님. 그럼 잠시만 기다려 주십시
오. 차를 내오겠습니다."

"그래요."

그의 대답이 허공에 흩어졌다. 조용히 본부장실의 문을 닫고 나
와 탕비실로 걸음을 옮겼다. 머릿속에 우습게도 그가 어떤 여자와
함께 결혼식장에 들어서는 상상이 떠올랐다. 맞선을 계속 보다 보
면 그는 언젠가 누군가의 손을 잡고 결혼식장에 들어서게 되는 걸
까.

찻물 주전자를 인덕션에 올리는 손길은 담담했지만 표정은 더없
이 허허로웠다. 어차피 드러낼 수 없는 감정이었다. 그는 수많은
여직원들의 가벼운 흠모의 대상이었고, 그녀들의 커피 타임을 흥미
롭게 만들어 주는 존재였고, 이상형의 기준을 제시하는 남자였다.
신희도 매우 자연스럽게 그 대열에 합류하긴 했으나 그녀들과는 다
른 '무엇'이 있다고, 늘 생각했다.

자신의 결핍을 그가 알아봤다는 생각.

그래서 있는 듯 없는 듯, 지내 달라고 주문했던 거라는 생각.

착각이어도 상관없었다. 그렇게 여기고 싶은 마음이었다. 상사로
서 베푸는 배려를 호의로 생각할 만큼 아둔하지는 않았지만 편의대

로 '착각' 정도는 할 수 있는 거니까. 그저 이렇게 혼자 그를 품다가 어느 순간이 오면 깔끔하게 정리하게 될 거였지만 그 '순간'이 그의 결혼이 될지는 꿈에도 알지 못했다.

열기를 더해 가며 끓어오르기 시작하는 투명 유리 주전자를 텅 빈 눈으로 바라보았다. 국화차 티백 하나를 주전자에 담갔다가 잠시 후 다시 꺼냈다. 젖어 버린 티백을 휴지통에 정확하게 조준하여 버렸다.

버려지는 것에 익숙한 채신희.

이젠 그녀가 버려야 할 차례였다.

1. 7시 30분과 7시 30분

겨울과 봄의 중간. 그날도 애매한 계절이었다. 겨우내 가지만 앙상하게 드러내고 있던 가로수들이 이제 막 옷을 덧입으려 할 때였다. 몸무게의 상당 부분 비중을 차지하는 두꺼운 코트가 더는 필요치 않을, 그래서 몸보다 마음이 더 가벼워지는 그런 때였다. 새로운 계절, 새로운 학년, 새로운 시작을 맞이하는 분위기가 활기를 더해 주는 계절이었다.

그러나 그 활기는, 퇴근 시간이 다가올수록 차츰 피곤으로 이어지고 있었다. 아침부터 시작됐던 긴장이 오후가 되자 불안감과 강박증으로 변해 갔다. 자로 잰 듯 반듯하게 나열된 화분을 다시 점검하고, 거울의 각도를 조절했으며, 책상을 두 번 세 번 닦았다. 그래도 부족한 마음에 창문의 블라인드를 몇 번이나 내렸다 걷었다를 반복했다.

그 긴장은 신사동 사옥으로 발령이 난 후 첫 출근이지만 아직 권영모 본부장을 대면하지 못한 데에서 비롯됐다. 신차 출시를 앞두고 선우모비스, 선우파워텍, 선우다이모스 임원진들과의 회의가 하루 종일 릴레이로 잡혀 있었기 때문이다.

'거기 본부장이 무척 바쁜 사람이어서 그다지 피곤할 일은 없을 거야. 하루 종일 얼굴 한 번 보기가 힘든 날도 많다는 소문이 있더라구. 힘내, 채 대리.'

그녀가 속한 홍보 3팀의 팀장이 신희의 발령 소식을 접하고 건넨 위로의 말이었다. 홍보본부의 끄트머리에 위치하여 그저 사보를 제작하는 두어 달만 반짝거리며 바쁠 뿐인 한가로운 직장 생활을 영위하다가, 갑자기 사옥까지 옮겨, 그것도 본부장실의 비서로 발령받았으니 헬게이트가 열렸다 생각했을 것이다.

모두들 신희의 발령을 의아하게 받아들였지만, 신희 자신만은 그 이유를 짐작할 듯했다. 연말에 제작된 사보에서 〈선우 인(人)과 술의 상관관계〉라는 기획 기사가 큰 인기를 얻었기 때문일 것이다. 술을 마시는 이유에 직장 생활이 얼마나 차지하는가가 주요 골자였다. 어쨌든 직원 모두 공감한 인기 기사인 셈이었다.

보무당당하게 신사동 사옥으로 옮겨 왔지만 권영모 본부장의 현란하고 화려한 이력은 여전히 신희에겐 부담이었다. 미국 뉴욕에서 학교를 졸업하고 곧장 한국으로 돌아와 본사에 입사, 2년간 전략기획본부에서 그 공로를 인정받고 디트로이트 지사로 날아가 3년간 기획팀의 팀장으로 있었다.

그가 3년 동안 디트로이트 지사에 안겨 준 매출액은, 지난 10년 간의 매출액에 필적한다고 한다. 그리고 작년 초 신사동 사옥 마케 팅본부장으로 발령받아 일약 초고속 승진 한 것이다. 젊은 나이고 어떤 학연이나 지연도 없이 독자적인 힘으로 이룩한 성과여서 선우 자동차그룹 역사에 길이 남을 존재로 부각됐다.

자자한 명성만 들어 왔던 그의 직속 부하 직원이 된 지금, 신희 의 머릿속은 암전이었다. 얼른 집으로 가 뜨거운 목욕물에 몸을 담 그고만 싶었다.

"대체 언제 끝나는 거야."

출근 첫날이니 얼굴을 보고 퇴근해야 할 것 같은 막연한 의무감 때문에 안절부절못하고 기다리곤 있지만, 그냥 가 버릴까 하는 마 음도 반쯤 남아 있었다. 어쩔 수 없이 자리에서 일어나 백을 챙겨 들려 하던 그녀는 문득 들려온 구둣발 소리에 손길을 멈추었다. 고 개를 돌려 보니 비서실의 문을 열고 들어오는 영모가 보였다.

사보에서, 그리고 로비의 벽에 붙어 있는 커다란 연혁 표에서 익 히 보았던 얼굴이었다. 단정한 스포츠형의 헤어스타일, 반듯하게 누운 눈썹 아래 적당한 크기의 눈동자가 인상적이다. 꽉 다물린 입 술 끝이 비틀리고 미간이 구겨져 있는 것만 빼면 여직원들의 환호 와 경외심을 충분히 받을 만한 외모라고 생각됐다.

신희는 다급히 자리에서 나와 그를 향해 고개를 숙였다. 영모의 뒤를 따라 들어온 이는 여의도 사옥에서 일할 때 몇 번 본 적 있는 선우다이모스의 기술팀장이었다. 불만족스럽게 일그러진 영모의 눈 매와 쩔쩔매며 뒤따라오는 기술팀장의 표정으로 봤을 때, 회의가 탐탁지 않게 끝난 모양이다.

그는 신희를 흘깃 보더니 그녀의 책상에 엉덩이를 반쯤 걸치고 앉았다. 그러곤 손에 들린 태블릿을 신중하게 들여다본다. 기름한 손가락에 자꾸만 시선이 갔다. 비서실의 공기는 순식간에 바뀌었고 신희의 어깨에는 힘이 바짝 들어갔다.

"채신희 씨?"

묵묵하고 낮은 음성이 태블릿 화면을 향한 채 내뱉어졌다. 신희는 다시 한번 정중하게 고개를 숙여 제 소개를 했다.

"네. 본부장님. 여의도 사옥 홍보팀에서 발령받아 온 채신희입니다."

"브로슈어만 봤을 땐 파워 트레인에 무게가 있는 걸로 보입니다. 특히 14번은 가장 많이 쓰일 제품인데 동일 제품의 재작년 제품과 비교해 0.1이나 무게가 초과돼요. 밥은 먹었어요?"

뭐지? 이 맥락 없는 흐름의 질문은?

여전히 태블릿에만 시선을 둔 채 흘러나온 영모의 질문에, 신희와 기술팀장의 시선이 순간적으로 마주쳤다. 분명 둘 중 하나에게 던진 질문일 텐데 그 대상이 누군지 갈등하는 눈빛을 서로에게 보냈다. 기술팀장이 먼저 쭈뼛거리며 입을 열었다.

"아무래도 라티오 함량을 늘리다 보니 어쩔 수 없는 결과인 것 같습니다."

"함량과 무게 배분이 부적절합니다. 기술 쪽으로 한 번 더 상의하시길 바랍니다. 배고프지 않아요? 하루 종일 긴장했을 텐데?"

신희는 그제야 앞선 질문은 기술팀장에게, 뒤 질문은 자신에게 건네고 있음을 깨닫곤 황급히 대답했다.

"괜찮습니다, 본부장님."

"해결책은 언제까지 보고 가능합니까? 직원 식당 저녁 메뉴가 괜찮던데 내려가서 먹어요."

"글쎄요. 우선 회의부터 해 봐야 할 것 같습니다."

"아직 밥 생각이 없습니다."

"일주일 안에 보고서와 브로슈어까지 새로 만들어 오세요. 그러지 말고 내려가요. 나하고."

"알겠습니다."

"아…… 저는……."

탁.

그가 태블릿을 소리가 나도록 책상에 내려놓고는 그제야 시선을 들었다. 팔짱을 낀 후 기술팀장을 향해 '가 보세요.' 라고 말했다. 인사를 한 기술팀장이 나가자 그는 자연스럽게 신희와 눈을 맞추었다. 고개를 숙이고 있었지만 그가 꽤 신중하게 자신의 표정을 살피고 있다는 것을 알았다. 여기서 고개를 조금 든다면 영락없이 그와 눈길이 엮일 터라 신희의 부동자세는 조금의 흐트러짐도 없었다.

"내려갑시다."

그는 매우 끈질기게 식사를 권했으며 신희도 매우 끈질기게 거절했다.

"전 괜찮습니다."

"그럼 나 혼자 먹을 테니 함께 있기만 해요. 점심부터 굶었더니 아사 직전인데, 혼자 밥 먹는 게 싫어서."

그대가 윈(Win).

얼떨결에 시선을 든 신희는 부자연스럽게 웃었다. 더는 거절하지 않는 것으로 긍정의 대답을 한 거였지만 그와 함께 시간을 보내야 한다니, 먹지 않아도 체기가 올라올 듯했다.

마음을 맞춘 듯 함께 엘리베이터를 타고 식당으로 내려가는 동안, 걷어 둔 셔츠의 소매 아래 푸른 힘줄이 드러난 팔뚝이 유난히 시선을 잡았다.

여의도 사옥 홍보팀에서 함께 근무했던 난희가, 남자의 매력은 힘줄이 툭 불거진 팔뚝에서 나온다는 말을 한 적이 있었는데 새삼 그 말이 떠올라 난감했다. 시선 둘 곳을 이리저리 찾다가 겨우 정면을 향했다. 그러나 거기엔 팔뚝의 힘줄보다 더 사나운 광경이 자리하고 있었다. 말갛게 닦인 거울 속에서 꼼짝없이 그와 시선이 엉켰기 때문이다.

그는 아까부터 거울을 통해 그녀를 쳐다보고 있었던 듯 미동이 없었다. 고요한 회오리가 거울로부터 몰아치는 느낌이었다. 그 회오리에 휩쓸리지 않기 위해 신희는 부단히 노력을 해야 했다. 예컨대, 그의 앞에서 절대 주눅 들지 않는 것 말이다.

"여의도에서 어쩌다 이리로 발령을 받은 겁니까."

지하 직원 식당 앞에 두 사람을 토해 낸 엘리베이터는 곧장 위로 올라갔다. 그의 반보 뒤를 걸으면서, 그가 하는 말을 놓치지 않으려 신희는 내내 귀를 쫑긋 세웠다.

"저도 애매하지만 아마도 능력을 인정받아서가 아닐까요?"

"후훗."

홍보 3팀에서 본부장 비서로 옮겨 간다는 건, 바다 위 요트에서 유유히 여가를 즐기다 갑자기 파충류가 우글대는 정글에 뚝 떨어지는 것과도 같았다. 하지만 견디지 못하는 사람에겐 절대 주어지지 않는 기회라는 걸 알았다. 홍보 3팀 팀장이 건넨 위로의 말도 사실

부러움에 다름 아니라는 것도 알았다.

그래서 내심 자신만만하게 대답했는데, '후훗' 이라는 그의 웃음소리가 귀를 불편하게 만들었다. 비웃는 건가? 왜? 하루 종일 예민해 있던 탓에 신희는 사소한 그의 말과 음성 하나에도 신경이 바짝 쓰였다.

저녁 메뉴는 서너 가지가 있었는데 그는 한식을 택했다. 잡곡밥과 시금치된장국, 그리고 나물과 생선구이로 이루어진 7첩 반상이다. 플라스틱 식판에 반찬을 하나하나 담아 가던 그가 돌연 고개를 돌리고 그녀의 빈손을 쳐다봤다.

"정말 안 먹을 거예요?"

"네. 본부장님. 신기하게 허기가 느껴지지 않네요."

"흠. 이거야말로 난감하네. 사람을 앞에 두고 혼자 밥을 먹어야 한다니."

"그럼 전 이만 돌아갈까요?"

"무슨 소리."

그의 눈썹 사이가 꿈틀대는 게 보였다.

귀여우셔라.

자신도 모르게 긴장이 풀어졌는지 입속으로 삼켜진 실없는 한마디에 신희는 등허리를 곧추세웠다. 혀끝으로 입술을 축이고 있으니 완성된 식판을 들고 그가 걸음을 옮겼다. 야근을 위해 남은 직원들이 삼삼오오 무리를 짓거나 혹은 혼자 앉아 있는 테이블들을 지나쳤다. 가장 구석진 자리에 앉은 영모를 따라 신희도 맞은편에 앉았다.

"집이 어딥니까."

된장국에 밥 한 그릇을 몽땅 말던 그가 시선을 흘긋 들고 물었다. 올 것이 왔노라고, 신희는 생각했다. 인사과에 접속하여 여기저기 뒤져 보면 그녀의 이력서쯤은 쉽게 찾을 수 있겠지만, 마땅히 주고받을 말이 없는 이런 자리에서 각별하게 필요한 사항이긴 했다.

"신림동이요."

"꽤 멀군."

"네. 출퇴근 시간이 괴로울 것 같긴 합니다."

"그런 사람을 잡아 두었으니 얼마나 짜증스러웠을까."

"아뇨. 아닙니다, 본부장님. 사실은 이미 늦어서 상관없습니다. 차라리 좀 더 늦게 나가면 지하철 타는 게 수월해요."

"그런가?"

이름을 알 수 없는 초록색 나물무침 한 젓가락을 집어 먹고는 오물오물 씹던 그가 다시 입을 열었다.

"그래서 그, 인정받은 능력이 어떤 종류의 것이죠?"

"네?"

"인정받아서 이리로 발령받은 거라며."

"아……."

불쑥 던진 그의 질문은 대답하기 곤란한 종류였다. 어떤 종류로 인정을 받은 거냐니? 지금 뭐라는 거야. 아무래도 아까의 그 웃음 소리는 비웃음이었던 게 틀림없는 듯했다.

"작년 연말에 저희 팀에서 사보를 제작했는데 제 기사가 반응이 좋았던 걸로 알아요. 그게 작용하지 않았을까, 하는 추측입니다."

"선우 인(人)과 술의 상관관계?"

"어떻게 아셨……."

놀랍도록 큰 목소리가 신희의 입에서 튀어나오자 당황한 그녀가 입을 다물었다. 어떻게 알았냐니. 그런 쓸데없는 질문을 왜 한 걸까. 그는 선우그룹 직원이고 사보를 보는 건 너무도 당연한 일인데. 머릿속에 차츰 질서가 잡히자 신희는 다소 얼떨떨해하며 재차 입을 열었다.

"어떻게 아셨어요?"

아무리 직원이라 해도 얼굴 보는 것조차 힘들 정도로 바쁜 그가 감히 사보를 읽어 주셨다니 몸 둘 바를 다 모르겠다.

"읽었으니까 알죠. 중간중간 삽화처럼 들어간 신희 씨의 코멘트가 웃겨 기억하고 있었죠. 그래서 공석인 내 비서 자리에 신희 씨를 추천했어요. 하루에 한 번이라도 웃을 수 있을까, 해서."

"아……."

겨우 잡힌 질서가 다시 뒤죽박죽 헝클어졌다. 전혀 몰랐던 일이었고 그가 말하지 않았다면 앞으로도 모른 채 지냈을, 그런 일대 사건이었다. 그러니까 아까의 그 비웃음은 비웃음이 아니라 사건의 전후를 모두 간파하고 있는 그의 속내였던 것이고, 그의 비서가 된건 우연이 아니라 필연적인 일이었던 것이다.

말을 잃은 사람처럼 신희는 입술만 움찔거렸다. 두 눈에 아교를 붙인 것처럼 그에게 집요하게 시선을 고정시켰다. 예기치 않게 튀어 오른 상황에 갖가지 감정이 들이쳤다. 당황스러움과 혼란, 그리고 수치심이 차례대로 이어졌다.

어쩔 줄 몰라 하고 있는 그녀에게, 영모의 온화한 미소가 닿았다.

"그러니까 긴장할 필요 없어요. 있는 듯 없는 듯, 그렇게만 하면 됩니다."

"……."

"대답 안 합니까?"

"네……. 알겠습니다. 제가 제일…… 잘하는 겁니다."

억지로 겨우 대답을 끌어냈고 그는 다시 식사에 열중했다. 억측일 수도 있고 오버센스일 수도 있지만 그의 말이 위로처럼 들렸다. 웅크린 어깨 좀 펴라고, 그렇게 애쓰지 말라고, 적당히 해도 된다고.

신기한 일이지만 그때부터 미친 듯이 허기가 밀려들었다. 그의 어깨 너머 벽에 붙은 동그란 시계가 유난히 크게 보였다.

7시 30분.

오늘 하루 중 가장 마음이 편한 순간이었다.

주말 아침은 청소로 시작되곤 했다. 8시쯤 눈을 떠 맨정신을 눈 밑에 담고도 30분 정도 뒤척인 후 좀비처럼 일어나 거실로 나온다. 등을 덮는 긴 머리를 한 갈래로 묶어 올린 후 가장 먼저 커피를 내려놓고 곧장 청소기를 집어 들었다. 주말이라 늦잠을 잘지도 모를 아래층 사람들을 위해 청소기 레버를 '하' 에 고정시킨 후 일주일 동안 곳곳에 쌓인 먼지를 제거시켜 나갔다.

15평 남짓한 오피스텔은 단출했다. 작은 주방과 좁은 거실, 그리고 방 하나와 욕실로 이루어진 평범하기 짝이 없는 구조지만, 그녀가 파양당하고 한국으로 돌아온 후 혼자 버티고 살아 내면서 겨우 마련한 단 하나의 재산이었다. 여전히 높은 대출 이자를 갚아 나가고는 있지만 말이다.

열린 베란다 창문 밖으로 상체를 내밀며 얇은 카펫을 두어 번 털어 냈다. 이어 쿠션 두 개를 터는데 어제와는 확연하게 다른 색깔의 하늘이 그제야 눈에 띄었다. 선명한 파란색. 그녀가 일에 지쳐 있을 동안에도 하늘은 제 소임을 다해 계절을 옮겨 가고 있었다고 생각하니 어쩐지 이 제자리걸음이 민망하기까지 했다.

"이거지."

신희는 짧게 감탄했다. 아무래도 오늘은 근처 공원에 산책이라도 나가야 할 것 같았다. 고무장갑을 끼고 싱크대와 욕실까지 싹싹 닦아 내는 걸로 주말 청소 일과를 모두 끝낸 신희는 커피 잔을 들고 소파에 앉았다. 리모컨을 챙겨 텔레비전을 켜고 이리저리 채널을 돌리다 끝내 다시 껐다.

'오늘 취소된 약속이 맞선이었다고.'

한 모금 홀짝거릴 때마다 어제저녁의 상황이 반복되었다. 반말인지 존대인지 애매한 말끝을 흐리면서 허탈하게 미소 짓던 영모가 자꾸만 떠올랐다. 정신없이 청소를 할 땐 자연스럽게 망각했던 일이 머리가 한가해지니 다시금 그녀를 괴롭혀 왔다.

"어쩌라구."

생각보다 더 깊숙하게, 그가 자리한 것 같다. 파양당한 이후로 의도적이든 그렇지 않든 타인과 깊은 관계를 맺고 싶지 않았다. 친구든 그 어떤 대상이든, 마음을 준다는 건 곧 상처를 동반하기 때문이다. 그들은 언제나 그녀를 배신할 준비가 되어 있으며 그녀는 더는 배신을 이겨 낼 기운이 남아 있지 않았다.

그러니 우정이든 사랑이든, 어떤 감정도 제 남은 인생에서 철저하게 배제시키리라 다짐했었다. 그게 신희의 생존 방식이었다. 양아버지가 돌아가신 후 곧장 파양 절차에 돌입한 양어머니는 모든 일이 끝난 후, 이렇게 말했다.

'이제 널 볼 일이 없어 마음이 좀 편하구나.'

세 살부터 열아홉 살 때까지 딸이랍시고 데리고 있었던 양어머니란 사람이 그녀에게 내뱉은 말이었다. 신희를 너무도 아꼈던 양아버지 때문에 어쩔 수 없이 억지로 어머니 역할을 해야만 했던 그 여자는 함께 사는 내내 차갑게 대했다. 어렸을 땐 무작정 무섭고 서운했지만 머리가 크고 세상을 어느 정도 알게 된 지금은, 일면 이해가 가는 부분도 있다.

아이를 낳지 못하는 여자.

그 여자가, 어느 날 갑자기 남편이 입양했다며 데리고 온 아이를 보는 심정은 어땠을까. 자신의 의사와는 상관없이 품에 툭 떨어진 아이를 어떻게 감당할 수 있었을까. 아직 엄마가 될 준비가 안 된 그 여자가 할 수 있는 건 뭐였을까. 남편이 부재할 때마다 피해 의식과 자학으로 똘똘 뭉쳐 아이를 냉소적으로 대한 여자는 입양한 딸이 마냥 '불편'했을 것이다.

정신적인 학대를 서슴지 않았던 그 여자가 이제 와서 얼마쯤 이해가 되고 있는 건, 신희 본인도 그 절차를 밟고 있기 때문이리라.

누구나 제 상처를 후벼 파이고 싶어 하진 않는다. 그래서 마음에 겹겹이 장막을 친다. 그 장막이 때로 상대방을 힘들게 만들어도 어쩔 수 없는 일이다. 모든 사람은 이기적이니까. 그 여자도 그랬고, 이제 신희 자신도 그러고 있었다. 시간이 지날수록 지워지기는커녕 여전히 선명하게 떠오르는 기억이었다.

그러니 짝사랑이든 그 어떤 감정이든, 자신을 소비하고 시간을 낭비해선 안 되었다. 이쯤에서 깨끗하게 털어 버리고 그의 성공적인 맞선과 결혼을 기원하는 게 더는 상처받지 않는 유일한 길이리라.

"하……."

신희는 긴 한숨을 끝으로 식어 버린 커피를 모조리 마신 후 힘차게 일어났다. 샤워하기 전에 나가서 조깅이라도 하고 들어와야겠다는 생각으로 옷을 갈아입으려 하는데, 초인종 소리가 크게 울렸다. 무의식적으로 시계를 보았다.

9시 30분.

이 시간에 누구지? 주말 아침에 찾아올 이는 없는데. 흐리게 뜬 인터폰 화면을 집중하며 쳐다보던 신희는 의아해하며 고개를 갸웃거렸다. 자세히 보니 대학의 같은 과 선배 윤경이었다. 얼마쯤 다급하고 난감해하는 표정으로 서 있었다.

"선배? 무슨 일이세요? 이 시간에?"

— 응. 집에 있었구나. 정말 미안한데 문 좀 열어 줄래?

경기도에서 큰 사업체를 운영하고 있는 부친을 둔 윤경은 대학 시절, 재벌 집 딸로 유명했다. 용돈의 씀씀이가 다른 이들과는 달

29

랐고 옷이며 가방이며, 걸치고 다니는 장신구도 고가의 브랜드였던, 일주일에 한 번 정도는 과 후배들에게 밥을 쏘았던, 제법 호탕하고 당당한 선배였다.

신희가 2학년이 되던 때, 몇 개의 아르바이트를 병행하느라 밤낮없이 뛰어다니던 그때, 새벽 도서관 책상에 엎드려 잠들어 있는데 코피를 쏟았다. 지나가던 윤경이 티슈를 내밀었고, 두 사람은 같은 과 선후배라는 사실을 알게 됐고, 그 연유로 가끔 이야기를 나눌 정도의 친분을 쌓았다.

윤경은 신희가 아르바이트하는 곳에 찾아와 일부러 매상을 올려주기도 했고, 모임이 있으면 적극적으로 신희를 대동시켰지만, 그것도 졸업하고 나서 윤경이 아버지 사업체로 들어가 일을 하면서 소홀해졌다.

자주는 아니지만 간간이 무작정 집으로 찾아온 전력이 있던 터라 윤경의 갑작스러운 방문은 전혀 놀라운 일이 아니었다. 하지만 그 와중에 당황스러운 게 있다면 윤경의 손에 커다란 과일 바구니가 들려 있다는 것이었다.

"미안해, 신희야. 갑자기 찾아와서."

"무슨 일이에요, 선배?"

신희는 과일 바구니를 건네받으며 그녀를 맞이했다. 이마에 송골송골 땀이 맺힌 윤경을 위해 마른 수건을 가져다준 후 물었다.

"물 한 잔 줄까요? 아니면 아이스커피? 선배 커피 좋아하잖아요."

"아니. 나 물 줘."

신희는 고개를 끄덕이곤 유리잔에 생수를 가득 부어 윤경에게 건넸다. 단숨에 물을 들이켠 윤경은 제집 소파에 앉듯 널브러지고는 있는 힘을 끌어모아 숨을 내쉬었다.

"나 임신했다, 신희야."

그렇게 목뼈가 바스라지도록 한숨을 쉰 윤경의 입에서 나온 첫마디에 신희의 미간이 움찔거렸다. 태연하기 그지없는 표정으로 내뱉은 말이라 황당하기까지 했다. 신희는 윤경의 아랫배를 흠칫 내려다봤다.

"에에? 선배 결혼했었어요?"

"아니. 혼전 임신. 남친도 있어."

"세상에."

애초에 이성보다 감성이 몇 배는 발달한 선배였다. 길 잃은 강아지를 발견하면 한 번은 꼭 머리를 쓰다듬어 주어야 직성이 풀렸고, 슬픈 드라마나 영화를 보고 2박 3일 동안 우는 건 기본이요, 받은 게 있으면 그 이상 돌려주곤 했던 사람이다. 그런 인간적인 면 때문에 자신과는 전혀 어울리지 않는 배경을 지녔음에도 간간이 지금까지 인연을 이어 왔던 것일지도 몰랐다.

그러니 사랑이라는 감정에 빠지게 된 윤경이 임신을 하게 된 건 당연한 일일지도.

신희는 윤경의 옆에 앉았다.

"그럼 오늘 청첩장 주려고 온 거예요?"

"그것도 아니야."

"그럼요?"

"문제가 좀 생겼어. 아주 큰 문제가. 오늘 저녁에 나, 맞선이 잡혀 있어."

"아……."

'맞선' 이라는 단어에 뜻하지 않게 뇌가 팔딱거리는 느낌이었다. 어제오늘 계속 맞닥뜨리게 된 단어가 어쩐지 원망스럽기까지 했다.

"남친이 있는데 맞선이 따로 잡힌 거면 문제가 좀 되겠네요. 근데 부모님께 말씀드리면 되지 않아요?"

"입이 안 떨어져. 내 남친 흙수저거든."

"흐음."

"너 우리 아빠 알지? 대학 다닐 때부터 내 결혼에 주력하신 거. 아마 오늘 선볼 남자도 배경 빵빵한 최고의 사윗감일 테지. 하지만 난 지금 내 남친을 너무 사랑해. 절대 헤어질 수 없어."

"그래서 선배는 어떻게 할 거예요?"

"후배 찬스를 좀 쓰려구."

"후배 찬스?"

"내가 며칠 동안 머리 터지게 생각을 해 봤어. 원형 탈모가 올 정도로 말이야. 지금 솔직히 남친이 있다는 것과 임신 사실을 알려 머리채 뜯기면서 아이를 지우고 남친과 헤어지느냐, 아니면 숨죽이고 기회를 노리느냐."

"결론은요?"

"넌 아직 잘 모르겠지만 임신 5개월이 지나면 아기를 지울 수가 없대. 태중에서 아기가 상당히 자라 있기 때문에 산모에게 엄청 위험하다는 거야. 그래서 우선 5개월이 될 때까진 우리 아빠 비위를 최대한 맞추려고. 그래야 재산이라도 좀 물려주실 것 아냐. 그러다가 5개월이 되는 시점에 탁 터뜨리는 거지. 빼도 박도 못하게."

"와아. 이렇게 영악할 수가."

"알아, 나도. 내가 영악하다는 거. 하지만 난 도저히 빈손으로 맨바닥에서 시작할 수 없어. 남친을 너무 사랑하지만 아무리 생각해도 그렇게 살 수는 없어."

"그럼 그 후배 찬스라는 게……."

어쩐지 뒷머리가 당겼다. 윤경이 커다란 과일 바구니까지 안겨 가며 평소 자주 만나지도 않는 자신을 찾아온 이유가 석연치 않다는 것을 그제야 깨달은 탓이었다. 예상대로 윤경은 신희의 손을 덥석 쥐었다. 하늘에서 내려온 동아줄을 붙잡는 것마냥 얼마쯤 악력까지 가하면서. 그리고 그 석연치 않은 깨달음은 이내 현실로 다가왔다.

"네가 오늘 저녁에 나 대신 맞선 자리에 좀 나가 줄래? 부탁해, 신희야."

"……내가 어떻게요? 그쪽이 선배 얼굴 알 수도 있을 텐데?"

"난 그쪽 얼굴 몰라. 이름도 직업도 몰라. 묻고 싶지도 않고 알고 싶지도 않아. 거기도 마찬가지일 확률이 70퍼센트야."

"그럼 나머지 30퍼센트의 확률로 그게 아닐 수도 있다는 거잖아요. 왜 날 그 30퍼센트의 구렁텅이로 밀어 넣는 거예요, 선배?"

"내가 오죽 다급했으면 너한테까지 찾아왔겠니?"

"내가 어때서요?"

"넌 좀…… 그렇잖아. 과 애들하고 별로 어울리지도 않고. 과 졸업생 모임에도 1년에 한 번 나올까 말까. 그런데도 내가 이렇게 널 찾아온 건 그만큼 다급해서가 아니겠니? 그쪽에서 혹시 내 얼굴을 알고 있다 쳐도 너한테 피해가 가는 일은 없을 거야. 넌 그냥 내 부탁 받고 나왔을 뿐이라고 말하면 돼. 신희야, 부탁 좀 들어줘. 네가 해 달라는 거 다 해 줄게."

안쓰러운 목소리로 구걸하듯 부탁하는 윤경의 모습은 처음이었다. 이토록 대책 없이 사는 사람이 아니었는데, 사랑이 사람을 변하게도 만드는 걸까. 머릿속에 몇 개의 폭탄이 펑펑 터지는 듯했다. 한가롭게 조깅하면서 영모로 인해 복잡해진 속을 달래려 했던 계획이 수포로 돌아갔음을 직감했다.

"과일 먹자, 신희야."

좀 전까지 애걸하며 눈물을 짓던 모습은 어디로 가고 윤경은 생글생글 웃으며 주방에서 과도를 가져왔다. 바구니에서 멜론 하나를 꺼내어 우그적 썰자 멜론이 반 토막으로 갈린다. 잘린 멜론 조각이 마치 복잡한 제 머릿속 같았다.

'그쪽에서 내 이름을 알 거야. 넌 그저 웃으면서 짧게 대답만 대충 해 주고 나오면 돼. 어어어, 근데 지금 네 상태론 맞선은커녕 근처 편의점에 갈 수준도 못 되겠다. 내가 변신시켜 줄게.'

윤경은 스타일리스트까지 자처하고 나섰다. 옷을 고르고 액세서리를 고르고 화장품에 대한 코치까지 한 윤경 때문에 결국 토요일 저녁, 신희는 시내 고급 호텔의 커피숍에 앉아 있게 되었다. 바람까지 불어 마음 들뜨게 만드는 주말 저녁이 엉망이 되어 버린 이유를 굳이 윤경에게 전가시키고 싶지는 않았다. 어찌 됐든 스스로 선택한 일이고, 그렇게 된 이상 이 자리에 최선을 다해야 할 것이다.

어떻게 하는 게 최선을 다하는 건지는 모르겠지만.

커피숍은 맞선 분위기를 자아내는 테이블로 가득했다. 각각의 테이블마다 남녀가 마주 보고 앉아 어색한 미소를 띠고 있었다. 직원이 이름이 적힌 네임보드를 치켜들면, 먼저 와 있던 상대방이 일어나 손을 흔드는 식으로 맞선이 성사되고 있었다. 맞선 전용 커피숍인가. 차라리 그쪽이 마음 편할 수도 있겠다.

어색하고 생소한 분위기를 용케 견디면서도 자신이 최고의 신랑감 신붓감임을 어필하고 있는 사람들을 보고 있자니, 이곳이 마치 똑같은 제품을 공정에 맞게 뚝딱 만들어 내는 커플 공장처럼 여겨졌다.

신희는 백 속에서 핸드폰을 꺼냈다. 7시 30분. 초조하게 흐르던 시간은 어느새 약속된 순간에 이르렀다.

핸드폰을 도로 백 속으로 넣던 그녀는 땡그랑, 하는 경쾌한 종소리를 듣고 비켜 있던 시선을 카운터 쪽으로 돌렸다. 그 종소리는 맞선 상대방을 찾는 손님이 왔을 때 직원이 울려 주곤 했다. 아니나 다를까 직원이 들고 있는 네임보드에는 '최윤경'이라는 이름이 적혀 있었다.

얼마쯤 긴장된 가슴과 표정을 서둘러 갈무리한 신희가 손을 번쩍 든 순간, 가슴이 아래로 급격히 곤두박질쳤다.

네임보드를 든 직원 옆에는 남색 슈트를 맵시 있게 차려입은 영모가 서 있었기 때문이다.

2. 운세 풀이

영모는 눈앞에 앉아 있는 여자를 응시하고 있었다. 꽤 오랫동안, 집요하게, 흡사 오늘 처음 만난 사람을 쳐다보듯 조금은 생경하고 낯선 시선이었다. 어쩌면 당연한 일일지도. 회사에서만 보던 존재를 회사가 아닌 다른 장소에서 다른 목적을 가지고 만났으니, 그 이질감은 꽤 컸다.

늘 보아 오던 단정하고 얌전한 무채색 톤의 투피스 정장이 아닌, 연두색 기운이 감도는 얇은 니트 원피스는 몸매의 굴곡을 적나라하게 드러내었고, 한 갈래로 묶어 내리곤 했던 긴 생머리에는 굵은 웨이브가 들어가 육감적인 느낌까지 갖게 했다. 펄로 인해 윤이 흐르는 입술은 차라리 준수한 편이었다.

그녀의 모든 것들이 맞선에 어울리는 여자의 모습을 하고 있었지만, '채신희'가 왜 '최윤경'으로 둔갑했는지에 대해선 여전히 의문이 풀리지 않고 있었다. 영모는 테이블 위로 아찔하게 시선을 빼앗고 있는 도드라진 젖가슴 골에 잠시 시선을 내렸다가 이내 초점을 잃고 이리저리 흔들리고 있는 신희의 눈동자를 쳐다봤다.

"저, 저기. 보, 본부장님."

조바심에 혀로 입술 끝만 축이던 그녀가 마지못해 입을 열었다. 어쩔 줄 몰라 안절부절못하고 있는 그녀와 달리, 영모는 꽤 느긋한 심경으로 담담하게 입을 열었다.

"음. 말해요."

"그게, 그러니까…… 사실은 어떻게 된 일이냐면요. 최윤경이라는 사람이 제 학교 선배예요."

말을 이어 가다가도 중간중간 자신이 한심해 미칠 지경이었다. 애초에 윤경의 애절한 부탁을 냉정하게 외면했어야 옳았다. 늘 그랬듯이 다가오는 존재에게 거리를 두고 밀어내야 함이 옳았다. 넌 좀 그렇다는 윤경의 한마디에 갑자기 발끈해져선 냉큼 부탁을 수락해 버리다니. 한술 더 떠 하필 이런 자리에서 그와 부딪힐 게 뭔지.

가져선 안 되는 것들을 욕심내는 사람에게 돌아오는 건, 역시나 쓰디쓴 절망감뿐이었다.

기분을 환기시키고자 적당하게 숨을 고른 신희는 오늘 있었던 윤경과의 만남과 그녀가 처한 상황, 그리고 부탁을 거절할 수 없었던 배경에 대해서 제법 담담하게 설명했다. 문제에 맞닥뜨리면 집요하게 파고들어 해결을 봐야만 직성이 풀리는 그에게, 이 짧은 설명으로 이 상황에 대해 완벽하게 이해시킬 수 있을 것 같지는 않지만 신희로선 다른 도리가 없었다.

영모는 신희의 설명을 끝까지 차분하게 듣고 있었다. 놀랍도록 신기한 우연이었지만 한편으론 어색하기 짝이 없는 맞선이라는 시간을 버티고 견디지 않아도 된다는 생각에 잠시 안도감이 들었다.

직원이 커피를 가져오고, 영모는 한 잔을 신희 앞으로 밀어 주었다. 상황의 인과 관계에 대한 오해가 풀렸음에도 불구하고 그녀의 표정은 여전히 긴장으로 뻣뻣하게 경직되어 있었다.

마치 출근 첫날 구내식당에서 함께 저녁 식사를 했던 그때처럼.

"우선, 커피부터 마시지, 신희 씨."

"어, 네. 본부장님."

신희는 그가 건네 오는 안온한 한마디에 얼마쯤 팽팽하게 곤두서 있던 신경을 가라앉힐 수 있었다. 그는 아무래도 코너까지 몰린 그녀를 편안하게 만들어 주는 재주를 지닌 것 같다.

헤이즐넛 향이 작은 테이블 위로 퍼져 나갔다. 뜨거운 기운이 뱃속까지 스며들자 신희는 한결 더 누그러진 얼굴로 그를 흘깃 쳐다봤다.

"나하고 마주 앉아 커피를 마시는 게 처음인가?"

"네. 그런 것 같아요. 식사는 한 적 있지만요."

"아, 식사. 그렇지. 이런 기회도 자주 오는 게 아닐 테니 내 기분은 신경 쓰지 말고 마음 편히 있어요. 어떻게 된 일인지는 다 납득했으니까."

그럴지도, 또 아닐지도 모른다. 영모는 한 모금 커피를 들이켜며 그렇게 생각했다. 상황을 완벽하게 납득했는지 아닌지는 알 수 없었다. 그저 어색하기 그지없는 맞선이라는 순간을 견디지 않아도 돼서 다행이라는 생각뿐이었다.

"무척 놀라운 우연이라는 생각은 들지만 사실, 내가 다 반갑군."

"뭐가요?"

"맞선 상대가 아니라 신희 씨가 있어서."

"……설마요. 본부장님은 그동안 몇 번의 맞선을 보신 걸로 아는데요."

"내키지 않는 자리에 등 떠밀려 나가야 하는 심정을 아는 사람이라면 내 말에 공감할 거예요. 전혀 모르는 사람과 마주 앉아서 결혼이라는 전제를 놓고 신상 조사나 하고 있는 게 얼마나 한심한 일인지. 난 신희 씨가 나와 줘서 오히려 반갑다니까?"

"본부장님이 강력하게 원하시는 건 줄 알았어요. 맞선 보시는 거요."

"난 여전히 여자보다 일이 더 좋아요. 부모님이 그 반대라서 문제지만."

경직된 입꼬리가 슬슬 풀려 가는 듯했다. 신희는 두 손으로 커피잔을 감싸 쥐며 시선을 설핏 그의 손으로 향했다. 기름한 손가락이 잔 근처에서 너울진다. 잘 깎인 손톱은 냉정하리만치 차갑게 여겨졌다. 빈틈조차 용납하지 않는 그의 성정이 사소한 부분 하나에서도 쉽게 읽혀졌다. 그녀가 동경해 마지않는 그 모습들이 말이다.

"한 가지 걸리는 게 있다면……."

잔을 내려놓은 그가 고개를 들고 신희를 쳐다봤다. 테이블 너머로 조용히 날아드는 남자의 음성이 귓전을 가득 메웠다.

"그런 차림을 한 신희 씨를 그냥 돌려보내기 미안하다는 거지."

"아……."

신희는 제게 꽂히고 있는 영모의 시선에 얼굴을 붉히며 어깨를 오므렸다. 윤경의 성화를 이기지 못하고 그녀의 고집대로 차려입었더니 제 성향과는 전혀 딴판의 스타일이 완성됐다. 사 놓고는 지나치게 과하다 싶어 옷장에 내내 처박아 두기만 했던 것들이 오랜만에 빛을 발한 건 기뻤지만, 영모의 저런 시선까지 받게 되자 당황스러운 건 어쩔 수 없었다.

홀깃 내려다본 가슴골은 지나치게 도드라졌고 허리에 맨 벨트로 인해 엉덩이로 내려가는 옆선이 노골적이다. 신희는 산란한 정신을 재빨리 가다듬은 후 입을 열었다.

"괜찮습니다, 본부장님. 오늘은 어찌 됐든 제 불찰로 일어난 상황인지라 깊이 죄송해하고 있어요. 더는 신경 쓰지 않으셔도 돼요."

"이왕 오늘은 맞선을 위해 시간을 빼 두었으니 계획했던 대로 진행하죠. 그래도 괜찮아요?"

"네?"

"나하고 데이트하자고."

마치 '오늘은 계획했던 대로 회의를 진행하죠. 그래도 괜찮아요?' 라고 묻고 있는 것 같은 딱딱한 말투였지만 표정만큼은 더없이 다사로웠다. 여자를 좋아하지 않는다는 그의 말은 얼마쯤 사실일지도 모르겠다. 맞선 자리에서조차 회의 서류를 떠올리게 하는, 저토록 무감한 말투라니.

하지만 신희의 마음은 이미 들떠 있었다. 어쩌면 처음이자 마지막이 될지도 모를 이름하여, 권영모와의 데이트. 물론 그녀가 아니라 다른 맞선 상대가 앉아 있었다고 해도 진행됐을 데이트였겠지만, 그리고 늘 맞선을 볼 때마다 있어 왔던 의무적인 시추에이션에 불과하겠지만, 그녀의 눈동자는 이미 빛을 반사하여 반짝거리고 있었다.

그를, 짝사랑하는 자신의 감정을 버리겠다고 생각한 게 바로 어제인데, 어이없는 이율배반에 한숨이 절로 났지만 스르르 열리는 입술을 제어할 수 없었다.

"그래도…… 되나요?"

비서 채신희는 처음부터 영모의 마음에 쏙 들었다. 회사의 배려로 마케팅본부장에게 개인 비서를 붙여 줄 테니 적임자를 고민해 보라는 공문이 내려왔을 때, 그의 손에는 2016년도 선우자동차그룹 사보가 들려 있었다. 몇 개의 홍보 기사와 정보 안내 기사를 거쳐 그의 시선을 사로잡은 건 〈선우 인(人)과 술의 상관관계〉라는 기획 기사였다.

각 직책별로 지금까지 마신 술의 양을 어림짐작하여 말단 사원이 본부장 직급까지 올라가기 위해 마셔야 하는 술의 양을 계산해 놓은 기사였다. 그 결과 28세의 직원이 본부장 자리까지 가기 위해선 소주 100병과 맥주 200캔, 그리고 양주 50병을 더 마셔야 한다는 놀라운 결과가 도출됐다.

그 문장 옆에는 '지금이라도 짐 싸서 도망칩시다!' 라는 글쓴이의 멘트가 달려 있었다. 싱그럽고 유쾌한, 그러면서도 어딘가 심중을 찔러 대는 짧은 한마디에 슬며시 웃었던 기억이 난다. 막상 비서로 온 신희의 이미지는 글 속에서 느낀 것과 약간 달랐다는 게 더욱 신선한 충격이긴 했지만.

그녀는 언제나 고요한 호수 같았다.

속을 알 수 없어 그 깊이가 얼마쯤인지 가늠하기 힘든, 그래서 섣불리 다가갈 수도 없는, 겹겹의 울타리를 방어막 삼아 절대 내부를 보여 주지 않는 어두운 호수. 지나칠 때면 항상 시선을 끌면서도 아, 저긴 깊은지 얕은지 모르지, 하면서 접근을 포기하게 되는, 그런 호수 말이다.

하지만 아주 가끔 잔잔하게 파장이 일 때가 있다.

지난여름 사옥 옥상에서 벌어진 팀별 체육 대회에서 신희는 마케팅팀의 유일한 참가자로 줄넘기 부분에서 1위를 기록했다. 땀을 흘려 가며 2단 혹은 3단으로 줄을 뛰어넘는 그녀에게서, 영모는 신선한 충격을 받았었다. 채 비서가 저런 열정도 가지고 있었구나, 싶은. 1등 상을 받은 그녀는 그날 점심으로 나온 삼계탕 한 그릇을 싹 비워 두 번째로 충격을 안겨 주었다.

지금도 건재한 여러 기억들을 떠올리며 영모는 빙긋이 웃었다. 옆에 앉은 여자는 여전히 침묵 속을 배회하고 있었다. 차는 호텔 커피숍을 떠나 대로로 접어들었고 그의 머릿속에 정해 둔 목적지는 한 군데였다. 무심코 신희에게로 시선을 돌린 영모는 고이 모은 그녀의 다리를 주시하다 다시 정면을 바라봤다.

기장이 꽤 짧은 탓에 원피스는 허벅지 위에 아슬아슬하게 걸쳐져 있었다. 늘씬하게 뻗어 내린 허벅지는 곧이어 육감적인 종아리와 만나 매혹적인 곡선을 그려 냈다. 스치듯 봤을 뿐인 그녀의 허벅지 라인을 떠올리자, 영모의 눈썹이 조금 꿈틀거렸다.

"무슨 생각 해요?"

어쩔 수 없이 말을 걸어 보기로 한다. 이대로 침묵에 휩싸인 채 운전만 하다 보면 허벅지에 대한 생각이 흐려지지 않을 듯했다.

그의 물음에 신희는 홱 고개를 돌렸다. 그의 옆얼굴이 앞차의 헤드라이트를 받아 번들거렸다. 오뚝한 콧날이 제법 이지적으로 보였다.

"아, 그냥 늘 쳐다보기만 하던 본부장님의 차를 이렇게 직접 타게 될 수도 있구나, 해서요."

"하고 싶은 거 있어요?"

"글쎄요. 한 번도 생각해 보지 못했어요."

"뭘? 신희 씨가 하고 싶은 거? 아니면 나하고 하고 싶은 거?"

"음. 후자요."

"저녁 먹읍시다. 커피만 마셔 대서 그런지 속이 부대끼는데."

"좋아요."

"저녁을 먹은 다음엔 뭘 할 건지 고민해 봐요. 날이면 날마다 오는 기회가 아니니까. 상사와 맞선 상대로 함께 있다는 거, 색다른 경험일 것 같은데."

"색다른 경험이긴 해요. 회사 밖에서 업무를 보는 것 같거든요."

긴장을 풀기 위해 일부러 우스갯소리를 던졌더니 그가 피식 소리를 내며 웃었다. 그 웃음소리에 신희는 더욱 고무되었다.

이렇게 그의 차에 나란히 앉아 함께 식사를 하기 위해 움직이고 있는 이 시간을 놓치고 싶지 않았다. 가만히 서 있기만 해도 절로 굴러가는 삶을 살아가는 사람들에겐 사소한 일일 테지만, 두 발로 열심히 발버둥 쳐야만 살아갈 수 있었던 제겐, 선물과도 같은 시간이니까.

월요일이면 다시 제자리로 돌아가 있을 테고, 그 역시 말끔하고 지적인 본부장으로 돌아가 있을 테니까. 그래, 달라질 건 없을 테니까.

"영화 한 편 보실래요, 본부장님?"

꽉 그러쥔 주먹만큼이나 단단한 각오가 든 목소리를 힘겹게 끌어냈다. 혹시 영화 보는 걸 싫어하면 어쩌나, 그의 눈치와 반응을 불안하게 살피면서.

그는 턱을 그녀 쪽으로 향한 후 되물었다.

"영화?"

"네. 가끔 혼자 극장에 가곤 하는데 어제 제가 보고 싶어 하던 영화가 개봉했거든요."

"그러지."

"고맙습니다, 본부장님."

"고맙다니, 뭐가?"

"같이 영화 보러 가 주시는 거요. 혼자 가도 상관없지만 가끔 다른 사람과 함께 영화를 보는 건 어떤 기분일까, 궁금할 때가 있거든요."

"친구는 없어요?"

"있죠, 많이."

"그런데?"

"함께 영화를 보고 싶은 친구는 없어요."

그녀의 말끝은 묘한 여운을 남겼다. 그렇다면 자신은 함께 영화를 보고 싶은 사람에 해당한다는 건가. 어쩐지 수능에 합격이라도한 것 같은 승리감을 느낀 것도 잠시, 다시 창밖으로 고개를 돌리는 그녀의 모습에 영모는 가만히 입을 다물었다. 말끝에서 느껴지던 묘한 여운. 그 실체가 뭔지 얼핏 알 것 같기도 했다.

외로움.

처연하게 흘러내린 음성에선 외로움과 함께 고집도 엿보였다. 어떤 이에게도 쉽게 곁을 내주지 않는 그녀만의 장벽이, 잔잔한 침묵 사이를 오가고 있었다.

보스턴 모터쇼 마케팅 회의가 끝난 시각은 밤 11시였다. 노트북과 슬라이드를 눈이 짓무르도록 들여다봤더니 관자놀이가 팽팽하게 당겨지는 듯했다. 연일 밤늦게까지 계속된 마라톤 회의 때문에 영모는 심신이 지칠 대로 지쳐 있었다. 문을 열고 들어오자 어두운 비서실이 저를 맞이했다.

　팔을 뻗어 불을 켜고 고개를 기울인 채 텅 빈 신희의 책상을 응시했다. 평소 같았다면 무생물을 대하듯 거리낌 없이 가로질러 본 부장실로 들어갔겠지만, 며칠 전 뜻하지 않게 함께 저녁 식사를 하고 영화를 보면서 본의 아니게 친밀도가 높아진 탓에, 책상 앞에서 걸음을 우뚝 멈출 수밖에 없었다.

　서류 한 장까지도 잘 정돈되어 있는 책상에 다가간 그는 그날 함께 봤던 영화 속 장면을 떠올렸다. 거친 파도가 보이는 것의 전부인 외딴섬에 살고 있는 부부. 여자가 빨래를 널고 고개를 돌리면 등대에서 일하는 남자의 모습이 보인다. 세상과 유리된 채 둘만 살아가고 있는 삶이지만 그들에게선 고독이나 다른 사람과의 소통에 대한 그리움이 전혀 느껴지지 않았다.

　갇혀 있다기보다는 오히려 자유를 만끽하는 느낌이랄까.

　'저렇게 아무도 없는 데서 살면 어떤 기분일까요.'

　그녀가 던진 한마디에선 부러움이 엿보였다. 사람한테서 상처를 받은 적이라도 있는 건가. 그녀의 한마디는, 그녀의 육감적인 허벅지와 종아리에서 느꼈던 것이 무색하리만큼 그 기저에 깔린 처연한 색깔이 잊히지 않았다. 영모는 기다란 손끝으로 책상을 한 번 훑은 후 본부장실로 들어갔다.

퇴근할 생각도 하지 않은 채 컴퓨터를 켜고 인사과에 접속하여 신희의 이력서를 찾았다. 웃음기가 퍼진 하얀 얼굴은 지금과 다를 바 없으며 출신 대학과 과를 확인했고, 공채 시험 점수와 면접 점수 역시 그의 짐작대로 꽤 높은 편이었다.

다만 영모의 눈에 거슬리는 한 가지가 있었다. 가족 사항이 모조리 공란이었던 것이다.

왜…….

눈에, 머릿속에 의문이 내려앉았지만 자신이 알지 못하는 여러 사연이 있을 거라는 짐작만 할 뿐이었다. 가족이 없는 데서 오는 쓸쓸한 기색 같은 건 전혀 느끼지 못했는데. 어쩌면 그런 것도 그녀가 애써 노력한 흔적일지도 모르겠다 여기니 그간의 무관심이 미안해지기도 했다.

좁혀진 미간을 손가락으로 꾹 누르며 모니터 창을 닫고 있는데 핸드폰이 울렸다. 홍혜정 여사. 그의 어머니가 늦은 시각에 무슨 일로 전화를 한 건지 좁힌 미간이 더욱 일그러졌다. 신희가 대신 나왔던, 그 파투 난 맞선 때문에 부아가 치밀어 오르신 건지도.

"네. 어머니."

— 퇴근 안 하고 뭐 하니?

혜정의 음성은 생각과는 달리 부드러웠다. 그래서 안도감이 들었지만 그 끝에서 깨달아진 의문점. 그의 눈썹이 사납게 휘어졌다.

"제가 퇴근 안 한 걸 어떻게 아셨어요?"

— 여기 네 아파트야. 아버지랑 와 있어. 얼른 좀 와. 배고파 돌아가시겠다.

"아파트엔 왜 오신 겁니까."

— 응. 너한테 부탁할 것도 좀 있고 해서. 하여간 얼른 좀 와. 목 빠지게 기다리고 있다구.

또 무슨 일이실까. 결혼을 닦달하기 위해 밤늦도록 아들을 괴롭힐 생각으로 찾아오신 것일지도. 두 분은 충분히 그럴 분들이시니.

영모는 좀처럼 마음에 들지 않는 이 상황에 고개만 저으며 서둘러 재킷에 팔을 꿰었다. 대충 서류들을 챙겨 놓은 뒤 불을 끄고 나가는 뒷모습은 지쳐 보였다.

그의 부친은 대기업의 임원으로 계시다 몇 년 전에 퇴직했고, 모친은 한국에서 꽤 유명한 한복 디자이너였다. 지금은 서울을 떠나 경기도 외곽에서 텃밭을 일구며 살아가고 있다. 어머니가 작업을 하지 않는 날엔 함께 맛집을 찾아다니거나 영화를 보거나 산책을 하거나 여행을 다니거나 하면서, 여가를 보내시곤 했다.

처음부터 뜻이 잘 맞으셨다고 했다. 자식을 줄줄이 낳아 일생을 자식들에게 매달려 살지 말고, 딱 하나만 낳아서 보란 듯이 키우자고 약속했다고 한다. 그러고도 시간이 남으면 오롯하게 둘만의 세상을 만들어 보자고. 어쩌면 두 분 모두 자신만의 일이 있었기에 가능했던 건지도 모른다. 어쨌든 그분들의 기준에선 꽤 성공한 삶이고, 영모 역시 두 분의 삶을 존중했다.

부모님은 제법 민주적이고 합리적이라고 여겼고 그 생각은 지금도 변함없었다. 딱 한 가지, 그의 결혼 문제만 빼면 말이다.

두 사람의 머릿속에 '결혼 DNA'가 끝도 없이 흐르고 있기라도 한 건지, 영모가 서른 살이 되자마자 끊임없이 결혼을 외치기 시작했다. 정신이 피폐해질 정도로 얼른 결혼하라고 부추기시는 바람에, 한때 영모는 두 분을 피하기도 했다. 결혼은 인간이 누릴 수 있는 최고의 선택이며 과제이고 또한 축복이다, 라는 좌우명을 아들에게까지 세뇌시키시는 것이다.

 자신들이 성공적인 결혼 생활을 영위하셨기 때문에 아들도 결혼 바이러스에 얼른 전염되길 원하시는 것이다. 3년 정도는 회사 일을 핑계로 매번 거절했지만, 최근 들어서 단식 투쟁에 들어간 아버지 때문에 어쩔 수 없이 맞선을 보기 시작한 것이다.

 그런 분들과, 이 늦은 시각에 만남이라니.

 골치가 지끈거렸다. 내일 새벽 회의 안건들이 둥둥 떠다니는 머릿속에 이제 곧 맞닥뜨릴 부모님과의 언쟁도 한몫 단단히 해, 포화 상태에 이를 지경이었다.

 하지만 그 골치 아픔은 아무것도 아니었다. 아파트 현관문을 열자마자 부리나케 달려드는 '세리' 때문에 영모는 하마터면 고함을 지를 뻔했다.

 "냐아."

 세리는 부모님이 경기도 집에서 키우는 고양이였다. 흰 바탕에 갈색 줄이 듬성듬성 나 있는 암고양이가 주제도 모르고 그에게 안기고자 발악을 해 대었다. 영모는 제 옷에 묻어 있을지도 모를 털을 신경질적으로 털어 내며 고개를 들었다. 두 분이 나란히 서서 활짝 웃으며 그를 맞이했다.

 "왔어?"

"왔니?"

시야의 한편에는 두 분의 것인 듯한 커다란 캐리어 가방 두 개도 보였다. 납득할 수 없는 상황에 고개를 삐딱하게 기울인 영모가 입매를 비틀었다.

"대체 이게 무슨 상황입니까."

아버지인 진규와 어머니인 혜정을 번갈아 쳐다보면서 항변하듯 말하니 혜정이 어색하게 미소 짓고는 변명을 시작했다.

"우선 올라와. 요즘 꽤 바쁘다며? 네 아버지 후배분이 선우모터스에서 임원으로 일하시잖니. 얘기 들어 보니 보스턴 뭐뭐 때문에 정신없다던데."

"잘 아시는 분들이 이렇게 늦은 시각에 아들 집으로 들이닥치신 거예요?"

"우선 밥이나 먹자, 영모야. 이렇게 만난 것도 꽤 오랜만이잖아."

진규가 영모의 등을 토닥이며 주방으로 이끌었다. 그 와중에도 세리는 계속해서 집주인을 공격했다. 부모님이 사시는 집에 방문하는 횟수가 적었기에 고양이의 입장에선 오히려 영모가 이방인인 셈이다. 그 점에 적잖이 빈정 상해 있는데 식탁에 수저를 놓는 혜정이 한술 더 뜨기 시작했다.

"얼마 전에 맞선 깨진 건 어쩔 수 없는 거지. 여자 쪽에 애인이 있었나 보더라구. 뭐 다른 여자애 알아보면 되니까 그건 엄마가 알아서 할게."

"당분간 맞선은 사절이니까 더 이상 신경 쓰지 마세요."

"에이. 그래도 해 보는 데까진 해 봐야지. 너 같은 신랑감이 어디 있다고."

"아버지 좀!"

"그래그래. 우선 먹자."

식탁에는 혜정이 싸 온 여러 반찬들이 먹음직스럽게 차려져 있었다. 잊을 만하면 기어 올라와 털을 날려 대는 고양이 때문에 식사 생각이 전혀 없었지만, 엄마의 성의를 무시하는 거냐며 눈을 부라리고 있는 혜정으로 인해 어쩔 수 없이 수저를 들었다. 따뜻한 국 한 숟갈을 먹으니 목구멍까지 차올랐던 불편한 심기가 얼마쯤 사그라지는 듯했다.

"아버지랑 같이 집 청소도 다 해 놨어. 뭐, 치울 건 별로 없었지만."

"대체 몇 시에 오신 겁니까."

"으음. 저녁 6시쯤? 우리도 바빴거든. 난 지난달에 들어온 작업 마무리하느라, 그리고 네 아버지는 상추 모종 심느라."

"그렇게 바쁘신 분들이 갑자기 서울엔 왜 오셨는데요."

"응, 그게, 일이 좀 있어서. 여보 당신이 얘기해요."

"응? 내가? 그냥 당신이 얘기하면 안 될까?"

두 분이 서로 미루는 걸 보니 십중팔구 그가 눈살 찌푸릴 만한 종류의 것일 터다. 또 맞선 제의일까. 아니면 다른 걸까. 어떤 것이든 이번엔 확실하게 대처해야겠다고 마음먹은 영모는 호박전 하나를 입에 물고는 두 분을 정면으로 쳐다봤다.

"저하고 스무고개라도 하실 작정들이세요? 어서 말씀하시죠."

"으응, 그게······."

결국 혜정이 나섰다. 타고나기를 여장부 같은 강한 성격이라 타인 앞에서 결코 주눅 들거나 움츠러드는 법이 없는 혜정은 유일하게 아들 앞에서만큼은 맥을 못 추었다. 천하를 호령할 듯 큰 목소리가 영모한테는 슬슬 기어들어 가는 것이다. 작업장에서 후배들이나 직원들을 야단치던 여자는 선량하고 인자한 모친의 모습으로 변하곤 했다.

늘 바빴던 탓에 영모를 챙길 시간이 없었다. 영모는 오로지 스스로의 힘으로 여기까지 도달한 것이다. 혜정은 늘 그 부분을 미안해하곤 했다.

"아버지랑 나 내일 아침 일찍 여행 떠나거든. 공항 근처 호텔을 잡아서 잘까 하다가 오랜만에 우리 아들 얼굴 좀 보려고 왔지."

"미리 연락이라도 주셨다면 좀 더 일찍 올 수 있었을 텐데요."

"에이. 너 일 하는데 방해할 수 있니? 우리야 바쁜 게 없으니 그냥 기다리면 되는 거고."

"다 알겠는데 저 녀석도 데리고 가시는 겁니까?"

영모가 턱짓으로 세리를 가리켰다. 세리는 혀를 날름날름 내밀며 거실 소파 위에 벌떡 올라가 있었다.

"으응, 그러니까 영모야 있잖아. 우리 돌아올 동안 네가 세리를 좀……."

"어머니!"

"어머나. 깜짝이야."

혜정이 귀를 막으며 고개를 내렸다. 그러자 진규가 보호하듯 혜정의 고개를 슬며시 안아 준다. 두 사람은 한결같이 영모를 향해 애처로운 표정을 짓고 있었다. 보다 못해 진규가 입을 열었다.

"옆집에 맡길까 했는데, 거기 어르신들이 몸이 아프셔서 병원엘

다니신다잖아. 그러니 어떡하냐. 일주일 동안 저 녀석을 혼자 둘 수도 없고."

"일주일……이라고 하셨어요, 지금?"

"응. 미안하다 영모야."

"아버지 어머니는 항상 절 어떻게 하면 제대로 괴롭힐까, 그 생각만 하면서 사시죠?"

"잉, 설마. 우린 사랑하는 아들의 결혼을 위해서 오늘도 불철주야 뛰고 있단다."

이미 밥맛일랑 잃어버렸다. 영모는 수저를 탁, 소리가 나도록 내려놓고는 서늘하게 인상을 썼다. 도무지 마음에 들지 않는 상황의 연속이었다. 이미 두 분끼리 결론을 짓고 저 암고양이 녀석을 데리고 온 이상 일주일 동안 신세계가 펼쳐질 것임은 자명했다. 그 생각을 하자 뭉쳐 있던 어깨가 더욱 뻐근해지는 것 같았다.

"세리 안 돌봐 주면 결혼으로 너 계속 닦달할 거야. 아주 끝장을 볼 거라고."

진규가 눈매를 치켜뜨고 협박하듯 으르렁거리자 영모의 눈빛이 더욱 서늘해졌다.

"지금 협박하시는 겁니까?"

"그럴 리가. 부탁이지."

"그럼 저도 한 가지. 저 녀석 봐 주는 조건으로 다시는 제게 맞선이니 결혼이니 강요하지 마세요."

"으, 응?"

"왜요? 너무 쉬운 거라서요?"

코너에 몰린 쥐에게도 볕이 드는 구멍은 있는 법이다. 일주일 동안 거룩한 희생을 빌미로 맞선이니 결혼이니 하는 잔소리에서 벗어날 수 있다면 손해 보는 일만은 아닌 셈이다. 영모의 제안에 진규가 자못 억울하다는 듯 미간을 찌푸렸다.

"맞선이나 결혼은 너한테 꼭 필요한 그 뭐랄까, 필수 불가결한 거잖냐. 지금 부지런히 맞선을 봐야 내년엔 국수 먹을 거 아니냐고. 너 내년에도 못 하면 서른 후반이고, 결국 아비가 칠순 팔순 돼 허리가 고꾸라질 때쯤에야 결혼하겠다는 거냐? 내 손주 한번 안아 보지도 못하겠다, 이놈아. 그걸 지금 조건이라고……."

"싫으면 마시든가요."

영모는 조용히 일어나 소파 위에 올라가 눈치만 보고 있는 녀석을 안고 와 현관에 내다 놓았다. 냐앙, 우는 소리가 두 사람의 귀를 울렸다. 듣다 보니 안 되겠던지 혜정이 먼저 항복을 선언했다.

"알았어. 알았다고, 이 녀석아!"

영모는 내심 흡족해하며 빙긋 웃었다. 하지만 그도 잠시, 난감하기 이를 데 없는 세리라는 녀석의 기습 침공을 어떻게 견뎌야 할지가 숙제였다. 커다란 바위 하나는 치웠지만 작은 돌멩이도 만만치 않은 기세로 그를 괴롭힐 듯했다.

영모의 그 짐작은 정확하게 들어맞았다. 밤새 녀석이 곁에 와서 귀찮게 구는 바람에 잠을 이루지 못한 것이다. 새벽녘 부모님은 일찌감치 공항으로 떠나셨고 그는 연신 이어지는 세리의 공격을 감당하지 못하고 결국 집을 뛰쳐나왔다. 일주일만 참으면 된다고 주문을 걸었으나 첫날부터 막다른 골목에 갇힌 기분이었다.

온몸에 피로를 덮어쓴 채 문을 여니 뜻하지 않게 신희가 책상에 앉아 있었다. 아직 출근 시간이 되려면 한참 남아 있었기에 이른 시간의 마주침에 대해 영모뿐만 아니라 신희도 얼마쯤 놀라워했다. 신희가 허리를 숙여 인사를 건넸다.

"출근하셨어요? 본부장님?"

"일찍 나왔네요, 신희 씨."

"네. 어쩌다 일찍 눈이 떠져서."

신희는 까칠해진 영모의 얼굴을 주의 깊게 살폈다. 연일 계속된 업무와 회의 때문에 잠을 이루지 못한 걸까. 어쩐지 피곤을 몽땅 뒤집어쓰고 있는 것 같아 사뭇 염려스러웠다.

"차 한 잔 드릴까요?"

"음. 그래 주겠어요?"

"네. 잠시만요."

이럴 땐 어떤 차가 좋을까. 둥글레차와 유자차, 그리고 녹차와 국화차. 탕비실에 구비해 놓은 여러 종류의 차를 떠올리던 신희는 레몬차로 정했다. 탕비실 문을 열고 막 들어가려는데 그의 목소리가 불러 세웠다.

"신희 씨."

"네. 본부장님."

"음, 아무것도 아니에요."

영모는 고개를 젓고 본부장실로 들어갔다. 신희를 보자마자 어이없게도 그녀는 고양이를 키워 봤을까, 라는 생각이 들었고, 곧이어 다급히 도망치듯 출근하는 바람에 세리 녀석의 먹이를 챙겨 놓지 않았다는 게 떠올랐다. 세리가 제게 가한 괴롭힘 때문에 정신적으로 학대를 받고 있긴 하지만 상대는 동물이니까.

여전히 지끈거리는 관자놀이를 문지르면서 잠시 후면 치러야 할 전쟁 같은 회의의 자료들을 검토하고 있는데 신희가 들어왔다. 사무실 가득 레몬 향이 퍼진다. 샛노란 색의 액체가 유리잔 안에서 출렁거렸다.

"드세요, 본부장님."

신희는 그가 마시기 편하도록 찻잔을 가까이로 밀어 주었다. 그 때문에 잠시 그의 얼굴이 가까이 닿았고 미세한 온도가 느껴져 가슴이 떨렸다. 그와 함께 보았던 영화 속 여주인공이 남주인공으로 인해 설레어 하는 모습이 얼핏 생각났다.

"고마워요."

짧은 대답과 함께 찻잔을 머금은 그가 문득 고개를 든다. 서 있는 상태에서 그의 시선을 온몸으로 받고 있는 건 역시나 힘든 일이었다. 그는 무슨 말을 하려는 걸까.

"신희 씨는 애완동물 키워 본 적 있어요?"

그의 입에서 흘러나온 의외의 질문에 문득 학창 시절 그녀가 키웠던 엠마가 떠올랐다. 얼룩무늬가 유난히 짙었던 암고양이였는데.

"네. 싱가포르에서 살 때 아버지가 고양이 한 마리를 사 주신 적이 있어요. 3년 후에 죽었지만요."

아버지? 신희의 대답을 가만히 되뇌던 영모가 가늘게 눈을 모았다. 그녀의 가족 사항에는 분명 공란뿐이었는데. 여기에도 사연이 있는 건가. 어찌 됐든 영모는 여러 불행 중 다행이라는 생각으로 찻잔을 놓고 일어나 그녀 앞에 마주 섰다.

"나한텐 다행이고 신희 씨한텐 불행이 될지도 모르겠지만, 부탁하나만 해도 되는지."

"무슨 부탁입니까?"

"집에 갑자기 고양이 한 마리가 생겼어요. 아주, 느닷없이. 일주일 동안 데리고 있어야 되는데 도무지 자신이 없어. 프로의 손길이 간절하게 필요해서."

"아⋯⋯."

모호한 대답을 짧게 내뱉었지만 신희는 내심 흐뭇했다. 지극히 개인적인 일을 제게 부탁해 온다는 건, 그와의 거리가 얼마쯤 좁혀졌다는 증거인 셈이다. 그에게 원하는 건 아무것도 없는데도, 신희는 이 사소한 에피소드 하나에 사뭇 행복해졌다.

"부담된다면 잊어버려요. 다른 방법을 강구해 볼 테니까."

"제가 도와드리겠습니다, 본부장님. 어떻게 하면 되나요?"

신희의 눈이 반짝거렸다. 그런 부탁이라면 일주일이 아니라 한 달, 아니 1년이라도 얼마든지 봉사할 생각이었다. 그것도 무상으로.

3. 어쩌면 가여운 폭탄

다른 날과는 달리 피곤함이 깡그리 사라진 퇴근길이었다. 회의에 참석한 영모 때문에 30분이 지체되긴 했으나 오히려 그 때문에 도심의 야경을 즐길 수 있다는, 제법 긍정적인 마인드까지 불끈 솟았다.

신희는 대리 맞선을 보았던 날 이후 또다시 그의 차를 탔다. 심지어 목적지는 그의 아파트였다. 뭉근하게 끓어오르는 미소가 자욱한 안개처럼 그녀의 얼굴을 가득 덮었다. 영모로 인한 설렘, 그리고 여전히 기억 속에 자리하고 있는 그 어느 날을 향한 그리움이 피어오른다.

중학교 2학년이 되던 해에, 양부는 그녀의 생일 선물로 고양이 새끼 한 마리를 사 오셨다. 회사 지인이 분양한 녀석인데 신희는 이름을 '엠마' 라고 지어 주었다. 양부와 양모가 함께 운영하는 패션몰의 이름이었다. 양모의 응원과 지지를 받지 못하는 딸을 갸륵

하게 여긴 아버지의 특별 선물인 셈이었다.

또한 혼자 있을 때 절대 외로워하지 말라는 아버지의 부탁이기도 했다.

엠마는 신희의 가장 가까운 친구가 되어 주었다. 학교에 다녀오면 먼저 다가와 안겼고, 신희의 일거수일투족을 함께하는 또 다른 가족이 되어 가고 있었다.

잠을 잘 때조차도 함께였던 엠마가 갑자기 사라진 건 그로부터 3년 후였다. 학교에서 돌아왔는데 여느 때처럼 제게 안겨 와야 할 엠마가 보이지 않았다. 아버지는 혼자 집 밖을 나간 엠마가 길을 잃었을지도 모른다고 그녀를 위로했지만, 신희는 알고 있었다.

양모가 엠마를 내다 버렸다는 것을.

신희가 무언가를 좋아하는 모습은 늘 그녀에게 눈엣가시였다는 것을 애석하게도 잘 알고 있었다. 고양이마저 무력한 자신을 자각케 하는 존재가 될 줄은 몰랐다.

"또 말이 없군."

한참 동안 그리움과 억울함이 뒤섞인 상념에 빠져 있던 그녀를, 영모의 음성이 흔들어 깨웠다. 괜스레 멋쩍어져선 입가에 미소를 띠고 대답했다.

"아, 예전에 키우던 고양이를 생각하고 있었어요."

"어땠는데?"

"제 사춘기를 함께 보낸 상대죠."

"채신희의 사춘기라……. 궁금하네. 그때도 지금처럼 말이 없었는지."

이따금 그의 반말이 가슴 한편을 간질일 때가 있다. 존대와 반말

을 적절하게 섞어 던지는 영모의 한마디 한마디는 오히려 친근감이
느껴졌다.

"별다를 게 없었어요. 그냥 조용하고 말수 적고 눈에 띄지 않
는⋯⋯."

"있는 듯 없는 듯?"

"네. 맞아요."

"그래서 제일 잘하는 거라고 대답했어요?"

"네? 아, 네."

그의 기억력이 의외로 꼼꼼하다는 것을 놓치고 있었다. 첫 출근
했던 날 저녁을 함께 하며 그가 던진 말에, 신희는 자신이 어떤 대
답을 했었는지 지금에야 깨달은 것이다.

"무리한 부탁이었을 텐데 쉽게 수락해 줘서 고마워요. 중간에 힘
들면 언제든 그만둬도 되니까 부담 갖지 말아요."

"아니에요. 괜찮아요, 본부장님."

"이력⋯⋯."

서의 가족 사항이 공란이던데, 라고 묻고 싶었지만 영모는 입을
다물었다. 실재했던 가족이 공란이 되기까지 엄청난 사연들이 있었
을 텐데, 본인에겐 다소 무거운 주제일지 몰라 묻기를 포기한 것이
다.

"네?"

"음. 아니에요."

끊긴 질문이 궁금했던지 그녀가 고개까지 돌리고 되물었으나, 영
모는 고개를 저었다. 때마침 아파트 단지가 가까워 오고 있었다.

지하 주차장에 차를 세운 후 신희와 함께 승강기에 올랐다. 17층

으로 올라가는 속도는 무척 빨랐고 올라가는 내내 침묵이 두 사람을 휘감았다. 하지만 그 침묵은 그가 잠금장치를 풀고 현관문을 여는 순간 깡그리 사라졌다.

"냐아, 냐아, 냐아."

갈색 줄무늬가 예쁘게 물든 고양이 한 마리가 제법 사납게 울어 댔다. 영모는 미간을 잔뜩 좁힌 후 한 걸음 한 걸음 다가서는 세리를 흉측한 물건마냥 쳐다봤다. 그런 영모를 아이처럼 순수한 웃음기와 목소리로 무장한 신희가 구제해 주었다.

"너구나."

거실에 올라 천천히 세리에게 다가가는 신희를, 영모는 물끄러미 응시했다. 세리의 입술 언저리를 손등 위로 가볍게 닿게 하더니 이내 목덜미를 부드럽게 쓸어 준다.

"고양이들이 처음 보는 사람을 낯설어하고 경계하는 건 당연해요. 사람들도 그러잖아요. 그럴 땐 입 근처에 손등을 몇 번 닿게 해서 냄새를 익히게 해 줘야 돼요. 고양이가 거부 반응을 일으키지 않는다면 그때부터 부드럽게 쓰다듬어 주고요."

마치 능숙한 조련사처럼 세리를 다루는 그녀를, 영모는 신기하고 드문 광경을 보듯 응시했다. 자신이 하지 못하는 영역을 능숙하게 해내는 것에 대한 경외감도 들었다.

신희 덕분에 세리의 올가미에서 벗어나는 건 아주 기쁜 일이지만, 반대로 신희에게 큰 부담이 되지나 않을지 다소 걱정되기도 했다. 일주일이 지나면 선물과 함께 식사라도 대접해야 할 것 같다. 영모는 어깨를 으쓱하며 옷을 갈아입기 위해 방으로 들어갔다.

그가 방으로 들어간 사이, 신희는 세리라는 고양이를 품에 안는

단계까지 성공했다. 목덜미를 쓰다듬으며 아기처럼 얼러 주다 다시
내려놓고는 고양이 사료 봉투를 끌어왔다. 세심한 손길로 식판에
붓고 있는데 머리 위로 영모의 목소리가 쏟아졌다.

"배 안 고파요?"

"어, 네."

식판을 챙기고 몸을 일으키며 돌아서던 신희는 움찔하며 어깨를
오므렸다. 지나치게 가까이 서 있었던 영모의 가슴팍에 얼굴이 닿
은 것이다. 그가 열심히 움직인 하루 내내 모두 엷어졌을 향수 냄
새, 잘 세탁된 옷가지에서 나는 섬유 유연제의 향, 스킨 냄새, 아직
물러나지 않은 후텁지근한 늦여름 냄새, 이미 절반쯤은 다가와 있
을 청량한 가을의 냄새.

그 모든 향이 신희의 코끝에서 어지럽게 돌아다녔다. 멈칫하며
저도 모르게 고개를 든 탓에 내리깔린 그의 시선과 짧게 뒤엉키면
서 심장에서 뛰는 고동 소리를 느꼈다.

제발, 두근거리는 제 가슴을 그에게 들키지 말아야 할 텐데. 아
무렇지도 않다는 듯 건조하고 담담한 얼굴빛이어야 할 텐데. 예민
해지면 질수록 더욱 부자연스러워지는 표정을 어찌할 바 모르고 있
는데, 다행스럽게도 그가 먼저 입을 열었다.

"그 녀석은 놔두고 식사나 합시다, 신희 씨."

"네. 제가 할게요, 본부장님."

"그냥 앉아 있어요. 오늘은 손님이니까."

도망치듯 주방으로 얼른 향하려던 그녀의 손목을, 영모가 가볍게
제지했다. 그의 체온은 금세 떨어져 나갔지만 신희는 괜스레 손목
을 두어 번 비틀며 크게 심호흡을 했다.

그의 주문대로 신희는 식탁에 앉아만 있었다. 그는 냉장고에서 여러 재료를 꺼내어 찌개를 만들기 시작했다. 두부와 버섯이 그의 칼질에 의해 부드럽게 썰려 나가는 것을 지켜보고 있던 신희는, 문득 좀 전에 그가 했던 말을 떠올렸다.

'오늘은 손님이니까.'

그 말은 내일은 다른 자격이 될 수도 있다는 뜻인 건가. 그렇다면 내일도 모레도, 그녀가 이곳에 와서 그와 함께할 수 있는 기회가 주어진다는 건가. 혼자 흐뭇하며 미소 짓고 있는 것을 행여 들킬세라 표정을 수습하면서도 행복한 기분은 좀처럼 사라지지 않았다.

"많이 먹어요. 차린 게 많으니까."

차린 건 없지만 많이 먹어요, 라는 한국인들 특유의 밥상 예절이 그에겐 통하지 않았다. 실제로 식탁은 된장찌개와 반찬 두 개가 전부였고, 그의 말은 곧 차린 게 없는 식탁에 대한 미안함이라고 해석되었다. 신희는 밝게 웃었다.

"네. 차린 게 너무 많아서 젓가락이 어디로 가야 할지 모르겠어요."

"하하."

"직접 음식도 하신다니 좀 놀랐어요."

찌개를 떠먹으며 신희는 그 맛에 내심 놀라 그에게 입을 열었다. 된장과 고춧가루가 버무려진 육수는 자신이 만든 그것보다 훨씬 부드럽고 칼칼했던 것이다.

"자취 생활이 오래되면 될수록 할 수 있는 음식의 가짓수도 늘어나죠. 신희 씨도 그럴걸?"

"저는 음식엔 소질이 없어요. 기껏해야 이런 찌개 종류에 라면, 샌드위치가 다예요."

"이런. 신희 씨가 해 주는 밥을 먹을 땐 밑반찬을 필히 준비해야겠군."

"메뉴에 따라선 그래야 할지도요."

"샌드위치가 좋겠어. 반찬이 따로 필요 없을 테니까."

"네. 다음에 시간 되면 본부장님을 위해 샌드위치를 만들어 드릴게요."

고요한 식탁, 고요한 집 안, 오가는 대화의 톤마저 나직한 이 분위기가 좋았다. 샌드위치를 만들어 주겠다는 말은 어차피 이루어지지 않을 약속이겠지만, 어쩐지 둘만의 은밀한 비밀 약속 같아 감개무량했다.

잠시 대화가 끊긴 참에 식사에만 몰두하던 두 사람은 무심한 듯툭 던져진 영모의 질문에 다시 서로를 쳐다봤다.

"신희 씨 올해 나이가 스물아홉이던가요."

"네."

"결혼 안 해요?"

물끄러미 쳐다본 그녀의 낯빛이 조금 붉어졌다. 왜 갑자기 이런 질문이 튀어나왔는지 모를 일이다. 부모님으로 인해 현재 그의 뇌리 한편에 '결혼'이라는 단어가 가득해서인지 아니면 다른 이유인지.

"아직 딱히 생각해 본 적 없어요."

"애인도 없고?"

"네."

"하긴, 애인이 있었다면 이 시간에 재미도 없는 본부장과 사적인 일로 얽혀 있지는 않겠지. 그런데 외의군. 신희 씨한테 아직 애인이 없다는 건."

"남자들이 보기에 욕심나는 여자가 아닌가 보죠."

"그럴 리가. 신희 씨는 여자로 충분히 탐이 날 만해요."

그야말로 무의식에서, 인지하지도 못한 사이에, 너무도 자연스럽게 흘러나온 말이었다. 내뱉고 보니 뉘앙스가 불온하다는 자각에 영모는 멈칫했다. 하지만 신희는 여유롭게 되받아쳐 주었다.

"칭찬 감사합니다, 본부장님."

여자로 탐이 난다니.

어휘 선택이 충분히 오해의 소지를 불러일으킬 수 있었다고 생각하면서, 영모는 잘게 인상을 썼다. 그녀가 센스 있게 맞받아쳐 주지 않았다면 오해를 풀기 위해 갖은 미사여구를 동원했을 것이다.

어쩌면 신희도 자신의 말실수를 인지했을지도 모른다. 그가 당황해하지 않도록 자연스럽게 무마한 건지도. 그럼에도 불구하고 순간적으로 망막에 스쳐 지나가는 상상을 어찌할 도리가 없었다.

신희의 늘씬한 허벅지가 제 허리를 꽉 감아 버리는.

그녀의 사타구니에 하체를 묻고 힘껏 짓쳐 드는.

아까 제 가슴팍에 그녀의 얼굴이 닿았을 때부터, 아니 맞선 자리에 나온 그녀의 짧은 스커트 아래 하얀 각선미를 봤을 때부터, 그것도 아니면 언제부터 이런 미친 상상이 시작됐는지, 영모는 짧게 혀를 차며 스스로를 나무랐다. 신희가 곧장 넌지시 질문을 해 오지 않았다면 버거운 상상에 수저를 놓았을지도 모를 일이었다.

"본부장님은 맞선도 자주 보시니 곧 결혼하시는 거예요?"

"맞선은 부모님 강요로 어쩔 수 없이 보는 거고. 뭐 그러다 적절한 상대가 나타나면 하게 될지도."

"연애는 안 해 보시구요?"

"연애라는 게 특별할 건 없다고 봐요. 사실은 지금 내 앞에 주어진 일들이 많으니까 그걸 해내면서 동시에 연애까지 완벽하게 해낼 자신이 없는 거겠지. 나 같은 사람한텐, 어쩌면 맞선을 보라고 강요하는 부모님의 말씀이 옳을지도 몰라요. 연애를 하면서 오만 가지 복잡다단한 감정을 낭비하고 시간을 소모한 뒤 끝내 이별이나 결혼 둘 중 하나를 택해야 하는 긴 과정이 버겁고 번거로워요. 오히려 맞선이 그런 점에선 깔끔하다고 할 수 있지."

난데없는 맞선 예찬론을 듣자고 던진 질문은 아니었는데. 신희는 어쩐지 썩 개운하지만은 않은 기분으로 그를 마주했다. 그의 빤한 시선과 얽혔다가 다시 고개를 내린다.

"어떤 심정인지 알 것 같아요."

신희의 대답을 끝으로 식탁은 다시 조용해졌다. 말 대신 묘한 감정이 식탁 위를 넘실대고 있음을, 그녀는 어쩔 수 없이 느껴야 했다.

다음 날도, 그다음 날도, 또 그다음 다음 날도, 며칠 동안 신희는 퇴근과 함께 어김없이 영모의 아파트에 들락거렸다. 영모의 회의가 길어질 때면 잠금장치 비밀번호를 받아 혼자서 그의 아파트에 들어가곤 했다. 대부분 영모가 퇴근하기 전 그녀는 얼른 세리의 뒤치다꺼리를 끝낸 후 집으로 돌아가는 패턴의 반복이었다.

"세리. 착하네."

며칠 시행착오를 겪는 것 같더니 세리는 배변패드에 배변하는 것을 마침내 성공했다. 엠마가 퍽 오래 걸렸던 것을 떠올리면 세리는 무척 영리한 셈이다. 신희는 세리에게 간식을 하사한 후 목덜미를 쓰다듬어 주었다. 냐아, 애교를 떨며 간식을 주워 먹는 세리를 흐뭇하게 쳐다보다가 몸을 일으켰다.

주방의 불을 켠 후 휘 둘러보았다. 먼지 한 톨 없는 식탁에선 윤이 흘렀고 설거지 개수대는 물때 없이 깔끔했다. 식탁을 손가락 끝으로 스윽 훑다가 냉장고 문을 열었다. 밑반찬 몇 통과 맥주 등이 잘 정돈되어 있었다. 시계를 본다. 회의를 마치고 집에 오려면 아직 두어 시간이 더 남아 있었다.

신희는 용기를 내어 냉장고에서 부식들을 꺼냈다. 북엇국이라도 끓여 놓을 생각으로 핸드폰을 통해 레시피를 검색한다. 싱크대 한편에 넘어지지 않도록 핸드폰을 잘 세워 둔 후 냄비를 끄집어냈다.

"그래도 연애는 하시길 바라며."

며칠 전 이 자리에서 연애를 하지 않겠다고 했던 그의 말에 씁쓸해져 주문처럼 중얼거렸다. 그녀가 그와 연애를 할 것도 아닌데 그 발언에 씁쓸해지는 이유를 알 수 없었지만, 어쨌든 국을 만드는 내내 혼잣말이 이어졌다.

국은 처음 한 것치곤 제법 맛을 낸 듯했다. 세리의 밥도 챙겨 두었고 간식과 물도 함께 챙겨 두었으니 영모가 집으로 돌아왔을 땐 조용하게 지낼 수 있을 것이다.

Rrrrrr.

밥만 퍼서 앉아 먹을 수 있도록 식탁을 차리고 나니 핸드폰이 울렸다. 시커먼 액정에는 '최윤경'이라는 이름이 찍혀 있었다. 그날 맞선 자리에 대신 나가 준 이후로 윤경에게서 더는 연락이 없었다. 바빴는지 '고마워. 수고했어.'라는 문자 한 통이 전부였고 신희도 굳이 나서서 연락을 취할 생각은 없었다. 오히려 그쯤에서 연락이 끊긴 것에 대해 다행이라 여기던 참이었다.

윤경이 맞선을 볼 뻔했던 남자의 집에서 그녀와 통화를 하게 되다니. 조금은 신기한 우연에 입맛을 씁쓸히 다시면서 신희는 전화를 받았다.

"네. 선배."

— 신희야. 어디니?

완벽하게 꼬인 윤경의 발음에 신희는 이맛살을 찡그렸다. 흐트러진 발음과 옆에서 들려오는 쿵쾅대는 음악 소리까지, 분명히 술집에서 술을 마시는 중인 것 같아 자신도 모르게 섬뜩해졌다. 윤경이 현재 임신 중이라는 사실이 빠르게 자각됐기 때문이다.

"선배야말로 지금 어디세요? 술집이에요?"

— 응? 아, 응. 나 술 마시고 있어.

"나 참. 어이가 없어서."

진심으로 기가 막혀 내심 혀를 차고 있는데 윤경이 한술 더 떴다.

— 나 좀 데리러 와 줄래? 신희야? 여기가 어딘지 모르겠어.

이런 종류의 일은 골치가 아팠다. 타인에게 폐를 끼치지 않고 자신 역시 타인으로부터 폐를 입고 싶지 않아 가두리를 치고 살아온 신희에게, 이런 치근덕거림은 가히 반가운 일이 아니었다. 어쩌면 맞선 부탁을 해 올 때부터 거절했어야 하는지도 모른다. 이렇게 또 다시 엮이고 싶지 않았는데.

"선배도 어딘지 모르는 곳을 내가 어떻게 가요."

조금 날이 선 말투로 대답하고 있는데 옆에서 남자의 목소리가 크게 들려왔다.

― 여기 강남역 근처 '쉘부르' 라는 카페예요!

― 들었지? 신희야? 쉘부르래.

윤경의 성격상, 지금 달려가지 않으면 몇 번이고 전화를 해 댈 것이다. 그리고 다음 날 맨정신으로 돌아가도 또다시 전화를 해 취한 이유에 대해 시시콜콜한 변명을 할 것이다. 그런저런 과정이 막막했다. 어쨌든 임신한 몸으로 과음을 해 버린 윤경에 대한 걱정이 더 커서 결국 신희는 서둘러 나갈 채비를 했다.

강남역 근처에서 쉘부르라는 카페를 찾기란 쉽지 않았다. 카페라는 장소나 술집, 하다못해 커피숍 다니는 것도 선호하지 않는지라 이런 불야성에 적응도 되지 않았다. 결국 윤경에게 한 번 더 전화를 하고 그 꼬인 발음으로 구체적인 장소와 방향까지 명확하게 듣고 난 후에야 그곳을 찾을 수가 있었다.

테이블도 모자라 홀까지 사람들로 붐비는 그곳에서 윤경을 찾는 일은 제2 라운드가 되었다. 워낙 규모가 큰 카페라 2층까지 손님들로 빼곡했고 시끄러운 음악 소리와 술에 취해 몸을 비틀며 지나가는 사람들 때문에 적잖이 곤혹스러웠다.

신희는 땀을 뻘뻘 흘리며 2층 가장자리 테이블에서 혼자 앉아 있는 윤경을 발견하곤 부리나케 그곳으로 향했다.

"선배."

　윤경은 거의 정신이 나간 사람처럼 눈에 초점이 보이지 않았다. 등받이에 한껏 몸을 묻은 채 반쯤 열린 눈으로 허공만 쳐다보고 있었다. 테이블에는 양주며 병맥주가 널브러졌고, 붉고 파란 조명 때문에 확신할 수는 없었지만 몇 차례 울었는지 눈이 부어 보이기도 했다. 신희는 조심스럽게 윤경의 옆에 가서 앉았다.

"선배. 그만하고 일어나요. 술 마시면 안 되잖아요."

"오늘은 마셔도 돼."

　한참 만에 대답한 윤경의 말에선 아까 통화를 할 때의 취기가 전혀 느껴지지 않았다. 초점은 흐렸지만 발음은 또렷하게 들린다. 게다가 그 말투에서 느껴지는 헛헛함이란. 이 선배가 이런 면도 있었나 싶게 세상의 모든 우울함을 다 짊어지고 있는 듯했다.

"마셔도 되는 게 어디 있어요? 임신한 몸으로."

"나 임신 아니야."

"네?"

"지웠어. 그 사람이 지우래서."

　부여잡고 있던 윤경의 손목을 자신도 모르게 놔주었다. 신희는 무슨 말을 해야 할지 몰라 입술만 달싹거렸다.

　타인의 상처에는 지금껏 관심이 없었다. 누구에게나 자신만이 해결할 수 있는 상처가 있고, 짐이 있다고 여기고 있다. 관심을 가지고 위로를 건네 봤자 피상적인 것일 뿐, 결코 자신이 상대를 구원해 줄 수는 없는 것이다.

너는 너, 나는 나.

인간은 어차피 혼자고, 타인에게는 어떤 기대도 희망도 구속도 욕심도 부리지 말아야 한다는 것을 너무도 일찍 깨달았다.

"사랑은 뭐고, 결혼이란 또 뭘까. 뭐기에 이렇게 힘들게 만드는 거지?"

윤경은 넋이 나간 사람처럼 중얼거리며 눈물을 흘렸다. 신희는 가방에서 손수건을 꺼내 말없이 윤경의 손에 쥐여 주었다. 손수건이 물꼬라도 된 건지 그때부터 아예 소리 내어 엉엉 울기 시작해 신희를 당황케 했다. 어차피 음악 소리가 워낙 큰 탓에 윤경의 울음소리는 금세 파묻히고 말았지만 신희는 안절부절못했다.

그렇게 한참 동안 울던 윤경이 문득 제 손에 쥐인 손수건을 들여다보더니 신희를 향해 멋쩍은 듯 웃었다.

"계집애. 이럴 땐 또 따뜻하다니까? 차갑기 그지없는 애가."

"어서 눈물 닦고 여기서 나가요. 택시 태워 줄게요, 선배."

"부모님이 알아 버렸어. 내가 병원에 다녀온 거. 하필 그 병원 정형외과에 아빠 친구분이 의사로 계셨거든. 산부인과 병동에서 나오는 날 봤던 모양이더라구."

굳이 알고 싶지 않은 상황의 전개를 윤경은 제법 세세하게 알려 주기 시작했다.

"어쩔 수 없이 남자 친구를 불러왔고, 부모님이랑 대면했고, 결론은 꽝. 자존심에 상처 입은 그 사람이 아기 지우고 헤어지자더라. 갑자기 그 명언이 떠올랐어. 사랑이 변하는 게 아니라 사람이 변한다는. 사람이 어떻게 그렇게 하루 만에 달라질 수 있는지 놀랍긴 했어."

"……."

"이런 얘기 넌 별로 관심 없지? 나도 알아. 그저 누군가한테 좀 털어놓으면 나아질까, 했어. 마침 네가 내 상황을 어느 정도 알고 있었고."

"몸 잘 추스르세요, 선배."

신희로선 딱히 해 주고 싶은 말이 떠오르지 않아 형식적인 말만 애써 내뱉었다. 이런 상황에선 어떻게 대처해야 할지, 무슨 말을 해 주어야 할지 무척 곤란하다. 적정선이라는 게 있다면 그걸 달달 외워서라도 훌륭하게 대처했을 것이고, 본능이 살아 있다면 측은지심이라도 느껴질 텐데. 아무래도 그녀의 적정선과 본능은 권영모를 향해서만 움직이는 듯했다.

"어? 왔어?"

그때 생각지도 못한 구세주가 나타났다. 낯선 사람이 문득 던지는 살가운 말투가 처음엔 거슬렸지만 자세히 쳐다보니 그는 신희도 아는 사람이었다. 같은 과 김형진이었던가, 아니면 박형진이었던가. 그것도 아니면 이름이 뭐였지?

"아……."

얼굴은 알지만 이름을 모르고 있는 곤혹스러운 상황에서 충분히 자연스럽게 지을 수 있는 어색한 미소를 띠었다. 그는 자리에 앉더니 조금 씁쓸한 듯 말했다.

"이제야 얼굴을 알아보네. 나 박형진이야. 우리 같은 과 동기였잖아. 물론 나 군대 가는 바람에 학년은 달라졌지만."

"어, 그래, 알아."

"그러고 보니 셋이 같은 과네."

"그런데 네가 어떻게……."

신희의 시선이 자연스럽게 윤경에게 향했다가 다시 형진에게 돌아갔다. 윤경이 만났다던 전 남자 친구가 형진일 리도 없을 텐데, 그의 동석이 무슨 연유냐고 물은 것이다. 형진도 신희의 질문을 간파했는지 어깨를 으쓱했다.

"친구 놈하고 있는데 낯익은 여자가 혼자 술을 마시고 있잖아. 자세히 보니까 윤경 선배였고. 때마침 친구 놈은 다른 약속이 있어서 일찍 나갔고. 뭐, 자연스럽게 합석하게 된 거지."

"아, 그래?"

"의외네. 윤경 선배가 너하고 꾸준하게 연락하고 있었다는 게."

"그게 왜 의외야?"

"아니, 뭐…… 졸업하고 다들 너하곤 연락이 안 된대서. 과 동창회에 나온 적도 없고."

"동창회에 나가지 않는 사람이 나뿐인 것도 아닐 텐데, 그런 게 다 의외라니 그게 더 외의네. 아무튼 지금은 셋이 과 동창회를 열 타이밍은 아닌 것 같아. 윤경 선배를 얼른 집까지 데려다줘야 할 것 같은데."

"너 선배네 집 알아?"

"아니. 당연히 몰라. 선배 핸드폰으로 부모님한테 연락드려서 나오시도록 해야지. 그게 빠를 것 같네."

신희는 어정쩡한 표정으로 앉아 있는 형진을 두고, 윤경의 가방에서 핸드폰을 꺼냈다. 통화 목록을 살펴 '엄마'로 저장돼 있는 번호를 누르자 곧장 어머니인 듯한 음성이 날아들었다. 자초지종을 설명하니 모친은 깊은 한숨을 쉬며 사람을 그쪽으로 보내겠다고 한다. 간결한 대답과 간결한 대처. 차라리 모친으로서 윤경에 대한 서운함을 제게 구구절절 늘어놓지 않는 게 다행인 걸까.

"넌 집이 어디야?"

상황을 그렇게 재빨리 수습한 신희에게, 형진이 문득 물어 왔다. 저도 잔뜩 취기가 올라 있는 상태면서 집이 어딘 줄 알면 바래다주는 기사도라도 펼칠 생각인지. 물론 그런 과한 친절 따위는 사양이지만.

"좀 걸려. 넌 이만 돌아가. 윤경 선배 집에서 사람이 올 때까지 혼자 있어도 돼."

"뭐, 심심할 테니까 내가 말 상대나 해 줄게."

"그런 거 안 키워도 되니까 어서 돌아가. 혼자 있는 게 편해."

"넌 참 하나도 변한 게 없냐."

"뭐가?"

"혼자 있는 걸 좋아하는 거 말이야."

혼자 있는 것을 좋아하는 성정에 대한 힐난이나 비아냥거림은 얼마든지 감수할 수 있었다. 어렸을 때부터 늘 들어 온 말이다. 너처럼 다가가기 힘든 상대는 처음이라는 말도 한 귀로 충분히 흘려넘길 수 있었다. 그러나 이어진 형진의 말은 도저히 들어 주기가 버거웠다.

"나 예전에 너 좋아했었다? 몰랐지?"

그러면서 미소와 함께 신희의 손끝을 툭툭 쳤다. 말과 행동이 한꺼번에 느끼하기도 쉽지 않을 텐데, 형진은 그 어려운 걸 해내고선 득의양양하게 웃었다. 마치 어서 윤경을 치워 버리고 둘만의 시간을 가져 보자는 뉘앙스로 읽혔다.

신희는 형진이 만졌던 손끝을 재킷 주머니에 넣고는 정색하며 그를 마주했다.

"말을 하지 그랬어. 어쩌면 아까 널 좀 더 일찍 알아볼 수도 있었을 텐데. 어쨌든 고마워. 그럼, 이렇게 된 김에 윤경 선배 좀 부탁해. 나 먼저 일어날게."

"어? 야! 야! 채신희!"

무성의한 대답으로 일관하며 형진의 외침을 외면한 신희는 곧장 쉘부르를 나섰다. 행동으로 짐작컨대 형진이 당장 따라 나올 것 같아 서둘러 발길을 재촉했다.

도롯가에 정차해 있는 택시를 잡은 건 행운에 가까웠다. 신희는 오피스텔 이름을 대며 어서 가자고 기사에게 말했다.

차창 밖으로 고개를 돌렸다. 까만 어둠으로 채색된 하늘과 낮보다 더 환한 빛으로 물든 거리를 번갈아 쳐다보면서, 무의식적으로 영모를 떠올렸다. 지금쯤 저가 차려 놓은 식탁에 앉았을까. 밥은 먹었을까. 국의 맛은 어땠을까. 대답이 돌아오지 않는 질문을 쉼 없이 던지면서, 점점 더 낮게 끼이는 어둠을 처연하게 응시하기만 했다.

"내일이요?"

"그래요."

신희는 고개를 끄덕이면서도 내심 서운해졌다. 회의가 없는 금요일 저녁, 모처럼 일찍 퇴근한 두 사람은 영모의 차를 타고 아파트 근처 애완동물 숍에서 세리에게 필요한 물품들을 고르고 있었다. 영모의 말인즉 내일 부모님이 돌아오시는 날이니 드디어 신희가 해방됐다는 것이었다.

"그동안 수고했어, 신희 씨. 나도 다른 사람한테 부탁해 본 건 처음이라 일주일 동안 신희 씨가 불편했던 것도 있었을 테지만, 지금으로선 그저 모든 게 고마워요. 신희 씨가 없었다면 난 아마 출근하지 못한 날도 있었을 거야."

"아니에요. 제가 원해서 한 일인데요. 그나저나 세리가 보고 싶어지면 어떡하죠?"

그녀가 짓는 미약한 웃음을, 영모는 제법 오래 쳐다봤다. 고양이를 위한 물품을 꼼꼼하게 고르는 모습은 흡사 세리의 주인이 뒤바뀐 것 같기도 하다.

매일 밤, 늦은 퇴근을 하고 집으로 돌아오면 편히 잠들어 있는 세리와 소담한 반찬이 놓인 식탁이 그를 맞이했다. 음식을 잘하지 못한다는 말과는 달리, 신희가 해 놓은 반찬들은 모두 입에 맞았다. 한 번 더 먹어 보고 싶을 만큼.

"나한테 오면 되지."

간결한 대답이 거의 본능적으로 튀어나와 영모 자신도, 또 신희도 다소 당황했다. 나한테 오라는 대답은 이 상황에 맞지 않았다. 세리를 키우는 건 부모님이고 신희가 세리를 보고 싶어 한다면 응당 부모님이 계시는 곳에 가야 옳을 테니까.

젠장.

영모는 나직이 스스로를 향해 욕설을 터뜨렸다. 언제부터 이렇게 앞뒤 재지 않고 불쑥 말이 튀어나오게 된 건가.

커다란 비닐 봉투에 물품을 가득 담아 함께 아파트로 돌아왔다. 신희는 일부러 걷는 속도를 늦추고만 싶었다. 훌쩍 다가와 있는 가을이 노란 은행나무에서 고스란히 느껴졌다. 아래에서 위로 쏘는 가로등으로 인해 색다른 분위기를 자아내고 있는 인도는 그런 은행나무 잎사귀들 때문에 노란색으로 탈색된 듯했다.

그와 나란히 걷는 가을밤.

때론 가슴 뛰어서, 때론 시원해서, 때론 조용해서 더없이 인상적인 밤이었다. 내일이면 다시 본부장과 비서라는 공적인 관계만이 남겠지만, 예전처럼 사무적인 대화만 주고받을 수도 있겠지만, 그래서 오늘이 더 소중했다.

현관문을 열자마자 세리가 나아, 소리를 내며 환대했다. 신희는 비닐 봉투를 들고 세리에게 다가가 이것저것 꺼내어 정리했고, 영모는 주방으로 들어갔다.

"차, 마실래요? 신희 씨?"

"네."

"회사에선 신희 씨가 늘 차를 내왔으니 오늘은 내가 만들어 주는 차를 한번 마셔 봐요."

"무슨 차예요?"

"우롱차."

신희는 빙긋 웃으며 고개를 끄덕였다. 무릎을 꿇고 앉아 물티슈로 세리의 네발을 천천히 닦기 시작했다. 주방에선 달그락거리는 소리가 잔잔하게 들려왔다.

본부장이 만들어 주는 차를 마시는 비서라니. 아이러니하게도 더 맛있으면 어쩌지? 이런저런 생각으로 혼자 흐뭇해하고 있는데, 초인종 소리가 울렸다.

세리를 안고 있던 탓에 꼼짝할 수 없었던 신희 대신, 영모가 '누구지?' 라고 중얼거리며 주방을 나왔다. 인터폰 화면을 확인한 그가 다분히 놀란 기색을 보이더니 곧장 버튼을 눌렀다.

"부모님이에요. 무슨 일이지?"

내일 오신다던 그의 부모님이 오늘 왜? 당황한 신희가 물티슈와 세리를 내려놓으려는데 그의 부모님이 현관에 들어서는 속도가 더욱 빨랐다.

"아유. 내가 못 살아. 네 아버지 때문에 괜히 하루 숙박비만 날렸지 뭐니?"

조금은 둔탁하고 조금은 인자하고, 또 조금은 칼칼한 목소리가 약간의 짜증이 묻은 채로 내뱉어졌다. 세리를 바닥에 내려놓은 신희는 얼른 일어나 재킷과 스커트의 구김을 폈다. 부모님 두 분은 아직 거실 끝에 서 있는 그녀를 알아채지 못한 모양이었다.

"무슨 일입니까? 예정도 없이 이렇게 들이닥치시다니."

"집에 가고 싶다고 난리신 거야. 언제는 여행 가자고 노랠 부르시더니. 나이를 드시면 드실수록 어쩜 변덕이 저렇게 죽 끓듯 하시는지."

"변덕이라니. 일주일 그렇게 볼 것 다 보고 먹을 것 다 먹고 했으면 됐지. 코쟁이 사람들 사이에서 더 있으려니 좀이 쑤셔서 원."

"아무리 그래도 그렇죠. 그 호텔 하루 숙박비만도 얼만데. 내가 네 아버지 이러실 줄 알았……."

다다다다, 정신없이 쏘아붙이던 영모의 모친의 말이 돌연 멈추었다. 신희는 제게로 쏟아지고 있는 부모님들의 시선에 잠시 굳어졌다가 이내 허리를 숙였다.

"어…… 누구……."

허리를 편 신희의 시야에 다소 당황한 부모님의 표정이 가득 떠올랐다. 한편으론 아들에게 맞선과 결혼을 강요하고 있는 부모님답게 생판 모르는 여자의 존재에 강한 호기심을 드러내는 표정이기도 했다.

"기대하지 마세요. 제 비서니까. 며칠 동안 제가 세리를 부탁했어요."

"안녕하세요. 채신희입니다."

"아…… 비서."

기대와 희망에 잔뜩 부풀었던 두 분의 표정이 동시에 실망감으로 물드는 것에 내심 웃음이 났다.

어쨌든 첫 대면은 그렇게 마무리된 후 영모는 아직 저녁을 하지 않았다는 부모님을 위해 식탁을 차렸고, 두 분은 식탁에 마주 앉아 피곤을 달래고 있었다. 그가 만든 차를 맛보는 건 이미 물 건너간 일이고, 신희는 이만 가 보겠다고 말할 타이밍을 엿보고 있었다.

"영모야. 어제 파리에 있는데 도정순 여사한테서 전화가 왔더라구."

도정순? 귀에 익은 이름인데.

이름 석 자를 곱씹던 신희는 얼마 전 영모의 맞선 때문에 약속을 잡았다가 취소 소식을 알려 주기 위해 통화한 그 대상이라는 것을 알아차렸다. 또 맞선인가.

"그래서요?"

"내일 저녁에 날짜 잡았어. 이번엔 음악 하는 집 딸인데 아직 미국에서 공부 중이긴 하지만 내년 봄에 들어올 모양이야."

음악 하는 집 딸. 얼마나 우아하고 기품이 흘러넘칠 이미지인지 굳이 알려고 하지 않아도 짐작이 갔다.

"꼭 봐. 듣자 하니 그 집 사람들 인성도 꽤 좋은 모양이니까."

옆에서 영모의 부친도 거들었다. 입안이 썼다. 감출 수 없는 쓴웃음이 입술 언저리로 퍼져 나갈 때쯤, 나직한 영모의 음성이 들려왔다.

"어머니, 아버지. 저기서 세리를 안고 있는 저 여자 말입니다. 제 비서기도 하지만 또 다른 상대이기도 합니다."

"다른 상대라니?"

"제가 아무나 이 집에 들여놓진 않아요. 저, 저 여자하고 연애하는 중입니다. 그러니까 맞선 얘기 이제 꺼내지 마세요."

귓전이 윙윙거렸다. 갑자기 차오르는 숨을 애써 밀어젖히며, 신희는 화끈거리고 붉어진 낯빛을 어찌할 줄 모르고 있었다.

4. 욕망 짙은 순간

문을 열기 전, 영모는 심호흡을 했다. 구겨진 이맛살에는 지난 주말 동안 이루어진 고심의 흔적이 역력했다. 어려운 주제로 며칠 간 릴레이 회의를 했을 때에도, 커다란 문제에 봉착하여 며칠간 결론이 나지 않았을 때에도 오늘처럼 막막하고 난감했던 적이 없었다. 하필 신희를 상대로, 그런 빈말 따위를 떠벌리다니.

영모는 지난 금요일 밤을 생생하게 떠올렸다. 여행을 다녀오신 직후에도 자신의 맞선에 대한 생각만으로 가득한 부모님에게 순간적으로 화가 치밀었다. 그날 저녁 신희와 조용히 저녁 식사를 하려 했던 계획이 물거품이 된 것도 모자라 생각지도 못한 부모님의 귀환에, 맞선 폭격까지. 한껏 가라앉아 있던 머릿속이 헝클어진 건 당연한 일이었다.

그렇다고 해서 신희를 이용한 것은 자신답지 못한 일이었다. 어떤 경우에서도 신희를 그런 식으로 이용하면 안 되는 거였는데. 뒤늦은 후회와 자책이 찾아왔지만 신희는 끝까지 차분하고 정중한 자세를 유지하며 집으로 돌아갔다.

영모는 재킷 주머니에서 핸드폰을 꺼내 신희와 주고받은 문자를 들여다봤다.

[채 비서. 전화를 안 받네. 어제 일에 대해서 신경 쓰지 말아요. 내가 실언을 한 거니까.]

[잠시 마트에 다녀왔어요. 전 괜찮습니다, 본부장님. 월요일에 뵐게요. ^^]

토요일 오전, 사과하려는 생각에 전화를 했지만 그녀는 받지 않았다. '채 비서'라는 딱딱한 호칭으로 자신이 초래한 이 어이없는 상황을 최대한 사무적으로 여기고 싶었으나, 너무 차분하고 고요한 그녀의 태도가 그의 자책을 더욱 부채질했다. 이렇게 안절부절못한 적은 처음이다. 월요일 이른 아침, 본부장실로 가려면 비서실을 가로질러야 한다는 사실이 오늘따라 무척 난감하게만 여겨진다.

"출근하셨습니까, 본부장님?"

신희는 여느 날과 다름없는 모습이었다. 미소 띤 얼굴, 단정한 차림새와 머리 스타일, 옅은 화장과 은은한 향수로 상쾌한 아침을 맞이하게 해 준다. 방금 문밖에서 복잡해졌던 머릿속이 일순 정리되는 느낌.

"음. 차 한 잔 부탁해요, 신희 씨."

"네."

신희는 그가 본부장실로 들어가자마자 탕비실로 후다닥 자리를 옮겼다. 우엉차 찻물을 우려내면서도 지워지지 않는 미소가 난처했다.

그는 모를 것이다. 저 여자하고 연애하는 중이라던 그의 한마디가 불러온 주말 이틀간의 행복을. 거짓말이 당연하지만, 그가 맞선이라는 올가미에서 벗어나기 위해 꾸민 상황이라는 걸 잘 알지만, 아주 짧은 순간 그와 정말로 연애하고 있다는 착각을 갖게 해 주었다.

그에게서 난생처음으로 문자를 받은 것도, 그 행복감을 꾹꾹 누르며 애써 차분한 모양새로 답신을 보낸 것도, 신희에겐 색다른 경험이자 짧고 굵은 행복이었다.

"좀 앉아요."

찻잔을 들고 본부장실로 들어간 그녀에게, 영모가 말했다. 그는 이미 소파에 앉아 있었다. 그의 앞에 찻잔을 내려놓은 후 마주 앉은 신희는, 그의 긴장한 모습에 속으론 웃음이 났지만 태연하게 물었다.

"무슨 하실 말씀이라도 있으십니까?"

"문자를 보내긴 했지만 얼굴 마주 보고 한 번 더 얘기해야 할 것 같아서."

"아, 그 말씀이요?"

"미안해요. 꽤 불쾌했을 텐데."

"저도 답신을 보내 드렸는데요. 괜찮다고. 정말 괜찮습니다, 본부장님."

"이제야 내가 어떤 곤궁에 빠져 있는지 알겠지? 부모님이 여행 다녀오신 직후에도 맞선으로 날 들들 볶아 대는 상황이라는 걸."

"네. 힘드시겠다, 생각했어요."

"이해해 줘서 고맙군. 그런 의미에서……."

그가 옆에 둔 조그만 쇼핑백을 그녀에게 내밀었다. 금박 장식이 고급스럽게 박힌 쇼핑백이었다. 신희는 고개를 들었다.

"이게 뭔지……."

"스카프인데 신희 씨 취향에 맞을지 모르겠네. 일주일 동안 세리 녀석을 잘 보살펴 준 데 대한 보답이에요."

"아, 이런 걸 바라고 한 건 아니었는데요."

"내 마음 편하고 싶어서 그런 거지."

한쪽 눈을 찡긋 감은 그가 개구진 표정을 지었다. 수려한 외모에 장난기까지 동반되니 그 자체로 무기였다. 신희는 두근대는 가슴을 누르며 쇼핑백을 받아 들었다.

"고맙습니다. 이렇게 선물을 받은 건 고3 때 생일 이후로 처음인 것 같아요. 앞으로도 이런 선물을 받기 위해선 본부장님이 절 자주 이용하셔야겠는데요."

"이용?"

가슴이 벅차 저가 무슨 말을 내뱉는지도 모르고 싱글벙글 웃기만 하던 신희는, 영모의 되물음에 아차 싶었다. 뭐라 대답해야 하나. 고민이 든 가운데 애써 평정을 유지하며 대답을 끄집어냈다.

"부모님 때문에 난처하실 때마다 저를 이용하셔도 된다는 말이었어요. 예를 들면 금요일 저녁처럼."

"지금 그 말, 아주 위험한 거 알아요?"

영모는 소파 등받이에 깊숙이 등을 기대고 그녀를 지그시 응시했다. 종잡을 수 없는 여자다. 어떤 날엔 지나치게 딱딱하고 이성적인 비서 채신희로서만 존재하는 반면, 또 어떤 날은 말간 얼굴에 끊임없이 미소를 담아 친근감 있게 다가오기도 했다. 그리고 또 다른 날엔 치명적인 말과 외모로 본능을 자극하기도 한다.

바로 지금처럼.

그녀는 자신이 내뱉은 말이 얼마나 유혹적인지 모를 것이다. 연애를 해 본 적이나 있을까. 남자들이 그냥 두지 않았을 테니 두어 번은 해 봤겠지. 이성이 날아간 머릿속에 뜬금없이 신희에 대한 불필요한 감정들이 오락가락했다. 영모는 순간적으로 그런 자신의 모습이 당황스러워 헛기침을 했다. 머릿속에 든 얄궂은 생각들을 깡그리 몰아낸 후 다시 입을 열었다.

"평일은 회의 때문에 야근을 해야 할 테니 안 되겠고, 목요일부터는 출장이 잡혀 금요일 오후에나 회사에 복귀할 수 있을 테니, 금요일 저녁에 시간 내요. 근사한 곳에 가서 밥 살 테니까."

"거절하면 안 되는 거죠?"

"신희 씨가 거절할 리가 없지. 연애 상대가 하는 제안인데."

또다시 장난기 가득한 표정. 그렇게 웃지 마세요, 본부장님.

입속에서 하고픈 말이 잔뜩 맴돌았다. 신희는 슬쩍 웃기만 하고선 쇼핑백을 들고 나갔다.

그녀가 나가자 영모는 책상으로 돌아왔다. 가득 쌓인 서류 더미를 무표정하게 응시하고 나선 의자 깊숙이 몸을 묻었다. 그녀에게선 이미 그날 저녁의 민망함은 전혀 느껴지지 않았다. 화를 낼 법도, 아니면 얼마쯤 불편한 기색을 내비칠 법도 한데 일말의 동요도 읽히지 않는다.

다행인지, 아니면 서운한 건지 갈피를 잡을 수 없었다. 매우 짧은 순간이었지만 무려 권영모의 애인이 된 것에 감사함이라도 표현해 주길 바랐던 건가. 영모는 자조하며 고개를 저었다. 자학만 하던 좀 전의 모습은 어디로 가고 이런 자만심이라니.

Rrrrrr.

쓸데없는 생각을 냉정하게 끊어 내기라도 할 듯 핸드폰 벨소리가 시끄럽게 울렸다. 액정에 뜬 이름은 홍혜정 여사. 영모는 짐작하고 있었다는 듯 한숨을 내쉬었다.

그날 저녁, 신희가 돌아가자마자 영모는 부모님도 억지로 집으로 돌려보냈다. 노심초사 아들의 연애와 결혼만 기다리고 있던 부모님이, '연애 중'이라는 영모의 폭탄선언에 신희에 대해 신상 조사를 할 것임이 자명했기 때문이다.

주말 동안 내내 부모님의 전화를 받지 않았으니 지금쯤 궁금증이 극에 달해 식사조차 못 하시고 계실지도. 누가 영모에게 전화를 할 것인지에 대해서도 두 분이 30분쯤은 말다툼을 하셨을 것이다. 역시나 어머니의 성격이 아버지보다는 좀 더 급하신 듯했다.

"네. 어머니."

무뚝뚝한 영모의 음성과는 달리 건너온 목소리는 매우 카랑카랑하고 톤이 높았다.

— 너 왜 이렇게 전활 안 받는 거야. 대체.

"흐음. 데이트하느라 바빠서 말이죠. 전화를 몇 통이나 하신 겁니까."

— 어제 참다못해서 아버지가 네 아파트로 가 보자는 걸 내가 얼마나 뜯어말린 줄 아니?

"죄송하고 감사하군요."

— 지금 그렇게 느긋하게 말할 때야?

"지금이 어떤 땐데요."

— 얼마나 된 거야? 응? 내가 좀 알아보니까 그 아이 네 비서로 온 게 이제 겨우 6개월이라던데. 처음부터 사귀진 않았을 거고, 두세 달 된 거야?

비로소 시작이었다. 어머니의 탐문 조사가. 영모는 손가락으로 이마를 비벼 댄 후 서류 뭉치를 끌고 와 뒤적거리며 대답했다.

"글쎄요. 뭐라 대답해 드려야 하나. 어머니의 짐작이 맞는다고 해야 하나, 아니라고 해야 하나."

— 나쁜 놈. 두세 달 됐는데도 감쪽같이 우릴 속인 거야?

영모는 갑자기 나쁜 놈이 되어 버린 자신을 불쌍히 여기며 묵묵부답으로 일관했다. 그에게서 답이 없자 혜정이 말을 이었다.

— 뭐, 그건 그렇고. 그 아이 부모님은 뭐 하시는 분들이셔?

이 대목에선 영모마저 움찔했다. 이력서 속 가족 사항의 공란이 얼핏 떠올랐기 때문이다. 자신도 모르게 신희의 편을 들었다.

"그게 중요합니까?"

— 아니 뭐, 중요하진 않지. 하지만 나고 자란 환경은 무시할 수 없거든. 그게 성격 형성에 얼마나 중요한 영향을 미치는지 아니? 아무리 공부 잘하고 재산 빵빵해도 성격이 안 맞으면 못 살아. 부부란 그래.

"어머니."

— 응?

"그런 게 결혼이라면 굳이 할 필요가 있습니까? 성격이 맞는지 안 맞는지는 함께 부대끼며 살아 봐야 알 수 있는 건데, 연애를 하면서 그런 부분까지 재단하고 신경 쓰고 싶지 않아요."

— 아니, 내 얘긴⋯⋯.

"그리고 노파심에서 드리는 말씀인데, 아직 그런 종류의 이야기를 할 때가 아닙니다. 행여 저 몰래 제 비서를 찾아와 이것저것 물어보시는 결례는 저지르지 않으실 거라 믿어요."

툭.

통화는 영모의 일방적인 말로 끝맺어졌다. 결혼에 있어서만큼은 극성인 혜정과 진규가 행여 저지를지도 모를 실수를 처음부터 차단시켜야 했다. 아들의 성격을 잘 아는 분들이니, 이 정도 선에서 알아들으셨으리라.

"대체 뭐 하는 짓인지."

애초에 제 실수였다. 그런 폭탄선언을 해 버려 맞선이라는 굴레에서 벗어났을진 몰라도 부모님의 쉼 없는 괴롭힘이 시작될지도 모르니. 더 우스운 건, 말을 내뱉고 보니 신희와 정말로 연애를 하고 있다는 착각이 들 정도라는 것이다. 영모는 저가 꼬아 버린 이 희한한 매듭을 어떻게 풀어 나가야 할지 고민하면서도, 핸드폰 속 전화번호를 뒤졌다.

며칠 전 간부들과 함께 저녁 식사를 했던 레스토랑의 번호였다. 금요일 저녁, 신희와 식사를 하기로 했으니 지금 예약해 두어야 할 듯했다. 목록을 뒤지는 그의 손길이 꽤 부지런했다.

예보에도 없던 비가 내렸다. 지하철 매점에서 일찌감치 비닐우산

하나를 구입한 신희는 까만 어둠이 퍼져 있는 바깥으로 나오자마자 우산을 펴 들었다. 후둑후둑 우산으로 떨어지는 빗소리가 적요를 깨웠다. 퇴근길에 오른 사람들은 갑작스레 내린 비에 가방이나 책을 우산 대신 머리에 쓰고는 뜀박질을 했다.

오피스텔까지 도보로 10분. 신희는 지하철역에서 가까운 편의점으로 먼저 들어갔다. 오늘 하루 내내 그녀는 회사에서 굶었다. 목요일이라 영모가 지방 출장을 가, 사무실이 텅 빈 탓이다. 영모가 있었다면 함께 점심 식사라도 했을지 모르겠지만, 어쩐지 오늘만큼은 밥을 먹지 않아도 허기가 느껴지지 않았다.

그 허기는, 퇴근하고 정확하게 지하철역에 내리자마자 그녀를 못 살게 굴었다. 꼬르륵, 소리가 밥 달라는 외침으로 들렸다. 삼각김밥 두 개와 떡볶이, 핫바 하나를 사서 돈을 치른 후 그곳을 나왔다.

빗물이 튀고 있는 인도를 묵묵히 걸으며, 신희의 얼굴에 미소가 흘렀다. 내일 저녁이면 영모와 함께 식사를 하게 된다. 그가 예약해 둔 레스토랑에서, 그와 마주 보면서.

내일 만나요.

하루를 마감하는 인사를, 그에게 보낸다. 작게, 입 모양으로만.

Rrrrrr.

핸드폰이 울린 건 오피스텔 입구에 막 도착했을 때였다. 한 손에는 비닐 봉투가, 다른 한 손에는 우산이 들려 있어 부득이 관리실까지 걸음을 옮겨야 했다. 관리실 아저씨께 인사를 드린 후 처마 아래로 몸을 피한 신희는 우산을 내려놓고 핸드폰을 꺼냈다. 액정을 들여다본 그녀의 눈이 휘둥그레진다.

"……본부장님."

그녀의 목소리는 금세 빗소리에 파묻혔다. 그가 이 시간에 왜 연락을 해 왔는지 궁금증이 더해진 얼굴에 긴장까지 흘렀지만, 건너편에선 선뜻 대답이 들려오지 않았다. 신희는 한 번 더 목소리를 냈다.

"본부장님? 말씀하세요. 채신희입니다."

— ……으음 ……신희 씨.

마디마디 짧게 끊길 때마다 간헐적으로 힘겨운 숨소리가 들렸다. 처음엔 술에 취한 거라 생각했지만 탁해진 숨소리가 들려올 때마다 그게 아니라는 것을 알았다. 핸드폰을 쥔 손에 바짝 힘이 들어갔다.

"본부장님. 말씀하세요. 어디 아프신 건가요?"

— ……미안한데 ……지금 아파트로 와 줘요…….

아찔한 감각이 뒷머리를 스쳤다. 그가 지금 무척 아프다는 사실과 출장에서 돌아와 있다는 사실 두 가지가 신희의 발길을 다급하게 만들었다.

손에 쥔 비닐 봉투를 오피스텔에 두고 갈까, 잠시 생각했지만 그럴 틈이 없을 것 같다. 아픈 그가, 그녀를 찾고 있었다. 지체할 수 없다는 생각에, 신희는 서둘러 옆을 스쳐 지나가는 택시를 잡아탔다.

아파트로 가는 도중 다시 영모에게 전화를 한 신희는 그가 고열에 시달리고 있다는 것을 알아냈다. 병원 문은 이미 닫은 시간. 어쩔 수 없이 아파트 근처 약국에 들어가 두통약을 샀다.

편의점 비닐 봉투다, 약 봉투다 해서 두 손이 무거워진 채로 아파트에 도착한 신희의 몰골은 흠뻑 젖어 있었다. 우산이 거치적거려 쓰지도 않고 약국에 들락날락해서였다.

머리칼에서 물기가 뚝뚝 흘러 어깨를 적셨지만 개의치 않고 그의 현관문 잠금장치를 열었다. 세리 때문에 그가 없어도 이곳에 드나들었으니 비밀번호는 익히 인지하고 있던 터였다.

어두운 거실은 며칠 전까지 그녀가 자주 들렀던 분위기 그대로였다. 구두를 벗고 소리가 나지 않도록 주의하며 거실에 올라선 그녀는 백과 봉투를 바닥에 내려놓았다. 불을 켤까 싶었지만 그만두었다. 거실 구석에 어스름한 오렌지색 조명등이 켜져 있어 어렵지 않게 그를 발견할 수 있었기 때문이다.

신희는 한참 동안 그 자리에 붙박인 듯 서 있었다. 그는 소파에 엎드린 채 누워 있었다. 재킷과 넥타이가 바닥에 널브러져 있고 반쯤 남은 물컵이 테이블에 놓여 있었다. 가슴 한가운데로 칼날이 스치는 것 같은 아픔이 느껴졌다.

하루 내내 밀려드는 회의와 업무로 야근을 밥 먹듯이 하며 틈틈이 출장까지 다녀와야 했던 그의 살인적인 스케줄로 미루어 봤을 때, 쓰러지고도 남을 상황이긴 했다. 식사 시간까지 반납하며 업무 처리에 완벽을 기했던 그에겐, 1분의 휴식도 용납되지 않았다.

그래서 이렇게 쓰러져 있는 그의 모습이 낯설었다. 언제나처럼 다정하게 웃으면서 인사말을 해 줄 것 같은데.

신희는 조심스럽게 영모를 향해 다가갔다. 바닥에 무릎을 꿇은 채 팔을 들어 올렸다. 도대체 얼마나 열이 높은 건지 이마를 만져 보고 싶었지만 그가 엎드려 있는 탓에 여의치가 않았다. 하는 수 없이 팔 위로 흘깃 보이는 귓바퀴에 손등을 댔다가 곧장 떼어 냈다.

엄청난 고열이었다. 이렇게 가까이에 있는 것만으로도 열기가 느껴질 만큼 그의 몸은 더웠다. 조급하고 초조한 감정이 머리끝까지 울렸다.

"본부장님. 저 왔어요. 일어나서 약 좀 드세요. 아니면 구급차라도 부를까요."

팔을 흔들었지만 그는 미동도 없었다. 하는 수 없이 황급히 핸드폰을 꺼냈다. 근처에 있는 병원을 검색하든지 아니면 구급차라도 부르려던 참에, 그가 끄응 소리를 내며 몸을 뒤척거렸다. 신희의 손길이 멈추고 걱정스러운 눈으로 그를 쳐다봤다.

"본부장님."

"······병원에 갈 만큼은 아니니까······ 핸드폰은 내려놔요·······."

아······.

신희는 바닥에 주저앉고 싶었다. 짧은 순간이었지만 타들어 갔던 심장을 겨우 추스른 그녀는 차분하게 말을 걸었다.

"그럼 약이라도 좀 드세요. 해열제 사 왔어요."

그 말이 떨어지기 무섭게 그가 상체를 비스듬히 일으켰다. 제대로 쳐다본 그의 얼굴은 잔뜩 붉어진 채 열기가 묻어 있었다. 고열에 얼마나 고통스러워했는지 눈동자까지 붉게 충혈됐다. 약을 억지로 삼킨 그가 엷은 미소를 띠고 힘겹게 입을 열었다.

"고마워요."

다시 털썩 눕고는 그대로 눈을 감는다. 신희는 그의 얼굴이며 목이며 번들번들 땀에 젖어 있는 것을 보았다. 와이셔츠도 군데군데 젖어 있었다. 어쩔 수 없이 벌떡 일어나 욕실로 들어갔다. 수건과 작은 대야에 물을 가득 받아 다시 거실로 나왔다. 수건에 물을 묻혀 꽉 짠 채로 그의 이마며 얼굴을 조금씩 닦아 내렸다.

너무 무신경하지도 않게, 너무 열중한다는 느낌도 들지 않게, 비서로서의 자격만큼만 한다고 노력했지만, 얼핏 손끝에 그의 살결이 닿을 때마다 가녀리게 떨리는 건 어쩔 수 없는 일이었다. 고열에 들떠 힘겨워하는 그를 향한 연민과 걱정의 이면에 그의 곁에 있을 수 있어 다행이라는 생각이 이율배반으로 자리했다.

그리고 어느새 새벽 1시.

다행스럽게도 그의 열은 차츰 낮아지고 있는 것이 느껴졌다. 이제 일어나 집으로 돌아가야 할 것 같은데, 그래야 할 것 같은데, 걱정은 열어지지 않았다. 자신이 돌아가고 난 후 열이 또 오르면 어쩌나, 두 번이나 제게 연락할 것 같지는 않은데.

하는 수 없이 신희는 좀 더 곁에 있어 보기로 했다. 어차피 이 상태로 그는 출근할 수 있을 것 같지 않으니 좀 더 편히 쉴 수 있도록 이것저것 챙겨 두기로 한다.

그가 깨지 않도록 조심하면서 흰죽을 끓여 보온통에 담아 두었다. 정수기가 따로 놓여 있었지만 편의점에 가서 보리차 티백을 사와 보리차도 끓여 두었다. 그러고 나서도 한참 동안 더 할 일이 없나 둘러보기도 했다.

새벽 3시. 그의 곁에 앉아 가만히 이마를 짚어 보던 신희는, 자신도 모르게 소파에 기대 잠에 빠져들었다.

그녀가 눈을 뜬 건 제 어깨에 닿은 묵직한 이물감 때문이었다.

분명히 기대서 잔 것 같은데 시야 속 그의 거실은 각도가 비스듬한 채로 담겨 있었다. 그제야 자신이 소파에 누워 있다는 것을 깨닫곤 상체를 벌떡 일으켰다. 저를 덮고 있었을 무릎 담요가 스르르 바닥으로 떨어졌다.

"하아!"

신희는 맞은편 소파에 앉아 커피를 마시고 있는 영모와 시선이 마주치자 외마디의 숨소리를 내뱉었다. 심지어 그는 새벽까지 이어졌던 고열에 시달린 사람이라곤 볼 수 없을 정도로 말끔한 모습을 하고 있었다. 샤워를 한 건지 옅은 비누 향이 풍겨 온다.

"일어났어요?"

슬쩍 입매를 들어 올리며 미소와 함께 인사를 건넨 영모는 핸드폰으로 시간을 확인했다. 아침 5시. 이제 식사를 하고 출근을 해야 할 시간이었다.

"열은 어떠세요? 괜찮아지신 거예요?"

걱정스레 물어 오는 신희에게, 영모는 빙긋이 웃어 주었다. 어쩌면 제 행동에 대해 스스로도 납득할 수 없어 뜸을 들이고 있는 건지도 모른다.

출장지에서 막바지 업무를 보며 열이 오르고 있다는 것을 알았고, 그길로 운전을 해 서울로 올라왔다. 약국이나 병원을 갈 틈도 없이 그대로 쓰러졌다 겨우 눈을 떴을 때 누군가에게 '부탁'을 해야 한다는 사실을 인지하고선 정신없이 신희의 전화번호를 찾았던 것 같다.

왜 하필 도움이 필요한 순간에 그녀가 떠올랐는지.

아둔한 손가락이 제멋대로 사고를 치고 말았다. 영모는 어쩐지 수척해진 신희를 깊은 눈으로 응시했다.

"괜찮아졌어요. 신희 씨가 수고했어. 괜한 시간을 내가 뺏은 걸 텐데."

"다행이네요. 걱정 많이 했었는데. 대체 어떻게 된 건지……."

진심으로 다행이라 생각한 신희는 천천히 몸을 일으켰다. 그러자 영모도 소파에서 일어나 그녀에게 다가왔다.

"출장지에서 몸이 내내 좋지 않아 오후 늦게 올라왔어요. 집에 도착하자마자 쓰러진 거고. 신희 씨한테는…… 정신없는 와중에 연락한 모양이야."

"잘하셨어요."

"이렇게 계속 신세만 지게 되니 오늘 내가 밥 말고도 술까지 사야겠어."

"그런 몸으로 술이라뇨. 솔직히 말씀드리면 출근도 하지 마시고 쉬셨으면 좋겠는데요."

"그 정글에서 죽어서 나가라고? 하루 결근이 미치는 파장은 업무뿐만 아니라 내 인사고과에도 영향을 미치지."

씁쓸한 말이었지만 옳은 말이기도 했다. 마케팅본부장이라는 자리가 가진 권한과 그에 따른 의무가 얼마나 막강한지, 아픈 몸을 이끌고도 기어이 출근을 해야 하는 그 의무감이 신희로선 안타까울 따름이었다. 그러니 그녀 또한 이렇게 미적거릴 때가 아니었다.

"그럼 전 이만 집으로 돌아가서 출근 준비를 해야겠어요."

마음이 급했다. 지금 집으로 가서 준비하고 출근한다 해도 지하철을 놓칠 듯했다. 서둘러 재킷과 가방을 챙기려 돌아서는데, 그가 불현듯 손목을 잡아 왔다. 무의식중에 돌아본 그녀는 제법 가까운 거리에 있는 영모의 눈길을 마주하며 어깨가 굳어지는 것을 느꼈다.

그의 말대로 정글에서 살아남으려 지독하게 삶에 매진하는 자에게서만 엿보이는, 거부할 수 없는 후광, 그리고 고마운 상대에게 고마워할 줄 아는 진심이 느껴져 꽤 오래 가슴이 뛰었다.

"그래도 아침밥은 먹고 가야지. 죽을 끓여 놨던데 같이 먹어요."

"늦을 것…… 같아요."

"그건 걱정 말고. 내가 신희 씨 집까지 태워 줄 테니까 준비하고 나와요. 오늘 아침은 내 차로 움직입시다."

잡힌 손목에서 전해지는 아련한 통증이 빈 가슴을 가득 채웠다. 충분한 수면을 이루지 못했는데도 전혀 피곤하지 않은 것은 그와 함께 있는 시간이 이렇듯 충만하기 때문일 것이다. 신희는 조용히 고개를 끄덕였다.

하루가 어떻게 흘러갔는지 알 수 없었다. 일을 하고 생각을 하는 데도 늘 그 끝은 오늘 저녁에 있을 그와의 약속으로 귀결됐다.

되도록 업무 시간 내에 모든 일을 처리하기 위해 바삐 움직인 결과 퇴근 시간이 임박하자 녹초가 되어 버렸다. 어젯밤 영모의 고열 때문에 제대로 잠을 이루지 못했으니 피곤은 당연한 것이었다.

그러나 퇴근하기 직전 늘 차를 마시는 그를 위해 탕비실로 들어갔다. 그에게 차를 건네주고 나서 기다리고 있으면 된다 생각했다.

허브차 한 잔을 만든 후 노크와 함께 본부장실에 들어서니 그는 이미 재킷에 팔을 꿰고 있었다. 한쪽 눈썹을 휘어 올린 그가 고개를 갸우뚱한다.

"차?"

"네. 이 시간에 늘 주문을 하셔서요."

"흐음. 오늘은 함께 퇴근하는 걸로 아는데 차는 마시지 않아도 돼요."

"그럼 치울까요?"

"에이. 고생스럽게 만들어 왔는데 놔두고 어서 퇴근 준비해요. 함께 내려갈 테니까."

"네."

절로 피어나는 미소를 머금은 채 찻잔을 내려놓고 돌아서려는데, 노크 소리와 함께 홍보팀장이 다급히 들어왔다. 그는 신희를 보더니 난감한 듯 머리를 긁적였다.

"아, 밖에 채 비서님이 없기에 제가 직접 들어왔습니다, 본부장님."

나이 마흔두 살에 풍채가 무척 넉넉하여 한겨울에도 땀을 삐질삐질 흘린다는 그는 오늘도 예외 없이 땀을 흘리고 있었다.

"무슨 일입니까."

"방금 보스턴 주최 측으로부터 이메일을 받았는데요. 저희 쪽 참가 모델 중에 G-2000은 수용 불가하다고 합니다."

"왜죠?"

영모의 반듯한 이마가 한껏 쏠리는 것을 신희는 어두운 표정으로 지켜보았다. 보스턴 모터쇼 때문에 종횡무진 바빴던 그였기에, 당연히 이 문제에 진지해질 수밖에 없을 것이다. 홍보팀장이 다시 입을 열었다.

"지난여름 러시아에서 열렸던 유라시아 10개국 정상회담 때 이 모델이 의전 차량으로 이미 사용됐기 때문에 이미지가 겹칠 것이

우려된답니다."

"하! 너무 잘나가도 문제가 되는군."

"오늘 밤 안으로 답신을 줘야 할 것 같은데, 어쩌죠?"

그는 시선을 내리깐 채 들고 있던 서류의 모서리를 이용하여 책상을 쿡쿡 치고 있었다. 규칙적인 리듬을 타는 그의 머릿속은 여느 때와 마찬가지로 냉철하고 신중한 사고로 가득 차 있을 것이다. 회사의 이미지와 차량의 장단점을 잘 파악하여 어떤 모델을 대타로 내세울 것인가에 대한 고민이 왔다 갔다 하고 있을 것이다.

"채 비서."

결국 오늘 저녁에 예정됐던 둘만의 약속은 어쩌면 지켜지지 않을지도 모른다. 신희는 정중하게 대답했다.

"네, 본부장님."

"기획본부장과 해외 마케팅 팀장들을 지금 당장 호출해요. 10층 회의실입니다."

"알겠습니다."

"채 비서."

돌아서려던 신희를, 그가 다시 불렀다. 아까처럼 딱딱하고 기계적인 음성이 아닌 낮은 톤 속에 헤아릴 수 없는 감정이 느껴졌다.

"네."

"레스토랑은…… 취소해 줘요."

"알겠습니다."

기계적인 말투, 사무적인 표정. 누구도 그 의미를 알지 못할 대화가, 홍보팀장을 가운데 놓고 오갔다. 홍보팀장이 없었다면 그는 미안하다는 말을 덧붙였을 것이다. 말투는 딱딱했지만 표정만큼은 그가 얼마나 미안해하고 있는지 알아챈 까닭에 신희는 그저 고개만 끄덕일 수밖에 없었다.

영모와 홍보팀장은 당장 회의실로 갔고, 신희는 팀장들에게 인터폰을 돌린 후에도 퇴근할 생각도 하지 않은 채 책상에 멀거니 앉아 있었다.

그는 레스토랑을 취소하라고 말했지만 선뜻 핸드폰으로 손이 가지 않는다. 업무가 배제된, 순전히 사적으로만 이루어진 그와의 첫 약속이 물거품이 됐다고 생각하니 하루 내내 떠오르지도 않던 잠이 다 올 지경이었다.

"후우."

신희는 긴 한숨으로 머릿속을 깨끗하게 비웠다. 백을 챙겨 비교적 꿋꿋하게 일어나 회사를 나왔다. 늘 향하던 지하철역이 아닌 반대 방향으로 걸음을 옮겼다. 10분만 걸으면 영모가 예약해 두었던 레스토랑이 있는 건물이 나온다.

가을 깊은 계절에, 밤바람을 타고 발길이 흘러갔다. 얼마쯤 처연했지만 발길이 향하는 목적지는 뚜렷했다.

그가 없어도 오늘 저녁은 레스토랑에서 식사를 해야 할 듯하다. 테이블에 혼자 앉아 있겠지만, 그래서 청승마저 느껴질 테지만 금요일 저녁을 집에 틀어박혀 텔레비전 드라마나 보면서 보낼 수는 없으니까.

결국 신희는 영모가 예약해 놓은 레스토랑의 VIP석에 혼자 앉아 스테이크를 썰었다. 혼자서 스테이크를 먹는 맛도 나름대로 나쁘지 않다는 결론을 내리며 텅 빈 맞은편 의자를 본다. 쓸쓸하지만 만족스러웠고, 그가 없지만 아쉽지 않았던 저녁 식사였다.

레스토랑에서 제공된 후식과 차까지 다 마신 후 신희는 건물을 나왔다. 값이 비쌌던 것만 빼면 꽤 훌륭했던 시간이었다.

그러나 건물을 나와 몇 걸음 떼기도 전에 당황스러움에 걸음을 우뚝 멈췄다. 시간을 확인하기 위해 무의식적으로 백 속을 뒤졌는데 핸드폰이 없다는 것을 알아차렸기 때문이다.

"이런."

가만히 떠올려 보니 비서실 책상 위에 그대로 두고 온 듯하다. 레스토랑 예약을 취소하려다 말고 곧장 일어났으니, 게다가 약속이 깨진 데 대한 서운함 때문에 멍한 채로 있었으니 충분히 가능한 일이었다.

하는 수 없이 회사 쪽으로 다시 걸음을 옮겼다. 어두워지면 질수록 기온이 더 떨어져 자연스럽게 발길이 바빠졌다.

비서실로 다시 돌아온 그녀는 예상대로 책상 위에 덩그러니 놓인 핸드폰을 바삐 집어 들었다. 밤 9시 20분. 아파트로 돌아가 뜨거운 물에 몸이라도 담근 후, 와인 한 잔에 푹 자야겠다 생각하며 돌아선 그녀의 앞에, 영모가 나타났다. 회의가 끝난 건지 그의 낯빛은 피곤해 보였고 늘 그런 것처럼 넥타이는 반쯤 풀어져 있었다.

일렁이던 공기마저 숨을 죽인, 짧은 침묵이 지나갔다. 신희가 먼저 입을 열었다.

"어…… 본부장님. 회의 끝나셨어요?"

"응. 신희 씨는? 퇴근 안 했어요?"

"아뇨. 했다가 핸드폰을 두고 간 게 생각나서 다시 돌아왔어요."

"흐음."

영모는 어깨를 으쓱했다. 반가움인지, 아니면 다행이라는 생각 때문인지 미소가 끊임없이 흘렀다. 예기치 않게 약속을 취소할 수밖에 없어 회의 내내 미안하고 찜찜한 마음이 가시지 않았으니 다행이라는 생각 쪽으로 무게가 기울어지고 있었다.

"잘됐군. 바빠요? 지금 당장 집에 가야 할 정도로?"

"아뇨."

"그럼 칵테일이라도 한 잔 마셔요. 밥은 못 먹었으니 술이라도."

그의 제안에 신희는 선뜻 고개를 끄덕였다. 핸드폰을 두고 간 게 신의 한 수였을까. 술이 고팠던 신희에겐 밥 대신 술을, 그와 함께 마시게 된 것이 차라리 잘된 일인지도 몰랐다.

그길로 그와 함께 회사 근처 칵테일 바로 향했다. 강렬한 재즈가 흐르는 내부는 암전이라도 된 것처럼 어둑했고 테이블마다 켜져 있는 푸른색, 혹은 붉은색의 작은 무드등이 조명의 전부였다.

두 사람은 테이블이 아닌 바(bar)에 나란히 앉았다. 의자가 놓인 칸칸마다 파란색의 조명등이 물결처럼 흔들리는 것이 인상적이었다. 도수가 낮은 칵테일 한 잔과 도수가 좀 있는 칵테일 한 잔을 시킨 영모는 재킷을 벗고 의자에 걸쳐 두었다.

"기분 나빴을 텐데 투덜거리지 않아 줘서 고맙군."

"뭐가요?"

"약속이 취소된 것."

"아. 제가 어떻게 본부장님한테 투덜거릴 수 있겠어요. 누구라도 그럴 땐 회의가 먼저죠."

"불평하는 법도 없고."

칵테일은 무척 빨리 나왔다. 붉은색 잔은 신희의 앞에, 그리고 까만색 잔은 영모 앞에 놓였다. 그가 먼저 한 모금 들이마시는 것을 쳐다보던 신희도 잔을 들고 가볍고 입술을 갖다 댔다.

"모든 사람들한테 그렇게 대해요?"

그가 묻는 질문의 의도를 알지 못했다. 의도를 파악하기보다는 어떤 대답을 해야 하나 망설였다. 신희는 잔을 빙글 돌렸다.

"그게 편해요. 너무 친밀한 거, 별로예요. 적당히 예의를 갖추고 사는 게 좋아요."

"그래서였군."

"뭐가요?"

"신희 씨가 내 비서로 있는 몇 달 동안, 난 신희 씨가 크게 웃거나 울거나, 아니면 짜증을 내거나 행복해하는 걸 본 적이 없는 것 같거든."

"설마요. 그럴 일이 없었을 뿐이겠죠. 텔레비전 개그 프로그램 볼 때마다 얼마나 크게 웃는데요."

"그런 피상적인 경우 말고. 사람 때문에, 울고 웃고 하는 거."

신희는 그가 꽤, 정확하게 자신에 대해 간파하고 있다고 여겼다. 딱히 대답할 말이 없어 고개를 슬쩍 돌리니 그의 다정한 시선이 지척에 있었다. 관찰하는 것도 같고, 헤집는 것도 같다. 이토록 떨리는 마음을 그가 절대 눈치채지 못하도록, 신희는 담담하게 미소 지었다.

"그래도 본부장님 때문에 웃었던 적은 있어요."

"나 때문에?"

의외의 말에 영모의 눈썹이 잔뜩 치켜 올라갔다. 눈썹 사이로 신경줄이 꿈틀거렸다. 그녀의 뒷말이 궁금해 목이 탈 지경이었다.

"네. 출근했던 첫날, 저한테 있는 듯 없는 듯 지내 달라고 하셨을 때요. 밥 먹으면서 씩 웃었어요. 본부장님은 모르셨겠지만."

"왜 웃은 거지?"

"그냥요. 따뜻하게 느껴졌었나 봐요. 무척 긴장하고 있었는데 본부장님의 그 말 때문에 마음이 한결 편해졌으니까요."

"아. 그랬군."

회의 시간 내내 사납게 굳어 가던 머릿속이 어쩐지 말랑말랑해지는 것 같았다. 영모는 자신도 모르게 소리 내어 웃었다. 잔을 머금으며 한 번 두 번 술을 마시는데, 옆에서 신희의 목소리가 작게 울렸다.

"너무 많이 드시지 마세요. 또 몸살 나시면……."

그녀의 말이 떨어지기가 무섭게 약간의 취기가 올라왔지만 여전히 이성은 또렷했다.

집게손을 이용하여 앞 접시에 쌓인 체리 하나를 집어 들었다. 시럽이 발려 윤기가 흐르는 그것을 제 입으로 가져가려던 영모는 생각을 고쳐 그녀에게로 내밀었다. 정확하게는 그녀의 입술 앞에. 갑작스러운 상황에 신희의 큰 눈동자가 흔들리는 것이 보였지만 체리를 내민 손은 거두어지지 않았다.

"먹어요."

하는 수 없이 체리를 손으로 받으려던 신희의 손길을 피해, 영모는 다시 그녀의 입술 앞에 체리를 들이밀었다. 머뭇머뭇 망설이던 그녀가 조그맣게 입술을 벌린다. 체리와 손끝이 동시에 그녀의 입 속으로 들어갔다. 부드러운 살점이 손가락 끝을 점령한다. 알싸한 느낌이 기름한 손가락을 타고 그의 감각을 뒤흔들었다.

손가락은 금세 물러났고 신희는 부끄러운 표정으로 체리를 오득 오득 씹어 대었으나, 영모는 좀 전에 느꼈던 야릇한 감각에서 빠져 나오지 못하고 있었다. 속 깊이 도사리고 있던 욕망이 자신도 모르게 꿈틀거리자 미간을 구겼다.

뜨거운 혓바닥, 그것을 찔러 대는 손끝.

그녀와 몸을 섞지도 않았는데, 섹스를 한 기분이었다.

5. 야수의 시간

그건 자신과의 전쟁이었다. 나 아닌 상대방은 절대 알지 못하는, 내 안에서 일어나는 나와의 싸움.

그녀의 입속 살결이 마치 그녀의 은밀한 속살처럼 여겨졌을 때, 입속을 헤매는 손가락이 그녀의 속살을 찢어발길 듯 거침없이 박아대는 제 남근처럼 느껴졌을 때, 영모는 자신도 알지 못한 흉포한 짐승이 제 안에 도사리고 있었음을 깨달았다.

말끔하고 단정하며 날카롭고 냉정한 껍질 속에, 야만스럽고 거친데다 본능과 욕망밖에 알지 못하는 야수가 흉측한 이빨을 드러내며 시시각각 그 본체를 내보이고 있는 것이다. 영모는 세면대 물을 받아 그것을 거울에 뿌렸다. 그 속에 비친 제 모습이 물기로 인해 왜곡되어 일그러졌다.

"돌았군."

짧게 혀를 차며 무시로 떠오르는 욕망을 무던히 가라앉히려 애를 썼다. 하지만 그러면 그럴수록 신희의 감촉이 손끝에서 반복적으로 되살아나 미간을 내내 일그러뜨려야만 했다.

그는 시선을 내렸다. 샤워를 위해 옷을 벗은 나체의 중심부에 박힌 제 분신이 보란 듯이 성을 내고 있었다. 단전이 뜨거워졌다. 먹잇감을 찾아 헤매는 야수처럼 으르렁거리며 욕정을 드러내고 있었다.

영모는 어쩔 수 없이 제 분신을 쥐었다. 신희와 칵테일 바에서 함께 나란히 앉았을 때부터 발정해 있던 몸 끝이 손바닥 안에서 더욱 단단해졌다.

"하아."

악력이 자연스럽게 강해진다. 감싸 쥔 채 반복적으로 손을 움직였다. 그의 머릿속에는 신희와 침대에서 뒹구는 상상이 영화의 필름처럼 흘러가고 있었다. 하얗고 가녀린 여체의 중심을 거칠게 짓이겨 버리는 자신. 목에 감기는 숨결, 나직이 흐르는 신음 소리, 제 허리를 힘껏 옭아맨 늘씬한 다리까지.

상상은 끝도 없이 뻗어 나갔다. 몸이 달아 흥분해 있는 만큼 악력은 더욱 강해지고 속도도 현저하게 빨라졌다. 그리고 마침내 뜨뜻미지근한 액체가 손바닥에 묻어 나왔을 때, 영모는 거칠게 신음을 터뜨렸다. 그것과 동시에 머릿속을 달구던 비밀스러운 상상도 흔적도 없이 사라졌다.

다시 고개를 들어 올려 거울을 봤다. 자조와 탄식이 잇새로 뭉근하게 흘러나온다. 아연한 헛웃음을 끝으로 고개를 저은 그는, 서둘러 샤워 부스로 들어갔다. 바디워시를 몇 번이나 몸에 칠하고 물로 헹구고 또다시 헹구기를 반복하면서 어서 빨리 몸이 차가워지길 기다렸다.

타월을 허리에 두르고 거실로 나온 그는 차가운 물을 두 잔이나 들이켠 후 간편한 옷으로 갈아입었다.

Rrrrrr.

미국의 같은 대학교에서 건축을 공부한 친구 정혁에게서 전화가 온 건, 몸이 냉정을 되찾아 마음 편히 소파에 앉아 있을 때였다. 영모는 들여다보고 있던 뉴욕 경제 매거진에서 눈을 떼고 핸드폰을 쥐었다.

"응. 나야."

— 이여어, 오랜만이야. 넌 꼭 내가 먼저 연락을 해야 되냐?

수화기 너머는 여자들의 목소리로 제법 시끄러웠다. 물어보나 마나 정혁이 자주 들르는 클럽일 터다.

영모보다 두 해 늦게 한국으로 들어와 건축 사무소를 차린 정혁은, 그가 아는 사람들 중에 가장 열정적이었다. 일에도 사람 관계에서도, 그리고 여자한테도. 영모와 마찬가지로 아직 미혼이지만 영모와 다른 점은, 정혁은 미혼을 꽤 즐기고 있다는 것이다.

매번 여자를 바꿔 가며 사는 게 삶의 흥미를 돋운다는 정혁의 지론은, 영모에겐 여전히 납득할 수 없는 미제이기도 했다.

"바빴어. 어딘데."

— 클럽 너바냐.

"흐음. 일은 안 해? 그렇게 놀고먹으면서 돈이 벌려?"

— 난 너처럼 타이트하겐 안 살아. 차라리 돈을 포기하라면 하겠어. 알잖아.

"그래서 하고 싶은 얘기가 뭐야."

— 나와라. 오랜만에 술 한잔 살게.

"내키지 않아. 시끄러운 곳은 내 취향이 아니야. 게다가 칵테일을 이미 마시기도 했고."

— 애들은 다 내보낼 거고 칵테일이 술이냐? 그러지 말고 나와. 그냥 요즘 골치가 좀 아파.

"너 같은 녀석이 아플 골치가 있다는 게 의외군."

— 부모님이 성화셔. 결혼하라고.

결혼, 이라는 단어에 영모의 귀가 세워졌다. 서른넷. 똑같은 나이에 부모님으로부터 압박을 받는 것도 비슷한 처지라니. 자조와 함께 동류의식이 하염없이 솟아오른다.

영모는 시간을 확인했다. 새벽 1시. 오늘은 토요일이라 오후에 회의가 잡혀 있고, 칵테일로 인한 미약한 취기는 샤워를 하면서 이미 사라졌으니, 한두 잔쯤 마시는 것도 괜찮으리라.

무엇보다 경제 매거진이 아닌 다른 힘으로, 아직도 미진하게 남아 있는 욕망의 잔재를 비워 내야 했다. 정신을 산란하게 만들어 끝 간 데 없이 뻗어 나가고 있는 미친 상상을 중단시켜야 했다.

영모는 전화를 끊고 몸을 일으켰다. 간편한 점퍼를 걸친 후 아파트를 나섰다. 정혁이 기다리고 있을 클럽까지 택시로 30분. 금요일 밤이니 차가 밀릴 것까지 계산하여 시간을 넉넉히 잡고 도착 시간을 정혁에게 말해 주었다.

금요일의 북적한 도심은 예상보다 20분이나 늦게 그를 클럽에 데려다 놨다. 쿵쾅대는 사운드가 현란한 사이키 조명과 어우러져 혼잡하고 정신없는 홀을 가득 메우고 있었다. 정혁의 이름을 대니 직원 하나가 달려와 그를 룸으로 안내했다. 붉은색의 고급 양탄자가 깔린 복도에는 술에 취한 남녀가 한데 뒹굴며 적나라한 장면을 곳곳에서 연출하고 있었다.

"늦었네."

넓은 룸에, 정혁은 혼자 앉아 있었다. 아까 통화했을 때와는 달리 실제의 정혁은 술에 취했다기보다는 졸린 모습 같기도 했다. 정혁은 영모가 자리하자마자 양주병을 집어 들었다.

"마셔. 이거 비싼 술이래."

"한 잔만이야."

"알았어, 자식아. 나도 이것만 마시고 나갈 거야."

"생각 외로 별로 취하진 않은 것 같은데?"

"기분이 안 좋을 땐, 술에도 안 취해. 체질이 참 더럽기도 하지. 완전 취해서 기절했으면 좋겠는데. 넌? 여전히 회사에서 잘나가지?"

"이 시간에 회사가 아닌 다른 곳에서 무려 술을 마시고 있는 건 꽤 오랜만이라 이런 분위기가 적응이 안 될 지경이지."

"자식, 잘난 척은. 하긴, 실제로 잘났긴 하지. 동창들 사이에서 넌 가히 성역 아니냐. 함부로 건드릴 수도 없고 함부로 뒷말해서도 안 되는."

"오버하시네."

영모는 낮게 혀를 차며 잔을 머금었다. 정혁이 말하는 동창이란 미국에서 다닌 대학교 내 한국 학생들을 의미했다. 한국에 들어온 동기들 위주로 정기적인 만남의 자리를 가지고 있었고, 늘 그 자리에서의 화두는 언제나 권영모가 어디까지 치고 올라갈까, 였다. 그러니 그들에게 영모는 성역이자 길라잡이인 셈이다.

"그래서 총체적인 문제가 뭐야. 결혼이야, 아니면 연애야?"

잔을 내려놓은 영모가 대뜸 본론부터 꺼냈다. 아까 통화상에서 정혁이 말했던 부분을 다시 곱씹은 것이다. 정혁은 골치가 아픈지 눈썹 사이를 구겼다.

"둘 다지, 인마. 너도 알겠지만 내가 한 사람만 진득하게 좋아하고 사랑하고 연애하면서 결혼할 스타일이냐? 난 그게 안 되게 생겨 먹은 놈이라고. 일주일이면 싫증이 나 버리는데 그런 내가 어떻게 결혼이라는 걸 해? 여자 인생 망칠 일 있냐?"

"뭐가 문제야? 비혼(非婚)을 선언해. 부모님한테."

"나도 천 번 만 번 그러고 싶지. 근데 아버지가 뭐래시는 줄 알아? 결혼을 안 하면 유산 한 푼도 안 주신대. 형한테 몰빵하신다는데?"

어지간히도 억울한지 정혁이 연거푸 두 잔을 혹 들이마셨다. 영모는 정혁의 빈 잔에 다시 술을 채워 주면서 자신만큼 정혁의 인생도 고달프겠다 여겼다. 정혁은 도무지 풀리지 않는 숙제를 대하듯 곤혹스러운 말투로 중얼거렸다.

"대체 결혼이라는 걸 왜 하려는 거지, 사람들은?"

"그 이유를 알면 나부터 결혼이라는 세계에 뛰어들지."

"넌? 넌 어때? 애인은 있어? 결혼은?"

영모는 대답 없이 잔만 가만히 만지작거렸다. 찰랑거리는 호박색 액체 위로 얼핏 신희의 얼굴이 떠올라 내심 당혹스러웠다. 영모는 잔을 세차게 흔들어 버렸다.

"없어. 생각도 없고."

"부모님이 가만두시냐?"

"난리시지. 한 달에 맞선만 몇 번을 보는지."

"난 내 주장을 굽히지 않을 거야. 마음도 없는데 연애를 하거나 결혼을 할 순 없어. 그건 상대방의 인격을 죽이는 거야. 여지도 줘선 안 돼. 유산 문제는……. 설마 나한테 한 푼도 안 물려주시겠어? 겁주시는 거겠지. 그지? 난 그것만 바라보고 사는데 말이지."

정혁이 잔뜩 꼬인 혀로 넋두리를 해 댔지만 영모의 머릿속은 생각의 결을 전혀 다른 쪽으로 옮겨 가고 있었다. 잊을 만하면 튀어나오는 신희의 환영 때문에. 아니, 정확하게 말하면 그녀를 향한 이유 모를 욕망 때문에 정혁이 건네는 말에 제대로 집중하지 못하고 있었다.

집요하게 파고드는 감정의 유희.

영모는 급기야 한 잔만이라던 자신의 말을 뒤엎고, 두 잔을 비워 내 버렸다.

"A 세트로 주세요."

"네. 고객님."

빨간 모자를 쓴 채 미소를 짓고 있는 직원에게 메뉴를 주문한 후 신희는 테이블에 자리했다. 초밥 세트가 완성되려면 20분이 소요된다니, 들고 회사로 돌아가면 정확하게 점심시간이 끝나 있을 터였다.

20분 동안 뭘 하나, 생각하면서 가게 안을 휘 둘러보았다. 이름난 가게답게 빈 테이블 하나 없이 손님들로 북적거렸다. 주문한 A 세트 정도면 영모와 단둘이 식사를 하기에 모자람이 없을 것이다.

오늘 아침 출근했을 때부터 지금까지 그를 보지 못했다. 그는 새벽부터 회의가 잡혀 있었고, 아마도 점심때가 지나서야 얼굴을 보일 것이다. 때를 놓친 그를 위해 작은 돈을 지불하는 건 결코 아깝지 않았다. 신희는 갖가지 초밥을 맛있게 먹을 그를 상상하면서, 자신도 모르게 혀끝으로 입술을 축이다가 멈칫했다.

지난 금요일 밤부터 생긴 습관이다.

그의 손가락이 여전히 입속에 머물고 있는 듯했다. 그 때문에 괜히 혀로 치아를 긁기도 하고 아랫입술과 윗입술을 뻑뻑 마찰시키기도 했다. 그래도 그 부드러웠던 이물감은 여전히 느껴졌다.

"56번 고객님. 주문하신 세트 나왔습니다."

영모로 시작하여 영모로 끝을 맺은 상념을 밀어내고, 신희는 몸을 일으켰다. 돈을 지불하고 초밥 세트가 담긴 종이백을 들고 가게를 나왔다.

회사로 가려면 초밥 가게에서 횡단보도를 건너야 했다. 총총걸음으로 바삐 보도를 지난 그녀가 회사 건물의 로비에 들어섰을 때 디자인기획팀의 경희와 맞닥뜨렸다.

경희 역시 여의도 사옥에서 같이 근무한 적이 있던 터라 낯이 익었다. 신희의 손에 들린 종이백에 시선을 잠시 던진 경희가 고개를 들었다.

"그건 뭐야, 신희 씨?"

"아, 이거요? 초밥 세트요."

"응? 아직 점심 안 먹은 거야? 오늘 식당 메뉴 훌륭하던데? 알 볼로피자랑 낙지비빔밥."

"네. 좀 바쁜 일이 있어서 놓쳤어요. 이걸로 본부장님하고 나눠 먹으려구요."

"오호. 권영모 본부장이랑 점심을 먹는다구? 같이? 마주 보고 앉아서? 우와아, 신희 씨 강심장인가 봐."

경희가 하는 말뜻을 모를 신희가 아니었다. 그 수려한 얼굴과 마주한 채로 밥이 넘어가느냐는 반문이리라.

"안 먹으면 오후 내내 굶어야 하는데도요? 그리고 늘 마주치는 분이라 그런지, 전 본부장님 얼굴에 별 감흥이 없어요."

거짓말.

신희는 자신의 위선에 경악하며 쭈뼛대는 걸음으로 엘리베이터 앞에 섰다. 경희는 다른 층에 올라가야 하므로 옆 엘리베이터 앞에 섰다. 경희가 슬쩍 웃으며 한마디 던진다.

"그럼 권 본부장님 나한테 던져. 그 얼굴 옆에 두면 밥 안 먹어도 배부를 거 아냐. 나도 다이어트 좀 해 보자."

경희의 농담은 때마침 도착한 엘리베이터 때문에 허공으로 잔잔하게 흩어졌다.

손에 들린 종이백이 잘 있나 한 번 더 점검한 후 비서실에 도착한 그녀는 곧장 본부장실로 들어가 테이블에 초밥 세트를 펼쳤다. 빈 종이백과 뚜껑 등을 휴지통에 고이 버리고 나자, 거짓말처럼 그가 들어왔다.

충분히 준비되지 못한 만남에 체할 것 같았지만, 신희는 금세 얼굴 표정을 환하게 바꾸고 그를 향해 고개를 숙였다.

"회의 끝나셨어요?"

영모는 잠시 걸음을 멈추었다. 주말 내내, 그리고 지금까지 심사가 단단히 뒤틀려 있었다. 모든 건 제 안에 아직도 도사리고 있으면서 언제든 발톱을 내밀 준비를 하고 있는 야수 때문이었다.

영모는 그녀의 인사에 아무 대꾸도 없이 묵묵히 본부장실로 들어갔다. 테이블에 정교하게 세팅된 초밥 세트를 흘깃 본다.

신희가 곧 뒤따라와 테이블에 대해 설명을 시작했다.

"점심을 거르셨을 것 같아서 직접 나가서 뭘 좀 사 와 봤어요."

"……."

"초밥인데 본부장님 입에 맞으실지. 나름대로 맛집으로 소문난 곳이라 괜찮으실 거예요."

"……."

그녀는 여느 날과 다름없이 친절하고 다정하고, 또한 예의가 바르다. 적당한 미소와 적당한 침묵. 그야말로 '있는 듯 없는 듯'. 늘 보여 주던 그 모습에, 영모는 또 한 번 심사가 뒤틀렸다. 자신은 이렇게 헝클어지고 있는데 변한 것 하나 없는 그녀의 모습이라니. 야수가 또 한 번 날뛴다. 놈의 대가리를 움켜쥐고 욱여넣고만 싶었다.

"채 비서."

"……네. 본부장님."

'신희 씨'라는 호칭이 아닌 격식을 차린, 얼마쯤 차가운 목소리에, 그녀의 시선이 조금 흔들리는 듯했다. 영모는 얼른 고개를 돌렸다. 아랫도리를 쥐고 흔드는 야수는 숨을 죽이면서 그를 야금야금 삼킬 준비를 하고 있었다. 이대로 속절없이 무너지진 않으리라.

욕망에 굴복하여 본능만 좇아가기엔 그에게 매달려 있는 것들이 지나치게 많았다. 지금 그에게 중요한 건 여자 따위가 아니다.

"전부 다 치워요."

뚜벅뚜벅 책상으로 걸어가는 동안 그녀에게선 미동도 느껴지지 않았다. 팽팽한 긴장 속에서 침묵만이 유영하고 있었다.

드물게 내리던 비가 지하철역을 빠져나오자마자 줄기를 이루며 쏟아졌다. 늦은 소나기라도 내리려는 걸까. 우산이 없었던 신희는 재빨리 뛰어 근처 버스 정류장으로 우선 몸을 피했다.

이르게도 찾아온 밤. 차량 행렬이 만들어 놓은 불빛을 굵은 빗줄기가 사선으로 긋고 있었다. 무심코 돌아본 정류장 뒤쪽에, 작은 램프 하나에 의지한 채 사과를 팔고 있는 할머니가 보였다. 내리는 비에도 아랑곳하지 않고 모자만 대충 둘러쓴 모습을 보니, 아무래도 남은 사과를 모두 팔아야 가실 듯했다. 자세히 보니 리어카에는 비닐우산 몇 개도 꽂혀 있었다. 팔기 위해 급히 모셔다 둔 것들이리라.

"할머니. 우산 하나만 주세요."

다가간 신희가 비닐우산을 가리키며 묻자 할머니가 반갑게 맞이했다.

"삼천 원이요. 하나 줄까?"

"네."

지갑에서 주섬주섬 천 원짜리 세 장을 꺼내 계산을 치른 후 우산을 쓰니, 그제야 안도의 숨이 쏟아졌다. 발길을 돌리려던 그녀는 리어카 속에 남은 사과 소쿠리를 물끄러미 쳐다봤다.

"사과는 얼마예요?"

왜 그런 생각이 들었는지 알 수 없었다. 마지막 남은 사과를 팔아야만 돌아갈 수 있는 할머니의 누추한 보금자리가 측은하게 여겨지기라도 한 건지. 그게 아니라면 아무도 돌아보지 않는 할머니의 외로움에 감정이 투영되기라도 한 건지. 할머니는 다소 놀란 얼굴로 되물었다.

"잉? 이거 다?"

"네."

"한 오만 원어치 되려나."

"다 주세요."

처음엔 얼떨떨해하면서, 그러다 드디어 사과를 다 팔고 집으로 갈 수 있다는 감격에 찬 표정으로 할머니는 열심히 사과를 담았다. 커다란 비닐 봉투가 두 개나 나와, 신희는 잠시 곤혹스러웠다. 우산까지 쓰고 이 무거운 봉투를 어떻게 쥐고 가느냐, 어려운 난관에 봉착한 까닭이다. 할머니가 넌지시 물어 왔다.

"아가씨, 짐이 많네요. 내가 집까지 들어다 줄까요?"

"아니에요. 바로 저긴데요 뭐. 그럼 수고하세요."

신희는 비닐 봉투와 우산을 한 손에, 그리고 다른 비닐 봉투를 다른 손에 쥐고선 뒤뚱뒤뚱 힘겹게 오피스텔까지 걸어갔다.

집에 들어오니 진이 다 빠져 10분 동안 꼼짝 않고 소파에 앉아만 있다가 부스스 일어나 텔레비전을 켰다. 모기 소리처럼 윙윙대는 텔레비전 소리를 건성으로 들으며 사과 봉지를 냉장고까지 끌고

갔다.

과일 부스를 열어 사과를 하나씩 채워 넣었다. 손길은 느렸다가 빨라졌다가 속도를 달리했다. 멍한 머릿속을 달래기 위해선 이런 단순노동도 나름대로 괜찮다, 생각하고 있는데 무심결에 들려온 텔레비전 속 음성이 귀로 날카롭게 파고들었다.

— 싱가포르의 한인들은 이처럼 성실하고 또 당당하게 삶을 개척해 나가고 있습니다. 여기 또 다른 한국분을 만나 봤는데요. 싱가포르 중심지에서 규모가 큰 패션몰을 운영하고 있는 배연숙 씨를 찾아와 봤습니다.

싱가포르, 패션몰, 배연숙.

세 단어가 귀와 가슴을 칼날처럼 베고 지나갔다. 신희는 고개를 돌려 텔레비전 화면을 주시했다. 프로그램은 '해외에서 활동하고 있는 한인들'이라는 주제로 아시아 각국에서 성공한 한국인들을 조명하고 있었다.

신희는 화면 가득 떠 있는 연숙의 얼굴을 보았다. 아랫입술이 파들파들 떨려 왔다. 비록 화면 속이지만 얼굴을 본 게 10년 만인데도 상처는 여전한 기세로 그녀의 심중을 아프게 만들었다.

양어머니라는 이름의 여자. 아무리 딸로 다가가려 노력해도 냉혹하게 거절당하기만 했던, 단 한 번도 온기를 나누어 주지 않았던 그 여자가 텔레비전 속에서 위풍당당하게 웃고 있었다.

그 여자로부터 끝내 버림을 받으면서도 단 한 번도 왜냐고 묻지 못했던, 어렸던 자신을 원망한 적이 한두 번이 아니었는데. 그래서 사람들로부터 버림받기 전에, 그녀 안에 먼저 장막을 겹겹이 치고 살아왔는데. 겨우 고요하게 가라앉았던 가슴이 연숙의 얼굴을 보자 또 한 번 절망적인 회오리를 일으켰다.

신희는 벌떡 일어나 리모컨으로 텔레비전을 꺼 버렸다. 다시 냉장고로 돌아와 사과를 집어넣는 얼굴은 무겁게 가라앉아 있었다. 언제 어디서든 부지불식간에 연숙의 얼굴을 볼 수도 있다 생각하니 상처가 아프게 후벼 파지는 듯했다. 그러기 전에 텔레비전을 끄고, 생각에서 지워 내는 편이 옳았다.

'전부 다 치워요.'

그러니, 영모의 냉기 넘치던 표정과 그 말도 어서 잊어야 한다. 최근 부쩍 가까워졌다고 느낀 건 그녀 혼자만의 착각이었을 뿐, 권영모라는 남자는 언제든 그 관계에서 빠질 수 있으며 그녀의 성의를 외면할 수도 있다. 그는 자신과 감정을 공유할 필요도, 자신의 기분을 살펴야 할 이유도 없을뿐더러, 그녀가 차린 상을 얼마든지 엎어 버릴 수도 있다.

"그딴 자식을 좋아하다니. 미쳤었어, 내가."

그러니까 서둘러 이 감정을 끊어 내는 게 옳았다. 정신이 더 피폐해지기 전에. 완벽하게 버림받기 전에 다시 비서로 돌아가야 한다. 잠깐 복잡해졌던 것뿐, 제자리로 되돌리는 건 어렵지 않은 일이었다.

신희의 손놀림이 빨라졌다. 사과는 삽시간에 냉장고 과일 부스를 가득 채웠다.

그렇게 냉장고 한편을 과일로 채워 둔 뒤 신희는 거실 청소를 시작했다. 비가 오고 더구나 밤 시간인데도 청소를 해야겠다는 생각이 든 건 왜인지 모르겠다. 무슨 일이든 손에 잡히는 대로 해야 상념에 빠지지 않을 것 같았다. 부지런히 손을 놀리고 발을 놀리다 보면 지치는 순간이 올 것이고 곧장 잠에 빠지면 된다.

화분 아래와 텔레비전 후면까지 꼼꼼하게 닦아 내던 신희는 문득 들려온 초인종 소리에 고개를 돌렸다. 걸레를 쥔 채 일어나 보니 윤경이 와 있었다. 집에 없는 척하며 버튼을 누르지 말까, 잠시 갈등했으나, 어쩌면 딴생각에 빠지는 것을 막아 주는 건 청소보다 윤경과의 시간이 더 나을지도 몰랐다.

"네. 선배. 이 시간에 어쩐 일이세요?"

— 나올래?

"선배가 들어오지 않고 왜 날더러 나오래요?"

— 네 집에 들어가면 나오기가 싫어질 것 같아서. 어서 나와. 맥주 딱 한 잔만 마시자. 내가 잘 아는 맥줏집이 있어.

"지난번처럼 사경을 헤맬 정도로 마시는 거면 사양하고 싶은데요, 선배."

— 나도 그날 후로 계속 금주였어. 오늘은 그냥 가볍게 마시고 싶은 거야. 너한테 신세도 갚을 겸.

신세를 갚는다는 말에 신희는 낮게 인상을 썼다. 그 누군가도 신세를 갚는답시고 술 한잔 마신 후에 냉정하게 변해 버렸지. 신희는 머리칼을 쓸어 넘겼다.

"5분만 기다리세요."

주저할 건 없었다. 누구와 함께든, 뭘 하든 이 지루하고 외로운 시간만 보낼 수 있다면.

그녀는 재빨리 간편한 옷으로 갈아입은 후 오피스텔을 나섰다. 비는 여전히 땅바닥을 적시고 있었다. 아파트 근처 도롯가에서 택시를 잡아타고 꽤 오래 달려 이태원에 도착했다. 그러곤 윤경의 고등학교 동창이 운영한다는 맥줏집을 찾았다.

비가 오는 구불구불한 골목을 조금 걸어야 눈에 보이는 맥줏집은 손님들로 인산인해였으며 이런 곳에서 대화라는 게 가능할까 싶을 정도였다. 겨우 찾은 구석진 곳의 테이블에 앉으니 윤경의 동창이 웃으며 다가왔고, 간단한 안주와 함께 맥주를 시켰다.

"나 우습지? 한심하지?"

시끌벅적한 사람들의 말소리 사이로 윤경의 한마디가 날아들었다. 신희는 고개를 끄덕였다.

"어쩜 딱 맞추셨네요. 지금 선배에 대한 제 생각을요."

"나쁜 년. 넌 어쩜 그렇게 곧이곧대로야? 사람은 살다 보면 이런 일고 있고 저런 일도 있는 법이야. 한 가지 길만 걸어가란 법이 없어요."

"그래서 선배는 어떤 길로 걸어가고 있어요?"

"그거야 아직 모르지. 난 아직 젊고 내 앞엔 무궁무진한 가능성이 열려 있으니까."

도무지 낙태 수술을 하고 또 남자 친구와 헤어진 지 얼마 안 된 여자라고 보기 힘든 활기가, 윤경에게서 느껴졌다. 그렇게 죽고 못 살아 아이까지 가졌으면서, 그래서 맞선 자리에 자신을 내보내기까지 했으면서. 그런데도 헤어졌다면, 과연 사랑이라는 게 뭘까. 연애라는 게 얼마나 허허롭고 가치 없는 일인지.

그러니까 이런 짝사랑 따위도 얼른 끝내 버려야 한다. 두려워서가 아니라 가치가 없기 때문에.

　"사실은 형진이도 오라고 해 놨어."

　핸드폰 시간을 슬쩍 확인하던 윤경이 때마침 나온 맥주를 한 모금 들이켜며 말했다. 신희가 고개를 들었다.

　"형진이요?"

　"그날 말이야. 너 그대로 돌아가고 형진이 녀석이 날 집까지 바래다줬더라구. 형진이한테도 술 한잔은 사야지. 고마운 마음을 담아서. 우리 같은 과니까 뭐 어색하고 그럴 건 없겠지?"

　"그거야 모르죠."

　"넌 사회적인 인간관계를 좀 형성할 필요가 있어. 오늘 실컷 놀자. 아! 술은 조금만 마시고."

　"선배는 이제 괜찮은 거예요?"

　활기를 넘어서 명랑해 보이기까지 하는 윤경에게, 궁금증을 참지 못한 신희가 물었다. 안주로 나온 치즈스테이크 한 조각을 포크로 푹 찍던 윤경이 입맛만 다시면서 뜸을 들이다 입을 연다.

　"안 괜찮으면 어쩌겠어. 부모님이 좋아 죽으시니 그걸로 위안 삼으려고."

　씁쓸한 빛깔이 윤경의 낯에 감돌았다. 신희는 윤경이 먹으려던 스테이크 한 조각을 떠서 그녀의 접시에 놓아 주었다.

　"한동안 몸조리 잘해야 한다던데 너무 무리하지 마세요. 선배가 잘 알아서 하시겠지만."

　"그거 다 거짓말이야. 얼른 회복하려면 평상시와 다름없이 생활해야 하는 거야. 내 평상시가 거의 술이었으니, 술로 다시 예전처럼 돌아가는 거지. 사는 게 뭐 별거 있어?"

울고불고하며 신세 한탄을 하지 않아서 그나마 다행인 건지. 위로를 건네는 후배에게 더욱 밝은 목소리로 화답하는 그녀가 오늘따라 제게도 위안이 된다. 타인을 위로하는 법을 다 잊고 살아왔기에 이런 상황이 몹시 애매하지만 그나마 웃어넘기는 윤경을 보니, 오늘 하루 신희의 얼어붙었던 마음도 차츰 풀리는 듯했다.

"어? 너도 와 있었구나?"

그렇게 잠시 대화가 끊기고 침묵 속에서 맥주 한 잔을 들이켠 신희는 가까이 다가오는 음성에 고개를 들었다. 형진이 빙긋이 웃으며 내려다보고 있었다. 윤경이 형진에게 의자를 권했다.

"왔니? 후배님?"

"아이참, 누나도. 불러낼 거면 날씨 좋은 날에 불러내시지."

"비 오는 게 어때서?"

"저 비 오면 술 많이 마셔요."

"마시고 싶은 만큼 마셔. 오늘은 내가 후배님들한테 쏘는 거니까."

말이 떨어지기가 무섭게 윤경은 형진의 잔을 술로 가득 채웠다. 술이 잔 위로 넘쳐흐르자 다급히 입술을 댄 형진이 멋쩍게 웃으며 신희에게로 고개를 돌렸다.

"안녕?"

"어. 왔어?"

살가운 인사말에 어색해하며 겨우 대답한 신희에게서 고개를 돌린 형진이, 이번엔 윤경을 쳐다봤다.

"누나. 나 예전에 애 좋아했잖아. 채신희."

"어머나. 그랬어?"

"고백 한번 못 해 보고 졸업해 버려서 한 1년 정도 미련이 많이 남았더랬지."

"세상에. 이거 진짜 기막힌 우연이다 니들. 형진이 너 애인 없지?"

"없죠."

"신희도 사귀는 남자 없어. 이렇게 딱 맞아떨어지는 전개라니. 블록버스터급이야."

윤경이 박수까지 쳐 가며 입에 거품을 문다. 놀리는 건지 아니면 진심인지 알 수 없는 흥분으로 스테이크 조각까지 바닥에 떨어뜨렸다. 지금이야말로 우습고 한심스럽다. 좀 전까지 윤경에 대해 가졌던 연민과 측은지심을 되돌려 놓고 싶을 정도로.

"선배 좀! 그때가 언젠데 아직까지 미련스럽게 짝짓기놀이를 하려고 그래요?"

얼마쯤 나무라는 듯한 어조였다. 조소를 곁들인 채였다. 심각할 필요도, 진지할 이유도 없는 상황이지만 다른 누군가를 향해 마음이 열릴 수 있을 것 같지는 않았다.

그러나 형진은 다른 모양이다. 갑자기 고개를 숙여 오더니 얼굴을 가까이 들이밀고 절대 승낙할 수 없는 제안을 했다.

"난 아직 미련이 많아. 이왕 이렇게 됐으니, 어때?"

"뭐가?"

"우리 사귀는 거."

빗소리는 여전히 우렁찼다. 투명한 유리창 밖을 오가는 사람들의 발치에서 튀어 오르는 빗방울이 유난히 크게 보였다.

"본부장님."

노크와 함께 들어온 이는 홍보팀장이었다. 보스턴에서 날아왔다던 이메일 건으로 요 며칠 하루가 멀다 하고 만난지라, 저녁 회의가 끝나고 다시 얼굴을 보는 건 당연한 것이었다. 서류에서 시선을 떼고 고개를 들어 올린 영모가 무덤덤하게 대답했다.

"네. 아직 퇴근 안 했습니까?"

"이제 겨우 밤 11신데요 뭐."

홍보팀장이 장난스럽게 대꾸했다. 하긴, 계속해서 새벽에 퇴근하는 일이 다반사였으니 어쩌면 오늘은 꽤 일찍 업무가 끝난 편이었다.

"일찍 들어가서 가족과 함께 있어야죠."

"모처럼 일찍 끝나서 그런지 술이 좀 당기네요. 저하고 같이 나가실래요?"

그다지 내키지 않는 제안이었다. 술을 즐겨 하지도 않을뿐더러 꽤 절제하는 편에 가까웠으니까. 하지만 모터쇼의 새 모델을 선정하는 과정에서 누구보다 수고가 많았던 홍보팀장의 제안을 거절하는 건 더욱 내키지 않았다. 동고동락까지는 아니어도 과정을 함께한 데 대한 동지 의식이 있으니 오늘 하루쯤은 시간을 내도 괜찮으리라.

결국 영모는 홍보팀장과 함께 본부장실을 나섰다. 무심코 돌아본 신희의 책상은 텅 비어 있었다. 자신도 모르게 걸음을 멈추고 그녀의 책상을 응시했다. 허공을 보는 짙은 눈동자가 서늘하게 가라앉았다. 냉정한 제 태도에 갈피를 잡지 못하고 허둥대던 그녀의 모습을 떠올리니 속이 부대끼는 듯했다.

혼란을 숨기기 위해 눈썹을 치켜올려 본다. 복잡한 자신의 심경을 뭐라 표현해야 할지 알 수가 없다. 몇몇 단어로 압축시켜 놓기엔 지나치게 실마리가 꼬여 있었다. 그조차도 신희에게 갑자기 냉담해져 버린 자신을, 머리로는 이해해도 감정으로 납득하긴 어려웠으니까.

막막한 심경으로 홍보팀장을 제 차에 태운 영모는 팀장의 단골집이라는 곳으로 차를 몰았다. 내리는 빗줄기가 와이퍼에 의해 쓸려 갔고 헤드라이트 불빛이 빗물에 굴절돼 삐뚜름하게 비쳐 들었다.

팀장이 몇 차례 말을 걸어왔고 그에 따른 대답을 해 주는 동안 금세 이태원의 한 골목에 도착했다.

"맥줏집이에요. 간단하게 한잔 마시고 일어나죠."

팀장이 먼저 들어갔고 영모가 뒤따랐다. 나이를 막론하고 가게 안은 손님들로 꽉 차 있었다. 제법 늦은 시각인데도 대낮보다 활기를 띤다. 홀의 테이블이 이미 만석이었던지라 영모는 팀장과 함께 바에 나란히 자리했다. 맥주와 안주를 주문했고 팀장은 화장실에 간다며 잠시 자리를 비웠다.

영모는 핸드폰을 꺼내어 바에 올려 둔 후 무심코 고개를 돌렸다. 홀을 왔다 갔다 하는 사람들을 무의미하게 훑어보던 그의 눈빛이 어느 순간 반짝거리며 빛을 내었다. 한쪽 눈꼬리가 자연스럽게 올라간다. 예상치 못했던 광경 때문에 눈빛에 냉기가 감돌았다.

신희, 그리고 그녀의 옆에 딱 붙어 앉아 있는 남자.

얼마쯤 취한 듯 보이는 그녀는 이따금 미소를 짓고 있었다. 회사에서, 그리고 그녀와 마주할 때마다 늘 보았던 미소다.

그러나 지금 그 미소는, 자신이 아닌 다른 놈을 향해 있었다. 영모의 시야가 어지럽고 혼탁해졌다. 다시 정면으로 돌아보는 그의 눈매가 매섭게 휘어 올라갔다.

6. 탐색

하늘에 먹구름이 드리워지는가 싶더니 순식간에 사위가 어두워졌다. 낙뢰 예보가 있었으니 이제 더욱 어두워질 것이다. 아직 한낮인데도 빌딩에서 내려다본 거리엔 인적이 드물었다. 싱가포르 최대 번화가의 중심, 쇼핑몰이 있는 빌딩의 10층에서 연숙은 내내 아래만 내려다보고 있었다.

손에 쥔 커피 잔은 이미 식은 지 오래였다. 그것을 깨달았을 땐 입안이 텁텁해진 후였다. 하루가 다르게 입맛을 잃어 가고 있는 자신을 느낀다. 나이가 들면 들수록 왜 이리 사는 게 재미없어지는지. 특히나 이맘때만 되면 연중행사를 치르듯 잠시 우울감과 무력감에 빠지곤 했다.

"사장님. 말씀하신 동영상 가지고 왔습니다."

윤 비서가 태블릿을 들고 들어왔다. 얼마 전 한국의 모 방송국에서 나온 취재진들과의 인터뷰 영상이었다. 한국에서 정식으로 방영된 건 볼 수가 없어서 자신이 등장한 부분의 영상만, 홍보부에서 따로 편집한 것이다.

"고마워요."

연숙은 윤 비서가 건네는 태블릿을 받아 들고 영상을 재생시켰다. 자신이 등장한 부분은 3분 남짓. 중간에 멘트 몇 구절이 편집되긴 했으나 그런대로 제 의도가 잘 살아 있는 인터뷰였다.

영상을 다 본 후 연숙은 자리에 앉았다. 태블릿을 다시 윤 비서에게 돌려준 후 지끈거리는 이마를 손등으로 어루만지니 윤 비서가 걱정스럽게 물었다.

"점심도 안 드시고, 몸이 편찮으신 건지요."

"아뇨. 괜찮아요. 가벼운 두통이 있을 뿐이에요."

"병원에 모셔다드릴까요?"

"약 먹으면 되겠죠."

서랍에 늘 상비해 두는 두통약을 꺼내 물도 없이 삼켰다. 약이 제법 독하니 잠시 후면 졸음이 올 것이다. 저녁에 회의가 잡혀 있는 탓에 졸지 않으려, 연숙은 다부지게 눈썹을 일그러뜨렸다.

그런 와중에 여전히 걱정이 묻은 윤 비서의 얼굴이 보인다. 10년 전에는 남편의 비서였으나, 남편이 죽은 후 쇼핑몰을 연숙 혼자 이끌어 가게 되면서 윤 비서는 자연스럽게 자신의 비서가 됐다.

초로의 노인이지만 여전히 업무에 있어서만큼은 젊은이들 못지않게 야무지다. 비서만큼은 한국 사람으로 뽑자던 남편의 고집이, 지금에 와선 참으로 바람직했다고 여긴다.

같은 나라 민족으로 언어와 정서가 통해서 그런지, 윤 비서는 때때로 아버지 같은 온건함을 건네주곤 했다. 남편도 죽고, 신희마저 파양시켜 이제 완벽하게 혼자가 된 지금, 윤 비서는 연숙의 가까이에 남은 유일한 '한국인'이었다.

오랜 시간 함께한 탓에 비서라기보다는 피붙이와도 같은 존재여서, 연숙은 윤 비서를 각별하게 챙기곤 했다. 아주 가끔 제 속을 훤히 들여다보는 듯한 날카로운 말을 건넬 때마다 부담스럽긴 하지만 말이다.

"참, 한국에 한복 명장 알아보는 건 어떻게 되셨는지."

윤 비서가 한 걸음 다가서며 물었다. 연숙은 볼펜을 쥐고 서류 끝에 사인을 하면서 대답했다.

"기획부에서 찾고 있어요. 유명한 명장들은 많은데 우리와 일을 할지 말지가 관건이죠."

운영하고 있는 패션몰에 한국 전통 의상 숍을 오픈하기로 한 게 1년 전. 기획부서를 중심으로 한국에서 활동하고 있는 유명 한복 디자이너를 섭외하거나 혹은 연락을 하여 준비 단계에 있긴 하나, 여러모로 난관이 많았다. 쇼핑몰을 오픈한다면 아무래도 한복에 대해 잘 알고 있는 사람에게 매니저의 지위를 부여해야 할 텐데, 마땅한 자격을 갖춘 이가 없기 때문이다.

게다가 철마다 한국의 디자이너로부터 제품을 공수받아야 한다는 번거로움도 있었다. 하지만 연숙은 반드시 오픈하고 싶었다. 스무 살이 되자마자 한국을 떠나온 그녀에게, 그 나라는 여전히 그리움으로 남아 있었다.

"알겠습니다, 사장님. 차를 한 잔 내어 오지요."

"차 말고 과일 좀 부탁해요. 입안이 좀 텁텁하네."

"키위로 가져올까요?"

"네. 좋아요."

연숙의 말이 떨어지기가 무섭게 사무실을 나간 윤 비서가 잠시 후 초록색 키위가 소담하게 담긴 접시를 들고 들어왔다.

"차도 함께 드시지요. 지난달에 한국에 출장 다녀온 직원이 사 온 겁니다."

"그래요?"

연숙은 일어나 소파로 자리를 옮겼다. 포크로 키위 한 조각을 먹고 녹차로 입가심을 했다. 윤 비서가 옆에 서서 그녀의 모습을 물끄러미 쳐다보고 있었다.

"윤 비서도 좀 먹지 그래요?"

"전 됐습니다. 지난 주말에 딸과 사위가 다녀갔는데 과일이 이것 저것 많이 남아서 잘 먹고 있습니다."

"맞다. 한국에 사는 따님이 방문했다 그랬었죠?"

"네. 1년에 두 번 정도는 늘 다녀가니까요."

"타국에서 두 분만 살기 적적하실 텐데 가끔 자식들이 다녀가면 반가우시겠어요."

"뭐, 그렇죠."

잠시 대화가 끊겼다. 연숙은 키위를 차분하게 씹어 먹으며 방금 자신이 했던 말을 곱씹어 보았다.

자식.

한때 그녀에게도 자식이라는 존재가 있었다. 미워할 수도, 그렇다고 사랑할 수도 없었던 딸이라는 존재가.

"사장님."

잠시 아득해진 시야를, 윤 비서의 바지가 가로막았다. 고개를 들어 보니 윤 비서가 두어 걸음 제 쪽으로 다가와 있었다.

"네. 할 말 있어요?"

"작년에도, 또 재작년에도, 3년 전에도 4년 전에도, 사장님은 늘 이맘때에 아프시곤 했지요."

"그랬나요?"

되물었지만 연숙 자신도 어렴풋이 깨닫고 있던 부분이었다. 작년 이맘때에도 원인 모를 두통과 몸살이 찾아와 일주일을 쉰 적이 있었으니까. 하지만 이어진 윤 비서의 말에, 연숙은 마시던 녹차를 목으로 넘길 수가 없었다.

"10년 전 이맘때였지요. 신희를 파양하신 게."

그는 지나치게 자신과 자신의 집안에 대해서 빼곡하게 알고 있다. 연숙은 기억하고 싶지 않은 일이 들추어진 듯 인상을 쓰고 대답했다.

"그 얘긴…… 왜 하시는 건지. 다 지나간 일이에요. 생각하기도 싫구요."

"제 생각엔 그때의 일이 사장님 마음속에 죄책감으로 남아 있는 게 아닌가 싶은 겁니다. 연중행사처럼 딱 이맘때에만 아프시니."

"윤 비서님."

"예."

"제가 아버지처럼 윤 비서님을 따른다고 해서 저에 대해 함부로 말씀하시는 건 싫어요. 죄책감이라뇨. 그런 거 전혀 없습니다. 그 일에 대해선 여전히 후회하지 않아요."

"아, 제가 실언을 했습니다. 나이가 들면 이렇게 주책없이 말도 함부로 하게 되나 봅니다. 용서하십시오, 사장님."

"나가 보세요."

"예. 그럼."

그림자처럼 조용하게만 머물러 있던 윤 비서가 가끔 저런 식으로 현실을 일깨울 때면 자신도 모르게 속이 체한 듯 답답해지곤 했다. 연숙은 주먹을 그러쥐고 가슴을 툭툭 치다가 의자에서 일어났다.

다시 창가로 다가가 본다. 어깨가 으쓱해지도록 깊게 숨을 들이쉬고 내뱉자 이번엔 10년 전의 일이 생생한 영상처럼 눈앞으로 와락 달려들었다.

'어머니. 제발 저 졸업할 때까지만 여기 있게 해 주세요. 부탁드립니다. 착하게 굴게요. 있는 듯 없는 듯 살게요.'

남편이 죽고 난 뒤, 기다렸다는 듯 파양 절차를 밟기 시작한 그녀에게 신희는 울며 매달렸었다. 당시 신희의 나이 열아홉. 성인이될 때까지만 내치지 말아 달라는 신희에게, 그녀는 쌀쌀맞게 대답했었다.

'어차피 절차가 다 끝날 때쯤엔 넌 졸업해서 성인이 되어 있을 테니까 걱정 마.'

신희는, 남편의 고집으로 어쩔 수 없이 양녀라는 이름으로 들이게 된 그 아이는, 연숙에겐 죄책감이자 깊게 새겨진 흉터이자, 맛보고 싶지 않은 행복이었다. 특히나 남편이 신희를 애지중지하는 모습을 볼 때마다 흉터는 더욱 깊이 박혀선 아물지 않았다.

아이를 낳지 못하는 여자.

그 주홍 글씨는 양모의 사랑을 받기 위해 코피가 쏟아지도록 공부하고 착실하고 바른 아이로 커 가는 신희를, 그토록 외면하게 만들었다. 집에서 신희와 마주치는 것도 부담돼 되도록 일찍 출근했고 가능한 한 늦게 퇴근했다. 어쩌다 남편 없이 집에 신희와 단둘이 남겨질 때면 부랴부랴 일을 만들어 외출하기에 급급했다.

타인에게 마음을 열지 못했던, 가슴속에 생채기만 가득했던 젊은 시절이었다.

하지만 윤 비서의 말처럼 매년 이맘때마다 가슴이 타들어 가는 것처럼 아픈 걸 보면, 분명히 끝맺지 못한 감정이 남아 있는 듯했다. 꼬일 대로 꼬여 버린 매듭을 어떻게 풀어야 할지, 감을 잡을 수가 없다. 이제 남남이 되어 버린 마당에 그녀가 손을 댈 수 있는 건 어떤 것도 없었다. 그러니 어쩌면 이 통증은 죽을 때까지 겪어야 할 의무 같은 건지도 모른다.

디링.

모니터에서 메신저 알림음이 들려왔다. 무거운 상념을 몰아낼 것처럼 연숙은 눈을 꾹 감았다가 다시 떴다. 책상으로 다가가 대화상자를 여니 메시지 창이 뜬다. 기획부에서 보내온 메시지였다.

[한국의 한복 디자이너 및 연구가, 홍혜정 씨의 프로필입니다.]

연숙은 의자에 앉아 창에 뜬 프로필을 세심하게 훑기 시작했다.

점심을 먹은 후 10여 분간의 휴식 시간이 주어졌을 때, 신희는 비서실로 곧장 올라가지 않고 디자인기획팀의 경희와 함께 휴게실로 들어섰다. 휴식을 위해 마련된 테이블엔 직원들이 삼삼오오 모여 이제 곧 다가올 오후 근무 시간을 대비해 늘어지도록 쉬고 있었다. 에스프레소와 카페라테, 혹은 녹차와 아이스티 등을 즉석에서 만들어 먹을 수 있는 조그만 카페테리아가 비치돼 있어 분위기까지 더하였다.

　늘 식사 후에 곧장 비서실로 올라갔던 터라 휴게실을 이용하는 직원들이 이렇게 많은 줄 몰랐던 신희는 경희를 따라 카페테리아로 가서 커피를 만들어 왔다.

　"신희 씨는 매번 식사 때 외엔 코빼기도 안 보이더니 오늘은 무슨 바람이 불어서 휴게실까지 진출한 거야?"

　커피 한 모금을 들이켜며 경희가 물었다. 의도가 있어서라기보다는 순수하게 궁금한 듯했다.

　"저도 좀 쉬어야죠."

　아무렇지도 않게 거짓말을 내뱉었다. 휴게실을 찾은 이유는 전적으로 다른 데에 있으면서.

　근무 시간 외에 자투리 시간에 영모와 함께 있는 것이 부담스러워졌다. 갑자기 제게 쌀쌀맞게 구는 이유를 알지 못한 채 며칠이 흘렀지만, 나름대로 적응이 되어 가는 중이었다. 되도록 그와 마주할 일은 만들지 않는다. 업무 외적인 말은 절대 걸지 않는다. 그렇게 스스로 철칙을 세워 실행 중에 있었다.

하지만 그럼에도 불구하고 견디지 못하는 건 그와 단둘이 있는 공간이었다. 특히 점심을 먹은 이후가 가장 애매하다. 식사를 하기 위해, 혹은 식사를 다 한 후, 혹은 외부 약속이 잡혀 있는 날도 마찬가지여서, 다른 시간보다 유난히 비서실을 들락거리게 되는 것이다. 그럴 때마다 정색하며 일어나 그를 향해 인사를 하면서도 그의 눈치를 늘 살펴야 했다. 영모는 그녀의 인사마저 받아 주지 않았다.

왜 그토록 냉정하게 변해 버린 건지.

도대체 자신이 무슨 잘못을 저지른 건지.

차오르는 답답함만큼이나 기약 없는 그와의 관계에 차츰 지쳐 가고 있었다. 그런 남자 따위, 깔끔하게 잊어 주고 담담하게 지낼 수 있으면 좋으련만, 한번 가슴에 둔 존재를 흔적도 없이 깡그리 날려 버리지 못해 답답했다.

"나 요즘 연애하고 싶어."

커피를 한 모금 홀짝거린 경희가 염원을 담아 말했다. 몇 번의 연애를 겪은 경희의 입에서 또다시 연애 타령이라니. 대체 왜 다들 연애나 결혼을 못 해 안달인지. 신희는 쥐고 있던 잔을 빙글빙글 돌렸다.

"연애라는 게 그렇게 좋은 건가요?"

"어머. 얼마나 좋은 건데. 연애를 해야 결혼을 할 거 아냐. 신희 씨도 내 나이 돼 봐."

"선배 몇 살이셨죠?"

"서른둘."

"어디서 읽은 건데, 사람은 판단력이 부족해서 결혼을 하고, 인

내심이 부족해서 이혼을 하고, 기억력이 부족해서 재혼을 한대요."

"세상에나. 그러니까 그게 무슨 뜻이야? 나보고 연애도 하지 말고 결혼도 하지 말란 뜻이야? 신희 씨 너무한 거 아니니?"

"설마요. 그만큼 신중해야 한다는 거죠. 세상엔 참…… 이상한 남자들도 많으니까요."

"이상한 남자들?"

"가령 내내 별일 없이 다정하게 굴다가 어느 날 갑자기 냉랭하게 구는 사람도 있어요."

"그건 미친놈이고."

아하, 그러니까 권영모는 미친놈이라는 건가. 그렇다면 며칠째 이어지고 있는 영모와의 이 한랭 전선에 자신의 책임은 없다는 거다. 신희는 헛웃음이 터졌지만 마음은 편해졌다. 경희가 갑자기 생각났다는 듯 상체를 신희 쪽으로 숙이고 들어와선 그윽한 얼굴로 물었다.

"설마 어제저녁에 회사 앞에 와 있던 그 남자를 두고 하는 말이야? 멀쩡하게 생겼던데?"

"응? 아…… 설마 보신 거예요?"

"당연하지. 누군데? 사귀는 사람이야?"

형진이다. 신희는 경희의 호기심 넘치는 눈빛을 피하고자 질끈 두 눈을 감았다.

며칠 전 밤, 이태원에서 함께 술을 마신 뒤로 형진은 가끔 문자 메시지나 전화 연락을 해 왔다. 신희로선 전혀 내키지 않았지만 마냥 피하기만 하는 것도 해결책이 아니라는 생각에 드문드문 연락을 받아 주고 있었다. 하지만 어제저녁엔 퇴근 시간에 맞춰 회사 앞까지 찾아와 당황했다. 선약이 있다는 핑계로 돌려보내긴 했으나, 형진의 이런 식의 접근이 어쩐지 부담스러워지기 시작했다.

하필 그 모습을 입이 가벼운 경희에게 들켜 버렸으니 아무리 입단속을 시킨다 해도 머지않아 소문이 돌 것이다. 그러니 사전에 미리 차단해 둘 필요가 있었다.

"대학 동창이에요. 어젠 일이 있어 잠깐 찾아왔던 거구요."

정색하며 말하는 신희를 보면서 경희가 어깨를 으쓱했다. 다행히 그 이상의 의심은 가지지 않는 듯했다. 이야기가 더 길어지기 전에 일어나려던 신희는 경희가 제 어깨 너머로 시선을 던지며 당황하는 표정을 짓기에 고개를 갸웃거렸다.

"어머나. 권 본부장님이시잖아? 휴게실에 계셨던 모양인데?"

당황한 건 신희도 마찬가지였다. 황급히 고개를 돌리니 그는 이미 휴게실을 나가고 있었다. 재킷 자락이 가볍게 날리는 것이 보였다.

"이럴 줄 알았다면 권 본부장님 가까이에 앉는 건데. 아깝다, 아까워. 신희 씨는 늘 함께하니까 내 심정을 절대 이해 못 하겠지? 신희 씨 근무 환경은 정말 대박이야."

주절주절, 영모와 같은 휴게실에 있었다는 사실만으로도 감격해하는 경희를 두고, 신희는 서둘러 휴게실을 나섰다.

비서실의 문을 열자, 하필 본부장실에서 나오고 있는 영모와 마주쳤다. 그의 손에는 회의실에 갈 때마다 늘 지참하는 펜과 서류철이 들려 있었다. 잠시 후 2시부터 진행될 기획 회의 자리에 미리가 있으려는 것이리라.

긴장은, 발치부터 시작하여 정수리까지 집어삼켰다. 며칠 동안 냉랭했던 그는 지금도 변함없이 그 차가운 온도를 유지하고 있었다. 소름 끼치도록 매섭게 응시하는 눈빛에서 다정함과 온유함은 전혀 찾아볼 수 없었다.

문득 경희가 했던 말이 떠오른다. 미친놈이지. 그래, 미친놈. 그러니까 신경 쓰지 말자.

"저도 회의 준비를 시작하겠습니다."

말투에 예의를 심었다. 발 빠르게 책상으로 다가가 높이 쌓인 서류철을 가슴에 안았다. 회의실로 올라가 책상마다 서류를 놓고 음료를 준비한 후 뒷자리에서 대기하면 그녀의 할 일은 끝나는 셈이다.

자못 마음이 급해져 그가 얼른 나가기만을 기다리고 있는데, 그때까지도 집요하게 그녀를 응시하던 그가 스르르 입을 열었다.

"채 비서."

"네. 본부장님."

"선우엠엔소프트엔 연락이 안 된 겁니까."

"리스트에 없었습니다."

"그럴 리가. 다시 찾아봐요."

그의 태도는 견고했다. 설마. 신희는 얼마쯤 성마른 손길로 아침에 영모가 건넸던 회의 참석자 리스트를 다시 꺼내 들여다봤다. 가장 마지막 줄에 그가 펜으로 직접 기입해 놓은 '선우엠엔소프트'가 보인다. 아무래도 위에 나열된 리스트와 글자체가 다르다 보니 놓친 듯했다. 그것도 아니라면 얼마쯤 머릿속이 멍해져 있었거나.

기분이 최악으로 치달아 더는 수습할 길도 찾지 못했다. 신희는 아랫입술을 깨물다 말고 그를 마주했다.

"죄송합니다, 본부장님. 지금 연락할까요?"

"한 시간밖에 남지 않았는데 지금은 무리지. 그쪽 스케줄도 있을 테고."

"늦게라도 오게 하면……."

"그런 판단은 채 비서가 하는 게 아니에요."

"죄송합니다."

신경이 가닥가닥 곤두섰다. 곤혹스러움을 제대로 가다듬지 못해 시선을 아래로 깔고 있는데 문득 그가 문짝에 옆선을 기대는 게 보였다. 얼핏 시선을 들어 올리니 팔짱을 낀 그의 사납게 일렁거리는 눈빛에 서러움이 무작정 튀어 올랐다.

"채 비서."

"네."

"요즘 연애합니까?"

"……네?"

"연애를 하더라도 업무엔 소홀하지 말아요. 안 그러던 사람이 실수를 하면 그 파장은 장담 못 합니다. 지금처럼. 그게 아니면 채 비서도 역시 다른 여자들과 마찬가지로 남자에 목숨 거는 타입이었나?"

입술 끝에 넌지시 올린 미소는 비웃음이 분명했다. 그는 말 한마디로 사람의 뼈만 남기고 살가죽을 통째로 발라내는 것 같았다. 갑자기 '나쁜 남자'로 콘셉트를 바꾸기라도 한 건가. 그의 심경이 어떻게 이런 식으로 변화되어 흘러가고 있는지 도무지 이유를 알 길이 없었지만, 지금의 실수는 명백하게 본인 탓이니 어쩔 수 없이 고개를 숙여야만 했다.

"죄송합니다, 본부장님. 다시는 실수하지 않겠습니다."

"그래요? 그럼 오늘 회의가 끝나는 대로 자료 분석하고 요점 정리해서 엠엔소프트에 메일 보내요."

"알겠습니다."

숙인 그녀의 표정을 헤아릴 엄두가 나지 않아, 영모는 그대로 비서실을 빠져나왔다. 회의실로 들어가기 전 화장실에 들어가 서류철을 놓아두고 손을 씻었다. 세차게 쏟아지는 물줄기를 손바닥으로 받아 내면서 영모는 요 며칠 난감할 정도로 오르락내리락하고 있는 감정의 변화에 스스로도 한심한 듯 혀를 찼다.

"뭐 하자는 거냐, 애들처럼."

냉랭하게 굴면 멀어질 줄 알았다. 한순간에 제게 들이닥쳤던 놈을 비웃어 주면서 차오르는 욕망 따위 그럴 듯하게 다스리고, 멋지게 예전으로 복귀할 수 있을 줄 알았다. 예전과는 달리 자신의 눈치를 살피며 미소까지 잃어버린 신희에겐 미안한 일이지만, 영모 자신도 이 생경한 상황이 납득되지 않아 그저 그녀와의 사이에 벽만 두면 된다고 생각했었다.

하지만 며칠 전 비가 오는 날 술집에서 다른 남자와 함께 있는 그녀를 보면서, 그리고 조금 전 휴게실에서 신희와 다른 여직원이 나누던 대화를 우연찮게 들은 후, 변화는 신희가 아니라 제게 일어나고 있었다는 것을 무참히도 알게 됐다. 신희의 입으로 직접 연애는 아니라고 못 박긴 했지만 언젠가 그녀에게도 훈풍이 불어올 것이다. 그 생각을 하자 변화의 성질은 더욱 뚜렷해졌다.

흔들리고 있었다.

몸만 동하는 게 아니라 가슴 깊숙한 곳에 아무도 모르게 심어 두었던 '마음'까지 동하는 게 잔인하리만치 선명하게 느껴진다. 제 한마디에 상처받은 것 같은 눈빛으로 고개를 숙이는 신희를 떠올리자 그 흔들림은 자책으로 이어졌다. 회의 자료 분석에 요점 정리까지 하라는 지시는 자신이 지나쳤다고 인정했다.

차가운 물줄기에 손바닥이 온도를 잃고 서늘해졌다. 다시 고개를 들자 치기와 유치한 감정을 애써 숨기고 있는 한심하고 못난 얼굴이 보인다. 영모는 마른 수건에 손을 닦은 뒤 서류를 들고 화장실을 나섰다.

회의실로 올라가는 엘리베이터에서 선우카마스터 대표와 마주쳤다. 본사 홍보팀과 연계해 이번 모터쇼의 홍보와 선전을 담당하게 될 주체였다.

간단한 인사 뒤 카마스터 대표가 넌지시 물어 왔다.

"다다음 주에 보스턴 출장이 잡혔다던데 홍보팀장과 두 분만 가시는 겁니까?"

그의 질문의 의도를 영모는 제대로 파악하고 있었다. 출장을 핑계 삼아 해외여행이나 다녀 보자는 심산이 질문 도처에 깔려 있었다. 이런 규모가 큰 이벤트가 생길 때마다 노골적으로 출장에 동행하려는 이들을 제법 많이 겪었기에, 영모 또한 그들의 욕심을 단칼에 정리하는 노하우도 알고 있었다.

"아직 결정짓지 못했습니다. 보스턴에서 이메일이 도착하면 업무를 분담해 보고 최소 필요 인원만 데려갈 생각이에요."

"최소……요?"

"네. 뭐 문제 있습니까?"

"아, 아뇨. 그건 아니고, 하하. 원래 출장이라는 게 그렇잖습니까. 잡무도 많고 이것저것 자투리 일이 막 쏟아지는데 출장 기간 안에 업무를 마무리하려면 하루하루 일하느라 정신없고. 본부장님이 그런 잡무까지 직접 하실 걸 생각하니 마음이 편치 않아서 말이죠. 이번 모터쇼 규모가 좀 커야죠."

"카마스터에선 보스턴에서 날아오는 공문만 잘 읽어 보시면 됩니다. 굳이 비행기 탈 필요까지는 없고."

"예. 뭐……."

대표가 머리를 긁적이며 민망한 웃음을 지었지만, 그 순간 영모의 머릿속엔 다른 생각이 빠르게 자리했다. 출장이라……. 심연처럼 까마득한 자신의 속마음이 무엇인지, 그조차도 알 수 없었다.

영모가 회의실에서 돌아온 건 퇴근이 임박했을 무렵이었다. 뒤따라 들어온 신희가 책상 위에 서류를 놓고 재빨리 의자에 앉는 모습을 흘깃 돌아보며 본부장실로 들어왔다.

회의 자료를 정리, 분석하여 엠엔소프트에 이메일로 보내라고 지시했으니 지금부터 두어 시간 동안, 신희는 퇴근도 잊은 채 일에 매달리게 될 것이다. 어쩌면 서너 시간이 될지도 모르겠다. 회의의 안건이 무척 많았고, 그에 따라 파생돼 나온 이야기들도 많았기 때문이다. 하지만 영모는 모처럼 제시간에 퇴근할 수 있는 날이었다.

그 생각을 하니 얼마쯤 마음이 무거워졌다. 저가 생각해도 억지스러운 지시가 아닐 수 없는데, 신희는 그걸 곧이곧대로 받아들이고 있는 것이다. 재킷에 팔을 꿰고 가방을 챙기면서도 느린 손길을 어찌하지 못했다. 뚜벅뚜벅 구둣발을 옮기는 소리가 귓전에 유난히 크게 들려왔다. 문을 여니 컴퓨터 작업을 하던 신희가 벌떡 일어나 고개를 숙였다.

"퇴근하십니까."

의례적인 인사말에 영모는 아무 대답도 하지 않았다. 눈 끝으로 그녀의 얼굴을 살펴본다. 여전히 빈틈없어 보이는 태도, 가늠할 수 없는 표정에 좀 전보다 더 마음이 무거워졌다. 가까이 다가갈 수도 그렇다고 아예 멀어질 수도 없는 거리감에, 느리게 끌던 발길에 속도를 실었다.

"수고해요."

"네. 안녕히 가십시오, 본부장님."

문을 닫고 나오자 한숨이 쉬어졌다. 그녀를 상대로 얼마나 유치한 짓을 하고 있는지 견딜 수 없을 정도로 스스로에게 치 떨려 하면서 엘리베이터를 타고 1층 로비로 내려왔다. 지금쯤 주차 담당요원이 그의 차를 건물 앞까지 가져오고 있을 것이었다.

로비의 정중앙, 안내 데스크 옆에 서서 정문 밖을 내다보며 차를 기다리고 있던 그의 시야가 돌연 날카로워졌다.

회전문을 열고 들어오는 남자.

익숙한 그 남자의 얼굴에 영모는 기억을 뒤적거렸다. 머지않아 머릿속에 얼마 전 비 오던 날 밤의 이태원 술집이 떠올랐다. 신희의 옆에 앉아 함께 웃고 떠들던 남자. 그는 쭈뼛거리며 로비를 휘둘러보더니 안내 데스크로 다가왔다. 데스크 안내 직원이 깔끔한 인사로 응대했다.

"저어. 채신희 씨를 만나러 왔는데요. 비서실에서 근무한다던데."

"지금 퇴근 시간이라 개인적인 용무시면 핸드폰으로 연락을 해 보시는 게 어떠실지요."

"아, 그게…… 서프라이즈라서요."

남자는 수줍게 웃으며 머리를 긁적거렸다. 그와 동시에 로비로
주차 담당 요원이 뛰어 들어오는 게 보였다. 영모는 자신의 차가
정문 밖에 도착해 있는 것을 보고 떨어지지 않는 발길을 옮겼다.
차를 타고 도로에 들어서는 순간에도 생각의 결은 좀 전에 보았던
남자에게 맞추어져 있었다.

연애하는 건 아니라더니, 남자의 그 분위기는 뭐였지?

채신희.

어쩔까.

빨간불 앞에서 멈춰 선 영모는 핸들을 손가락으로 툭툭 쳤다. 팔
꿈치를 창틀에 대고 얼굴을 괸 채였다. 좌회전 불빛이 깜빡깜빡 규
칙적인 소리를 냈다. 이제 파란불로 바뀌면 좌회전을 해야 아파트
로 향하는 도로로 접어드는 것이다. 그런데 망막엔 온통 어둡게 일
렁이던 신희의 얼굴만 흘렀다. 가느다란 한숨 뒤에 자조가 따라왔
다. 불빛은 이내 파란불로 바뀌었다.

손가락이 아파 왔다. 타닥타닥, 자판 두드리는 소리가 적막이 가
득한 공간을 메웠다. 워낙 안건이 많았던 탓에 하나씩 정리하는 게
심상치 않은 작업이 될 거라는 불길한 예감이 들었다. 그러나 이건
명백히 자신이 저지른 실수에 대한 대가였다. 오히려 이 정도 선에
서 매듭지을 수 있다는 게 다행인 셈이다.

온통 모니터에만 집중했다. 그의 태도가 차가웠든 아니든, 그의 말투가 딱딱했든 아니든, 상념은 접어 두고 이 업무를 어서 빨리 해치우는 것에 전의를 불태웠다. 차츰 자판 두드리는 속도가 빨라졌다.

똑똑똑.

돌연 날아든 노크 소리는 오타를 만들어 냈다. 당황한 신희는 문짝을 쳐다보고 자리에서 일어났다. 이 시간에 여기로 올 사람은 없는데. 혹시 경희가 퇴근 같이 하자고 찾아온 건가. 그것도 아니면…… 그가 다시 돌아온 건지도 모른다.

얼마쯤 뛰는 가슴을 진정시킨 후 책상을 나온 신희는 조심스럽게 문을 열었다.

"짜잔!"

그녀의 얼굴 앞으로 영화 티켓 두 장이 불쑥 내밀어졌다. 화들짝 놀란 것도 잠시 인상을 찡그린 신희가 손으로 티켓을 스윽 치우니 형진의 얼굴이 보인다.

"뭐니, 너?"

허탈함은 실망을 동반하며 찾아들었다. 마음 한구석에서 영모일지도 모른다고 생각한 자신을 한탄하면서 눈매를 와락 들어 올렸다. 형진이 어깨를 으쓱했다.

"아직 퇴근 전이네. 너랑 영화 보러 가려고 티켓 준비했는데."

"난 그 약속 한 적 없는 것 같은데?"

"그러니까 서프라이즈지. 근데 할 일 많아?"

"적어도 너보단 많은 것 같다."

"나야 뭐, 한량이잖아. 잡지사 사진 기자가 그렇지. 그러지 말고 대충 마무리해. 설마 대충 마무리한다고 대기업에서 직원을 함부로 자를 것도 아니고."

대책이 없다. 이 막무가내 녀석을 어떻게 타일러야 할까. 신희는 관자놀이를 두어 번 꾹꾹 누른 후 사뭇 진지한 표정을 지었다. 형진이 그 표정에 긴장하는 게 보였다.

"박형진."

"응?"

"미안한데 너 이러는 거 난 무척 부담스러워. 오랜만에 만난 동창으로 남아 주면 안 되겠니?"

"이게 부담스럽다고?"

"회사까지 찾아오는 건 예의가 아니지 않아? 여긴 엄연히 내 직장이야."

"물론 어제랑 오늘은 좀 너무 나갔어. 그건 인정. 너한테 눈도장을 콱 찍어 놔야 한다는 생각 때문에 마음이 앞섰어."

"그럴 필요도 없고, 그럴 이유도 없어. 난 시간이 남아돌아도 너하고 영화는 안 봐."

"거참. 되게 팍팍하게 구네. 나도 여친이라는 걸 좀 만들어 보자. 그것도 대기업 다니는 여친. 내 친구 놈들이 아마 뒤로 나자빠질걸?"

"네 친구들 뒤로 나자빠지라고 내가 네 여자 친구가 돼야 해?"

"널 좋아했다니까?"

"그건 과거지. 지금은 아니잖아. 네가 나에 대해서 뭘 아는데?"

"후우. 되게 따지네. 처음부터 깊이 알고 사귀는 사람들이 어디 있어? 사귀면서 차츰 마음도 열고 몸도 열고……."

"나 좋아하는 사람이 따로 있어."

유들유들 허세 가득한 그의 면전에 대고 어쩔 수 없이 내뱉고 만 진심. 흔들림 없이 튀어 나간 그 말에 형진이 짐짓 놀라는가 싶더니 이내 시선을 떨어뜨렸다. 저가 내뱉은 말들을 차마 주워 담을 수 없어 난감해진 듯 손바닥으로 얼굴을 몇 번 문지르더니, 이윽고 고개를 들었다.

"진작 말하지 그랬냐."

그러곤 별다른 인사말도 없이 신희의 시야에서 감쪽같이 사라졌다. 처음엔 뒷걸음질로, 그다음엔 제법 빠른 뜀박질로 복도 끝까지 달려가는 소리가 들렸다. 공간은 다시금 적요에 휩싸였다. 무려 제 진심을 고백해야 형진을 돌려보낼 수 있었다는 게 한심스러웠지만 상황은 이미 종료됐다.

다시 자리로 돌아왔다. 신경이 무척 거칠어졌다. 최근 요 며칠 짧은 시간 동안 희로애락을 모두 맛본 기분이었다. 이유도 없이 그녀 자신이 싫어지는 기분.

지칠 대로 지쳐 더는 기운이 남아 있지 않은 순간, 문밖에서 또다시 노크 소리가 들려왔다. 어김없이, 형진일 거라고 생각했다. 좋아하는 사람이 따로 있다는 제 말을 믿지 않고 다시 돌아온 거라 여겼다.

제법 거칠게 자리에서 일어났다. 인상을 잔뜩 쓴 채 신경질적으로 문을 확 열어 버린 신희는 얼어붙은 듯 그 자리에서 굳어졌다.

그가 와 있었다.

어딘가 느른하게 관조하는 것 같은 시선이, 뭔가를 확인하고 살피는 듯한 눈매가, 무감하게 닫힌 입술이, 그리고 마지막으로 찰나의 번뜩임으로 그녀를 응시하는 눈길이 신희의 지친 가슴을 치고 지나갔다. 신희는 퍼뜩 정신을 챙겼다. 늘어지도록 쉬고 있었던 것도 아니니 당황할 필요가 전혀 없었다. 최대한 마음을 누그러뜨린 그녀는 잇새로 짧은 한숨을 뿌린 뒤 입을 열었다.

"본부장님. 뭐 빠뜨리신 거라도……"

그는 신희의 물음에 곧바로 대답하지 않았다. 그녀의 어깨 너머로 펼쳐져 있는 비서실 정경을 한눈에 훑어보았다. 로비의 그 남자는 보이지 않았다. 흔적조차 느껴지지 않는 걸 보면 신희가 일찌감치 돌려보내기라도 한 건가. 영모는 열심의 흔적이 뚜렷한 신희의 컴퓨터를 흘깃 보다 다시 그녀에게 시선을 꽂았다.

"이메일은 다 보냈습니까?"

"아뇨. 아직 안건 두 개가 더 남았습니다. 꼼꼼하게 완성해서 이메일 보내고 퇴근할 테니까 염려 마십시오."

"밥은, 먹었어요?"

무의식중에 튀어 나간 말. 퇴근길에 유턴하여 회사로 다시 돌아오면서 머릿속엔 아무 생각도 들지 않았다. 지금 당장 그녀의 얼굴을 보아야만 할 것 같은 막연한 초조함이 그를 짓이겨 놓았다.

"아뇨. 생각이 없습니다."

"커피는?"

"그것도 생각이 없습니다."

왜, 그런 걸 묻는 거죠?

신희의 표정이 그렇게 말했다. 그의 눈은 여전히 냉기가 흘렀지만 밥과 커피를 챙기는 그 분위기에서 신희는 다정하고 따뜻했던 지난날의 그를, 어쩔 수 없이 떠올렸다. 씁쓸하지만 모두 허상이며 쓸데없는 상념일 뿐이다. 시시각각 변하는 그의 태도에 신경 쓰는 건, 지친 그녀에게 큰 피로감만 안겨 주었다.

"본부장님."

다감한 어투가 그를 향했다. 왜 돌아오신 거냐고, 설마 밥과 커피를 챙기기 위해 달려온 거냐고 초조하게 묻는 대신, 신희는 제 마음이 편해지는 길을 택했다.

"음."

"업무 시간이 끝났으니 이런 말씀 드려도 될 것 같아서……. 저, 챙겨 주지 않으셔도 됩니다."

"무슨 뜻?"

"또 기대하고 바라게 될 것 같아서요. 기대하는 것보다 체념하는 게 더 편하다는 걸, 잘 알고 있거든요. 혹시 다른 일로 오신 거면 업무 보고 돌아가십시오. 그럼 전 다시 들어가 보겠습니다, 본부장님."

깍듯하게 예의를 다하며 신희는 그를 복도에 세워 둔 채 자리로 돌아왔다. 모니터 속에 둥둥 떠다니는 활자가 어지러웠다. 타닥타닥, 자판 두드리는 소리가 감정의 동요를 막아 주었다.

"보스턴 출장, 준비해요. 그 얘기 전하러 온 거니까."

자판 두드리는 소리가 멈추어지는 것과 동시에 비서실의 문이 조용히 닫혔다. 혼란이 가중된 공간에는 적막만이 흘렀다.

7. 교차로에서 만나다

언제나 정확하고 선명한 게 자신의 장점이라 여겨 왔다. 확실과 불확실 사이에서 결과가 애매하다면, 마지막 수치까지 고려하여 취하든 버리든 선택을 해 왔다. 결정을 함에 있어서도 절대 미련을 두거나 후회하지 않는다. 그건 업무에 있어서도 마찬가지였다. 회사에 이익이 되는가 아닌가, 하는 비교적 단순한 기준을 가지고 매번 속전속결로 일을 진행했다.

　결정을 질질 끌어 부하 직원들로 하여금 시간적, 물리적 낭비를 하게 하는 것보다, 혼자 책임을 지고 마지막 기로에 서는 것이다. 실패는 없었다. 매번 자로 잰 듯 정확하게 떨어지는 결과는 회사에 큰 이익을 가져다주었고, 자신 역시 지금껏 승승장구하고 있으니. 물론 한 번쯤의 실패가 있을지도 모르지만, 그사이 단단하게 다져진 배포만큼이나 크게 두려울 것도 없었다.

그런데.

"후우······."

도무지 재단할 수 없는 이 상황에, 영모는 크게 난감해하고 있었다. 무엇보다 헷갈리고 애매한 건 제 마음이었다. 채신희, 그 여자에 대한 자신의 마음이다. 육욕(肉慾)에서 시작된 단순한 시선은 어느새 깊어진 눈으로 그녀를 탐색하고 있었다. 차갑게 구는 것으로 멀어지기는커녕, 그녀의 행동과 말투에 늘 촉각을 곤두세우게 된다. 결국엔 오늘처럼 차를 유턴시키는 사고까지 치게 된 것이다.

의도하지 않은 결과가 등장할 땐 오히려 침착한 편이었으나 지금은 모든 것들이 혼란스럽다.

출장엔 비서가 동행하는 게 관례긴 했으니, 그 부분에 있어선 신희가 크게 의심하지는 않으리라. 중요한 건 자신의 변덕에 차츰 마음의 문을 닫아 가는 신희를 지켜볼 수만은 없게 된 것이다. 다른 놈과 함께 있는 그녀를 볼 자신은 없으니.

"어머나? 이게 무슨 일이야? 이 시간에 널 다 보다니?"

혜정은 작업실에 있었다. 작업을 할 때면 늘 두르던 분홍색 머리띠를 하고, 도수가 높은 안경을 걸친 데다가 팔에는 토시를 끼고 있었다. 온갖 실마리가 뒤엉켜 복잡한 속내를 달래기 위해 계속 차를 몰던 영모가 도착한 곳은 부모님이 사는 집이었다. 근처에 드문드문 전원주택이 있고 뒤로 큰 산과 함께 동네 앞으로 개울이 흐르는, 곳곳에 잘 정리된 텃밭이 있는 한가로운 시골 마을이었다.

부모님의 집은 2층 주택으로 1층엔 거실과 주방, 그리고 혜정의 작업실과 서재가 있었고, 2층엔 부모님의 방이 있다. 그 방 옆엔 영모가 가끔 들를 때마다 자곤 하는 다락방이 있는데 하늘로 뚫려 있는 창문 너머로 밤하늘이 쏟아지는 정경이 가히 풍경화 수준이었다. 어쩌면 그 그림을 보고 싶었는지도 모르겠다. 그렇게 밤새 어둠만 응시하고 있으면 시끄러운 속내가 조금은 가라앉을지도.

"아버지는요?"

혜정이 펴 놓은 커다란 스케치북에는 여러 벌의 한복이 디자인되어 있었다. 작업실의 한구석에는 혜정이 디자인을 시작했을 때부터 작업한 스케치북이 산더미처럼 쌓여 있다.

"으음. 세리 데리고 옆집 앞집 아저씨들하고 막걸리 한잔 마시러 시내에 나가셨어. 옆집 고구마밭에 가서 하루 종일 도와주셨거든. 뭐, 나 작업하는 데 방해 안 하려고 그러신 거겠지."

"그래서 혼자 계셨어요?"

"응. 보다시피 일하고 있었어. 싱가포르 패션몰에서 연락이 왔지 뭐니. 네 엄마 한류 스타 되려나 보다."

혜정의 농담에 영모가 피식거렸다. 몇 년 전까지 전국적인 한복 체인점을 운영하던 혜정은 진규가 퇴직을 하면서 모든 일을 접고 함께 이곳으로 내려왔다. 간간이 주문이 들어오면 디자인 작업을 해 넘겨주고 대가를 받고 수당까지 챙겨 받는다. 예전처럼 일에 쫓기지 않아 오히려 마음 편하다는 혜정은 확실히 여유로워 보였다.

그런 혜정과 진규는 영모에겐 여전히 인생 선배였다. 그가 서른이 되면서부터 부모님이 합심하여 '결혼'을 외치지만 않았다면 좀 더 자주 찾아뵈었을 텐데.

"여자 친구랑 싸웠니?"

안경 너머 눈을 반짝거리며 혜정이 물어 왔다. 그 순간 영모는 어쩔 수 없이 자조를 터뜨렸다. 그랬었군. 신희와 자신은 현재 연

애하는 중이었지. 적어도 부모님에겐. 영모는 책상 끝에 엉덩이를
걸치며, 작업하는 혜정이 입이 심심할 때마다 먹는 대추과자 하나
를 입속으로 넣었다.

"그래 보이세요?"

"표정이 영 어두운데? 엄마들은 말이야, 자식 얼굴만 봐도 무슨
생각을 하고 있는지 어떤 기분인지 딱 알지."

"그러시는 분이 아들이 지금 허기가 진 것도 모르시니."

"응? 너 밥 안 먹었어? 배고파? 가만있자, 뭘 주면 될까."

"흐음. 농담입니다."

"아, 이 녀석이 진짜."

펜을 놓고 일어서려던 혜정이 영모를 향해 밉지 않게 눈을 흘기
곤 다시 앉았다. 펜 끝에서 그려진 스케치는 얼마 지나지 않아 팔
부분과 몸통 부분이 뚝딱 완성된다. 영모는 혜정의 진지한 표정을
흘긋 보았다. 도안에 열중해 있으면서도 이따금 자신의 눈치를 보
시는 게, 아무래도 입이 근질근질한 듯했다.

평소 같았다면 연애에 대한 궁금증을 마구 쏟아 냈을 텐데, 오늘
은 영모의 분위기가 분위기이니만큼 눈치만 보고 계시는 것이리라.

"왜 안 물으세요?"

그래서였다. 영모는 슬쩍 웃으며 혜정의 스케치북 모서리를 구겼
다가 다시 펴곤 물었다.

"뭘?"

"제 연애 말입니다."

"네가 워낙 묻는 걸 싫어하잖아. 잘하고 있겠지 뭐."

"아하. 그러시군요. 그래서 관심도 없으시고?"

"관심 가져 봐야 대답도 안 해 줄 거면서."

"그래서 전화도 한 통 없으시고?"

"좋아! 이 녀석아! 그럼 묻자, 물어. 그 아이 언제 정식으로 소개해 줄 건데? 너 나이도 있는데 둘이 결혼 얘긴 하고 있는 거야? 그 아이 부모님 만나는 봤어? 둘이 어디까지 진척된 거야? 혹시 헤어진 건 아니지? 헤어져서 황망해서 여기 온 거 아니지? 네가 마음이 변했니? 아니면 그 아이한테 차인 거야?"

숨 한 번 쉬지 않고 몰아친 혜정은 말이 끝나자마자 호흡을 가다듬었다. 과연 결혼도 부족해 이별까지 계산하고 있는 혜정의 신들린 상상력에 영모는 내심 혀를 내둘렀다. 괜히 물꼬를 건드린 게 아닌가 싶다.

영모는 호기심과 궁금증으로 점철된 혜정의 표정을 마주하면서, 혜정이 건넨 질문에 그 어떤 것도 명확하게 답을 줄 수 없는 현실에 자조가 흘렀다.

"연애라는 거, 결혼이라는 거, 할 만해요?"

묻는 질문엔 비껴가면서 전혀 다른 걸 묻는 영모를, 혜정이 빤히 쳐다봤다.

"그게 무슨 말이야? 지금 연애하고 있는 녀석이?"

"그 이유를 못 찾겠어서. 왜들 모두 연애와 결혼에 목매고 사는지."

"결혼은……. 그러니까 내 경험을 빌자면, 결혼은 이유가 있어서 하는 게 아니야. 하고 나서 자연스럽게 그 이유를 찾아가게 되는 거야. 연애도 마찬가지고."

"논리가 부족해요. 인과 관계가 없는 현상은 존재하지 않아요."

"그렇게 느낀다면 그것도 어쩔 수 없지. 사람 대 사람의 결합을 어떻게 논리로 설명이 가능하겠니? 감정이라는 게 과학이나 수학이 아니잖아."

스케치북의 모서리가 그의 손에 의해 또 한 번 접혔다가 펴졌다. 그런 그를 쳐다보기만 하던 혜정이 자리에서 일어나 주방으로 가더니 무언가를 뚝딱 만들어 왔다. 자몽 주스. 붉은색 액체에 자몽 과육이 둥둥 떠다닌다.

"마셔. 헷갈릴 땐 먹는 게 최고야."

주스 잔을 보고 있자니 신희의 온통 붉은 입술이 생각났다. 체리와 함께 제 손가락을 머금던 도톰한 입술의 감촉. 그녀의 육체에 사정없이 끌렸던 그 순간도 덩달아 떠올라 곤혹스러워졌다. 영모는 주스를 모조리 마신 후 잔을 내려놓았다. 혜정의 시선이 따라왔다.

"네가 무슨 생각을 하고 있는지 모르겠지만, 네가 생각하는 게 정답이야. 그렇게만 믿으면 돼."

"제가 무슨 생각을 하고 있는지 알면 놀라실 텐데."

"무슨 생각을 하고 있는데?"

아주, 야한 생각.

그녀와 살결이 부딪치고 다리를 얽고 속살을 파고들며 거친 신음을 쏟아 내는 생각.

차마 입 밖으로 내뱉지 못하고 그저 허허롭게 웃기만 한 영모는 자리에서 일어났다. 혜정에겐 안녕히 주무시라는 인사만 남기고 서둘러 집을 나왔다.

핸들을 쥔 그의 목적지는 한 군데였다. 밤 10시. 그녀는 아직 회사에 있을까, 아니면 퇴근을 했을까. 핸드폰으로 그녀의 전화번호를 누르려다 말고 시동을 걸었다.

서울로 진입한 영모의 차는 망설임도 없이 신희의 오피스텔 단지로 향했다. 고양이 세리 때문에 신희가 그의 집에 드나들었을 때, 몇 차례 밤늦게 태워 준 적이 있어 위치는 이미 입력된 상태였다.

늦은 밤, 오피스텔 건물은 조용했다. 넓은 주차장에 차를 세우고 시동까지 끈 그는 턱을 괸 채 고개를 들어 올렸다.

"하나, 둘, 셋, 넷……."

손가락으로 신희의 오피스텔이 있는 층을 짚어 가다 손을 내렸다. 불이 꺼진 창문. 신희는 아직 들어오지 않았던지 아니면 벌써 잠자리에 들었던지 둘 중 하나였다. 영모는 이마를 문질렀다. 이번엔 어쩔 수 없이 핸드폰을 꺼내야 할 듯하다. 지금이 아니면 영영 적기를 잡을 수 없을 것 같은 초조함이 손가락을 들쑤셨다.

그녀의 번호를 찾아 가볍게 터치하려던 영모는 순간적으로 시야에 와 닿은 광경에 고개를 번쩍 들었다. 눈빛이 맹렬히 타올랐다. 반대쪽에서 힘없이 걸어오고 있는 신희를 발견한 까닭이다. 지친 어깨와 얼굴. 늘어진 코트 자락만큼이나 기운이 모두 소진된 모습에 영모의 가슴이 차분하게 가라앉았다.

그녀는 핸드폰을 쥔 채 통화 중이었다. 간간이 진지한 얼굴, 헛웃음을 내뱉는 표정을, 영모는 당분간 조용히 관조하기로 했다.

"뭐라구요?"

신희는 잠시 걸음을 세우고 앞머리를 쓸어 올렸다. 통화 중인 윤경에게서 얼토당토않은 이야기가 건너왔기 때문이다.

— 너 형진이 찬 거냐구.

"그걸 왜 선배가 물어요?"

분명 형진이 저를 찾아온 건 몇 시간 전, 저녁. 그사이 형진이 윤경에게 자신과 나누었던 대화를 모두 전했다는 건가. 아연해져 실소가 터졌다. 친구랑 싸우고 엄마에게 쪼르르 달려가 일러바치는 어린아이를 상대했다는 건가.

— 형진이한테서 연락받았지. 네가 찼다며?

"그게, 선배가 저한테 전화까지 할 일이에요?"

— 얘. 솔직히 형진이만 한 애가 어디 있니? 인물 괜찮지, 성격 꾸밈없지. 돈벌이가 좀 신통치 않긴 하지만 그거야 네가 커버하면 되는 거고. 너 모태솔로잖아. 내년이면 서른이야.

"그렇게 좋은 애면 선배가 사귀세요. 그럼 되잖아요."

— 에이. 아끼는 후배들이 썸타고 연애하는 걸 지켜보는 재미도 쏠쏠하지.

"어쨌든 그 일로 선배랑 이런 대화를 나누고 싶지는 않아요. 다음에 형진이랑 연락되면 전해 주세요. 어른부터 되자구요."

— 무슨 말이야?

"그런 게 있어요. 어쨌든 더는 형진이랑 절 엮지 마세요. 불편하고 부담돼요."

— 하여간 칼 같은 건 알아줘야 해. 너 그래서 연애나 제대로 하겠어?

"언젠간 하겠죠. 하지만 형진인 아니에요."

— 너 진짜 좋아하는 사람이 있는 거야?

뭐야. 그것도 일러바친 거야?

후우, 한숨과 함께 나직이 조소가 흘렀다. 입도 가볍고 생각도 가벼운 박형진 씨, 영원히 아웃되고 싶나요?

"맞아요. 좋아하는 사람 있어요. 그러니까 이제 다른 남자랑 엮는 건 그만해 줘요, 선배. 앗! 저 집에 도착했어요. 이만 끊을게요!"

신희는 윤경이 더 첨언을 하기 전에 서둘러 전화를 끊었다. 실소와 함께 뒷골이 아파 왔다. 가뜩이나 영모로 인해 머릿속이 두서없이 뒤죽박죽인데, 다른 이물질까지 끼었고 싶지 않아 서둘러 걸음을 옮겼다.

보스턴 출장을 함께 가자던 영모의 말이 여전히 귀에 매달려 있었던 것이다. 사실 해외 출장에 비서가 동행하는 일이야 비일비재했다. 그러니 그의 말에 의미를 부여할 필요도 없었다.

단지 출장 기간 동안 그와 매일같이 얼굴을 봐야 한다는 사실이 어깨를 무겁게 했다. 표현할 수 없는 복잡한 감정이 가슴에서 바스락거렸다. 외롭고 공허한 공기가 끝도 없이 스며든다. 짝사랑의 종점이 이토록 허한 외로움이었다니.

발치에 무거운 추라도 매단 듯 느리게 걸음을 끌었다. 오피스텔 입구에 도착한 신희는 그 순간에 와락 달려드는 헤드라이트 빛에 놀라 고개를 돌렸다. 강한 빛살이 그녀에게 쏟아지고 있었다. 손으로 눈과 이마를 번갈아 가리며 빛의 정체가 뭔지 확인하는 신희의 시야에, 그 눈길의 끝에 생각지도 못한 존재가 모습을 드러냈다.

그가 차에서 내려 천천히 다가오고 있었던 것이다.

이마를 가렸던 손이 스르르 아래로 떨어졌다. 갑작스러운 상황에 생각이 채 정리되지도 못한 채로, 신희는 영모와 마주하게 되었다.

"……보, 본부장님. 여, 여긴 어떻게……."

"일은 다 했습니까?"

"……네."

멈춰 서서 눈을 깜빡이는 그를 올려다보며, 신희는 오늘만 벌써 두 번째 반복되는 상황에 잠시 말문이 닫혔다.

"저한테 하실 말씀이라도, 아니면 제가 또 무슨 실수라도……."

"여기까지 왔는데 올라가서 차 한잔하잔 말을 안 해요?"

그가 입매를 끌어 올리며 미소 지었다. 요 며칠 계속 냉랭했던 그였기에 신희로선 그 미소가 생소했다. 그러고 보니 아까 비서실 앞에서도 그는 미약하게 미소를 지었던 것도 같다. 대체 왜 이렇게 주변을 맴도는 건지. 기대하고 바라는 거, 이제 완벽하게 체념해 버렸는데.

"죄송하지만 시간이 늦었어요."

"좋아. 여기도 상관없지."

"무슨 일로 오신 건지요."

"아까 그 말, 무슨 뜻인지 말해 줄 수 있어요?"

"무슨 말이요?"

"기대하고 바라게 된다는 말. 나한테 뭘 기대하고 뭘 바랐는지 궁금해요."

차가운 바람이 그와의 사이를 갈라놓았다. 날리는 긴 머리칼을 애써 수습하면서 신희는 대수롭지 않은 척 대답했다.

"별거 아니에요. 부하 직원으로서 상사한테 품을 수 있는 순수한 희망 같은 거요. 가령 오늘은 좀 일찍 퇴근시켜 주시지 않을까, 하는."

"흐음. 별거 아니었군. 괜히 깊게 생각했네."

그의 말투에서 실망감이 역력하게 느껴졌다. 도무지 갈피를 잡을 수 없는 그의 말에, 신희는 대담하게 받아쳤다.

"설마 그걸 물어보기 위해 여기까지 오신 건 아니죠?"

"예전에도 신희 씨한테 말한 적 있었던 것 같은데. 난 연애하는 걸 별로 선호하지 않아요."

고저 없는 음성이 담백하게 흘러나왔다. 너무 담백해서 며칠 동안 냉기를 풍기던 장본인이 맞나 싶다. 하지만 그 야속함 뒤에는 오랜만에 대하는 그의 다정한 모습에 가슴 한쪽이 무너지고 있었다.

"누군가를 알아 가고 맞추어 가고 마음을 나누고 감정을 공유하고, 결혼이라는 목적을 향해 끊임없이 싸우고 다투고 행복해하는 거, 그 과정이 귀찮아. 내가 신(神)도 아닌데 상대의 인생을 책임질 수도 없고, 상대가 나에게 전부를 걸게 할 만큼 무모하지도 않지."

"……."

"그런데 생각이 바뀌었어. 그럴 수도 있을 것 같아."

"……."

"신희 씨가 연애 감정 때문에 울고 웃고 행복해하고 상처받고 질투하고 그리고 다시 설레어 하는 모습을 보고 싶어. 그런데 그게 나 때문이었으면 해. 그 귀찮은 과정을, 채신희와 겪어 보고 싶어."

"……무슨 뜻인지 모르겠어요. 본부장님."

"연애, 해 볼 생각 없어요? 나하고. 진짜 연애."

온도를 가늠할 수 없는 바람이 또다시 공기를 집어삼켰다. 백지였던 뇌리에 생각이 여러 갈래로 파고들었다. 신희는 한차례 눈을 껌뻑거렸다.

정혁에게서 전화가 걸려 온 건 막 오후 업무 시간이 시작될 무렵
이었다. 보스턴 출장 준비로 제휴사에서 보내오는 여러 서류를 이
메일로 받고 그것을 분석하는 시간이 점심시간도 없이 이어지던 때
였다. 영모는 핸드폰을 귀에 대고 건성으로 입을 열었다.

　"응."

　— 바쁘냐?

　"그런 것 같은데. 끊을래?"

　건너편에서 피식 웃는 소리가 들려온다. 어쩐지 정혁의 목소리
톤이 한껏 올라가 있는 느낌이었다. 정혁의 목소리 톤이 높아졌다
는 건 딱 두 가지 경우가 생겼다는 의미다. 수주에 성공했거나, 혹
은 새 여자가 생겼거나. 수주에 성공한 거나 새 여자가 생겼거나,
둘 다 영모 자신과는 무관한 일이었기에 다시 물었다.

　"응? 끊을까?"

　— 나 약혼한다.

　이건 또 무슨 소리?

　영모는 그제야 고개를 들고 미간을 좁혔다. 임자가 있든 없든 마
음에 드는 여자면 무조건 저지르고 보는 난봉꾼이다, 오직 새로운
여자만이 행복을 줄 수 있다며 일주일 만에 갈아타는 내공을 가진
녀석이, 뜬금없이 약혼이라니. 소파에 등을 기대고 손가락에 끼운
펜대를 이리저리 돌리던 영모는 눈을 가늘게 뜨고 물었다.

　"무슨 소리? 아직 술이 덜 깬 거냐?"

— 아니 나 멀쩡해. 약혼해. 진짜, 리얼리.

"흐음. 육하원칙까지는 들을 시간이 안 될 것 같고, 이유만 말해 봐. 왜 약혼하는 거지? 네가?"

— 운명의 여자를 만났거든. 사람 인연이라는 게 참 희한해. 부모님 전원주택 지어 주려고 우리 회사에 찾아온 의뢰인인데, 처음 본 순간에 그 여잘 놓치면 안 되겠다는 생각이 들더라고. 그런 강렬한 느낌은 처음이었다니까? 이래서 결혼을 하는 거구나, 싶었어.

"네가 놓치면 안 되겠다고 생각한 여자가 아파트 한 단지를 채우고도 남는데, 그 말을 믿어야 해? 내 기억이 맞는다면 결혼에 왜들 목매는지 모르겠다고 투정한 게 불과 며칠 전인데. 혹시 부모님 유산 때문이야?"

— 유산 따위 필요 없어. 형한테 몰빵하셔도 상관없어. 나 지금 진지해. 서른넷 인생에서 가장 진지하다고 하면 믿어 줄래?

정혁이 '진지'라는 단어까지 언급하는 데엔 그럴 만한 이유가 있을 것이다. 믿고 싶지는 않았지만, 그리고 쉽게 적응하기도 힘들었지만 이 녀석에게도 진심이라는 게 있을지도 모르니.

"그래서 그거 자랑하려고 전화한 거야?"

— 오늘 저녁에 시간 되면 밥이나 얻어먹으러 와.

"밥?"

— 약혼식이 오늘 저녁이거든. 너 포함해서 같이 공부했던 친구들 몇 명 부르려고. 명색이 약혼식인데 축하해 줄 놈들은 있어야 할 거 아냐.

"축하 정도야 얼마든지 해 주지. 네 녀석 인생에 일어난 대형 사고 같은 일인데. 몇 시야?"

─ 7시. 근데 너도 웬만하면 파트너 하나 구해서 함께 와. 다들 최소 부부 동반에 애인 데리고 올 텐데 너 혼자 싱글이면 그 여자들 눈 돌아가. 내 신성한 약혼식장에서 그런 참사가 일어나지 않길 빈다.

"헛소리 그만하고 끊어. 축하하러 가 주긴 할 테니까."

영모는 웃음과 함께 통화를 끝냈다. 다시 시선을 옮겨 모니터를 쳐다보는데 눈에 들어올 리 만무했다. '싱글'이라는 이름으로 지구상에 끝까지 희귀종으로 남을 것 같던 정혁의 입에서 결혼이라는 단어가 나온 걸 보니 결혼이 엄청난 명제긴 한 건가 보다. 씁쓸한 미소와 함께 돌아가던 펜대를 멈추고 고개를 돌렸다. 문 너머 비서실 책상에 앉아 있을 그녀를 생각한다.

정혁으로 인해 잠시 찾아든 혼란은 곧 신희에게로 생각의 결을 옮겨 갔다. 어젯밤 무척 갑작스러웠을 자신의 제안에도, 그녀는 생각보다 차분해 보였다. '생각해 볼게요.'라는 덤덤한 한마디로 그 자리를 종료해 버리고 집으로 들어가던 그 뒷모습이 얼마쯤 어이가 없었지만, 며칠 동안 이어졌던 자신과의 싸움이 끝났다는 생각에 홀가분해졌다.

그의 혼란이, 이제는 신희에게로 옮겨 간 것이다.

영모는 자리에서 일어났다. 절호의 기회다. 연애해 보자는 얼토당토않는 제안을 한 상대와 퇴근 이후에도 함께할 수 있는.

문을 열고 나가자 열심히 모니터를 보며 자판을 두드리고 있는 신희가 보였다. 보스턴 출장지에서의 스케줄을 정리하고 있는 것이리라. 그녀는 곧장 벌떡 일어났다.

"뭐, 필요하신 게 있으십니까? 본부장님?"

필요 이상으로 격식을 차린 신희의 태도에 얼마쯤 빈정이 상한 영모는 무척 느린 속도로 몇 걸음 걸어 그녀의 책상으로 다가갔다. 그사이에 그의 시선은 꼼짝없이 신희에게 붙박여 있었다. 그녀의 책상에 엉덩이를 걸치고 앉으니 눈이 두 배로 커지는 게 보였다.

"필요한 건 없는데, 불쾌하긴 하네."

"켈록! 네?"

어젯밤 채 사라지지 않은 감정의 입자들이 여전히 주변에 맴돌았다. 신희는 긴장감에 문득 흘러나온 헛기침을 어쩌지 못하고 입을 틀어막으며 물었다. 며칠 동안 그녀를 숨 막히게 만들었던 냉기는 온데간데없이 사라지고, 예전처럼, 아니 예전보다 더 짙어진 안온함이 그녀의 심중을 들쑤셨다.

설마, 연애하자는 말이 진심이었던가.

그가 쓸데없는 말을 하는 사람이 아니라는 것을 잘 알았기에, 신희는 어젯밤 잠을 이루지 못했다. 더욱이 연애하자는, 전혀 그답지 않은 제안은 신희로선 받아들이기에도 그렇다고 완전하게 마음에서 지우기에도 애매하고 헷갈렸다. 한 가지 분명한 건, 그를 마주할 때마다 아직도 떨리고 설렌다는 것이다.

"난 이렇게 들떠 있는데, 채신희는 여전히 차분하다는 게."

영모는 손가락으로 신희의 모니터 모서리를 스윽 만져 가며 말을 이었다. 신희는 허리를 곧추세우고 그를 마주 봤다.

"본부장님."

"말해요."

"업무 시간에 주고받을 만한 대화가 아니라는 생각은 들지만, 지금 해야 할 것 같아서요."

"음."

"며칠 동안 저한테 분명히 냉랭하셨는데 갑자기 태도를 바꾸신 이유가 궁금해요."

"어제 말했던 것 같은데. 마음이 바뀌었다고."

"그럼 연애해 보자는 말이 진심이셨어요?"

"진심이 아니면 거짓말이라는 거? 날 띄엄띄엄 봤군. 흐음. 며칠 동안 혼란스러웠어요. 다른 것에, 여자에, 끌리는 내 모습이 영 낯설어서 내가 갈 길이 아니라고 생각했기 때문에 거리를 두어야 했지. 그런데, 그럴 필요가 있을까 싶어. 채신희가 다른 남자와 함께 있는 걸 난 절대 못 볼 것 같거든."

눈앞이 하얗게 흐려졌다. 잠시, 암전이 된 귀에 아무것도 들리지 않았다. 덤덤하게, 그리고 가라앉은 목소리로 마음을 밝히는 영모에게 신희의 떨리는 눈빛이 하염없이 박혀 들었다. 말을 하고 나니 민망했던지 그가 설핏 웃어 보였다. 그러곤 모니터 모서리를 손가락으로 툭툭 친다.

"이 정도면 대답이 된 건가? 그러니까 결정을 해 줘요. 오늘 안으로 해 주면 더 좋고. 난 전적으로 채신희 생각을 따를 테니까. 그리고 하나 부탁할 게 있는데 오늘 저녁 시간 비워 놔요. 나하고 갈 데가 있어."

"……어딜요?"

"친구 녀석 약혼식장인데 다들 파트너를 동반한다니까 나도 그래야 할까 싶어. 지금 내 최적의 파트너는 채신희고."

"……."

"왜 대답이 없어요?"

"가지 않겠다고 하면 화내실 건가요?"

"화를 내긴. 혼자 쓸쓸히 가야지."

측은한 표정을 부러 지어 보이며 그녀의 대답을 기다리는 그를 보자니 내심 헛웃음이 났다. 그가 자신을 힘들게 한 만큼 한 번쯤은 튕기고 싶은데, 무장 해제시키는 미소엔 당해 낼 재간이 없었다.

"비싼 척하고 싶은데 쓸쓸히 혼자 가실 거라니 어쩔 수 없네요. 같이 갈게요."

그가 만족스럽다는 듯 고개를 끄덕이곤 다시 본부장실로 들어갔다.

이후에도 한동안 신희는 꼼짝 않고 서 있기만 했다. 실감 나지 않는 그의 말, 단어를 곱씹어 가며 천천히 자리하자 그제야 온갖 감정들이 밀려들었다. 미래를 약속한 것도 아니고 연애하자는 단순한 한마디에 불과한데도, 백 마디 고백이라도 들은 것처럼 가슴이 벅차올랐다.

그의 감정이 어떻게 변하고 발전을 한 건지, 굳이 알고 싶지 않았다. 중요한 건 그가 자신과 함께하기를 원하고 있다는 것이다. 자신과 함께. 이 연애의 끝이 어떤 모습이든, 어떤 상황이 기다리고 있든, 미리 생각하고 싶지 않았다. 현실에 저당 잡혀 험악하게 이별을 고한다고 해도 후회할 것 같지 않다. 어차피 혼자인 것에 익숙하니까.

오늘 안으로 결정을 해 달라니.

어떤 대답이 나갈지 뻔히 알면서.

손가락이 떨려 몇 번이나 주먹을 말아 쥐었다가 다시 폈다. 눈은 모니터를 보고 있는데 마음은 딴것으로 가득 차 있었다.

"약혼식……."

뭘 입어야 되지?

퇴근 후 집에 가 있으면 시간 맞춰 데리러 가겠다는 그의 말에, 신희는 날렵한 속도로 집으로 돌아왔다. 옷장 문을 활짝 열고 가슴 가득 옷들을 끌어안아 침대 위에 펼쳤다. 약혼식과 어울리지 않는 옷부터 하나씩 치우는 방식으로 해서 가장 마지막에 남은 아이보리색 투피스를 집어 들었다.

그가 곧 도착할 시간이라 서둘러 옷을 갈아입고 화장을 고친 신희는 문득 거울 속에 비친 낯선 제 모습에 잠시 손길을 멈추었다.

"행복하니?"

모르겠다. 이 연애의 끝을 생각하면 행복하지 않은 게 정답인데, 그녀의 뇌리는 오직 지금에 맞추어져 있었다. 한 번도 완벽하게 행복한 적 없었기에, 지금의 이 반쪽짜리 행복을 누릴 자격도 충분하다고 여겨졌다.

신희는 애써 빙긋 크게 웃었다. 붉은색 기운이 감도는 립스틱까지 다 바르고 나니 가방 안에 든 핸드폰이 때마침 울린다. 영모의 메시지였다.

[주차장으로.]

그의 문자를 손가락으로 한 번 스윽 훑은 후 신희는 코트를 입고 가방을 든 채 아파트를 나섰다.

조수석에 올라탄 그녀를 향해 영모의 뜨거운 시선이 쏠렸다. 회사에서 늘 보던 단정한 투피스가 아닌, 적당하게 볼륨감이 느껴지고 적당하게 섹시해 보이는, 육감적인 옷이었다. 단아하고 청순한 이미지 뒤에 늘 어렴풋이 매혹이 느껴지곤 했는데, 확실히 그런 면이 도드라져 보였다.

"옷 한 벌 사 주려고 했는데."

신희만 뚫어지게 쳐다본 게 민망했던 영모가 애써 눈길을 거두어들이며 말했다. 신희는 입술을 잘근 깨물며 혼잣말처럼 중얼거렸다.

"아까워라."

차는 아파트 단지를 빠져나가 한창 퇴근길로 분주한 대로에 접어들었다. 설명할 수 없는 잔잔한 떨림에 숨까지 막혀 오는 듯했다. 그가 팔을 뻗어 음악을 틀지 않았다면 깊어진 숨소리를 그가 영락없이 들었을 것이다.

스피커에서 흘러나오는 피아노 반주에 맞춰 신희의 긴장도 어느 정도 안정 궤도에 들어섰다. 무심하게 흐르는 창밖의 풍경을 쳐다보던 그녀는 나직하게 읊조리는 영모의 한마디에 고개를 돌렸다.

"공기부터 다르네."

"뭐가요?"

"몇 번 신희 씨를 그 자리에 태운 적 있었지만 지금은 확실히 느낌이 달라."

그러곤 입매를 부드럽게 끌어 올렸다. 전 매번 달랐던걸요. 그 말을 건네고 싶었지만 엷은 미소를 띠우는 것으로 대답을 대신했다.

헤드라이트 빛이 포말처럼 흩어지고 있는 도로 속으로, 차는 **빨려** 들어갈 듯 질주했다. 그렇게 한 시간을 달려 도착한 곳은 신희도 처음 와 보는 곳이었다.

서울 외곽에 이런 곳도 있었나 싶게 시끄럽고 복잡한 도심과는 달리 평화롭고 조용한 곳이었다. 사방이 키가 큰 나무들로 둘러싸였고 넓은 바닥에는 대리석이 깔려 고급스러움이 더해졌다. 차에서 내린 그와 함께 조금 걸어 들어가서야 신희는 이곳이 고급 레스토랑이라는 것을 깨달았다.

약혼식장은 레스토랑의 지하에 있는 큰 홀에서 열렸다. 화이트와 블랙 톤으로 대조되는 인테리어 소품이 세련됐고, 히노끼 형태의 미니멀한 분수대가 구석구석을 채웠다. 그렇게 환하지 않은 조명인데도 아늑하고 따뜻한 느낌이 드는 건 아마도 동그란 모양의 귀여운 전구 탓이리라.

입구부터 북적거리는 약혼식장에 들어선 신희는 낯선 사람들을 잠시 둘러보았다. 면면이 영모와 비슷한 느낌을 주는 인텔리한 남자들이었고, 그 남자들의 옆엔 하나같이 온실에서 잘 꾸며진 화분 같은 여자들이 서 있었다. 남자들은 영모의 친구들일 테고, 여자들은 그 남자들의 애인 혹은 부인이리라.

어색하고 서먹한 미소만 짓고 있는 신희의 손을 영모가 덥석 잡았다. 손목에 찌르르 전율이 일었지만 내색하지 않고 그가 이끄는 대로 따랐다. 친구들이 앉은 테이블을 일일이 돌며 인사를 하는 그의 옆을, 신희는 내내 지켰다.

"이야아. 권영모. 세상 오래 살고 볼 일이네. 네가 여자를 다 데려오고."

"그러게. 평생 독신으로 늙을 줄 알았더니."

"너무 그러지들 마. 영모도 늙기 전에 결혼이란 걸 해 봐야지. 인생이 얼마나 즐거운 건지 겪어 봐야 돼."

"반어법이냐? 결혼이 뭐가 즐거워?"

"푸하하하."

저들끼리 입을 모아 놀려 대는 통에, 영모는 대꾸 없이 피식 웃기만 했다. 신희의 손을 잡고 정해진 테이블에 앉은 그가 숨을 돌리는 게 보였다. 신희는 영모가 내미는 물컵을 받아 들고 한 모금 들이켰다.

"피곤해도 참아요. 식만 끝나면 곧장 나갈 거니까."

"제 걱정은 하지 마세요. 잘 견디고 있을 테니까요."

그가 속삭이기에 신희도 속삭였다. 가까이에서 마주친 시선에 그의 깊은 눈빛이 느껴진다. 신희는 얼른 고개를 돌려 정면을 향했다.

약혼식은 예비 신랑의 친구인 사회자가 인사를 하는 것으로 시작됐다. 정면에 놓인 긴 테이블의 정중앙에 예비 신랑과 신부가 앉았고, 양쪽으로 양가 어른들이 앉았다.

서로 반지를 주고받고 어른들의 덕담을 나누는 매우 간단한 순서가 금세 끝이 나고, 정면의 긴 테이블은 재빨리 치워졌다. 그리고 어디선가 들려오는 잔잔한 팝발라드. 턱시도와 드레스를 차려입은 예비 신랑과 신부가 테이블을 돌아다니며 일일이 인사를 전하는 동안, 반대쪽에 앉아 있던 커플이 나와 블루스를 추기 시작했다.

그것이 신호가 되어 테이블에 앉아 있던 몇몇 커플도 덩달아 홀로 나가 춤을 춘다. 그런 문화에 익숙한 듯, 참석자들은 무척 자연스럽게 분위기를 즐기고 있었다. 느리던 음악은 빨라지기도 했고 다시 느려지기도 했다.

영모는 저를 찾아온 정혁과 간단한 대화를 나눈 뒤 신희를 소개했다. 영모에게 애인이 없다는 사실을 잘 아는 정혁은, 그저 자리를 채우기 위해 동행한 사람쯤으로 신희의 존재를 이해하는 듯했다.

"나갈래요?"

영모가 신희 쪽으로 고개를 숙였다. 턱짓으로 홀을 가리키자 신희는 얼른 고개를 저었다.

"춤은 못 춰요."

"흠. 나도 춤은 젬병이긴 한데."

그가 벌떡 일어나더니 그녀의 손을 잡고 일으켰다. 곤경에 빠진 신희가 제지할 틈도 없이 그의 발길은 빠르게 홀로 향했다.

"내 목에 팔만 걸어요."

그의 두 팔이 허리를 바짝 감아 왔다. 덕분에 신희의 젖가슴이 그의 가슴팍에 눌려 몸과 몸이 틈도 없이 맞닿아 버렸다. 그 짙은 접촉에 잠시 굳어졌던 신희는 어쩔 수 없이 그의 목에 팔을 둘렀다. 그가 그녀의 허리를 더욱 바짝 끌어당겼다.

"그냥 발만 움직여. 그게 나을 거야."

고개를 조금만 돌려도 얼굴 모든 곳에 그의 촉감이 닿아 왔다. 숨결과 맥박까지 생생하게 느껴졌다. 호흡이, 가슴을 뚫고 나오는 것 같았다. 긴장이 머리끝까지 차올라 박자를 잃어버릴 것만 같았다. 허리를 더듬는 손길, 귓전으로 넘실대는 그의 숨소리, 젖가슴을 뭉근히 감싸는 그의 넓은 가슴팍.

모든 것들이 신희를 어지럽게 만들었다.

"본부장님."

그래서였다. 그 아찔한 유혹에, 몸과 마음이 한꺼번에 그를 향해 열린 그 순간에, 말을 해야겠다고 생각한 건.

"음?"

"우리, 연애해요. 저도 그러고 싶어요."

허리를 감싸고 있던 그의 팔이 잠시 떨리는 것 같았다. 볼에 닿은 숨결이 잠시 멈춰진 것도 같았다. 신희는 시선을 들고 그의 턱을 쳐다봤다. 그가 미묘한 웃음을 짓더니 이내 고개를 내리고 귓전으로 속삭여 왔다.

"좀 나갈까."

그는 신희의 손을 잡고 천천히 홀을 빠져나갔다. 그가 어디로 가고 있는지 묻지 않았다. 어쩌면 주차장으로, 그것도 아니면 바람을 쐬기 위해. 어디든 그와 함께 있는 곳이라면 상관없을 것 같았다.

입구를 나와 인적이 드문 모퉁이를 돌았다. 가로등 하나 없는 어둠뿐인 그곳은 키가 큰 나무가 무리를 이루고 있었다.

사각거리는 구둣발 소리가 멈춰지고, 그가 천천히 돌아섰다. 다가온 그에게서 은은한 향수 냄새가 풍긴다. 늘 그에게서 맡았던, 영모의 향이었다.

"아까부터 이걸 하고 싶었어."

얼굴을 부드럽게 감싸 쥐는 남자의 손길에 신희는 경직된 가슴을 다독거려야 했다. 거리를 좁혀 오는 남자의 체온에 덩달아 그녀의 체온마저 뜨겁게 달구어졌다. 그가 입술을 겹쳐 왔다. 가볍게 아랫입술만 몇 번 맞대더니 이내 그녀의 입술을 열고 말캉한 혀를 얽어 버린다. 뭉쳐진 타액, 뒤엉킨 온도, 그리고 숨 쉴 틈조차 주지 않을 듯 강렬하게 꽂아 버리는 뜨거움에 신희는 비틀거리면서도 그에게 열중했다.

그의 키스는, 심장을 건드리고 그 아래로 내려가 단전까지 열기로 적시고 있었다.

8. 캐논 D장조

10년도 더 된 뉴욕에서의 기억들이 창밖으로 흘러갔다. 대학을 다니고 인종을 막론한 친구들과 교류하고 과제 때문에 24시간이 부족했던, 그야말로 쓰러지기 직전까지 공부만 했던 시절이었다. 용돈이 부족할 때면 어김없이 패스트푸드점에서 아르바이트를 하거나 학내의 여러 시설에서 일하면서 그 부족함을 메웠던 때였다.

그러면서도 파릇파릇 돋아나던 잔디에 둘러앉아 경제와 정세에 관해 땀이 나도록 토론을 하고, 교수님께 불려 가 부족한 과제에 대해 훈계를 듣고 나와서도 샌드위치 조각을 나누어 먹던 그런 때였다. 선우자동차 뉴욕 지사 건물의 5층에선 볼 수 없지만, 그 어딘가에 있을 그의 학교를 향해 영모는 엷게 미소 지었다.

돌아선 영모의 시야에 사방이 온통 통유리로 형성된 지사장의 사무실 내부가 한눈에 잡혀 왔다. 통유리 너머로 다른 직원들이 오가는 모습이나 업무에 매진하는 모습이 뚜렷하게 보인다. 한국보다는 확실히 개방적인 분위기여서 현지 직원들의 얼굴에도 생기가 돌았다. 그가 3년간 몸담았던 디트로이트 지사와도 비슷한 분위기여서 낯설지 않았다.

보스턴에 도착하자마자, 다시 홍보팀장 민재와 함께 뉴욕 지사로 이동한 게 어제. 그러니 지금 보스턴 호텔엔 신희 혼자 남아 있는 셈이었다. 민재와 함께 출장을 와 그녀와 제대로 대화를 해 보지도 못한 이유로 한쪽 가슴이 답답해 있던 참이었다. 정혁이 녀석의 약혼식 이후로 출장 오기 전까지도 실무 회의에 지방 장기 출장까지 있어서 그녀와 편히 마주 앉아 본 적도 드물었다.

내심 이번 출장만 기대하고 있었는데 일정에도 없던 뉴욕 지사에 방문하게 된 건 순전히 이쪽에서의 준비 부족 때문이었다. 며칠 전 국제 선박 편으로 이미 공수됐을 차량에 대한 정비와 점검이 여전히 미흡했던 탓에, 행사 본부로부터 차량 등급조차 받지 못하고 있었다. 그러니 모터쇼가 있을 보스턴 현장 점검이나 실무가 문제가 아니라, 정작 차량부터 다시 둘러봐야 할 지경이었다.

"본부장님."

지사장실의 문이 열리고 민재가 들어섰다. 이번 쇼에서 가장 중요한 홍보 문제로 출장을 온 민재 역시 정작 다른 곳에 신경을 쓰고 있으니, 영모의 불만은 내심 이만저만이 아니었다.

"담당자와 연락됐습니까?"

"네. 지금 차고지에 가 보시면 될 것 같습니다."

영모는 민재와 함께 건물 뒤편에 있는 차고지로 자리를 옮겼다. 공항 활주로만큼 큰 규모를 가진 차고지였기에, 해당 차량이 세워진 곳까지 이동할 때에도 전용차를 이용해야 했다.

「점검 기록 좀 봅시다.」

영모는 담당자에게 다가가 정비 일지를 요구했다. 러시아계 미국인인 담당자가 고개를 끄덕이며 그에게 일지를 내밀었다. 영모는 일지를 꼼꼼하게 들여다보며 질문을 이어 갔다.

「본부엔 언제 테스트 심사를 하러 갈 겁니까.」

「오늘과 내일 직원을 더 써서 정비에 만전을 기하고 모레쯤 출고를 할 예정입니다.」

「본부 심사단 수준 아시죠? 한 부분이라도 소홀히 하지 마세요. 도쿄 오하요도 A등급을 받았다고 하니 우리도 무조건 A등급입니다.」

「저도 그렇게 생각합니다. 선우자동차는 이미지가 기본적으로 좋기 때문에 문제가 없을 거라 생각됩니다.」

「그렇게 되게 만들어야죠. 구체적인 정보가 필요하다면 선우다이모스 대표와 연락하시면 됩니다. 전화번호를 제가 따로 지사장실에 기입해 두었으니까.」

「알겠습니다.」

"본부장님. 그럼 오후엔 보스턴으로 돌아가는 겁니까?"

뒤에 서 있던 민재가 불쑥 끼어들었다. 영모는 고개를 끄덕였다.

"아마도요."

영모의 말대로 두 사람은 지사장과 몇몇 간부진들과 함께 점심 식사를 끝내고 오후 늦게 보스턴으로 향할 수 있었다.

다섯 시간여를, 민재와 번갈아 렌터카 운전을 하며 보스턴에 도착했을 땐 이미 꽤 늦은 밤이었다. 1박 2일 동안은 잠을 잘 수 있을 정도로 피곤하다는 민재가 엘리베이터에서 내린 뒤 영모는 한 층을 더 올라갔다. 그곳에 그의 룸과 더불어 신희의 룸이 나란히 붙어 있다.

손목을 들어 올려 시간을 확인했다. 밤 10시 30분. 지금쯤 시차에 적응됐다면 아마도 그녀는 깨어 있을 것이다. 지체할 틈도 없이 신희의 방 앞에서 벨을 눌렀다. 문은 단박에 열렸고 화장기를 지운 맨얼굴의 신희가 뽀얀 미소와 함께 시야에 드러나자, 영모는 망설임 없이 두 발을 안으로 들였다.

"다녀오신 거……."

신희의 인사가 채 끝나기도 전에 와락 그녀를 끌어안았다. 등 뒤로 문이 스르르 닫히는 소리가 들린다.

살인적인 일정에 지쳐 있던 몸이 신희의 품 안에서 누그러졌다. 그대로 이 여자와 함께 침대로 가고 싶었지만 아직 제게 몸까지 완전히 열지 못하고 있는 그녀를, 오늘도 허벅지 찔러 가며 배려해야 하는 수밖에.

대신에 그의 입술이 더듬더듬 귓전을 스치고 볼을 스쳐 온기가 머물러 있는 작고 도톰한 입술로 찾아들었다. 키스는 간단하고 짧았다. 여운보다는 그녀의 걱정이 묻은 한숨이 더 영모를 자극했다. 입술을 뗀 영모가 반쯤 나른하게 떠진 눈으로 그녀를 내려다봤다.

"뭐 하고 있었어?"

"여기저기 둘러봤어요."

"아, 관광?"

"아뇨. 본부장님 입맛에 맞는 식당이나 카페, 그리고 여가를 보낼 수 있는 스포츠 센터가 있는지 호텔을 통해 알아봤죠. 저녁은 안 드신 거죠? 룸서비스를 부를까요? 아니면 여기 호텔 라운지에 한식당이 있던데, 거기로 가실래요? 그것도 아니면 호텔 근처에 24시간 운영하는 버거 가게도 있어요."

"벌써 그런 걸 다 알아본 거야?"

"그럼요. 비서가 출장지에 와서 가장 먼저 할 일이죠."

"음. 내가 고픈 건 그런 게 아닌데."

"그럼요?"

"채신희."

그가 일깨우는 여러 감정이 눈빛에서 엿보였다. 고개를 움직이면 금세 닿고 말 것 같은 지척의 거리에 그의 입술이 있었다. 시선 둘 데 없을 정도로 강렬하게 내리꽂히는 남자의 눈. 본능이 일제히 곤두섰다.

하지만 그녀에게서 여전히 두려움을 느꼈는지, 그는 피식 웃고 말았다. 돌아서서 침대에 벌러덩 엎드려 버리는 영모를 보면서 신희는 깊게 한숨을 지었다.

연애하자고 말한 뒤로 그가 끊임없이 드러내고 있는 욕망을 모르는 바 아니었다. 언젠가는 그와 잠자리를 갖게 될 거라 생각하고도 있었다. 하지만 섣불리 다가갈 수 없었던 건 그와의 관계가 깊어지는 것이 두렵기 때문이다.

영영 헤어나지 못하게 될까 봐.

이 연애가 종지부를 찍게 된 후에도 그를 잊지 못하게 될까 봐.

제 몸에 빼곡하게 새겨진 그의 흔적을 시시때때로 그리워하게 될까 봐.

그 모든 것들이 아픔으로 남게 될까 봐.

신희는 엎드린 영모에게서 그 어느 날 고열에 시달려 쓰러져 누워 있는 그를 떠올리며, 마음 아파했다. 천천히 걸음을 옮겨 침대 옆 소파에 앉았다.

"바로 옆방이 본부장님 방이에요. 모르고 계시는 것 같아 알려 드려요."

일부러 딱딱하게 목소리를 굴리자, 그가 고개를 돌려 이쪽을 쳐다봤다. 장난스럽게 올라간 눈매에 미소가 스쳤다.

"이러고 자면 안 될까?"

"노우."

"하! 이 여자 냉정하네. 마음 아프게."

정말로 마음 아프다는 듯 그가 한쪽 눈을 찡그렸다가 다시 떴다. 그러고는 제 옆자리를 손바닥으로 툭툭 쳤다. 이쪽으로 오라는 의미였다. 닿아 올 체온에 틀림없이 몸이 들뜨겠지만 신희는 망설이지 않고 침대에 올랐다. 모로 누워 그를 마주하자 부드럽게 파고드는 그의 시선과 얽혀 들었다.

바스락거리는 소리가 들리는가 싶더니 이내 그가 신희의 몸 위로 체중을 실어 온다. 짧은 당황 끝에 신희는 목에 걸렸던 숨을 토해 냈다. 단단히 뒤엉긴 몸. 제 몸 위에 얹힌 그의 존재가 오늘따라 자꾸만 그녀를 자극해 왔다. 설상가상으로 뻣뻣해진 그의 중심이 허벅지를 묘하게 건드렸다. 그 아찔한 감각에 신희의 얼굴과 귀는 순식간에 홍조로 뒤덮였다.

"왜 그렇게 빤히 쳐다보는 거야? 새삼 잘생겼어?"

영모는 신희의 머리칼을 차분하게 쓸어 주며 속삭였다. 하체는 연신 아우성이었다. 이대로 그녀의 속살을 파고든다 해도 전혀 이

196

상하지 않을 분위기에 취하여, 좀 전까지 밀려들던 피곤일랑 이미 잊은 지 오래였다.

"본부장님이 저한테 반말하는 거, 좋아요."

낮게 내리깔린 음성이 쉬어 버린 채 흘러나왔다. 영모가 엷게 웃음을 흘렸다.

"진심이야?"

"네."

"흐음. 거칠게 다뤄 달란 말로 들려. 야해."

"생각의 시작과 끝이 항상 그쪽이에요? 본부장님은?"

"남자란 원래가 짐승이니까."

뽀얀 이마에 입을 맞추었다. 뜨거운 숨결이 잇새로 넘나들었다. 영모는 입술을 떼고 다시 신희를 내려다봤다. 긴장이 얼굴까지 차올라 눈꺼풀까지 파르르 떨리는 게 보인다. 그건 색다른 자극이었고 이내 영모를 곤경에 빠뜨렸다. 돌이킬 수 없을 정도로 단전이 부풀어 오른 것이다.

"둘만 있을 땐 이름을 불러 줬으면 해. 본부장님이라니, 계속 회사에 있는 것 같아."

"그럴까요? 권영모 씨?"

긴장을 애써 누른 신희가 억지로 웃으며 대답했다. 웃고는 있지만 웃음 뒤에 도사린 엄청난 떨림을 감지하지 못할 그가 아니었다. 제게 눌린 여체가 시시때때로 그를 도발했다. 영모는 참지 못하고 다시 입술을 내렸다. 이번엔 그녀의 입술을 가득 삼켰다가 천천히 아래로 나아간다. 맥박이 파닥거리고 있는 가느다란 목선에 깊게 입술을 대자 신희의 어깨가 움찔거렸다.

"훗."

연약한 살결은 작은 애무에도 예민하게 반응하고 있었다. 감촉이 무척 자연스럽게 영모의 신경을 곤두서게 만들었고, 그는 이내 천천히 그녀의 젖가슴을 움켜잡았다. 얇은 셔츠를 통해 선명하게 느껴지는 유방의 감촉이 커다란 손바닥 안에서 전율을 일으킨다.

"흐윽."

신희는 허리를 비틀었다. 목선을 따라 쇄골로 내려가는 입술과 그의 손에 의해 잡힌 젖가슴에서 거부할 수 없는 유혹을 맛보았다. 그의 악력에 짓이겨지는 젖가슴의 끝에서 짙은 감각이 파생돼 그녀를 떨게 만들었다.

쇄골 부위에 자잘하게 키스해 가던 그는 젖가슴을 움켜쥐었던 손을 내려 그녀의 엉덩이를 어루만졌다. 한 손에 잡힐 만큼 작지만 제법 육감적인 둔부의 능선을 그의 손바닥이 오르내렸다.

신희는 그의 셔츠 깃을 꽉 쥐었다. 손이 바르르 떨렸다. 이대로 그와 몸을 섞을 건지 아닌지, 판단이 서지 않는 머릿속은 이미 하얗게 비워져 버렸다. 두려움과 떨림, 그리고 미세하게 움직이고 있는 내부의 욕망이 한데 섞여 그녀를 옭아맸다.

하얀 가슴께를 탐하던 영모는 고개를 살짝 들고 신희를 응시했다. 눈을 꽉 감은 채 제 셔츠 깃을 동아줄 삼아 쥐고 있는 그녀의 얼굴에서는 두려움이라는 감정이 선명하게 읽혔다. 영모는 쉰 한숨을 느릿하게 내뱉었다. 아직 준비가 되지 않은 여자를 상대로 무슨 짓을 저지르려는 건가.

"채신희. 눈 떠 봐."

그녀가 눈을 번쩍 뜬다. 얼마나 꽉 감고 있었던지 흰자위에 핏발이 서 있었다.

"미안. 내가 성급했어."

영모는 사과의 의미로 신희의 볼과 콧날 그리고 마지막으로 이마까지 잘게 입을 맞추었다.

"……본부장님."

"음. 난 괜찮아. 억지로 나한테 맞출 필요 없어."

영모는 몸을 일으켰다. 그녀는 여전히 겁에 질린 새끼 고양이처럼 어깨를 웅크린 채 그를 쳐다보고 있었다. 앞머리를 쓸어 넘기며 영모는 침대에서 내려왔다.

"푹 쉬어. 내일 아침 일찍 내 방문 앞에 네가 와 있었으면 해. 함께 아침 먹자."

그렇게 말한 후 신희에게 웃어 보인 영모는 그녀의 방을 나와 제 방으로 들어왔다. 재킷을 벗고 넥타이를 풀고 바지와 팬티까지 벗은 그는 로브를 걸친 뒤 경대 앞에 섰다.

"한심한 놈."

거울 속 자신을 향해 양껏 비웃었다. 그걸 참지 못하고……. 여전히 잔뜩 화가 난 채로 발기해 있는 남근을 슬쩍 내려다본 그는 못마땅한 듯 혀를 끌끌 찼다.

발길을 돌려 욕실로 향하는데, 벨소리가 울린다. 이 시간에 누구지? 설마 신희가 룸서비스라도 시킨 건가. 의아해하며 로브의 끈을 질끈 동여매고 문을 연 그는 잠시 굳어진 얼굴로 눈앞의 존재를 주시했다.

"권영모 씨. 오늘 함께 있어요."

좀 전과는 달리 차분하고 담담하기까지 한 얼굴 표정, 그리고 수

줍게 피어나는 미소까지 곁들여진 꽉 다물린 입매. 단단히 결심한 것 같은 흔들림 없는 그녀의 눈빛에, 이번엔 영모의 가슴이 뜨겁게 달아올랐다.

짧은 침묵이 흘러가고 달아오른 가슴이 크게 일렁거릴 때쯤, 그는 팔을 뻗어 신희를 끌어당겼다.

눈을 감았다가 뜰 때마다 그의 얼굴이 명멸했다. 차츰 거리를 좁혀 와 제 입술과 포개어지는 그의 입술은 아까보다 차분했지만 좀 더 조심스러웠다.

중요한 건 아까보단 떨리지 않는다는 것이다. 신희는 온 마음으로 그의 입술에 집중했다. 여전히 여러 갈래로 머릿속이 쪼개지고 있었지만 그가 주는 달콤하고 알싸한 감각을 놓치고 싶지 않았다. 생각을 비워 내고 후회를 하지 않으려면 자신이 좀 더 적극적이면 되는 것이다.

신희는 영모의 목에 팔을 둘렀다. 제 등을 끌어안은 채 손가락 사이를 얽어 완전히 결박한 남자의 품 안은 벗어날 수 없는 단단한 울타리 같다.

입술은 매우 자연스럽게 열렸다. 차지게 데워진 혓바닥이 제 것이 아닌 양 얼얼할 정도로 그와 뒤엉켰다. 그는 결코 성급하게 굴지 않았지만 신희는 한 번도 경험해 보지 못한 키스에, 중독될 것만 같다.

입술에서 시작된 야릇한 감각은 그와의 깊은 대화에 가까웠고,

심장을 타고 내려가 아랫배와 음부를 드글드글 끓어오르게 만드는 본능의 신호탄이었다. 신희는 자신도 모르게 그의 목을 감은 팔에 힘을 주었다.

어서 이 남자와 침대로 갔으면. 옷을 벗고 나체로 그에게 안겼으면. 제게 이런 욕정 비슷한 감정이 내부에 도사리고 있었다는 게 실로 놀라울 지경이었다.

그가 신희의 등 뒤, 벽을 더듬더듬 짚더니 내부 스위치를 꺼 버렸다. 암전 속에서 혓바닥이 얽히는 차진 소리만이 가득했다. 셔츠 아랫단으로 불쑥 기어들어 와 맨살을 더듬는 남자의 손길이 저를 달구는 것처럼 느껴졌다. 고개를 젖히니 그의 혓바닥이 좀 더 깊숙하게 들어와 입안을 쓸어 간다. 마치 제 안 깊숙한 곳에 그가 밀고 들어온 느낌에, 신희의 등골이 사납게 일렁거렸다.

입술을 겹친 채로 영모가 걸음을 더듬더듬 옮겨 갔다. 그의 발걸음에 신희도 보폭을 맞춰 천천히 이동한다. 그는 키스를 하면서 그녀의 셔츠 단추를 하나씩 열어 갔다. 톡톡, 소리가 몇 번 나는가 싶더니 이내 그의 손에 의해 셔츠가 바닥으로 떨어진다. 이번엔 브래지어 후크가 열렸다. 다음엔 바지 버클이 풀리는 소리, 그리고……

부드러운 시트에 등이 닿았을 땐 신희는 자신이 완벽하게 나신이 되어 있다는 것을 깨달으며 다리를 오므렸다. 방 안은 어두웠지만 그의 움직임과 표정만은 선명하게 박혀 든다.

"이걸 풀어 봐."

누운 그녀의 위에 무릎을 구부린 채 그가 피식 웃으며 주문했다. 신희는 그가 가리키는 것을 쳐다봤다. 로브를 여민 끈이었다. 손이 절로 떨린다. 세차게 뛰는 심장 박동을 그에게 들키지 않으려 나름 대로 여유 있는 척 가식을 떨었지만, 지금 신희는 그 어느 때보다 가슴이 터질 것만 같았다. 일부러 파르르 떨리는 입매를 끌어 올리 며 물었다.

"풀면요?"

"내 전부를 볼 수 있지. 지금껏 어떤 여자한테도 보여 준 적 없는. 아! 모친은 보셨겠네."

그의 말이 묘하게 귓전을 간질였다. 그는 정말로 다른 여자와 단한 번도 잠자리를 가져 본 적이 없는 건가. 얼마쯤 놀라운 표정으로 그를 올려다본 신희는 이내 생각을 지워 버렸다. 그가 어떤 남자든 상관없었다. 지금 제게 보여 주고 있는 모습에 만족하고, 감사해 할 뿐이다. 어차피 이 연애는 끝이 정해져 있을 테니까.

신희는 팔을 들어 올려 로브의 끈을 가볍게 잡아당겼다. 그러자 그가 말한 대로 앞길이 스르르 열리며 남자의 단단한 몸이 눈앞에 드러났다. 얼굴을 붉힌 신희는 시선 둘 데 없어 고개를 이리저리 움직였다. 그러자 영모의 손이 그녀의 고개를 바로잡았다.

"나도 널 보는데, 너도 날 봐야지. 서로의 몸에 익숙해지자."

그 말의 끝에 그는 로브를 벗었다. 커튼을 치지 않은 창에서 달무리가 쏟아져 나와 그의 몸을 비추었다. 그동안 와이셔츠로 가려져 있던 넓은 어깨와 실크처럼 부드럽고 탄력적인 가슴팍이 아름답게 굴곡져 있었다. 군살 하나 없는 아랫배와 허리가 제 몸을 덮는 상상을 하니 신희는 다리를 좀 더 단단히 오므렸다.

시선은 아주 자연스럽게 그 아래로 떨어졌다. 검게 수풀이 진 음모 사이로 빳빳하게 고개를 쳐들고 있는 남근은 한 손에 잡힐 것 같지 않을 정도로 커 보였다. 아랫입술이 제게도 느껴질 만큼 떨려 왔다. 그건 아까처럼 뒷걸음질 치고 싶은 두려움이 아니라 그의 몸만 봐도 희열을 느끼고 있는 자신의 생소함 때문이었다.

영모는 신희의 꽉 쥔 손을 들어 올렸다. 손목에서 가느다란 파닥거림이 느껴진다. 이 여자, 무척 떨고 있었다. 아닌 척 표정을 단속하고 있지만 영모의 눈에는 그 떨림이 고스란히 느껴졌다. 그녀의 손을 제 가슴팍에 갖다 대었다. 이렇게, 나도 너만큼 떨린다고 말해 주고 싶은데, 신희는 지금 반쯤 정신이 나가 있는 듯했다.

영모는 피식 웃으며 그녀의 몸에 자신의 체중을 실었다. 몸 끝이 좀 전보다 더 발정해 당장에라도 그녀의 속살을 뚫고 들어가고 싶었지만, 잔뜩 경직된 그녀를 풀어 주기엔 적당한 방법이 아닌 듯했다.

"채신희."

영모는 이마에 입을 맞춘 후 그녀를 불렀다. 반쯤 감겼던 신희가 눈을 뜨며 그와 시선을 마주했다.

"응, 네."

"난 오늘 밤이 내 인생에서 다섯 손가락 안에 들 정도로 기념할 만한 순간이 될 것 같은데, 넌 어때?"

"난…… 그 정돈 아니고 음, 열 손가락?"

"뭐? 농담까지 하는 걸 보니 여유가 생긴 모양이군."

어색함을 뚫고 웃음소리가 작게 흘러나왔다. 영모는 신희의 웃음기 묻은 입술에 가볍게 입을 쪽 맞춘 후 다시 마주 봤다. 허리를 붙잡고 있던 손길을 위로 끌어 올려 젖가슴을 움켜쥐었다. 그녀의 이마가 움찔하는 것이 보였다. 적당히 풍만한 젖가슴은 아찔한 느낌으로 그를 자극했다. 점점 더 악력이 강해지고, 그녀의 입술에서 가느다란 신음이 흘렀다.

"신희야."

"······으음, 네."

"왜 나한테 왔지?"

그의 기습적인 물음에 신희는 감고 있던 눈을 반쯤 떴다. 눈앞에서 흔들리고 있는 남자의 얼굴에 가슴이 두근거린다. 신희는 아까 있었던 일을 떠올렸다. 미안하다고, 나한테 맞출 필요 없다고 돌아서던 그의 등을 다시금 떠올렸다.

"당신이 돌아섰을 때 마음이 아파서요. 돌아선 뒷모습이 아파 보이는 사람은 처음이야. 그러니까 이제부터는 제 앞에서 등 돌리지 마세요."

쉰 목소리를 겨우 끌어냈다. 그의 눈빛이 한층 깊어지는 것이 보였다. 신희는 그의 뺨에 손을 얹었다.

이 여자를 놓치고 싶지 않다.

영모는 그렇게 생각했다. '사랑'이라는 단어에는 미치지 못할, 아직은 부족한 감정이겠지만 그녀를 갖고 싶다는 생각만으로 이미 뇌리가 폭발할 지경이었다. 언제부터 시작됐는지, 그 이유가 뭐였는지조차 알 수 없게 시나브로 스며든 욕망에 그녀를 쳐다보는 것만으로도 아찔했던 시간들이었다.

그녀와 섹스를 하고 나면 진정이 될는지. 그래도 여전할는지. 영모는 정답이 보이지 않는 상황에서도 이 여자를 놓치고 싶지 않다는 생각만이 간절해졌다.

고개를 내려 움켜쥔 손가락 사이에 삐져나온 작고 도톰한 선홍색 유두를 머금었다. 읏, 하는 신희의 신음이 귓전을 울리고 육욕을 자극시켰다. 영모는 젖가슴을 쥐었던 손을 떼고 본격적으로 유두를 애무하기 시작했다. 손끝으로 그녀의 매끄러운 옆선을 쓸어갔다. 그녀의 나신은 기대했던 것보다 훨씬 더 육감적이고 아찔하고 매혹적이었다.

쳐다보는 것만으로도 금세 사정하고 말 것 같은.

몇 번의 애무로 꼿꼿하게 선 유두를 혀끝으로 굴리면서 영모는 손을 내려 그녀의 탄력적인 허벅지를 만졌다. 매끄럽고 부드러운 살결이 손에 잡히자 그의 안 어딘가에서 만족스럽게 웃고 있을 야수라는 놈이 짐승처럼 포효한다.

그 손은 차츰 자리를 옮겨 그녀의 음부로 향했다. 부스스, 무성한 수풀 사이를 헤치고 그 미지의 정점, 너무 작아서 자칫 그냥 지나칠 수도 있었을 돌기를 부드럽게 달래듯 문질렀다.

"흐읏……."

신희는 저도 모르게 절로 커진 교성에 당황하면서도 갑작스레 찾아든 낯선 감각에 사타구니에 바짝 힘을 주었고, 그의 어깨를 미약하게 깨물었다. 시트를 꽉 쥐고 그 감각을 받아들이려 노력했지만 무척 생경했던 탓에 어쩔 수 없이 몸이 굳어 가는 것이 먼저였다.

그녀의 경직을 눈치챈 그의 손길에 조금 힘이 빠져나가는가 싶더니, 이내 부드러워진다. 꼼짝없이 그와 시선이 얽혀 있었다. 거친 숨소리가 서로의 잇새를 넘나들었고 그 작은 공간마저 뜨거운 열기로 메워져 있었다.

그렇게 몇 번의 애무 끝에, 신희는 제 몸에서 일어나고 있는 변화를 느꼈다. 심장이 뜨겁게 조여드는 것 같더니 이내 음부가 질척하고 촉촉해지는 익숙하지 않은 변화. 더구나 그의 손가락이 연신 파고들고 있어 그 수치심은 시시각각 짙어졌다.

그의 혀가 그녀의 볼을 쓸어 갔다. 그대로 목덜미를 타고 쇄골을 핥아 댄다. 깊게 깨물린 목은 내일 아침이면 붉게 물들 것이다. 스카프를 해야 하나, 아니면 깃이 높은 목폴라를 입어야 하나. 억지로 쓸데없는 생각을 하려는데 이번엔 그가 아예 상체를 움직여 그녀의 하체 쪽으로 고개를 숙였다.

생각할 틈도 주지 않고 순식간에 그녀의 다리가 활짝 벌어진 채 허공에 들렸다. 그의 입술이 곧장 허벅지를 쓸어 가는가 싶더니 가장 중심부, 그 은밀하고 뜨거운 곳으로 두서없이 날아들었다.

"하웃!"

신희는 허리를 비틀거렸다. 말캉한 혓바닥이 그곳을 쓸어 올릴 때마다 둔부가 격정적으로 떨리고 있었다. 가누지 못할 정도로 선정적이고 과감한 쾌락이 그녀를 긴장하게 만들었다. 이제 곧 자신의 그곳으로 그가 들어올 거라는 생각에 머릿속이 하얗게 비워졌다. 어딘지도 알 수 없는 작은 공간으로 그의 혀가 밀고 들어왔을 때 신희는 높디높은 절벽에서 아래를 내려다보는 기분을 느꼈다.

추락할까.

그와 함께.

허공을 나는 기분이 어떤 것인지 짐작할 수는 없었지만 아마도 이렇게 쾌감을 동반한 아득한 느낌은 아닐까. 눈을 감은 와중에도 신희는 그 허공을 그려 보았다.

"발끝까지 하나도 남김없이 먹어 치우고 싶어. 너 말이야."

그녀의 영혼을 송두리째 앗아 갔던 뜨겁고 거친 애무가 끝나고 그녀와 눈을 맞추며 영모가 쏟아 낸 속삭임이었다. 몸이 여전히 그에게 사로잡혀 있었다. 신희는 얼마쯤 격해진 숨을 쏟아 내고 대답했다.

"식인종도 아니고."

"아마, 맞을걸?"

그가 다시 입술을 겹쳐 온다. 신희는 정성을 다해 그에게 키스를 퍼부었다. 그가 리드했던 좀 전과는 달리 이번엔 그녀가 적극적으로 그의 목에 매달렸다. 넓고 탄탄한 근육으로 얼룩진 등을 연신 쓸어내리고 자진하여 다리를 벌린 후 그가 자신의 중심에 자리하기 쉽게 만들어 주었다.

커다란 손바닥에 의해 주물러지고 있는 젖가슴과 깨물린 혓바닥, 노골적으로 부딪치고 있는 음부의 마찰. 몸과 함께 정신도 짓이겨지는 듯했다. 생각이 가로막힌 이성은, 감정에 밀려 저만치 달아나 버렸다. 입술을 뗀 그와 눈을 마주하는데도 신희는 온통 차오르는 열기에 제대로 숨을 쉴 수가 없었다.

"오래전부터…… 널 너무 갖고 싶었어. 머리가 돌 지경이었지."

오래전부터. 신희는 잠시 그의 말을 곱씹어 보았다. 좋아했다는 말이 아니라는 것에 얼마쯤 착잡해졌지만 그것 역시 상관없었다. 자신을 상대로 그가 욕망했든, 아니면 감정을 가졌든, 중요한 건 지금 그와 함께라는 사실이었다.

신희는 고개를 끄덕였다. 그 끄덕임은 어떤 기폭제가 되어 영모를 들끓게 만들었다.

엉덩이를 뒤로 뺐다가 그녀의 속살을 천천히 뚫기 시작했다. 신희의 미간에 아찔한 주름이 새겨지고 잇새로 흐느끼는 것 같은 울먹임이 흘러나왔다. 영모는 그녀의 입술에 제 입술을 포개었다. 그녀의 신음이 그의 입속으로 자잘하게 삼켜진다. 대신 격렬하게 새어 나오는 숨결이 그의 귓전을 달구었다. 몸 끝까지 뜨거워지는 전율. 머릿속이 아득해졌다.

갑작스러운 이물감의 침입에 놀란 속살이 방어하듯 움찔거리며 그를 조였다. 의도하지 않았는데도 그를 극한까지 자극해 버린 상황에, 영모는 또다시 머리가 돌 것 같았다. 틈도 없이 맞물린 음부는 그녀가 쏟아 낸 미끈한 점액으로 인해 차츰 부드럽게 겹쳐지고 있었다. 그 틈을 타, 영모는 좀 전보다 더 격하게 허리에 힘을 주었다.

"하앗······."

신희는 자신도 모르게 다리로 그의 허리를 감아 버렸다. 그 때문에 그의 성기가 좀 더 깊은 곳까지 미끄러져 들어와 틈을 가득 메웠다. 신음이 끝도 없이 쏟아졌다. 그가 힘차게 엉덩이를 짓쳐 들때마다 질척한 소리가 공기를 파열시켰다. 그는 상체를 조금 들어올린 후 그녀의 얼굴 옆으로 손바닥을 짚고 허리를 세웠다. 시선이 꼼짝없이 그에게 맞추어졌다.

반쯤 떠져 나른해진 그의 눈빛은 노골적으로 욕망을 드러내었고, 무수히 많은 언어를 그녀에게 건네는 듯했다. 달콤하면서도 강렬하고, 웃는 듯하면서도 거칠 게 없는 본능을 전해 주는 남자의 표정. 신희는 그를 열망했다. 뜨겁게 원했고 머리가 아플 정도로 그를 바랐다. 숨길 수 없는 그 바람은 의도하지 않았는데도 사타구니에 바짝 힘이 들어가게 만들어, 그의 분신을 빨아 당겼다.

몸속을, 그가 가득 채우고 있었다.

늘 텅 비었던 가슴 한가운데가 이 남자로 인해 무섭게 달아오르고 있었다. 신희는 팔을 뻗어 그의 얼굴을 감싸 쥐었다. 그가 씨익 웃는 바람에 손바닥에 잠긴 남자의 얼굴이 일그러진다. 그가 무섭게 속도를 내기 시작했다. 남자를 향해 만개한 몸은 그가 격하게 허리를 찍어 누를 때마다 거친 파도처럼 일렁거렸다.

"하아! 하아!"

끝도 없이 흘러나오는 신음.

자신을 내려다보는 흔들림 없는 눈동자.

제게 깊숙이 박혀 끊임없이 짓쳐 들고 있는 남자.

그는 짐승처럼 전율하며 신음했다. 들썩이는 숨소리가 귓전을 강타하고 그녀를 흥분시켰다. 영모는 제 아래에서 희열에 잠겨 있는 그녀를 내려다보며 허리에 힘을 주었다. 흔적조차 남지 않게 그녀를 삼켜 버리고만 싶었다. 육감적으로 떨리고 있는 여체를 모조리 제 것으로 만들고 싶었다. 그 욕망은 그를 해일처럼 덮쳤다.

"으읏."

마지막 파정의 순간에, 영모는 신희의 볼에 가볍게 입을 맞추고 격렬하게 하체를 움직였다. 머리끝까지 달구던 욕정에 그녀의 다리 한 쪽을 팔에 끼우고 더욱 활짝 벌어진 그녀의 사타구니 사이를 격하게 드나들었다. 절정의 고지는 매우 갑자기 찾아왔고, 그는 엉덩이를 빼 그녀의 하얗고 부드러운 복부에 제 것을 쏟아 냈다.

몸으로 전율이 찾아왔다. 통증과도 같은 쾌감이 그의 전신을 훑어 내렸다. 그녀의 몸 위로 느른하게 쓰러지며 젖가슴 골 사이로 얼굴을 파묻었다. 격하게 들썩거리던 어깨의 떨림이 잦아들었고,

숨소리가 안정적으로 변해 갈 무렵, 영모는 더듬더듬 입술을 옮겨 유두를 가득 머금었다.

여전히 부족했다. 하룻밤 내내 그녀를 갈고 마셔도 부족할 만큼 갈망은 계속해서 그를 엄습해 왔다. 시선을 드니 신희는 눈을 잔뜩 내리깐 채 그를 내려다보고 있었다. 붉어진 얼굴만큼, 그녀에게서 도 격렬한 섹스의 잔재가 고스란히 느껴진다. 제 머리칼을 헤집는 그녀의 손길에서, 영모는 숨을 고를 수가 있었다.

빨리는 유두의 끝에서 쾌감이 느껴졌다. 좀 전에 밀려왔던 거대 한 감각보다 작고 사소하지만, 신희는 그의 애무로 인해 또다시 하 체가 뜨거워지는 것을 느꼈다. 이러다 밝히는 여자가 되어 가는 건 아닐까, 싶을 정도로 이성이 혼미해진다.

그렇게 혀끝으로 유두를 굴리고 짓이기고 머금고 빨아 대던 그 가 고개를 들고 그녀와 시선을 마주했다.

"나한테 안길래?"

"응? 지금 안겨 있잖아요?"

잔뜩 쉬어 버린 음성이 대답했다. 다정한 남자의 눈꼬리에 웃음 기가 묻었다. 그는 음흉한 입매를 비틀며 다시 입을 열었다.

"욕실로 가자는 말이지. 내가 씻겨 줄게."

"아, 그건 안 돼요."

"왜?"

"그건 내가 해요. 씻는 걸 어떻게 당신한테 맡겨요?"

"세리 녀석도 씻겨 본 솜씨야. 너라면 내 손에 더욱 애정이 생길 걸? 믿어 봐."

그러곤 영모는 신희가 반항할 틈도 주지 않고 냅다 몸을 일으킨 채 그녀를 안아 올렸다. '까아!' 하는 그녀의 비명을 한 귀로 흘려들으며 그녀를 번쩍 드는데 문득 시트로 시선이 간다.

엷고 흐린 붉은색. 선명하게 새겨진 처녀의 흔적에 영모는 미간을 좁혔다. 생경한 느낌이 온몸을 훑었다. 그녀의 처음을 함께한 장본인이 자신이라는 생각에 그 얼떨떨한 느낌은 차츰 말할 수 없는 환희로 변모해 갔다.

그녀를 안아 들고 욕실로 들어가는 발길은 가볍기도 했고 무겁기도 했다. 환희 이면에 찾아온 낯선 감정과 대면해서였다. 어쩐지 감정이 깊게 스며드는 기분. 그녀의 몸이 아닌, 가슴과 생각도 궁금해지는 기분. 비서가 아닌 여자 채신희에 대해 모조리 알고 싶다는 강한 욕심이 내부에 차츰 자리하기 시작했다.

신희를 욕조에 앉히고 수도를 틀었다. 온수와 냉수를 적절하게 섞어 그녀가 기분 좋게 잠길 수 있을 정도로 수온을 맞춘 후 그도 욕조 안으로 들어갔다. 아직 완전히 물로 채워지지 못한 채 욕조는 두 사람만으로도 이미 차고 넘치는 상태가 됐다.

신희는 저만치 앞, 자신을 마주 본 채로 앉은 그를 하염없이 바라봤다. 욕실은 방과 달리 환하게 불이 켜진 상태여서 서로의 몸을 적나라하게 쳐다볼 수 있는 환경이었다.

그의 시선은 그녀의 얼굴을 지나 젖가슴을 훑으면서 다시 차츰 물속에 잠기고 있는 하체로 향했다. 물속에서 굴절돼 그 모습이 왜곡됐겠지만 그의 시선은 헤집을 듯 뜨겁게 변하고 있었다.

어서 빨리 물이 차올랐으면 좋겠다. 이 환한 불빛 아래에서 저 시선을 받아 내는 건 정말이지 감당하기 힘든 부담감을 안겨 주었던 것이다.

그렇게 한참 동안, 욕실은 희뿌연 적막과 함께 습기가 차오르기 시작했다. 신희는 천장에서 떨어진 물방울이 제 이마에 닿자 그걸 닦아 내었다. 침묵만 지키던 그가 불쑥 입을 연 건 그때였다.

"넌 어떤 여자야?"

목소리가 울렸다. 진심을 헤아릴 수 없는 질문이 고저 없는 음성으로 날아들었다. 그는 말을 이어 갔다.

"내가 아는 너 말고, 네가 아는 너 말이야. 네가 알고 싶어. 너에 대해 내가 모르는 게 없었으면 해. 하나도 빠짐없이."

9. 가을 건너 겨울

"제가 아는 나를, 내 입으로 어떻게 말해요? 본부장님은 그럴 수 있어요?"

더운 물이 욕조 밖으로 흘러내렸다. 그뿐만 아니라 제 얼굴도 열기에 잠식돼 붉어져 있을 것이다. 물속으로 몸을 뉘어 어깨 가득 잠기도록 하니 몸이 나른해졌다. 여유가 생기자 그의 말을 되받아치는 당돌함마저 생기는 듯했다. 신희는 그의 얼굴을 감싸 쥐고 싶다는 소박한 충동에 휩싸이고 있었다. 남자답게 각이 진 저 턱 선을 매만지고 싶었다.

"다른 사람들이 아는 나. 그것들이 쌓이고 쌓이면 제가 아는 내가 돼요. 난 그렇게 생각해요."

"흐음. 일리가 있네."

"그럼에도 불구하고 저에 대해 모조리 알고 싶은 거라면, 앞으로 연애하면서 차차 알려 드릴게요. 미리 다 알고 나면 재미없을 것 같아."

신희는 수줍게 웃었다. 볼에 가볍게 핀 보조개가 영모의 심중을 건드렸다. 뽀얀 얼굴만큼이나 뽀얗고 탄력적이었던 속살을 이미 맛본 터라, 그의 몸은 또다시 쉽게 달아오르고 있었다.

어쩌면 신희의 말이 옳은 건지도 모른다. 그녀의 모든 것을 미리부터 안다면 앞으로 차차 알아 가는 재미가 사라질지도. 그런데도 딱 한 가지가 목에 걸린 돌처럼 마음에서 서걱거렸다.

"부모님은 어디에 계시지? 이력서엔 적혀 있지 않아서 궁금해."

행여 그녀에게 부담스러운 질문일까, 영모는 미소까지 지으며 최대한 다정하게 물었다. 신희의 대답은 생각보다 빨리 돌아왔다.

"부모님이 계셨던 적이 있었죠. 그 이상은 말하지 않을래요."

"아, 미안."

영모는 멋쩍게 웃고는 손바닥에 물을 가득 담아 그녀에게 뿌렸다. 일순 처진 분위기를 끌어올리려는데 그녀가 눈을 찡긋하며 웃음소리를 낸다. 신희도 손바닥에 물을 담아 그에게 뿌렸다. 장난스러운 행동을 주고받으면서도, 신희는 내심 씁쓸해진 기분을 어쩌지 못했다. 그가 제 이력서를 봤을 거란 생각을 왜 못 했을까.

사실은 전 세 살 때 싱가포르에 있는 한국인 부부한테 입양됐어요. 그러곤 열아홉이 되자마자 파양당했어요. 그 전에 양아버지는 돌아가셨고, 쭉 저를 미워하셨던 양어머니는 양아버지가 돌아가시자마자 파양 절차를 밟으셨죠. 그래서 저한테는 부모가 없어요.

그런 간단한 몇 줄의 대답이 차마 입에서 떨어지지 않았다. 연애하는 동안만큼은 그에게 완벽한 여자로 보이고 싶은 건가.

"본부장님. 아니, 권영모 씨."

"말해, 채신희."

"우리 연애에 대해서 말해 둘 게 있어요."

"뭘까. 궁금해지네."

느리게 입매를 끌어 올리며 웃는 그를 보며, 신희는 마음을 가다듬었다.

"전 오랫동안 혼자서도 불편함 없이 살아왔어요. 다른 사람한테 바라는 것도, 그들로 하여금 나한테 바라게 하는 것도, 익숙하지 않고 또 서툴러요. 제 공간에서 나가거나 누굴 들였던 일도 없었어요. 권영모 씨가 모든 게 처음이에요. 그렇다고 욕심을 부리진 않을 거예요. 저한테 무척 좋은 사람이니만큼 다른 사람도 그렇게 느끼겠죠. 그러니까 아니다 싶으면 언제든 저한테서 발을 빼도 돼요. 감정은 영원하지 않고, 누구든 평생 뭔가를 버리면서 살아가니까."

그러니까 이건 그를 위한 충고가 아니라 자신을 위한 훈계였다. 어느 것 하나 당당하지 않을 것 없는 성공한 남자와, 일찌감치 파양당해 아무것도 남아 있지 않은 보잘것없는 여자. 누가 봐도 어울리는 그림이 아니다. 그녀가 그를 짝사랑했다고 해도, 그가 먼저 연애하자고 다가왔다고 해도, 그 간극은 그녀가 아무리 발버둥 쳐도 영원히 좁혀지지 않을 것이다.

그러니까 욕심내지 말 것, 바라지 말 것, 버려지더라도 구차해지지 말 것.

"내가 언제든 널 버릴 수 있다?"

"저도 마찬가지고요."

"잔인하네, 채신희. 그렇게 인생 다 살아 버린 사람처럼 말하다니. 이제 시작인 나한테, 확실히 너무 잔혹해."

"그렇게 들렸어요? 자꾸 그렇게 말하니 제가 연쇄 살인마라도 된 기분이에요."

"그보다 더 살 떨리지. 이제 겨우 연애를 시작했는데 벌써부터 헤어질 생각을 하고 있잖아, 너."

"제가 좀 앞서 생각하는 버릇이 있어요."

"그것도 좋지 않은 쪽으로만."

"그래야 정말로 좋지 않은 일이 닥쳤을 때 의연해질 수 있으니까요. 전 생각지도 못하게 뒤통수 맞고 싶지 않거든요. 하지만 걱정 말아요. 권영모 씨랑 연애할 동안에는 최선을 다해 당신한테 열중할 거니까요."

그녀에게 무슨 일이 있었던 걸까. 부모님이 '계셨다'는 건 두 분 모두 돌아가셨다는 건가. 왜 금방이라도 떠날 것 같은 사람처럼 이별을 먼저 얘기하는 건가.

생각을 이어 가던 영모는 내심 자조했다. 자신조차 반신반의하며 시작한 연애가 아니던가. 어떤 확신도 갖지 못한 채 그저 저 여자를 갖고 싶다는 생각 하나만으로 쟁취했던 것이니.

영모는 신희의 손목을 잡고 제게로 끌어왔다. 물살을 가볍게 가르며 그녀가 딸려 온다. 무척 자연스럽게 다리를 벌린 그녀가 제 허벅지에 걸터앉았다. 물에 반쯤 잠긴 젖가슴 쪽으로 입술을 내려 유두를 가득 머금었다. 시선은 신희에게 둔 채였다. 가느다란 신음이 그녀의 잇새로 새어 나오는 것을, 영모는 놓치지 않았다.

신희는 그에 의해 빨리고 있는 자신의 가슴을 내려다보며 뜨겁게 달아오르는 호흡을 삼켰다. 보는 것만으로도 선정적인 장면이었다. 내부에 파묻힌 상념과 잡념이 일순 달아나고 그에 의해 고개 들려 하는 말초 신경만이 살아남았다.

신희는 그의 정수리에 입을 맞추었다. 물기로 젖어 버린 머리칼이 그녀의 입술에 흡착되듯 달라붙었다. 또다시 불끈 기지개를 켜고 있는 남근이 아래를 묵직하게 건드려 오자 신희는 얼굴을 붉혔다.

잠시 입술을 뗀 그가 그녀를 올려다본다.

"다른 사람들이 아는 너 말이야. 내 눈에 넌 예쁜 여자야. 그거 하나만이라도 알아 둬."

예쁘다는 말에 감동할 정도로 어린 나이가 아니었지만 이 남자의 말은 특별하다고 믿고 싶어지는 이유는 뭘까. 그 믿음이 언젠가는 부메랑이 되어 자신을 칠 날이 올 거라는 걸 알면서도, 다정한 영모의 시선에 심장이 녹아내리고 마는 건, 아마도 그를 사랑하기 때문일 것이다.

신희는 하체를 살짝 들어 올렸다. 손을 내린 그가 남근을 단단하게 쥐고 삽입을 시도했다. 천천히 그의 것을 머금은 채로 몸을 내리니 아랫배가 갈라지는 듯한 통증과 함께 어마어마한 쾌감이 몰려들었다.

"흐읏."

자신을 잃어버릴 정도로 강력한 감각에 신희는 어찌할 바를 모르고 이맛살을 찡그렸다. 그는 쉴 새 없이 아래를 찔러 왔다. 그의 어깨를 단단히 부여잡고 오르락내리락 움직이며 교성을 내질렀다. 물살이 가열하게 출렁거린다. 하얀 김이 거친 숨에 뒤섞였다. 영모는 신희의 가는 허리를 붙들고 끝 간 데 없이 몰아붙였다.

출렁거리는 젖가슴에 입술을 묻었다. 유두를 흡입하듯 거칠게 애무하고 혓바닥으로 굴리면서 신음하는 그녀에게 시선을 두었다.

여전히 알 수 없는 그녀의 진심. 그녀의 몸을 가지고 또 가지고 있으면서도 아직도 제 것이 아닌 것만 같은 이 여자를, 영모는 전부 다 알고 싶어졌다. 제 몸 끝이 그녀의 음부를 적시고 심장까지 치고 올라가 온전히 자신만 생각할 수 있도록, 만들고 싶어졌다.

욕심은 그를 까마득하게 잠식시키고 있었다.

보스턴의 11월은 한국보다 추웠다. 멀리 매사추세츠만에 낀 흐린 해무가 날씨를 짐작할 수 없을 정도로 뿌옇게 시야를 가렸다. 간간이 희뿌연 안개 사이로 바다에 떠 있는 유람선이나 보트가 보이긴 했지만 만족스러운 풍광은 아니었다.

영모는 시선을 돌려 맞은편을 쳐다봤다. 민재를 데리러 가느라 아직 자리하지 못한 신희의 빈자리를 응시했다.

어젯밤 욕실을 나와 한 번 더 그녀와 잠자리를 가졌다. 세 번의 섹스에 심신이 지칠 만도 했지만 갈증은 여전하다. 새벽녘 눈을 떴을 때, 신희는 이미 제 방으로 돌아가고 없었다. 텅 빈 그녀의 자리를 보는 것만큼, 허한 기분은 사라지지 않았다. 그래서 아침 식사 시간보다 일찍 레스토랑으로 내려왔지만 민재를 깨우느라 신희는 코빼기도 보이지 않고 있었다.

10분 안에 내려오지 않으면 신희를 직접 데리러 갈 생각이었다.

"김 팀장님은 좀 더 주무시겠대요."

그렇게 마음먹은 지 5분이 지나자 신희가 모습을 드러냈다. 몸에 딱 붙는 차콜색 목폴라와 검은색의 모직 스커트에 커피색 스타킹이 그의 시선을 사로잡았다. 늘씬하고 육감적인 몸매에 레스토랑 안 현지인들도 하나둘 씩 신희에게 시선을 던지는 것이 보였다.

"앞으론 김 팀장 식사는 일일이 네가 챙기지 않아도 돼."

"어떻게 그래요. 함께 출장 온 직원인데."

"넌 내 비서지 김 팀장 비서가 아냐. 나한테만 집중해."

어딘가 기분이 틀어진 듯한 그의 말투에 신희는 눈썹을 끌어 올렸다. 저가 잘못한 게 있나, 곰곰이 생각해 봐도 실수를 한 건 없는데.

"그럼 제가 음식을 좀 담아 올까요?"

신희는 홀 한가운데에 길게 마련된 뷔페 테이블을 보면서 말했다. 그러자 영모가 자리에서 일어난다.

"같이 가지."

두 사람은 나란히 서서 뷔페 테이블의 음식을 접시에 담았다. 클램 차우더와 토스트, 약하게 구운 베이컨과 스크램블드에그를 차례로 놓고 주스와 에스프레소를 함께 놓았다. 버터와 땅콩 잼, 그리고 오렌지 세 조각을 그의 앞에 가져다 놓은 신희는 물끄러미 쳐다보는 그를 향해 엷게 미소를 띠었다.

"미국에서 공부하셨다고 했죠, 본부장님?"

"둘만 있을 땐 이름 부르라니까."

그가 스크램블드에그를 포크로 떠먹으며 대답한다. 신희는 어깨를 으쓱했다.

"글쎄요. 이 자리가 본부장님과 둘만의 개인적인 자리는 아닌 것 같아서. 김 팀장님이 언제 갑자기 내려오실지도 모르니."

"앞으론 너하고 둘만 출장을 다녀야겠어. 다른 사람들 귀찮아."

"아, 김 팀장님 불쌍도 하셔라."

정말로 민재가 불쌍해진 통에 신희는 피식 웃으며 주스 잔을 들었다. 그제야 영모가 뒤늦은 대답을 들려주었다.

"내가 공부한 곳은 뉴욕이야. 여기서 차로 네 시간을 가야 하지."

"어땠어요? 미국 생활은?"

"딱히 들려줄 말이 없어. 공부하고 아르바이트를 하고, 그 정도뿐이지."

"아르바이트를 했다구요?"

"응. 그게 그렇게 놀라워?"

"아뇨. 그게 아니라, 본부장님은 타고난 금수저라고 나도 모르게 생각하고 있었나 봐요. 유학은 그런 사람들만 가는 거 아녜요? 넘쳐 나는 돈을 쓸 곳 없는 사람들이요."

"그건 비약이야. 잠자는 시간까지 쪼개 가며 돈을 벌고 그 돈으로 공부하는 사람들도 많지. 내 경우도 용돈까지 부모님한테 의지할 순 없었어. 스물이 넘었는데 나 스스로 뭔가를 해내야 한다는 생각을 했으니까. 그건 지금도 변함이 없어."

"대단하세요."

신희는 진심으로 그에게 엄지손가락을 들어 주고 싶었다. 알려진 것이나 겉보기와 달리 그도 한 번쯤은 바닥을 경험해 봤다고 생각하니 새삼스러운 기분에 사로잡혔다.

그에 대해서 알고 있는 게 뭘까. 억측 내지는 추측에 불과한 정보들에 둘러싸여 그의 본모습에는 눈을 가리고 있었나 보다. 그가 보여 주는 다정한 품성에 반한 건 사실이나, 그보다 더한 매력이 곳곳에 산재한 남자였다.

역시 자신은 사람 보는 안목이 탁월하다 생각하며, 신희는 빙그레 웃었다.

"왜 그렇게 웃는 거지?"

"아무것도 아니에요. 본부장님이 돈 벌기 위해서 아르바이트를 하고 그 번 돈을 감격해 하면서 세어 봤을 걸 생각하니까 웃음이 나서요."

"흐음. 그건 맞는 말이야. 내가 일해서 처음으로 받은 급여를 열흘 동안 쓰지도 못하고 두었던 적도 있었으니까."

"어머나. 귀여우셔라."

"넌 그래 본 적 없어?"

영모의 질문에 신희는 기억을 부지런히 헤집었다. 노력 끝에 그녀가 중학교 2학년 여름 방학 때 친구들과 수영장을 가기 위해 용돈을 벌었던 일을 기억해 냈다. 용돈이라 해 봤자 아버지가 시킨 심부름을 하루 종일 하고 그에 응당한 대가를 받은 것이었지만, 처음으로 땀을 흘리며 일한 결과물을 손에 들고 뿌듯해했었다.

행복한 기억은 언제나 고통을 동반한다. 용돈이 든 봉투를 쥐여 주며 환하게 웃던 아버지의 얼굴을 떠올리자, 그것은 곧바로 고통이 되어 그녀를 찔렀다. 코끝이 매워지자 신희는 짐짓 표정을 감추기 위해 일부러 토스트를 찢어 입에 넣었다. 그것을 오물오물 씹으며 대답을 끌어냈다.

"많죠. 저 학비랑 용돈 번다고 대학을 5년 만에 졸업했거든요.

안 해 본 것 빼곤 다 해 봤어요. 아르바이트요."

"힘들었겠군."

"저 혼자였으니까요."

담백한 말투였다. 그녀는 토스트를 계속해서 손으로 찢어 입에 넣고 있었다. 아무래도 부모님이 갑작스럽게 사고를 당했을 거라 확신하면서, 땅콩 잼 그릇을 그녀에게 스윽 내밀었다. 혼자가 되어 통과해 왔을 그녀의 지난 시간이 눈빛에 아로새겨진 탓일까. 늘 우울해 보였던 건.

영모는 팔을 뻗어 신희의 손을 잡았다. 말간 눈이 얼마쯤 당황한 채 그에게 향했다.

"천국은 어디에나 있지."

내 온도를 기억하라고, 내가 너에게 주는 이 체온을 기억하면 된다고, 큰 행복이 아니라 이런 소소한 행복이라도 네가 가져 주길 바란다고, 마음으로 전했다.

신희의 시선이 영모가 쥔 제 손으로 떨어졌다. 그가 건넨 손은 위로의 의미이리라. 가슴이 벅차올랐지만 그는 어쩌면 자신보다 더 인생에 문외한일지도 모른다. 앞만 보고 달려온 사람에겐 옆에, 뒤에, 어떤 풍경이 있는지 알지 못할 테니까.

천국이 어디에나 있지만, 지옥도 어디에나 있다는 것을.

식사 후 두 사람은 곧장 영모의 방으로 올라갔다. 그가 씻고 옷을 갈아입는 동안, 신희는 그의 방 한쪽에 마련된 책상에 앉아 이메일을 확인했다. 프린트기를 통해 서류 몇 장을 출력한 후 경대에 올려놓고 돌아서려는데, 등 뒤에서 기척이 느껴졌다. 곧이어 단단한 팔이 그녀의 허리를 감아 온다.

고개를 드니 거울 속에서 그가 보였다. 뒤에서 그녀를 껴안은 영모가 어깨에 턱을 올려놓곤 거울을 쳐다보고 있었다. 거울을 통해 시선이 오갔다. 아랫배를 덮어 오는 커다란 손바닥이 더듬더듬 젖가슴 아래까지 올라오자 신희는 허리를 비틀었다. 목덜미에 닿아 오는 숨결이 뜨겁다. 귓불로 올라가는 입술은 이미 농도 짙은 열망에 잠겨 있었다. 그가 나직이 속삭였다.

"하아. 지금…… 안 되겠지?"

이 남자가 정말.

신희는 휙 돌아서 그를 마주했다. 이럴 때가 아니라는 것을 알려 줄 생각으로 인상을 팍 쓰는데 그는 여전히 음흉한 미소를 짓고 있었다. 허리를 감싸고 있는 팔을 놓아줄 생각도 하지 않은 채.

"잘 들으십시오, 본부장님. 오늘 일정은 11시 정각에 모터쇼 현장에서 주최 측과 미팅이 있고, 미팅이 끝나면 아마 곧장 점심 식사까지 이어질 겁니다. 오후 4시에 차고로 이동하여 입고되는 차 점검을 하셔야 하구요. 내일 아침에 등급이 떨어지면 그 결과에 따라 심사에 승복하느냐 재청하느냐 결정하셔야 해요. 재청하게 되면 이틀 정도 더 체류해야 합니다."

"알았어."

"그러니까 오후에 있을 점검에 최대한 집중하셔야 해요."

"알았다고."

"그럼 이 팔부터 좀 놓으시죠."

신희는 제 허리에 얹힌 그의 팔을 가리켰다. 그러진 못하겠다 버티고 있는 그는 턱을 치켜든 채 오히려 당당하다. 억지로 그의 팔을 떼 내려고 힘겨루기를 하고 있던 와중에, 다행스럽게도 벨소리가 들려왔다. 민재일 것이다. 영모의 팔이 아주 자연스럽게 떨어져 나갔고, 당황한 신희는 서둘러 셔츠 깃과 머리칼을 매만진 후 후딱 달려가 문을 열었다.

"김 팀장님 이제 오셨어요?"

"어? 채 비서님도 와 있었네요."

"네. 서류 준비할 게 있어서요. 아침 식사는 하셨어요? 현장까지 이동하는 데 시간이 좀 걸릴 텐데 배고프시지 않겠어요?"

"뭐 햄버거라도 하나 사서 차에서 먹죠."

"지금 10분 정도 시간이 남았는데 레스토랑에 가셔서 조식 드시고 오는 편이……."

"채 비서."

신랄할 정도로 냉랭한 음성이 등을 향해 날아들었다. 신희는 머뭇머뭇 돌아서서 그를 쳐다봤다.

"네. 본부장님."

"넥타이 안 고릅니까? 김 팀장 일엔 신경 끄고 이리 와서 넥타이 골라요."

"아, 네."

괜히 민재에게 미안해진 얼굴로 다시 영모에게 돌아온 신희는 세 개의 넥타이 중 선명한 와인 빛깔을 골라 영모의 가슴팍에 갖다 댔다. 그의 날렵한 시선이 그녀에게로 떨어졌다. 내 앞에서 다른 놈한테 신경 쓰지 말라니까? 엄중한 경고가 야속한 눈빛과 함께 그녀를 향했다. 멋쩍어진 신희는 와인색 넥타이를 그에게 불쑥 내밀고 고개를 돌렸다.

그의 질투.

이상야릇한 행복감이 얼굴에 스며들었다.

"본부장님 말이야. 요즘 어딘가 달라 보이지 않아?"

경희가 고개를 기울여 속삭여 왔다. 그리 눈치가 빠른 타입이 아닌 경희의 시선에, 영모가 어떻게 보이기에 이런 말을 하는 거지? 신희는 고개를 돌려 그녀를 쳐다봤다.

"어떻게요?"

"아이참. 신희 씨는 하루 종일 본부장님 옆에 있으면서 그것도 모르겠어? 딱 봐도 연애 중이잖아."

"켈록!"

무의식적으로 튀어 나간 기침 소리에 앞줄에 앉은 다른 부서의 직원들이 흘깃 뒤돌아보았다. 그들을 향해 멋쩍게 웃어 준 신희는 계룡산 도사 부럽지 않은 경희의 기민한 촉에 새삼 경의를 표하면서 애서 평정심을 유지했다.

"설마요. 본부장님이 연애 중이라면 제가 제일 먼저 알았겠죠. 모든 약속을 저를 통해 잡으시는 분인데."

"뭘 모르네. 아무리 비서라도 프라이버시는 절대 오픈 안 하는 게 저런 사람들이야. 신희 씨는 만약 비서가 있다면 생리가 언제인지 부모님 생신이 언제인지 그런 거 다 오픈할 수 있어?"

드는 예가 어이없는 것들이라 신희는 그만 피식 웃고 말았다. 더 대꾸를 했다간 자신도 모르게 필요 이상으로 발끈하며 본부장님한테는 애인이 없다고 힘을 주어 말하게 될까 봐 입을 다물었다. 그러자 경희도 더는 말을 걸어오지 않았다.

지하 1층의 넓은 강당은 다시 단상에서 연설 중인 영모의 쩌렁쩌렁한 목소리로 가득 찼다.

지난주 보스턴 출장의 결과물은 훌륭했다. 등급 A를 받았으며 그에 따른 혜택도 넓어졌다. 모터쇼에 제공될 차량의 수가 두 배가 됐고, 홍보 콘셉트나 물량도 주최 측의 기준에 상관없이 유리한 고지를 점령했으며, 모터쇼가 끝난 뒤에 있을 계약 마켓에서도 다수의 물량을 공급할 수 있게 됐다.

영모는 전 직원을 강당에 모아 놓고 출장 결과물과 사흘 후에 있을 보스턴 모터쇼의 중요성에 대해 설파하고 있었으며 내일 새벽엔 다시 보스턴행 비행기에 몸을 실을 예정이었다. 이번 출장은 모터쇼 기간 내내 참가자 인사 자격으로 가는 것이라, 선우자동차 회장과 전무 이사, 그리고 수행원들이 따로 동행할 예정이었다.

따라서 신희는 내일부터 닷새 동안 그를 만나지 못한다. 그에겐 출장 기간 내내 다른 수행원이 붙어 다닐 것이다. 수행원이 죄다 남자들이라 디테일하게 챙김을 받지 못하겠지만 이 닷새가 지나고 나면, 그는 '국제 모터쇼를 훌륭하게 치러 낸 본부장'이라는 수식어를 달게 될 것이었다.

아침마다 마셔야 하는 차는 누가 준비해 줄지.

삐뚜름하게 매달린 넥타이는 누가 바로잡아 줄지.

그의 식사를 챙기고 그의 수면과 휴식을 챙기고, 구두와 커프스 단추 등을 누가 챙겨 줄지.

쏟아지는 아쉬움에 신희는 연설 내내 그만 눈에 담았다. 그는 여전히 당당하고 호기로웠으며 철저했고, 때때로 따뜻하고 다정한 미소로 직원들의 마음까지 다독여 주었다. 그런 그와 닷새 동안 어떻게 떨어져 지내야 하는 걸까.

"내 말 틀림없다니까. 그러니까 신희 씨도 이제부터 눈여겨 봐."

영모의 연설이 끝나고 단체로 직원 식당에 가 점심을 먹을 때에도, 경희는 영모의 연애에 대해 비상한 관심을 놓지 않았다. 눈앞 식판에서 특제 메뉴인 전복죽 그릇에서 김이 모락모락 올라오고 있는데도 아랑곳하지 않고 내내 촉각을 곤두세웠다.

"식사나 하세요. 죽 다 식어요."

"아니야, 신희 씨. 자, 내 말 좀 들어 봐. 연애하는 사람들은 말이야. 자기도 모르는 사이에 흔적이라는 걸 남긴단 말이지. 어떤 것들이 있냐 하면, 네가 문을 불쑥 열었을 때 통화하고 있다가 다급히 핸드폰을 숨겨. 혹은 핸드폰 벨소리만 초조하게 기다려. 혹은 전에 본 적 없던 넥타이를 매고 온다든지 못 보던 시계와 반지가 생겨. 그것도 아니면 퇴근이 빨라져. 여기서 하나라도 해당되면 백 퍼 연애야."

"흐음. 불행하게도 본부장님한테 해당되는 게 하나도 없네요. 선배의 촉은 다른 곳에 발동시켜 보시는 게……."

"그래? 이상하다. 그게 아니라면 요즘 얼굴이 왜 저렇게 밝아 보이시지?"

경희가 식당 입구에 시선을 던지며 혼잣말처럼 뇌까렸다. 마침 영모가 회장, 전무와 함께 식당에 들어서고 있었다. 앉아서 식사하고 있던 직원들 모두 일어나 그들을 맞았고, 그들이 식판을 들고 자리할 때까지 시선을 떼지 않았다. 신희 역시 인사 대열에 끼어 있다 슬그머니 자리에 도로 앉으려던 찰나, 영모의 시선과 부딪쳤다.

짧게 오간 눈길에도 전율이 이는 듯했다. 그는 재빨리 신희의 옆에 누가 앉아 있는지 훑은 다음 고개를 돌렸다.

"전혀 밝아 보이지 않는데요?"

신희는 짐짓 능청을 떨며 경희에게 말했다. 경희가 더 강한 측을 세우기 전에 차단시켜야 했고, 내심 회장과 전무 앞에서 긴장하고 있는 그를 놀리고픈 마음도 있었다. 놀림감이 되었다는 걸 알지 못할 그는 매우 진지한 얼굴로 회장의 이야기를 듣고 있었다.

"그럼 다행이고. 아직 우리한테 기회가 남아 있다는 얘기니까."

어깨를 으쓱하며, 상황을 유리한 쪽으로 해석한 경희가 그때부터 죽을 싹싹 비워 가기 시작했다.

비교적 점심시간이 빨리 시작돼 빨리 끝난 터라, 식사 후에도 30분 정도의 여유가 있었다. 이런 날이 언제 오겠냐며 경희는 신희의 팔짱을 끼곤 건물 맞은편 백화점에나 가 보자 한다.

그는 식사 후에도 출장 동반자들과 미팅이 잡혀 있기 때문에, 30분 남은 휴식 시간에 신희 자신이 특별히 할 일은 없을 거라 판단해 흔쾌히 수락했다.

"으으. 이제 겨울이야. 가을은 느낄 새도 없이 빨리 지나가는 것 같지 않아?"

횡단보도를 건너며 경희가 어깨를 움츠렸다. 한낮에도 5도를 넘어가지 않는 날이 며칠째 이어지고 있었다. 이제 곧 겨울이 올 것이고 해를 넘기게 될 것이다.

"올해도 이렇게 나이만 먹고 흘려보내는구나."

경희의 구슬픈 넋두리는 긴 보도가 끝날 때까지 계속됐다. 신희는 문득 내년 이맘때 자신은 어떤 모습이 되어 있을까, 쓸쓸한 궁금증이 생겼다. 그때도 그와 이렇게 연인으로 지내고 있을까. 아니면 다른 관계로 변모해 가슴 아프게 바라보고만 있을까. 언제든 발을 빼기 쉽도록 그에게 모조리 빠져들지 말자 다짐하면서도, 그와의 시간들이 언젠가 추억이 될지도 모른다 여기니 가슴 한편이 저려 왔다.

"신희 씨. 저거 봐. 신상 나왔어."

경희의 넋두리는 백화점 1층 구두 매장을 지날 때부터 완전하게 멈추었다. 검은색 에나멜 로퍼 앞에 멈춰 선 경희는 호기심을 가득 드러내며 눈으로 세세하게 훑었다. 패션에 관심이 없는 신희로선 경희의 그런 행동이 신기해 보였다.

"하나 사요. 마침 이월 상품 세일도 하는데. 저쪽에 비슷한 게 있네요."

"얘는. 여기 구두는 이월이래도 가격이 하늘에 달렸어. 우리 같은 서민들은 꿈도 못 꿀 돈이지. 그냥 눈으로만 호강하는 거야."

아쉬움이 잔뜩 묻어난 경희의 한숨에 신희는 구두의 가격표를 흘깃 들여다봤다. 눈이 휘둥그레질 만한 액수인 데다 가격에 비하면 특별하게 뛰어난 디자인이 아닌 듯도 하다. 이해하지 못할 그들만의 세계에 혀를 내두르던 신희는 이번엔 스카프 매장으로 걸음을 옮긴 경희를 천천히 뒤따랐다.

"어머나? 신……희 씨?"

낯익은 듯, 생소한 듯, 반가움으로 무장된 목소리가 가까이 다가

온 건 그때였다. 얼마쯤 불길한 생각에 고개를 돌린 그녀의 표정은 초조함이 배어 있었다.

아니나 다를까, 환한 미소와 함께 그녀에게 다가온 이는 영모의 모친이었다. 그러니까 영모의 집에서 세리를 봐줄 때 딱 한 번 만난 게 전부였지만, 그 딱 한 번의 만남에 졸지에 영모의 애인이 되어 버렸던 그날.

"아…… 네. 아, 안녕하세요."

신희는 당황하여 필요 이상으로 허리를 숙여 인사했다. 눈동자가 흔들리고 다급하고 초조한 생각이 왔다 갔다 했다. 가장 큰 문제는 경희였다. 행여 그의 이름이 언급되기라도 한다면 경희는 특유의 촉을 발동시키고 말 것이다.

"여긴 어쩐 일이에요? 아! 점심 먹고 백화점 쇼핑 나왔구나?"

친화력이 강한 사람 특유의 입심과 미소까지 겸비한 채로, 혜정은 무척 살갑게 말을 걸어왔다. 아들의 연애 상대라는 이유만으로 정상보다 더 높은 엔도르핀이 솟는 모양이다. 신희는 여전히 스카프 매장 앞에서 기웃대고 있는 경희의 눈치를 흘깃 살핀 후 고개를 끄덕였다.

"네. 아직 업무 시간까지 여유가 좀 있어서요. 여긴 어떻게 오셨는지……."

"여기 4층 한복 매장에 납품하거든요. 오늘 거기 지배인이랑 미팅이 있어서 왔다가 같이 점심 먹고 나가는 길이에요. 이럴 줄 알았다면 신희 씨랑 점심을 같이 먹는 건데 그랬어요."

"아, 네."

표정을 어떻게 지어야 할지 알 수 없었다. 영모의 집에서 맞닥뜨렸을 땐 실제 연인이 아니었기에 오히려 당당할 수 있었지만, 지금은 애매하고 다급해진다. 그의 모친에게 잘 보이고 싶은 마음과 그역시 부질없는 행동이라는 허무감 사이에서 줄타기하고 있었다. 어쨌든 당황스러운 건 사실이었다.

때마침 혜정의 옆으로 동년배로 보이는 여자가 다가와 귓속말을 주고받는 것이 보였다. 혜정이 다시 신희를 쳐다본다.

"이거 어쩌죠? 다시 올라가 봐야 할 것 같은데."

"네. 일 보십시오. 전 괜찮습니다."

"그래요. 다음에 영모랑 영모 아버지랑 같이 식사나 해요."

"네……."

대답을 하면서도 신희는 아랫입술을 깨물었다. 다행스럽게도 혜정에게 일이 생겨 내심 안도하고 있는데, 결국 '영모'라는 이름이 나와 버린 것이다.

혜정이 에스컬레이터 쪽으로 걸음을 옮긴 후 등 뒤에서 예상했던 경희의 반응이 꽂혀 들었다.

"신희 씨?"

돌아선 신희에게 모종의 단서를 찾은 형사의 얼굴을 하고 경희가 다가왔다.

"나 방금 이상한 이름을 들은 것 같은데. 저 아주머니 입에서?"

"무슨 이름이요?"

"영모. 내가 아는 영모는 우리 본부장님뿐인데."

"세상에 영모라는 이름은 흔하고 또 많아요. 저분이 본부장님 어머님이시라면 저한테 왜 식사 제안을 하시겠어요? 제 동창 중에 영모라는 애가 있는데, 걔 어머니예요."

이런 거짓말을 줄줄이 늘어놓을 줄 아는 자신의 이면에 신희는 내심 놀라고 있었다. 게다가 안색 하나 바꾸지 않고 이토록 뻔뻔한 말투라니.

신희의 설명을 들은 경희는 생각을 고쳤는지 좀 전과는 다른 음탕한 미소를 물며 한 걸음 다가왔다.

"뭐야. 그럼 신희 씨 연애하는 거야? 그것도 본부장님이랑 이름이 똑같은 사람이랑?"

"선배는 매사 모든 일이 연애로 귀결돼요? 아, 피곤해. 왜 이렇게 요즘 여기도 연애, 저기도 연애지?"

낮게 읊조리며 일부러 불평스럽게 인상을 쓴 신희가 돌아서자 '신희 씨, 같이 가.' 외치며 경희가 따라붙었다. 경희는 괜히 노기를 부리는 척 도도하게 걷는 신희의 눈치만 살펴 댔다.

선배님, 미안합니다.

"이게 뭐예요?"

퇴근 시간이 되자 출장 관련 미팅을 모두 끝낸 영모가 문을 열고 들어왔다. 초췌한 안색과 풀어 헤친 넥타이가 오늘 하루 그가 얼마나 뛰어다녔는지를 말해 주었다. 말없이 내민 손에는 자동차 키가 놓여 있었다. 빤히 쳐다보는 신희를, 그가 응시하며 대답했다.

"키."

"그건 알죠. 근데 이걸 왜 저한테……."

"네가 운전해. 아파트로 가. 오늘은 너하고 있어야겠어."

은밀하고 나직한, 그러면서도 위엄을 잃지 않은 목소리가 열기로 뒤덮일 밤을 예고했다. 신희는 고개를 들었다. 피곤한 듯 느른하게 움직이는 눈동자에 미처 해갈하지 못한 갈증이 보였다. 출장 이후, 그는 매일같이 회의와 미팅으로 정신없는 날들을 보냈던 탓에 신희는 매번 혼자 퇴근을 맞이했다.

그러기에 그가 함께 밤을 보내자고 제안을 한 게 무척 생소하게 다가왔다. 신희는 허공에 들이밀어진 그의 손바닥을 차분하게 내려다보다 키를 받았다. 엇갈리는 손끝에 체온이 닿았다.

"준비하고 나올게."

미소 띤 영모의 얼굴을 마주하며 신희는 고개를 끄덕였다. 키를 꽉 쥐고 가방과 서류를 챙겨 본다. 그가 본부장실을 나왔을 때도 긴장은 궤도에 올라 도무지 내려갈 생각을 하지 않고 있었다. 승강기에 올라 지정 주차장으로 내려갈 때까지 그는 신희의 손을 잡고 놓아주지 않았다. 이따금 다른 직원이 볼까 두려운 마음에 손을 빼내려 했지만, 악력은 무척 강했다.

그의 차 운전석에 오른 신희는 뒤따라 조수석에 올라타는 그를 물끄러미 응시했다. 피곤해 보이는 그를 대신하여 상체를 숙여 안전벨트를 매 주니 그가 흘깃 쳐다본다. 비싯 비틀린 입매에서 웃음소리가 들렸다.

"차에서부터 유혹하면 곤란한데."

"유혹 안 해요. 권영모 씨는 지금부터 잠을 자면 돼요. 제가 안전하게 댁으로 모셔다드릴 테니까요."

"도착하면 목욕부터 하자. 아니, 밥부터 먹을까. 아니야. 진짜 내가 하고 싶은 건 너랑 침대에서 뒹구는 거야."

"사고 나고 싶으신 거 아니면 수위 높은 발언은 삼가 주시죠."

"흐음."

차가 대로변에 접어들자 신희는 갈등하기 시작했다. 그의 모친을 만났던 일에 대해 알려야 하나 말아야 하나. 의미가 담겨 있지 않은, 그야말로 우연한 만남이었지만 비밀로 간직하기보다는 그와 공유하는 편이 낫다고 판단했다. 그래야 그 만남에 신경 쓰는 자신의 모습을 털어 버리는 것도 쉽고 빠를 것이다.

"오늘 우연히 본부장님 어머님을 뵀어요."

"어디서?"

"홍보팀 선배하고 점심 먹고 백화점엘 갔는데 절 알아보셨어요."

"아…… 당황했겠군. 널 알아보셨다니 그것도 당황스러워. 중요한 사람이 아니면 이름조차 외우지 않는 분인데."

"그냥 우연히 마주친 것뿐이에요. 그런 의미, 갖다 붙이지 마세요."

"부담돼?"

의자에 한껏 기댄 채로 그가 돌아보는 게 느껴졌다. 잠시 빨간불에 차를 멈춘 신희도 고개를 돌려 그를 쳐다봤다. 침묵이 어둠 속을 유영했다.

잠시 후 그가 팔을 뻗더니 그녀의 볼을 어루만졌다.

"넌 언제나, 떠날 것 같은 얼굴을 하고 나를 쳐다봐."

눈빛을 공유하고, 시간을 공유하는 것 이상 그에게 바라는 게 없다. 지금도, 앞으로도. 하지만 그의 한마디는 그녀의 가슴에 내내 잠겨 있을 것만 같았다.

신희는 아무 말도 하지 못하고 다시 신호등 불빛을 확인했다. 차가 움직이는 동안에도 그의 시선은 꼼짝 않고 제게 붙박여 있었다.

아파트에 도착하자마자 신희는 욕조에 물부터 채웠다. 그가 재킷을 벗는 동안 간단히 요기거리라도 준비할 겸 주방에 들어섰다. 냉장고를 열고 야채와 햄 등을 꺼내어 올려 두고 돌아서려는데, 그가 시야를 가로막았다. 숨이 멈춰지고 허리가 그의 팔에 의해 채워진다. 그는 그녀를 밀듯이 걸음을 옮겼다. 그가 밀어붙이는 힘에 의해 뒤로 더듬더듬 밀려나던 신희는 벽에 등이 닿는 것을 느꼈다.

다가오는 입술을 밀어내지 않았다. 그가 고개를 기울이고 입술을 포개어 오는 순간, 신희는 출장 이후 그와 제대로 대면하지 못했던 날들의 아쉬움을 마음껏 털어 낼 수 있었다.

10. 변화의 전조

"강당에서 널 봤을 때 잠시 실수했던 거 눈치챘어?"

기나긴 키스 후 입술을 뗀 영모가 물었다. 그 말은 사실이었다. 사내 전 직원들을 향해 보고와 연설을 한 적은 더러 있어 긴장되거나 하진 않았는데, 뒷줄에 앉아 있는 신희를 본 순간 긴장이 치고 올라와 발음이 씹혀 버린 것이다. 생각하니 다시 민망해져 영모는 입술을 늘이며 피식거렸다.

"에? 설마요."

"정말이야. 네가 그렇게 뚫어지게 날 쳐다보지만 않았어도. 그런데 넌 내가 널 잠깐 봤다는 것도 몰랐어?"

"네. 전혀요. 본부장님이 워낙 잘생기셔서 외모 감상하느라 정신이 없었거든요."

"흐음."

영모는 일부러 얼굴을 뒤로 빼낸 뒤 신희의 얼굴 표정을 세세하게 살폈다. 이런 농담도 여유롭게 해 대는 여자라니. 그것도 얼굴색 하나 변하지 않고.

"역시 채신희. 고수다워. 그렇게 날 띄워 주면 내가 오늘 밤 최선을 다할 거라는 계산이 선 거지?"

"권영모 본부장님. 그런 억측은 삼가시고 오늘은 푹 자요. 새벽에 일어나야 하니까. 난 먹을거리 좀 준비해 두고 갈게요."

"뭐?"

신희는 다시 거리를 좁혀 오는 영모에게 인상을 써 보였다. 마치 학생을 훈계하는 선생 같은 표정이다.

"며칠 동안 계속 피곤했잖아요. 오늘은 제가 배려할게요."

"얼마 만에 단둘이 있는 순간인데 김빠지게 이럴 건가?"

"그럼 제가 어떻게 할까요?"

"자장가라도 불러 줘."

"흐음. 잘 자라, 우리 아가. 앞뜰과 뒷동산에 새들도 아가 양도 다 자는데 달님은 영창으로……."

나긋나긋 나간 작은 노랫소리가 잠시 멈춰졌다. 허리 뒤를 점령하고 있던 그의 손길이 니트 아래로 슬쩍 들어왔기 때문이다.

"……은구슬 금……구슬을……."

브래지어를 들추고 미끄러져 들어온 커다란 손이 젖무덤을 강하게 움켜쥐었다. 동시에 다시 겹쳐지는 입술. 신희는 맞물린 잇새로 한숨을 내쉬며 그를 밀어내고 돌아서는 것을 체념했다.

대신 그의 목에 팔을 두르며 입맞춤에 열렬히 응답했다. 말랐던 나뭇가지가 촉촉이 젖어 든다. 그에 의해 주물러지고 있는 가슴 끝에서 아련한 통증이 밀려들었다.

거친 숨을 토해 내며 그가 니트를 끌어 올렸다. 브래지어까지 순식간에 벗겨 나간 상체가 차갑게 떨린다. 신희는 바닥으로 떨어지는 자신의 옷가지를 보다 다시 그와 눈을 마주했다. 타는 듯, 건조한 듯, 그의 눈동자는 열망에 잠겨 있었다. 자신을 간절하게 원하는 그의 모습에 용기백배해진 신희는 그의 와이셔츠에 매달린 단추들을 하나씩 풀어 나가기 시작했다.

떨리는 손끝에서 풀린 셔츠 사이로 보기 좋게 굴곡진 근육이 보인다. 그의 가슴팍에 손바닥을 대니 금세 데워질 것처럼 뜨거웠다. 그 틈을 놓치지 않은 그가 스커트 후크를 푼다. 손바닥만 한 팬티가 끌려 내려간 것도 순식간이었다.

이번엔 그녀의 차례. 벨트를 풀고 바지를 내리면서 신희는 몰려든 숨을 가볍게 토해 냈다. 벌써부터 힘이 들어가 단단하게 일어선 남근이 무섭도록 그녀를 몰아붙였다.

고개를 내린 그는 유두 끝을 가볍게 물었다가 다시 놓았다. 어깨까지 들썩거릴 정도로 강한 흡입에 신희는 깊은숨을 내쉰 뒤 신음을 쏟아 냈다. 아랫배를 쓸던 그가 이내 은밀한 그곳, 야트막한 둔덕을 쓰다듬을 땐 절로 허벅지에 힘이 들어갔다. 뜨겁게 마주한 눈길에 감당할 수 없는 욕망이 일렁거렸다.

손가락을 이용해 음부 깊숙한 곳까지 그가 밀고 들어오자, 신희는 그의 어깨에 고개를 묻었다. 두서없이 흘러나오고 있는 교성이 제 귀에도 발칙하게 들렸다. 연신 유방을 주무르는 손길, 아래의 그곳을 찔러 대는 손가락, 어느 것 하나 그녀를 달구지 않는 것이 없었다.

"채신희."

영모는 자극에 힘겨워하는 그녀의 정수리에 턱을 얹었다. 나른해진 음성을 끌어내니 그녀의 대답이 곧장 들려온다.

"응, 네."

"자주 함께 있지 못해 미안해."

턱 아래에 있던 그녀가 꿈틀 고개를 들었다. 가까이서 마주한 눈이 떨리고 있었다. 언제나, 이 여자와 함께 있고 싶다. 매 순간 생각이 여유를 가질 때마다 파고드는 존재.

그녀가 잠시 후 그의 볼에 입을 맞추고 대답했다.

"이 정도로도 난 괜찮아요."

"설마. 내가 이렇게 갈증 나는데 너라고 괜찮을까? 마음대로 불평해. 왜 안 만나 주느냐고 떼도 써 봐. 문자로 날 괴롭혀도 돼. 매일 나한테 들이대도 돼. 채신희라면 괜찮아."

"모르시는 모양인데, 나도 나름 바빠요. 남자한테 매달릴 시간이…… 읏!"

말을 하다 말고 신희는 통증에 이마를 찌푸렸다. 제 아래에 완벽하게 점령해 있는 손가락에 그가 힘을 단단히 주어 찔러 댔기 때문이다. 아마도 그녀의 대답이 마음에 들지 않는 모양이다.

"내일이면 며칠 동안 또 못 볼 텐데, 서방님 서운하게 할 거야?"

아, 이런.

온몸이 그에게 저당 잡혀 있는 상태에서도 신희는 그의 너스레에 웃음이 터지려 했다. 하지만 그 웃음은 곧 그의 입술에 잠겼다.

아랫입술과 윗입술에 꼼꼼하게 입을 맞춘 그는 이내 그녀를 돌려세웠다. 좀 전과는 달리 이번엔 젖가슴이 벽면에 의해 뭉그러졌다. 곧 그녀의 등은 영모에 가슴과 맞닿았고 엉덩이 골에 그의 성기가 마찰되었다.

신희는 고개를 돌려 숨을 토해 냈다. 밀려드는 다급한 교성을 차마 내지를 틈도 없이 아래의 그곳으로 그가 강하게 밀고 들어왔다.

"흐윽!"

몸이 반으로 갈라지는 느낌이었다. 둔탁한 쇠망치로 강타당한 듯한 격렬한 통증과 함께 아랫배와 사타구니를 한꺼번에 긴장케 하는 쾌감이 무서운 속도로 그녀를 잠식해 나갔다. 영모는 잠시 엉덩이를 뒤로 뺐다가 다시 한번 격하게 짓쳐 들었다. 아랫입술을 깨무는 신희의 뒷목으로, 그가 숨결을 불어 넣었다.

밀착된 몸에 열기가 덧입혀졌다. 연신 아래의 그곳을 찌르며 들어오는 남자의 헐떡거림에 신희의 몸도 덩달아 촉촉하게 젖어 들었다.

손을 가슴께로 가져와 벽에 눌린 젖무덤을 주무른다. 참지 못하고 터져 나온 신음은 신경을 마비시켰다. 깊게, 더 깊게, 끝 간 데 없이 파고드는 그 농밀하고 비밀스러운 움직임이 그녀를 한계까지 몰아붙였다.

"으읏……."

영모는 신희의 머리칼을 한 움큼 쥐어 어깨 쪽으로 젖혔다. 드러난 하얀 살결에 입을 맞추고 다시 허리를 튕겼다. 그녀의 샘은 마르지 않는 우물처럼 자극적인 행위에 금세 반응하며 그를 적셨다. 빽빽하게 조이는 속살의 향연에 그는 머릿속이 아득해지는 것 같았다.

언제쯤, 이 여자에게 질리게 될까. 아니, 질리기나 할까.

영모는 계속해서 그녀를 찔러 대며 어깨에 얼굴을 묻었다. 다분히 충동적이었던 그녀와의 연애는, 시간이 흐를수록 그 농도와 깊이가 짙어지고 깊어지고 있었다. 그토록 싫어하던 연애의 과정을, 이 여자와 함께 겪고 있다 여기니 실소와 더불어 자조까지 흐른다. 중요한 건, 때때로 자신을 응시하는 신희의 표정이었다.

언젠가 떠날 것 같은.

언젠가 자신을 외면할 것 같은.

언젠가 차가워질 것 같은.

"채신희……."

신음을 내지르느라 자신의 부름을 듣지 못했을 그녀에게, 영모는 낮은 음성으로 주문했다.

"……날 버리지 마라."

[여긴 모든 게 오케이. 거긴요?]

[네가 없으니까 외로운 것만 빼면 여기도 낫 배드.]

신희는 얼굴에 웃음기가 퍼져 갔다. 아침 점심, 그리고 저녁으로 이어지는 그와의 문자 교환은 그가 없는 공백을 자연스럽게 메워 주고 있었다.

출장으로 인해 떨어져 있는 동안 하루에 적어도 한 시간은 통화하자던 영모의 제안을 문자로 대신하자고 말한 건 신희였다. 목소리를 들으면 그리워질 것이고, 욕심이 날 것이다. 그 욕심이 가득 채워지면 그가 없는 빈자리가 더욱 생생하게 느껴질 것 같았다.

그러니 목소리를 듣지 못하는 아쉬움을, 그가 돌아오는 날을 기다리는 즐거움으로 바꾸어 생각하는 편이 나았다.

[보스턴에서 함께 먹었던 클래식 핫도그랑 팝콘이 그리워요. 저 대신 영모 씨라도 그거 꼭 먹고 돌아와야 해요.]

[살찌우기로 작정한 거지?]

[설마요. 전 머리 없는 남자와는 살아도, 배 나온 남자랑은 못 산답니다.]

[그러니까 그 말은 나하곤 안 산다는 뜻? 어쩔 수 없지. 머리를 다 뽑는 수밖에.]

"푸하핫!"

웃음이 터져 나와 신희는 다급히 입을 막으며 옆 좌석으로 고개를 돌렸다. 운전 중인 윤경이 그녀를 빤히 쳐다보고 있었다. 누군가와 문자를 나누며 킬킬대는 신희의 모습이 생소했던지 윤경의 시선은 오래도록 거두어지지 않고 있었다.

"너 무슨 일 있니?"

마지못해 질문을 던진 윤경이 걱정스럽게 쳐다봤다. 그녀의 질문에 담긴 의미가 어떤 건지 잘 아는 신희로선 그저 실소만 날 뿐이다. 신희는 아랑곳하지 않고 키패드를 눌러 문자를 작성했다.

[영모 씨 덕분에 잠시 웃었어요. 바쁘지 않아요?]

"왜요? 그래 보이세요?"

"응. 너 같지 않아서."

"전 문자 하면서 웃으면 안 돼요, 선배?"

"아니, 뭐 그렇다는 건 아니고. 적응이 안 된달까."

[이제 곧 회의 예정.]

[알았어요. 나중에 또 연락할게요.]

신희는 영모와의 문자 교환을 끝내고 핸드폰을 내렸다. 그러곤 다시 윤경에게로 고개를 돌린다.

"지금 저만큼 적응이 안 될까요."

"지금이 어때서? 넌 진짜, 나 같은 선배 아는 걸 가문의 영광으로 생각해야 돼. 어떤 대학 선배가 너 스타일 바꿔 준다고 선심 쓰겠니?"

그건 맞는 말이었다. 토요일 아침, 모처럼 혼자서 맞이하는 주말에 청소며 밑반찬 만들기며 장 보는 것 등 계획을 줄지어 잡아 뒀는데, 윤경이 연락도 없이 들이닥치는 바람에 수포로 돌아갔다.

그녀는 다짜고짜 신희에게 함께 나가자고 제안했고, 이유를 말하지 않으면 한 발자국도 떼지 않겠다고 엄포를 놓은 신희는, '네 스타일을 변화시켜 줄게.' 라는 한마디에 어쩔 수 없이 따라나서는 길이었다.

스타일을 바꿔 준다는 말은 핑계였을 뿐, 사실 무료함을 달래기 위한 돌파구에 가까울 것이다. 윤경은 이제 얼마 전 그 끔찍한 기억에서 벗어나 자연스럽게 제자리를 찾아가는 듯했지만, 가끔 헛헛해지는 순간도 있다고 했다. 그럴 때마다 친분이 있는 친구나 선배, 혹은 후배를 끌어내 함께 시간을 보낸다는 것이다.

신희는 그런 윤경의 허허로움이 낯설지 않았다. 파양당하고 한국으로 온 후의 자신을 보는 것 같아서. 무언가에 절절하게 매달리고 난 뒤에 찾아오는 공허감은 영혼까지 압도할 정도로 스스로를 무너뜨리고 파괴시키고, 또 좌절하게 만드는 법이다. 그래서 신희는 되도록 윤경의 방문을 거절하지 않을 생각이었다.

[좋은 생각이 떠올랐어. 한국에 돌아가면 함께 여행 다녀오자.]

짧은 시간을 두고 도착한 그의 메시지를 들여다보며 빙긋이 웃고 있는데, 윤경이 말을 이었다.

"근데 너 나한테 언제까지 선배, 선배, 할 거야?"

"왜요? 선배라는 호칭이 싫으세요?"

"다른 애들은 언니라고 부르니까. 그리고 선배, 라고 부르면 어딘가 딱딱하게 느껴지지 않니? 굉장히 예의를 차려야 하는 관계 같아."

"언니라는 호칭은 익숙하지 않아서 그럴 거예요. 피를 나눈 형제 사이에서만 사용할 수 있는 단어 같잖아요."

"그게 아니라 네가 아직도 나한테서 거리감을 느끼니 그런 거지. 왜? 정답을 말하니 찔려?"

"아뇨. 그것도 맞는 말 같네요."

"얘가 아주 사람 갖고 놀리고 있어. 그럼 언니라고 해 봐, 지금."

"꼭 듣고 싶어요? 선배?"

"그래!"

의도적으로 '선배'라는 호칭을 뒤에 붙이니 윤경이 필요 이상으로 발끈하며 눈을 부라렸다. 못 이기는 척 윤경의 소원을 들어주고 싶지만, 친자매처럼 살갑게 다가가려니 새삼 속이 부대낀다. 하지만 윤경은 여전히 심신이 아픈 상태고 그런 사람에게 아량을 베푸는 것쯤은 쉬운 일이었다. 요즘은 여러모로 행복하니까.

"언. 니. 자, 이제 됐어요?"

"잘하네. 앞으론 언니라고 불러."

"네. 언니."

만족스럽게 피식거린 윤경이 한적한 주택가 골목으로 차를 몰더니 3층짜리 뷰티숍 건물 앞에 멈추었다. 1층은 미용실 2층은 네일숍 3층은 고급 의상실과 커피숍으로 한눈에 봐도 부유층을 상대로 과한 영업을 하여 돈을 쓸어 모으는 점포인 듯했다. 저런 곳에서 머리끝부터 발끝까지 관찰당하는 채로 그들의 돈벌이에 이용당하고 싶진 않았다.

"저런 데서 쓸데없는 돈을 낭비하는 게 과연 옳은 일인지 다시한번 생각해 보세요, 언니."

"응. 아주 옳은 일이야. 요즘 난 용돈이 남아돌아서 주머니가 다 찰 지경이고, 넌 변화가 필요하니까. 오늘 너한테 투자하는 건 내 지난날에 대한 반성이라고 생각해. 내가 그동안 너한테 진상을 좀 부렸니?"

"그런 거면 밥만 사도 돼요. 이런 과소비를 제가 어떻게 감당하라구요."

"부담 갖지 말라니까? 넌 그냥 얌전하게 앉아 있기만 하면 돼. 나머진 샵 언니들이 다 알아서 해 줘."

"언니."

"응, 신희야. 네가 언니라고 불러 주니까 참 좋다. 이왕이면 네 촌스러운 머리나 패션 스타일도 이참에 바꿔 주면 얼마나 좋을까?"

윤경은 다짜고짜 신희의 손을 잡고 안으로 이끌었다. 예상대로 외적인 면모로 고객의 등급을 매기는 직원들의 시선이 신희에게로 쏠렸다. 단골인 윤경이 데리고 왔으니 우선 품종은 A등급인데, 하고 있는 꼬락서니를 보아하니 C등급도 안 되는 것 같은 난감함이 직원들의 얼굴에 오르락내리락했다.

"애 좀 확 달라지게 가꿔 주세요."

윤경은 마치 애완동물을 병원에 맡기듯 신희를 의자에 앉혔다. 그러곤 자신은 응접용 소파에 앉아 잡지책을 꺼내 든다. 어째 잘못 걸려들었다 싶은 생각에 윤경을 대뜸 따라나선 걸 반쯤 후회했다. 하지만 이미 신희의 얼굴형과 전체적인 얼굴 톤, 그리고 체형을 바탕으로 한 머리스타일 구상에 들어간 언니들의 날카로운 시선을 피할 수는 없었다.

"고객님. 너무 예쁘세요. 이렇게 완벽한 달걀형의 얼굴을 실제로 보게 되다니 영광이네요. 잘나가는 여배우들한테서도 보기 힘든 얼굴형이에요."

매니저로 보이는 삼십 대 여자가 신희의 머리칼을 손가락으로 이리저리 매만지며 칭찬을 늘어놓았다. 절반이 하얀 거짓말이겠지만 신희는 감사하다는 인사를 잊지 않았다.

그때 테이블에 두었던 핸드폰이 울렸고 보조 직원이 들고 왔다.

"핸드폰이요."

"아, 네. 고마워요."

공교롭게도 영모의 메시지가 도착해 있었다. 신희는 이제 막 분

무기로 머리칼을 적시기 시작하는 매니저를 흘깃 보며 메시지 창을 열었다.

[영상 통화 돼?]

허걱! 난감함에 등골이 서늘해졌다. 하루에 한 번씩 영상 통화를 해 왔지만 매니저가 귀신처럼 머리를 풀어 헤친 지금은 천 번 만 번 곤란했다. 그가 행여 인내심을 발휘하지 못하고 통화를 걸어올 까, 신희는 얼른 답신을 보냈다.

[지금은 곤란해요. 오늘 바쁜 거 아니었어요? 개막식인데?]
[바쁜 일정은 끝났지. 무슨 일 있어? 토요일이라 후줄근한 차림 이라 그런 건가? 상관없어, 난. 네 얼굴만 보면 돼.]
[그런 건 아니구요. 아무튼 좀 곤란해요. 두 시간 후에 제가 연 락할게요.]

신희는 얼른 핸드폰을 보조 직원에게 건넸다. 노닥거리며 문자 주고받을 시간을 아껴 얼른 머리만이라도 해치워야겠단 생각이었 다. 시선은 온통 거울 속 자신에게로 뻗어 가 있는 와중에도, 생각 은 모조리 핸드폰에 고정되어 있었다.

그리고 두 시간 후, 영상 통화에서 그는 이렇게 말했다.

── 내 천연기념물에 무슨 짓을 한 거지?

머리칼에 웨이브를 넣고 윤경과 함께 네일 정리를 하고 3층에 올라가 커피를 마셨다. 윤경이 옷도 사 주겠다며 지갑을 열어 엄선한 수표 몇 장을 꺼내 보여 주기까지 했지만, 신희는 단박에 여기까지, 라고 선을 그었다. 게다가 커피값도 손수 치르는 그녀를 보면서, 윤경은 줘도 못 받아먹는 년이라며 갖은 타박을 해 댔다.

그렇게 부담스럽고 어색한 '변신'을 완료한 신희는 늦은 오후가 돼서야 집으로 돌아왔다. 근처에 있는 동네 도서관에 들러 책 두어 권 대여해 오는 것도 잊지 않았다.

씻고 옷을 갈아입고 사과 하나와 함께 책을 들고 소파에 앉았다. 그러곤 생각이 난 듯 핸드폰을 열어 보스턴의 날씨를 확인한다.

그가 출장을 떠난 후, 보스턴 근교 날씨를 확인하는 것은 습관이 됐다. 그가 돌아오는 날의 한국 날씨도 확인한다. 그러곤 회사 홈페이지에 접속해 좀 전에 올라온 모터쇼 개막식 영상을 들여다봤다. 회사 촬영팀이 따로 합류를 한지라 영상 속에서 꽤 오래, 그리고 자주 영모의 얼굴을 만날 수 있었다.

타이를 생략한 푸른색 와이셔츠에 검정색이 감도는 다크블루 슈트는 그의 멋스러운 몸매를 부각시켜 주었다. 어디에 서 있어도 한눈에 잡히고 말 것 같은 큰 키와 외모 때문에 국적이나 남녀노소를 막론한 시선을 받고 있는 것이 영상에서도 보였다. 얼마쯤 씁쓸해졌지만 반가움이 더 커서 환한 웃음으로 갈무리했다.

영상 속에서 꾸준하게 웃고 있는 그를 향해 읊조리듯 속삭였다.

"그래요. 돌아오면 여행 가요."

나도 당신을 혼자서만 보고 싶어요.

풍화돼 잔잔한 돌멩이로 변해 버린 검은 바위 다리를 맨발로 걸었다. 싸늘하고 강한 바람에 몸도 제대로 가누지 못할 지경이었지만, 발바닥을 감싸는 시리고 차가운 느낌은 새롭고 신선했다. 옆으로 다가온 영모 역시 맨발이었다. 각자의 편의대로 구두를 손에 들고 돌다리 끝에 있는 빨갛고 하얀 조랑말 등대를 응시했다.

일몰 직전의 바다는 붉은 태양을 힘겹게 받아들이고 있었다. 넓은 바다 가득 불이라도 난 것처럼 붉다 못해 시커멓게 암전이 되어 가고 있었다. 겨울로 향하는 초입의 바다는 그렇게 차가운 온도와 맞물려 어딘가 쓸쓸함마저 자아내고 있었다.

신희는 고개를 돌려 그를 쳐다봤다.

"이제 곧 해가 질 것 같아요."

"걸음을 빨리해야겠어. 뛰어도 괜찮겠어? 힘들겠으면 말해. 내가 업어 줄 테니까."

"됐어요. 저 100미터 17초 나와요."

"흐음. 날렵한 분이시네."

"먼저 가요!"

신희가 먼저 속도를 내자 영모도 그녀를 뒤따랐다. 뛸 듯 걷는 듯, 앞서가는 그녀를 보면서 여행지로 제주도를 선택한 게 다행이라는 생각이 들었다. 일에 치이고 시간에 쫓기는 일상을 반복하다 보니 한가로울 처지가 아니었던 그에게, 신희와의 여행은 분명 새로운 활력이 될 것이었다.

보스턴 모터쇼는 성공적으로 마무리되었다. 60퍼센트의 높은 계약률을 끌어냈으며 그것은 곧 회사에 높은 수익을 가져다줄 것이다. 그렇게 애를 써 봐야 고작 하루 정도 휴가를 받은 게 전부지만, 주말을 끼고 월요일까지 신희와 함께 이곳에 머물 생각을 하니 몇 달간 적재된 피로가 한꺼번에 가시는 듯했다.

연인이나 가족 단위의 여행객들이 백사장에 드문드문 보이고 그들 모두 모처럼의 망중한에 소리까지 드높여 웃고 있었다. 영모는 앞서가는 신희의 보폭을 금세 따라잡은 후 그녀의 어깨를 끌어안았다. 조랑말 등대 앞에 도착하자 곧 일몰이 시작되려 했다.

"춥지 않아? 신발 신어."

"추위를 잘 타지 않아요. 맨발로 호텔까지도 갈 수 있을 것 같은데."

꽤 의연한 대답에 영모는 찬찬하게 그녀의 옆얼굴을 훑으며 말했다.

"볼수록 세단 말이지."

"뭐가요?"

"너 말이야."

"세죠. 고집도 장난 아니고. 간간이 나 때문에 마음고생할 일도 있을걸요."

"오호. 선제공격까지?"

"그러니까 저 상처 주지 마세요. 여자가 한을 품으면 어떻게 되는지 알죠? 게다가 난 센 여자니, 오뉴월 서릿발이 뭔지 확실하게 보여 드릴게요."

"그럼 오늘 밤 침대에서 먼저 보여 줘 봐."

그녀의 어깨를 끌어안은 채 고개를 기울여 장난스럽게 속삭이자

일몰의 붉은빛이 반사된 신희의 얼굴이 일그러지며 그를 향했다.

"이런 분위기에 그런 얘기라니. 권영모 씨 음탕하신 건 알아줘야 돼요."

"너하고 있을 때가 제일 재밌어."

"갑자기 무슨 말이에요?"

"내 말에 발끈하는 모습이 귀엽단 말이지. 내가 몰랐던 모습이라 더 그래. 비서 채신희는 고분고분한데, 여자 채신희는 정복하고 싶게 만들거든."

"더 발끈해야겠네요. 당신이 재밌어하는 게 저도 재밌어요."

말을 하면서 그녀의 머리칼을 차분하게 만진다. 짧아진 것 같은 머리칼 끝을 흘깃 보다 다시 그녀를 쳐다보니 어깨를 으쓱하며 설명을 시작했다.

"머릴 좀 잘랐어요. 티가 안 날 줄 알았는데 알아보네요?"

"머리카락 한 올까지 다 내 손길이 갔는데 어떻게 못 알아봐."

"며칠 전 제가 영상 통화 하기 곤란하다고 한 날, 기억해요?"

"응."

영모는 그날을 떠올리며 잘게 인상 썼다. 개막식을 막 끝내고 수고했다는 칭찬 한마디 듣기 위해 통화를 시도했지만, 그녀가 곤란하다는 말로 냉정하게 대했던 날. 덕분에 그는 재미도 없는 회장과 전무와 함께 와인이나 마셔야 했다.

"그날 자른 거예요. 제 학교 선배 언니가 하도 성화를 부려서요."

신희는 그날 윤경과 있었던 일을 자세하게 설명했다. 네일 정리까지 한 거며 옷은 극구 거절했다는 것까지.

"그리고 이건 끝까지 말하지 않으려던 건데, 사실 예전에 영모 씨 맞선 상대로 제가 나갔던 날이요. 원래는 그 언니 자리였어요."

"뭐?"

"그 언니 부탁으로 제가 대신 나갔던 거라구요."

생각하니 그 희한한 우연에 영모는 인상을 풀고 미소를 지었다.

"난데없이 머리를 자르게 한 게 괘씸했는데 알고 보니 은인이었군. 밥이라도 사야 하나?"

"그렇게까지는. 아직 당신 존재를 몰라요, 아무도."

일몰로 인해 주변이 차차 어두워지자 신희의 얼굴도 차츰 어둠 속으로 잠기고 있었다. 영모는 갑자기 가라앉으려 하는 마음을 애써 숨기며 걸음을 옮겨 그녀를 마주 보고 섰다. 세찬 바람이 통과하지 못하도록 그녀의 허리를 안고 끌어당겼다.

"난 너한테 숨겨진 애인인 건가?"

어딘가 씁쓸하고 자조적인 말투. 신희는 행여 그가 깊이 오해하는 것을 막고자 진심을 털어놓았다.

"그럴 리가요. 숨기고 싶어서 의도적으로 그러는 건 아니에요. 그런 얘기를 나눌 만한 상대가 없는 것뿐이에요. 당분간은 이런 기분을 나 혼자 만끽하고 싶기도 하구요."

"어떤 기분?"

"행복한 거요."

"나 때문에 네가 행복하다면 그걸로도 충분해. 아직은 너한테 그 이상의 것을 원하는 건 내 욕심이지."

직원들의 눈에 띌까 봐 언제나 전전긍긍하는 신희의 모습을 기억한다. 함께 퇴근할 때면 늘 자신의 뒤에서 두어 걸음 거리를 유지하던 그녀. 쉽게 타인에게 자신과의 관계를 털어놓기 힘든 경우라는 것을, 그도 알고 있었다. 그런데도 불구하고 가슴이 답답한 건 어쩔 수 없는 일이었다.

빌어먹을. 그렇게도 연애를 귀찮아했는데, 감정의 증폭을 겪고 이성이 오락가락하는 그런 늪 속으로 빠지기 싫었는데, 지금은 어찌할 바를 모르고 허우적거리고 있다. 이 여자와 좀 더 확실한 관계가 되고 싶어서 허둥대고 있는 제 모습이 낯설었다.

"사내 연애를 굳이 비밀로 하는 이유가 그런 거래요. 쉽게 오픈했다가 헤어지기라도 하면 서로가 껄끄럽고 어색하겠죠. 그런 민망한 상황을 만들지 않기 위해 최대한 노력해요, 우리."

"그런 민망한 상황이 오지 않도록 노력해야겠지. 내 말뜻은, 헤어지지 않기 위해 애써야 한다는 거야."

그는 당당했고 자신만만했지만, 신희는 지난 10년 동안 좌절과 절망으로 줄기차게 쌓아 왔던 벽이 여전히 생생하게 놓여 있음을 절감한다. 그 긴 시간 동안 묵묵히 살아온 덕분에 눈앞의 남자와 연애까지 하게 된 것에 감사하면서, 더는 욕심부리지 않기로 오늘도 결심하고 있었다.

"그런 건 장담하는 게 아니에요."

신희는 한 자 한 자, 힘을 주어 대답했다. 그가 이맛살을 찡그리나 싶더니 그녀의 이마에 제 이마를 툭 치면서 고개를 설레설레 흔든다. 그런 말은 하지 말라는 뜻이리라.

신희는 영모의 어깨 너머로 이제 완전하게 사라져 버린 태양이 남기고 간 붉은 흔적을 눈에 담았다. 일몰 후 어두워진 사위에 여전히 해변을 거니는 사람들의 말소리와 웃음소리가 메아리쳤다.

영모는 신희와 함께 해변을 떠나 근처 식당으로 향했다. 일몰의 순간에 그녀와 나누었던 대화로 미진하게 불안감을 가진 채였다. 신희의 취향에 맞춰 해물탕을 주문했으며 맥주와 음료도 챙겼다. 식당은 이름난 집답게 관광객들로 북적거려 말을 걸기 위해선 얼굴을 가까이에 대어야 할 정도였다.

코트를 벗은 신희는 영모의 오른손을 제게로 끌어와 물수건으로 닦아 주기 시작했다. 손가락 사이, 그리고 손목까지 꼼꼼하게 닦더니 이번엔 왼손을 정성 들여 닦는다. 옆 테이블에서 단체로 여행 온 중년 아주머니들이 그 모습을 보더니 소녀처럼 까르르 웃으며 한마디 던진다.

"아유. 보기 좋네. 신혼인가 봐."

신희는 얼굴을 붉힌 채 그의 손을 놓았다. 멋쩍어져선 괜히 수저만 만지작거리고 있는데 그가 넉살 좋게 아주머니들에게 대꾸한다.

"그렇게 보이십니까?"

"그럼요. 아주 꿀이 떨어지네. 아내는 남편 손 닦아 주고 남편은 사랑스럽게 쳐다보고. 오호호호."

테이블 위로 시선이 부딪쳤다. 아랫입술을 깨물고 외면한 신희는 빨리 해물탕이 나와 분위기를 전환시켜 줬으면 좋겠다고 생각했다.

"당당하게 내 손을 가져가 닦을 땐 언제고, 왜 시선을 피하지?"

그가 테이블 위로 상체를 숙여 와선 그녀에게 속삭였다. 음흉하기 짝이 없는 미소와 함께. 뭐라 대꾸를 할까 골몰하던 차에 직원 아주머니가 잽싸게 해물탕을 날랐다. 버너에 불을 붙이고 전골냄비를 올려놓은 뒤 십수 가지 반찬 그릇이 빠른 속도로 테이블을 장식했다. 마지막으로 나온 청어구이 접시를 적당한 곳에 놓으며, 신희는 그를 쳐다봤다.

"많이 먹어요. 이건 제가 사는 거니까."

"오호. 감격인데?"

"앞으로도 데이트 비용을 영모 씨 혼자 다 부담하게 두지 않을 거예요."

"그럴 필요 없어. 우리 데이트 장소는 늘 집이 될 테니까."

음탕하게 빛을 내는 눈. 그 속에 담긴 수컷의 속내를 모를 신희가 아니었다. 그 말에는 대답하지 않고 국물 한 숟가락을 떠먹은 그녀는 깔끔하고 칼칼한 뒷맛에 고개를 끄덕였다.

그녀가 국물에 심취해 있을 동안 영모는 새우 껍질을 발라 신희의 접시에 놓아둔다. 집게와 가위를 들고 낙지를 잘랐으며, 키조개와 백합조개의 살을 바르기도 했고 미더덕은 먹기 좋게 구멍을 내주기도 했다.

그의 세심한 손길을 하나하나 훑으며 식사를 하는 것도 또 다른 재미였다. 느긋한 입매를 들어 씨익 웃는 그의 표정을 바라보는 것도 행복했다. 보글보글 끓어 넘치는 국물에, 시끌벅적한 주변의 대화 소리에, 정신없이 북적대는 분위기가 흐르는 와중에도 때때로 자신을 응시하는 그가 좋아서, 그 눈빛이 좋아서 신희는 웃음이 나올 지경이었다.

식사 후 호텔까지 20여 분을 걸었다. 식당 가득 흐르던 버너의 열기로 얼굴이 달아올라 있던 탓에 오히려 찬바람이 시원하기까지 했다.

신희는 제게로 팔을 삐죽 내미는 영모를 의아하게 쳐다봤다.

"팔짱."

그녀의 얼굴에 섞인 질문의 분위기를 알아챘는지 그가 간단히 대답했다. 신희는 고개를 끄덕이며 영모의 단단한 팔에 제 팔을 꼈다. 새삼스러운 두근거림이 팔을 타고 올라온다. 설명할 수 없는 감동이 목젖을 데웠다.

먼 과거, 그 언젠가 아빠의 팔에 팔짱을 끼고 싱가포르 시내를 돌아다녔던 기억이 두근대는 가슴을 진정시켰다.

'힘껏 매달려 봐. 아빠 팔 힘이 얼마나 센지 보여 줄게.'
'싫어. 아빠 팔 부러지면 어떡해?'
'안 부러져. 절대 안 부러진다니까?'
'그래? 그럼, 좋아. 해 볼게.'
'으아아악!'

열 살배기 딸아이를 제 팔에 매달리도록 고집을 부린 건 절대 팔 힘이 세서도, 그 팔 힘을 자랑하고 싶어서도 아니었다는 것을 이제는 안다. 그저 딸의 걸음걸이마저 예쁘고 사랑스러워 그것마저 제 일부처럼 여긴 사랑이라는 것을 돌아가시고 나서야 알게 됐다.

그 후로 누군가의 팔짱을 끼고 걸어 본 적이 없었다. 팔짱을 낀다는 건 그 사람을 제 일부로 여겨야 가능하다는 그녀만의 생각 때문이었다.

"무슨 생각 해?"

기억을 헤집을 동안, 그녀의 침묵이 궁금했던지 그가 물어 왔다. 신희는 스스럼없이 그의 팔을 툭툭 치며 대답했다.

"권영모 씨 팔이 참 단단하다는 생각."

"회사를 먹여 살리는 팔이니까."

"그건 너무 겸손한 대답이에요. 당신이 멋진 사람이니 팔까지도 멋져 보이는 거죠."

"칭찬이야?"

"감탄이기도 하구요."

"그래? 그럼 칭찬과 감탄에 대한 보답을 해야 할 텐데."

그땐 그의 말뜻을 이해하지 못했다. 그런 칭찬을 들어 본 적 없었나, 싶어 의아하게만 여겼을 뿐. 하지만 호텔 방에 들어서서야 그 '보답'이라는 단어에는 무궁무진한 의미가 담겨 있었다는 것을 깨달았다.

그는 그녀가 구두를 채 벗기도 전에 끌어안았고 다소 성급하게 키스를 해 왔다. 볼을 거머쥐고 고개를 기울여 깊숙하게 포개어지는 입술에, 그가 오늘 하루 얼마나 참고 버티며 이 순간만을 기다려 왔는지 알 수 있었다.

숨결이 다소 거칠었다. 신희는 제 입속으로 들어와 혀를 빨아 대는 격렬한 애무에 바둥거리다 그의 허리를 꽉 붙잡았다. 입술이 맞물린 채로 그가 블라우스 단추를 풀어 내려간다.

단추가 열리며 드러난 길을, 그의 입술이 쓸고 지나갔다. 들춰진 브래지어 아래로 이미 꼿꼿하게 서 버린 유두 끝을 말캉한 혓바닥이 뜨겁게 깨물었다. 그는 몸을 점점 숙이더니 이내 그녀를 세워 둔 채로 무릎을 꿇고 앉아 바지를 벗겨 내려갔다. 손바닥만 한 팬티를 끌어 내린 건 금방이었다.

무성한 수풀 새로 입술을 들이밀자 숨길 수 없는 관능이 신희의 이성을 앗아 갔다. 슬쩍 들리는 다리 새로 그의 고개가 들어가고 이윽고 사타구니를 핥아 대는 야만스러운 애무에 정신이 아득해졌다.

"흐으......."

신희는 참지 못하고 고개를 뒤로 젖혔다. 아래를 탐하는 남자의 욕망이 드글드글 끓고 있는 것이 느껴졌다. 신희는 다급히 그를 일으켜 세웠다. 이번엔 그녀가 그의 셔츠 단추를 풀어 나갔다. 벨트를 풀고 바지를 내리고 속옷까지 끌어 내려, 아까 그가 했던 것처럼 그의 하체 앞에 몸을 숙였다.

치모 사이를 뚫고 거대하게 부풀어 있는 남근을 제 입으로 삼켰다. 그의 입에서 터지는 신음을 신희는 놓치지 않았다. 그녀에게 서슴없이 팔을 내밀어 준 이 남자를 기쁘게 할 수 있는 거라면, 더한 행동도 거리낌이 없을 듯했다.

오늘 밤은 오뉴월의 매서운 서릿발을 당차게 보여 줄 것이다.

11. 폭주

"그건 뭐예요?"

작업실로 들어온 진규의 품에는 채소가 담긴 소쿠리가 안겨 있었다. 샛노란 덩어리가 가득한 것을 물끄러미 보던 혜정은 작업하다 말고 일어나 다가갔다. 생강처럼 생긴 것들을 손바닥에 펼쳐 놓고 한참을 들여다보고 있는데 진규가 대답했다.

"울금이라는 건데, 이게 소화를 잘되게 해 준대. 옆집 강 씨한테서 얻은 거야."

"울금이요?"

혜정은 울금이라 하는 것을 코에 대고 킁킁거리며 냄새를 맡았다. 강하게 쏘아 대는 특유의 향에 절로 인상이 써진다.

"냄새가 카레랑 비슷하네."

"비슷한데 다르지. 강황은 줄기고 이건 그 아래 열매 속에 들어 있는 거거든."

"어쨌든 강 씨는 참 듣도 보도 못한 걸 다 키우네요."

"덕분에 얻어먹고 좋지 뭐."

"이걸 어떻게 해 먹어요? 달여 먹나?"

"얇게 썰어서 말려고 가루로 만들면 돼. 밥할 때 조금씩 뿌려도 되고 삼겹살 구워 먹을 때도 뿌려서 먹으면 향이 기가 막혀요. 당신은 일이나 해. 내가 다 알아서 할 테니까."

진규는 호언장담하더니 작은 응접실을 사이에 두고 혜정의 작업실과 연결돼 있는 보조 주방으로 걸음을 옮겼다. 도마와 칼을 꺼내더니 가져온 울금을 모조리 쏟아붓고는 하나씩 썰어 나가기 시작했다.

잠시 후 특유의 카레 향이 작업실 가득 퍼졌다. 혜정은 어깨를 으쓱하곤 다시 자리에 앉아 연필을 잡았다.

언제나 바빴던 혜정에게 진규는 더없이 훌륭한 남편이었다. 지금이야 현역에서 은퇴하여 주문이 들어오면 겨우 작업을 시작하는 프리랜서에 가깝지만, 한때 혜정은 국내 최고의 한복 연구가 수하에서 공부를 하다 독립해 한복 연구원과 매장을 동시에 운영한 적도 있었다. 때문에 하나뿐인 아들 영모의 학창 시절 기억 속에, 자신은 크게 비중이 없을 거라고 생각하면 가슴 아픈 일이었다.

자신보다 더 극진하게 살핀 아버지 진규 덕분에 영모는 꽤 바르고 성실하게 자랐으며 어른이 되었다고 여기고 있다. 결혼 문제 때문에 속 썩이는 것만 빼곤 그녀에겐 늘 완벽한 아들이었으니, 나이를 먹은 지금에야 얼마나 성공적인 삶이었나 혼자 자축하게 된다.

"그래. 결혼만 하면……."

더 완벽해질 텐데, 하는 아쉬움에 혼자 중얼거리고 있는데 울금을 썰던 진규가 흘깃 돌아보았다.

"응? 당신 무슨 말 했어?"

"아니에요. 하시던 거 마저 하세요."

"혼잣말하고 그러지 마. 나이 먹고 치매 왔나, 생각하게 된단 말이야."

"나한텐 치매 같은 거 오다가도 도망가네요. 일 하나 끝낼 만하면 다른 일이 들이닥치니 도무지 쉴 수가 있어야 말이죠."

"아, 참. 얼마 전에 싱가포르에서 연락 온 건 어떻게 됐어?"

"글쎄요. 오늘쯤 전화가 올 때가 됐는데……."

말이 끝나기가 무섭게 핸드폰이 울렸다. 혜정은 익숙한 번호를 확인하고는 진규를 향해 외쳤다.

"싱가포르예요. 어머나, 말 꺼내기가 무섭네요."

말은 그렇게 했지만 내심 그쪽의 연락을 기다리고 있던 터라 반갑게 핸드폰을 들었다. 두어 번의 통화로 익숙한 목소리가 웃음기 섞인 말투와 함께 건너왔다.

— 안녕하세요. 홍 선생님. 여기 싱가포르입니다.

"아, 네. 그렇지 않아도 왜 연락을 안 하시나 궁금하던 참이었어요. 잘 지내시지요?"

— 그럼요. 진작 전화를 드렸어야 했는데 쇼핑몰 내부 인테리어 공사 때문에 요 며칠 바빴습니다.

"바쁘시면 좋지요."

— 주문드린 건 생각을 해 보셨는지 궁금해서요.

"네. 그렇지 않아도 대충 작업을 시작해 볼까 하는데 내년 봄까지 맞출 수 있는 물량이 생각보다 적을 것 같아 걱정이네요. 전에 함께 일하던 애들까지 불러 모아서 겨울 내내 가동시켜 봐야 서른 벌 안팎일 것 같은데."

— 서른 벌 정도면 최선이죠. 내년 봄은 론칭 기간이라 수량보다는 퀄리티에 중점을 두어야 해서, 그 정도면 만족스러워요.

"어머나. 그래요? 내심 걱정했는데 다행이네요."

— 제가 계약서를 들고 직접 찾아뵐까 하는데 그래도 괜찮으실는지······.

"그럼요. 전 상관없어요. 한국에 오신 김에 관광도 좀 하고 가세요. 출장 기간 넉넉히 잡으시구요. 괜찮으시다면 저도 동행할게요."

— 말씀만으로도 감사합니다. 그럼 출국하기 전에 다시 한번 연락드리겠습니다.

"네. 들어가세요."

혜정은 환한 미소를 띤 얼굴로 통화를 끝내고 후딱 일어나 진규에게 다가갔다. 여분의 의자를 끌어와 그의 옆에 앉았다. 울금을 쓰는 데 집중한 진규의 표정에도 미묘한 미소가 흘렀다. 아내가 지금 얼마나 즐거운지 잘 아는 까닭이다.

"싱가포르에서 연락 온 거지?"

"훗. 네."

"우리 사모님. 이제 한류 스타 되는 거야?"

"피이. 이 나이에 한류 스타는 무슨. 그냥 감사한 거죠."

"뭐가?"

"이 나이에도 새로운 일에 도전할 수 있다는 게, 그런 기회가 온다는 게요."

"당신이 워낙 잘 일구어 놓았기 때문이지 뭐."

"나 서른일곱 살 때, 파리 오트쿠튀르에 못 나간 게 아직도 한이 돼요. 그때 참가하기만 했었어도 지금 프랑스에서 살고 있을지도 모르는데."

말을 하다 말고 혜정은 아차 싶어 입을 다물었다. 찬찬히 진규의 표정을 살폈지만 그는 평온해 보였다. 안도의 한숨을 쉬어 본다. 서른일곱이라는 비교적 젊은 나이에 찾아온 '파리 오트쿠튀르 한복 쇼 참가 승인'이라는 호기는 갑작스러운 시부모님의 사고로 영영 잃어버리고 말았다. 당시 진규는 신경 쓰지 말고 파리에 다녀오라고 말했지만, 졸지에 부모를 잃어버린 남편의 눈물을 본 혜정은 차마 그를 떠날 수 없었다.

아쉽기도 하지만 남편의 곁을 지켰다는 점에선 여전히 후회는 없었다. 당시 그녀 대신 참가했던 다른 동료는 지금 현재 대한민국 최고의 한복 디자이너로 이름을 날리고 있지만, 딱히 부럽다는 생각을 한 적도 없었다. 한복 디자이너로서의 삶 못지않게 중요한 것이 결혼이고, 부부이고, 자식과의 관계라는 것을 조금 더 나이가 든 지금은 절절하게 알기 때문이다.

"조만간 한국에 들어온대요. 계약서 들고."

그럼에도 불구하고 기쁜 마음을 감출 수 없는 건 어쩔 수 없는 일이었다. 사춘기 소녀처럼 들떠 있는 혜정을 흐뭇하게 바라보며 진규가 고개를 끄덕였다.

"그래? 같이 밥이나 먹으면 되겠네."

"당신도 같이 먹어요."

"내가 무슨. 꿔다 논 보릿자루처럼 멍하니 있을 게 뻔한데. 두 여성분을 위해서 훌륭한 한식당 예약은 해 줄 수 있어."

"그럼 고맙구요. 그 사장이라는 여자, 한국에 다녀간 게 20년도 더 됐다던데 한국 음식이 입에 맞을는지는 모르겠지만요."

"사람에게도 회귀 본능이 있어. 나고 자란 것을 그리워한다는 거지. 모르긴 해도 싱가포르에서도 한식당만 찾아다닐걸?"

"그런가? 아우! 이제 영모가 결혼만 하면 난 여한이 없어요."

혜정이 크게 기지개를 켰다. 진규는 다 썰어 둔 울금을 야채건조기에 하나씩 곱게 옮겨 놓으며 대답했다.

"그게 끝인 줄 알아? 결혼하고 나면 손주를 원하게 될 거고, 손주가 태어나면 또 둘째도 원하게 될 거고, 손주들이 모두 공부도 잘했으면 좋을 거고, 우리도 건강하게 오래 살았으면, 하고 바랄 거고. 사람 욕심은 죽기 직전까지 계속 생기는 법이야."

"죽기 직전에도 안 죽었으면 하고 욕심을 부리겠죠."

"그렇지."

"영모가 연애한다는 그 아가씨, 언제 보여요?"

아예 의자 위로 무릎을 세운 혜정이 호기심을 드러내며 눈을 반짝거렸다. 지난번 영모의 집에서 마주친 이후로 그 아가씨에 대해 간간이 혜정과 이야기를 나눈 바 있었지만 언제나 겉만 핥을 뿐이었다.

"예의가 바른 아이 같아요."

"그걸 당신이 어떻게 알아?"

"아, 내가 말 안 했나요? 며칠 전 백화점에서 우연히 마주쳤거든요. 당황해서 나한테 인사를 하는데 어찌나 예뻐 보이든지. 붙들고 커피 한잔 마시자고 하고 싶은 걸 겨우 참았어요. 우리 나이가 되면 사람 얼굴만 봐도 인성을 딱 알잖아요. 조용하고 나긋하고 잘 큰 아가씨 같아요. 틀림없이 부모님도 괜찮으신 분들일 거야."

"그런 건 속단하는 게 아니지. 그냥 둘이 좀 더 연애하게 놔둬. 우리가 곁에서 왈가왈부하는 건 오히려 득이 되지 않아."

"그쯤은 나도 알죠. 궁금하고 초조하니까 그러는 거지. 아유, 둘이 손잡고 얼른 인사 온다고 하면 좋겠네."

아내처럼 진규도 둘의 연애 속도가 좀 더 빨라지길 간절하게 원했지만, 사람의 일을 물 흐르듯 흐를 수 있게 두어야 한다는 사실도 잘 알고 있었다. 진규는 한숨과 함께 건조기의 뚜껑을 덮었다. 전원을 켜자 카레 향기가 은은하게 퍼지기 시작했다.

바닷가의 시간은 뭍의 그것보다 느리게 흘렀다. 아침 늦게야 눈을 뜨면 룸서비스가 대기하고 있고 느지막이 점심을 먹고 호텔 밖으로 나가서 렌터카를 타고 도로를 달린다. 이따금 바닷가에 위치한 경치 좋은 카페를 발견하면 차를 멈추고 그곳에서 차를 마시기도 했다. 버겁고 타이트한 일상의 바깥엔 이토록 느린 세상이 존재하고 있었다는 것을, 신희는 새삼스럽게 깨달았다.

"운전이 힘들면 언제든 차를 세워. 내가 할 테니까."

오늘은 신희가 핸들을 잡고 있었다. 영모처럼 속도를 자유자재로 변화시키면서 여행의 묘미를 살리는 운전은 아니었지만, 제법 차분하게 흘러가고 있었다. 도로가 한적했기에 가능했고, 영모는 시원하게 뚫린 길에 꽤 만족했다.

"오늘은 즐기기만 하세요. 제가 운전할 테니까요."

"내일 오후면 이곳을 떠나야 하는군."

"아쉬워요?"

"아쉽지. 다시 전쟁터로 돌아가야 한다는 의미니까."

그렇게 말한 영모는 뒷머리를 헤드에 기대고 눈을 감았다. 잠시 그를 쳐다본 신희는 다시 정면에 시선을 고정시켰다. 그와 같은 마음이었다. 될 수만 있다면 며칠 더 그가 일상에서 벗어나 쉬었으면 좋겠다고 생각했지만, 산적해 있는 업무가 그를 놓아주지 않을 것이다.

문득 궁금해졌다. 그는 왜 선우자동차에 입사하게 된 걸까. 학창 시절의 그는 어떤 꿈을 가지고 있었을까.

"어렸을 때 장래 희망이 뭐였어요?"

건조하지도 그렇다고 뜨겁지도 않은 목소리가 조용하게 날아들자 영모는 반쯤 눈을 떴다. 새파란 하늘을 이고 뻗어 나간 2차선 도로를 보면서 천천히 되물었다.

"장래 희망?"

"응, 네. 선우자동차 회사원은 아니었을 거 아녜요. 음, 과학자? 선생님? 그것도 아니면 대통령?"

"아버지."

"네?"

"장래 희망이 아버지였다고."

"와아. 대단한 꿈이었네요."

비꼬는 것처럼 들렸겠지만 신희는 진심이었다. 누구나 될 수 있고 가질 수 있는 부모. 하지만 그 누구도 완벽하게 해내지 못하는 그것을 장래 희망으로 삼았을, 어린 시절의 영모가 눈에 그려지는 것 같아서 신희는 흐뭇하게 웃었다.

"어렸을 때 내 정신적인 지주는 아버지였지. 어머닌 늘 바쁘셨고 얼굴을 자주 볼 수 없었으니 아버지로 인해 내 정서나 성정이 완성됐다고 해도 과언이 아니지. 모든 기준을 나한테 맞추면서 사셨어. 그게 무조건적인 희생이라는 걸 어른이 돼서야 알게 됐지. 그러니 나도 아버지게 효도를 하려면, 내 자식한테 좋은 아버지가 되어야 한다는 거지."

한마디 한마디, 가슴을 두드리지 않는 것들이 없었다. 그의 말을 들으며 무척 자연스럽게 싱가포르에 살 때의 아버지가 떠오른 것도 어쩔 수 없는 일이었다. 나한테도 무조건 희생하셨던 아버지가 계셨노라고, 그래서 지금도 그리워하고 있다고, 그에게 말하고 싶었다.

"넌? 넌 꿈이 뭐였어?"

"음, 동시통역사요."

"흐음. 어울리는데? 왜 통역사가 되고 싶었어?"

"싱가포르에서 살 때 이웃들이나 친구들과 말이 통하지 않아 힘든 적이 있었어요. 언어를 배우고 내 생각을 그 사람들에게 이해시키고 싶었죠. 소통을 한다는 건 굉장히 중요한 일이니까요. 하지만 내 또 다른 한국 친구는 영어도 중국어도 배우고 싶어 하지 않았어요. 그래서 나만 졸졸 따라다녔죠. 알고 보니 걘 글을 전혀 읽지 못하는 문맹이었어요. 그런 사람들이 여전히 많을 테니까, 통역이라는 게 절실하게 필요한 거구나, 생각했죠."

"그런데 왜 꿈을 접은 거지? 하려면 할 수도 있었을 텐데."

그 질문에 대한 답을, 신희는 쉽게 전하지 못했다. 한창 회화 공부를 하고 있을 때 파양이 겹쳐 모든 것에 의지를 상실했었으니까.

신희는 멋쩍게 웃기만 하다가 그가 듣기 좋을 만한 말로 어물쩍 넘겼다.

"그냥요. 권영모 씨의 비서가 될 운명이었나 보죠."

"네가 내 비서가 아니었다 해도 우린 만났을까?"

"설마요. 음, 어느 커피숍에서나 백화점에서, 아니면 식당 같은 곳에서 우연히 스쳐 지나갔을 수는 있겠죠."

"그렇게 생각하니 조금 안타깝군. 어쨌든 네가 통역사 꿈을 접고 내 비서가 된 건 신의 계시였어. 날 행복하게 하라는."

"나 때문에 행복하다고 말해 줘서 고마워요."

"그럴 땐 앞으로 더 행복하게 해 주겠다는 말을 해야 하는 거야."

"이분, 연애 고수시네."

웃음으로 무마시켰지만 신희는 조금 들떠 있었다. 제 존재가 누구에게도 기쁨이 될 수 없다고 생각해 왔다. 양아버진 자신 때문에 양어머니로부터 끊임없이 미움을 받아야 했고, 양어머니 역시 자신 때문에 괴로운 삶을 살아왔다. 그러니 신희 자신은 존재의 가치가 매겨지지 않는, 불필요한 사람이라고 생각한 건 당연한 일이었다.

사랑하는 그가, 행복하다고 말해 줘서 고마웠다.

물끄러미 그녀를 보던 영모가 입을 열었다.

"저 카페에 들를까?"

그가 가리킨 곳은 해안가에 홀로 삐죽 서 있는 초가집 같은 카페였다. 검은 돌로 벽을 만들고 지붕에 짚단을 얹었고 처마에는 서까래가 있었다. 복고풍의 인테리어는 훈풍처럼 마음을 움직였다. 신희는 고개를 끄덕이고 그쪽으로 서서히 차를 서행시켰다. 차에서 내리고 보니 카페의 외관은 멀리서 봤던 것보다 더욱 음습했다.

마치 한국 민속촌에서나 볼 법한 사극 드라마의 배경 같다. 돌로 만든 절구에는 이끼가 낀 채 물이 고여 있고, 풀벌레 몇 마리가 작은 소용돌이를 일으키고 있었다. 그 광경을 쳐다보던 신희의 손을 영모가 붙잡았다.

"들어가."

한쪽 입꼬리를 비스듬히 끌어 올린 그가 카페 입구에 들어서며 다시 말을 이었다.

"내일 서울에 도착하자마자 영화 보러 가자."

"피곤하지 않겠어요? 곧장 집으로 가는 게……."

"시간이 될 때 너하고 하고 싶은 걸 다 해 놔야지. 버킷 리스트라도 작성해야겠어."

가느다란 웃음소리가 맞잡은 손을 통해 전해졌다. 그가 어떤 제안을 하든 그의 뜻에 다 따라 줄 것이다. 신희는 알겠다는 의미로 손에 힘을 잠시 주었다.

하지만 영화를 보러 가자는 그의 말은 단지 '함께 있고 싶은' 마음이었다는 것을 다음 날이 돼서야 알게 됐다. 공항에서 차를 타고 시내의 한 영화관에 도착해 입장했을 때만 해도 멀쩡하던 그가, 영화 초반부터 그녀의 어깨에 머리를 기대고 잠이 든 것이다.

다행히 인기가 없는 영화였는지 관객 수가 적었고 가장 뒷줄에 앉은 덕분에 사람들의 눈총으로부터 자유로울 수 있었다.

신희는 고개를 틀어 턱을 간질이는 그의 머리칼을 차분하게 쓸어 주었다. 그가 좀 더 편히 잘 수 있도록 어깨를 그쪽으로 기울이는 것도 잊지 않았다. 눈은 화면을 향했지만 온 신경은 그가 편히

자고 있는지 아닌지에 쏠렸다.

"후우……."

낮은 한숨이 입술 언저리를 적셨다.

꿈 같았던 휴가가, 끝이 났다.

휴가는 끝났지만 그 후의 일상 곳곳에선 여전히 흔적이 남아 있었다. 그와 함께 오일장에 들러 장난스럽게 구입한 양말이며 머그컵, 그리고 디자인이 꽤 독특하다 싶은 수저 등등이 집 안 여기저기에서 눈에 띄고 있었다. 신희는 출근하기 전 초록색 섬 앞에 돌하르방이 서 있는 분홍색 머그컵을 한 번 쓰다듬어 주었다.

전 직원에게 주어진 휴가가 끝난 다음 날이라 그런지 회사는 새로운 시작을 다짐하는 분위기와 아직 휴가의 뒷맛에서 벗어나지 못한 분위기가 공존하고 있었다. 그들은 엘리베이터에 타면서도 연신 하품을 해 댔고 졸린 눈을 비비적거렸으며 옆 동료에게 아직도 피곤하다는 투정을 부리기도 했다.

그런 피곤 부대에 끼여 가장 뒤에 서 있던 신희는 그들이 흘리는 하소연을 한 귀로 들으며 엘리베이터의 문이 닫히기를 기다리고 있었다. 스르륵 닫히려 하는 엘리베이터를 멀거니 쳐다보고 있는데 그 사이로 영모가 들어섰다. 축 늘어져 있던 직원들은 일제히 어깨에 힘을 주고 등을 곧추세운 채 영모를 향해 인사를 했다. 영모 역시 웃는 낯으로 그들을 대하다가 가장 뒷줄에 있는 신희를 발견하고는 가볍게 고개를 끄덕였다.

둘만 아는 연애.

그것은 때로 가혹하기도 하고 짜릿하기도 했다.

신희는 제 앞줄에 서서 옆 직원들과 간단히 대화를 나누는 영모의 뒷모습에 시선을 두었다. 익숙한 향수가 미약하게 코끝을 적셨다. 다른 이들은 쉽게 알아채지 못할, 그녀 자신에게만 익숙한 향이리라.

엘리베이터가 올라갈수록 사람들이 불어나는 바람에 영모는 차츰 뒤로 밀려 신희의 옆으로 왔다.

공기부터 달라졌다.

닿은 옆선에서 민감한 온도 변화가 감지됐다. 동시에 그와 뜨겁게 보냈던 제주도의 날들이 떠올라 귓불이 더워졌다. 손끝을 몇 차례 가볍게 스치는가 싶더니 이내 그가 손을 잡아 온다. 누구도 알아채지 못하는 은밀한 대화가 체온 속에 녹아들었다.

'피곤하지 않아?'

'네. 당신은요?'

'나도 괜찮아.'

간단하고 멋없는 대화일지라도 내밀한 순간을 공유한다는 건 꽤 행복한 일임에 틀림없었다.

신희는 아무도 몰래 슬쩍 자신을 돌아보는 영모를 쳐다보면서 입술 끝에 미소를 올렸다. 잡고 있는 손에 절로 힘이 들어가고, 나란히 놓인 발에서 둘만의 세상에 갇힌 기분이 되었다. 행복한 하루가 될 듯했다.

행복한 하루가 될 것 같다는 예감은 점심시간이 되자 불안감을 동반한 채 신희의 뒤통수를 쳤다. 함께 구내식당에서 점심을 먹고 있던 경희가 갑자기 고개를 갸웃하더니 호기심 어린 눈빛을 보내온 것이다.

"신희 씨, 혹시 휴가 때 제주도에 다녀왔어?"

"으, 응? ……그건 왜 물으세요?"

"신희 씨 지금 신고 있는 양말 말이야. '제주'라고 쓰여 있어서."

"아…… 이거요? 이거 몇 년 전에 친구들이랑 제주도에 놀러 간 적이 있었는데 그때 산 거예요."

"아, 그래? 난 또 혹시나 했지."

"뭐가 혹시나 예요?"

"권 본부장님이 휴가 때 제주도에 다녀오신 모양이더라구. 우리 팀장이 오전에 회의하면서 본부장님 지갑에 비행기 티켓이 꽂힌 걸 봤대. 근데 제주도엘 과연 혼자 가셨을까?"

특유의 탐정 기질이 발동했는지 경희가 밥을 먹다 말고 숟가락을 빨며 의심이 가득 드리워진 얼굴을 했다.

"본부장님 나이를 생각하면 부모님 모시고 갈 것 같진 않잖아? 아무래도 부모님 모시고 가는 효도 관광은 나이를 좀 더 먹어야 하니까. 게다가 장성한 남자가 부모님을 모시고 제주도엘 간다? 난 아니라고 봐. 그렇다고 혼자 가셨을 리는 없고."

"친구분들과 가셨겠죠."

"아니. 친구들이랑 같이 갔다면 티켓을 지갑에 꿍쳐 놓고 기념하진 않지. 더구나 남자가. 이건……."

"……."

"내가 저번에도 말했듯이 백발백중 애인이 있다는 거야."

꿀걱. 마른침이 삼켜지고 신희는 긴장을 감추기 위해 애써 숟가락질을 열심히 하며 밥을 입에 넣었다.

"근데 본부장님한테 애인이 있으면 어때서요. 그게 그렇게 형사처럼 탐색하고 추리하고 수사를 해야 할 일이에요?"

"어머나, 신희 씨. 뭘 몰라도 한참을 모르네. 권영모한테 여자가 있다는 건 곧 나를 포함한 우리 회사 여직원들의 일상의 행복과 기쁨을 앗아 가는 거랑 똑같아. 권영모는 말이지, 여직원들에게 월급 다음으로 회사 출근을 기쁘게 하는 존재란 말이지."

어휴.

신희는 젓가락으로 밥알을 쿡쿡 쑤셔 댔다. 자칫 그와의 연애를 들키기라도 하면 모든 여직원들에게 돌팔매질 내지 마녀사냥을 당하게 생겼으니 행복하다가도 등골이 서늘해진다. 신희는 갑자기 여직원들로부터 머리채가 모조리 잡아 뜯기는 상상을 하며 어깨를 파르르 떨었다. 연애를 하면서 이런 공포감까지 가져야 하다니. 이름 모를 신들에게 자신의 안위를 빌고 싶어졌다.

부디 사랑한다는 이유로 돌팔매질당하지 않게 해 주옵소서.

"돌팔매질?"

영모가 고개를 비스듬히 들고 되물었다. 점심이 끝난 후 찻잔을 들고 본부장실에 있는 그를 찾아가 '제가 돌팔매질당하면 어떻게 하실 거예요?'라고 물은 뒤였다. 신희는 레몬차가 담긴 찻잔을 테이블에 놓고 선 채 쟁반을 가지런히 앞으로 들었다.

"네. 돌팔매질이요."

"네가 왜 돌팔매질을 당해?"

찻잔을 든 영모는 상큼한 향이 감도는 차를 머금으며 그녀를 응시했다. 얼마쯤 새침하게 표정을 굳힌 그녀를 보자니 뜬금없이 돌팔매질이라는 단어가 언급된 이유가 무척 궁금해졌다.

"본부장님의 사내 인기가 하늘을 찌를 듯하여, 본부장님이 만나는 상대가 저인 걸 들키기라도 하면 저, 가루가 될 것 같아서요."

"흐음."

실소를 흘린 영모가 잇새로 웃음소리를 냈다. 그러고는 찻잔을 내려놓고 맞은편 자리를 가리켰다.

"그렇게 서 있지 말고 앉지?"

신희는 조금 머뭇거리다 주섬주섬 자리했다. 제주도에 다녀온 지 하루도 지나지 않았는데 어쩐지 무척 오랜만에 만난 것 같은 기분. 어젯밤 극장에서 꾸벅꾸벅 졸던 그를 아파트까지 태워 준 후 집으로 오면서 말할 수 없는 행복감에 도취되었던 자신을, 그는 절대 알지 못할 것이다.

"갑자기 왜 그런 말을 하는지 모르겠지만, 네가 가루가 되기 전에 내가 잘 막을 테니까 걱정하지 마."

"본부장님과 연애한다는 이유로 그런 일 당하면 너무 억울할 것 같아요."

"당당하면 되지. 난 지금이라도 우리 연애를 오픈할 생각이 있어. 넌 어때?"

눈썹이 꿈틀거렸다. 어떤 일에 있어서도 절대 주눅이 들거나 거리낌이 없는 그는 지금도 무척 당당하게 그녀의 의견을 묻고 있었다.

신희는 혀끝으로 아랫입술을 축였다. 그와의 연애를 공개한다는 건 사람들에게 더는 나 혼자가 아닌 '우리'로 인식되어진다는 의미고, 그건 곧 그와의 관계가 돌이킬 수 없게 확정된다는 뜻이었다.

그를 사랑하고 그와의 동행이 즐겁고 그와의 시간이 행복하지만, 그건 그녀 자신의 욕심일 뿐, 그는 자신보다 더 나은 여자를 만날 수 있는 여지가 많았다. 그와 자신의 눈에 띄는 차이, 그 커다란 간극이 메워질 일은 세상이 끝난다 해도 없을 거라는 걸 알았다.

"본부장님이 불편하실 거예요."

"아직 미적대는군. 이해해."

일부러 그에게로 원인을 미루는 신희의 본심을, 그는 정확하게 알아보았다. 그가 불편한 게 아니라 사실은 그녀가 미적대고 있다는 것을, 그는 정확하게 꿰뚫어 본 것이다. 다시 찻잔을 든 그가 말을 이었다.

"너한테 강요할 생각은 없어. 네가 날 만나면서 무조건 행복하기를 바라니까. 부담이 있고 의무가 있는 만남이라면 나도 싫어. 하지만 이 말은 해 두지. 언제고 준비가 될 때, 나한테 말해."

늪 속으로 꺼지듯 눈이 절로 감겼다.

사소한 심통으로 시작된 대화가, 생각지도 못한 내용으로 마무리되어 신희는 그저 마음이 무거웠다.

"오늘 컨디션 왜 그래?"

정혁이 드라이버 샷을 멀리 날린 후 모자를 고쳐 쓰고 다가왔다.

잔디가 움푹 팰 정도로 과감한 샷이어서 비거리가 상당했다. 학창 시절부터 골프에 남다른 관심을 보였던 친구여서 놀랄 만한 일도 아니었지만, 확실히 영모의 저조한 컨디션과는 대조되는 모습이었다.

평일 이른 새벽에, 그것도 대학 친구들과 함께 필드에 나온 건 극히 이례적인 일이었다. 지난번 약혼식을 거하게 치른 후 결혼 날짜까지 잡힌 정혁이 총각 파티 차원에서 추진한 일이었으며, 술 먹고 노는 것보다는 건설적이어서 모두들 기꺼이 새벽 추위를 무릅쓰고 나왔다. 주말엔 한가한 사람들이 없어 부득이 평일 아침에 시간을 냈고, 18홀을 모두 돌고 바삐 출근 준비를 하면 시간에 맞춰 회사에 도착할 수 있을 것이었다.

"글쎄다. 내가 아무래도 추위를 타는 모양이야."

다음 순서인 영모가 드라이버 클럽을 만지작거렸다. 정혁이 웃으며 그의 팔을 툭 쳤다.

"나처럼 연애를 하라니까? 너 저번에 데리고 왔던 그 여자랑 잘해 봐. 몸매 죽이고 얼굴도 예쁘던데."

"넌 여자를 보는 데 평가 기준이 그것뿐이야?"

"첫인상을 좌우하는 건 외모지, 아무래도."

"후우. 그렇지 않아도 목하 가슴앓이 중이시다."

"으음? 뭐어? 가슴앓이?"

정혁이 한 걸음 더 가까이 다가와 손바닥을 영모의 가슴에 대었다. 그러자 뒤에 서 있던 다른 친구들이 피식거린다. 정혁의 장난기에 실소를 금치 못한 것이다. 정혁은 청진기처럼 영모의 가슴을 이리저리 진단하더니 손바닥을 뗐다.

"그러니까 네가 지금 연애 중이라는 거지? 응? 여자 때문에 가슴앓이 중이라는 거지?"

"두 번 말하게 하지 마. 머리가 아프니까."

"머리가 왜 아파? 머리 아프라고 연애하는 게 아닌데?"

"그럴 일이 있어."

영모는 간단히 대답한 후 채를 들고 앞으로 나갔다. 티를 정조준하여 드라이버 샷을 힘차게 날리자 공은 정혁보다 더 먼 거리를 날아갔다. 여기저기서 박수 소리가 들려왔다. 캐디들과 함께 천천히 걸어 다음 홀로 이동하는 동안 정혁이 또 다가왔다.

"뭔데. 응? 무슨 일이야? 천하의 권영모가 연애를 한다는데, 거기다 머리까지 아프다는데 친구인 내가 가만있을 수 없지. 명색이 카사노바였던 내가 조언이라도 해 줘야 할 것 아니냐."

"너한테 조언을 듣느니 차라리 신문 귀퉁이에 있는 오늘의 운세를 보고 말지."

"뭐? 야야야, 아무리 그래도 신문 쪼가리보다는 실생활에서 나온 경험담이 훨씬 낫지."

영모는 정혁의 자만에 실소하면서도 무슨 일이 있는지에 대해선 함구했다. 아직 해가 뜨지 않은 어두컴한 시간. 강렬한 가로등 불빛이 퍼져 있는 넓은 필드를 천천히 걸으면서 어제 신희가 했던 말을 떠올렸다.

'본부장님이 불편하실 거예요.'

그 말에 자신은 어떻게 대답했더라. 아직 미적댄다고 했었나.

그녀의 말대로 불편할지도 모른다. 결혼이든 약혼이든 둘의 미래가 확실해지지도 않은 상황에서 사내에 연애 상대를 드러낸다는 건 어쩌면 위험한 일일지도. 같은 공간에 함께 있어야 할 사람들이기에 앞날을 고려해야 할 테니까.

머리로는 알지만 가슴은 내내 답답했다. 그녀의 일상을 공유하고 함께하고 그녀에 대해 얼마쯤의 권리와 의무를 질 수 있는 것이 대외적으로 없다는 게.

그저 지금처럼 몰래 데이트하고 몰래 눈짓을 주고받고 가끔 밤에 잠자리를 함께 하는 것 외엔 자신은 신희에 대해 어떤 것도 강제할 수는 없는 것이다. 언제나 제겐 한 발만 걸쳐 놓은 것 같은 그녀의 마음을 채근하고 보챌 수가 없는 것이다. 설마, 이렇게 애매하고 헷갈려서 사람들은 결혼이라는 걸 하는 건가.

"궁금해. 결혼을 앞둔 심정은 어떤지."

최대한 무미건조하게 물었다. 어떤 속내를 비치지도 않고 단지 표면적으로 궁금할 뿐이라는 담담한 어투였다. 그러자 정혁이 고개를 잠시 들고 허공을 응시하다 대답했다.

"흐음. 이걸 뭐라고 설명해야 할까. 너 그런 기분 느껴 본 적 있지? 올 A+가 예정된 성적표를 기다리는 심정? 그것보다 정확하게 백배는 더 행복하지."

"다시 말하지만 너 같은 놈이 결혼이라니. 하늘이 두 쪽이 났을 거다, 틀림없이."

"그러니까 결혼이 얼마나 위대한 거겠냐. 넌 내 기분 죽었다 깨어나도 모를 거야."

정혁은 놀리듯 휘파람을 불며 앞서 걸었다. 영모는 잠시 걸음을 멈추었다가 다시 이었다. 여전히 흐린 안개 속 같은 머리가 도무지 비워지지 않는다. 손에 잡힐 듯 말 듯 한 신희 때문에 연신 한숨만 흘렀다.

이런 기분이라면, 결혼도 가능할 듯싶다. 결혼이 당연한 듯도 싶다.

결혼을, 하고 싶기도 하다.

영모가 회사로 출근한 건 아침 간부 회의가 30분 정도 남아 있는 시점이었다. 다른 직원들에 비해 비교적 일찍 온 그는 비서실의 문을 열자마자 잠시 고개를 갸우뚱거렸다. 아직 신희가 출근하지 않았을 거라 생각했지만 책상에는 그녀의 백이 놓여 있었던 것이다.

"채신희."

목소리를 낮추어 그녀를 불렀지만 대답이 없었다. 다시 신희의 책상으로 고개를 돌린 그는 오늘 아침 회의 자료가 사라진 걸 알고, 어쩌면 그녀는 먼저 회의실로 내려가 있을지도 모르겠다고 여겼다. 영모는 서둘러 발길을 옮겼다.

예상대로 신희는 회의실에 있었다. 자료 한 부씩 책상에 올려놓고 있었는데 오늘따라 유난히 그녀가 입고 있는 니트 원피스로 시선이 간다. 골지 무늬 베이지색 원피스가 그녀의 몸매를 한껏 뽐내고 있었다. 저 여자, 아무래도 아침부터 자신을 유혹하려는 속셈이 분명하다. 몸이 이렇듯 미치기 시작했으니.

그는 책상을 손가락으로 톡톡 두드리며 입을 열었다.

"일찍 왔네."

신희가 놀라 고개를 홱 들다 영모를 확인하자 얼굴에 미소를 퍼뜨렸다.

"어머. 왜 이렇게 일찍 나오셨어요? 오늘 새벽에 필드 나가신다고 하지 않으셨어요?"

"끝나고 오는 길. 회의하려면 아직 30분이나 남았는데 왜 벌써 준비야?"

"그냥요. 다른 날에 비해 일찍 눈이 떠져서 그냥 출근했어요. 어차피 제가 해야 할 일이니 미리 해 두려구요."

대답한 후 신희는 나머지 책상에 서류를 마저 놓아두고선 영모에게 다가갔다. 새벽에 필드에 나간 사람 같지 않게 여전히 깔끔하고 단정한 그에게 비서로서의 의무가 먼저 튀어나왔다.

"회의 시간까지 여기에 계시겠어요? 제가 차 한 잔 가져다드릴까요?"

"그것보다 다른 걸 먼저……."

"무슨…… 헙!"

그가 놀랍도록 빠른 속도로 이마에 입술을 맞추어 왔다. 그러곤 신희가 진정할 새도 없이 곧장 입술을 미끄러뜨려 아랫입술을 깨물었다. 립글로스가 번질 텐데. 걱정도 잠시 그가 낮은 목소리로 귓전에 속삭였다.

"지금…… 안 돼?"

"여기선 곤란……."

그녀의 말문은 거기서 막혀 버렸다. 그가 손을 잡고 회의실 한편에 딸린 화장실로 다급히 들어갔기 때문이다. 숨을 돌릴 틈도 없었다. 그에 의해 돌려세워져 기둥을 안은 신희는 자신의 둔부를 움켜쥔 손 때문에 금세 아랫배가 달구어지고 있음을 깨달았다. 그는 서둘러 스커트를 들추어 팬티를 끌어 내렸다. 차가운 공기에 살결이 노출되자 어깨가 움칫했다.

사르락, 사르락.

등 뒤에서 옷섶이 부딪히는 소리가 들리는가 싶더니 이내 엉덩이 골로 그의 남근이 밀착되어 온다. 신희는 입술을 깨물었다. 내뱉어지는 거친 숨이 기둥 벽을 뜨겁게 데웠다. 그의 가슴팍이 절절하게 닿은 등에서 열기가 내달렸다. 그는 몇 차례 엉덩이 골로 몸 끝을 비벼 대더니 이내 거대하게 솟은 그것을 아래로 찌르고 들어왔다.

"흐읏!"

"채신희."

"웃, 네. 네……."

"너 때문에 돌 것 같아."

이렇게 사람 돌게 만드는 것이, 이성을 잃고 미치고 폭주하게 만드는 것이 사랑이라는 건가.

사랑.

영모는 그 단어를 되뇌며 신희의 허리를 붙들고 미친 듯이 엉덩이를 튕겨 올렸다. 무섭도록 속도가 붙기 시작했다. 그녀의 아래에서부터 심장까지 제 열망이 솟구쳐 올라가기를 바라면서 몸을 들썩거렸다. 신음 소리가 좁은 공간을 가득 메웠다.

회의실에서의 섹스라니. 이성이 무질서하게 헝클어졌다. 예전에는 감히 상상하지도 못했던 일들을 벌이고 있는 자신을 들여다본다. 그래도 행복했다. 신희와 연애하기 전의 자신이 생각나지 않을 정도로.

12. 절정과 결말

— 남자를 만나러 가는 중이라고?

겨울 초입에 들어선 하늘은 파랬고 건조한 공기는 매서울 정도로 차가웠다. 도심을 벗어나 외곽으로 나온 버스가 짧은 비포장도로를 지나며 덜컹거리자 신희는 등을 세운 채 대답했다.

"네. 남자요."

— 흐음. 문제가 꽤 심각하네.

그의 목소리를 들으며 스멀스멀 퍼지려 하는 웃음을 어쩔 수가 없었다. 하지만 꾹 참고 더더욱 그를 도발해 본다.

"그러게요. 게다가 저 좋다는 남자여서 만나면 아마 마음을 뺏길지도 몰라요."

— 네가 마음을 뺏길 정도면 최소한 나하고 비슷한 수준이라는 건데, 난 그런 꼴은 못 봐.

"그럼 어쩌죠? 약속 시간이 다 되어 가고 있는데?"

— 날아서라도 가야겠군. 비행기 티켓이 남아 있는지 확인부터 해야겠어.

그는 정말로 전화부터 끊고 비행기 티켓을 확인할 기세였다. 말이 앞서는 사람이 아니었기에 더 이상 도발했다간 출장지에서 업무도 제대로 못 보는 불상사가 생길지도 모른다. 영모는 현재 주말 이틀을 끼고 도쿄 지사에 가 있는 상태였고, 일요일인 내일 오후에 귀국할 예정이었다.

"오늘만 지나면 돌아올 텐데 그래도 티켓을 알아봐야겠다고 하신다면 제가 확인해 볼까요?"

넌지시 던진 말에 그는 대꾸가 없었다. 신희는 참지 못하고 소리 내어 웃었다. 그러자 앞자리에 앉은 칠십 대 할아버지가 흘깃 돌아본다.

"내일 봐요. 저녁에 제가 맛있는 거 사 줄게요. 어떤 걸로 먹고 싶어요?"

— 난 식탐은 없는데 육탐은 있어서. 채신희가 제일 먹고 싶은데, 안 돼?

"아하. 그건 차후의 일이고요. 당신한테 하고 싶은 말도 있고 하니 조용한 데서 먹어요. 한식당 어때요? 지금까지 고기는 질리도록 먹었으니까 내일은 한식 먹어요."

— 내가 너랑 연애하고 나서 성격이 무진장 급해졌어. 하고 싶은 말이 뭔지 궁금하군. 좋아. 내가 예약해 둘게.

"알았어요."

— 채신희.

"응?"

— 정말 누굴 만나러 가는 건지 말 안 해 줄 거야?

"내일 얘기할게요. 전부 다요."

신희의 얼굴에 의미심장한 미소가 어렸다. 그는 알았다는 말을 끝으로 더는 캐묻지 않았다. 국제 전화비가 비싸다는 이유로 신희는 얼른 통화를 끝내고 다시 버스 차창 밖으로 고개를 돌렸다. 1년에 몇 차례, 가끔 대하는 낯익은 풍경들을 스쳐 지나가면서 신희의 얼굴에는 짙은 회한이 감돌기 시작했다.

버스는 그로부터 한 시간을 더 달려 한적한 터미널에 도착했다. 그곳에서 택시를 타고 또 20분. 시든 낙엽으로 뒤덮인 승강장에 내려 납골당까지 올라가는 길은 햇볕조차 들지 않는 음습한 곳이었다. 하지만 오르막을 올라가다 보면 어느새 양지바른 정원과 마주하게 된다. 잘 관리된 중앙 잔디에는 '영면하소서.' 라는 글귀가 새겨진 큰 바위가 있고, 그 바위 언저리로 늘 그랬듯 비둘기가 떼를 지어 날아들었다가 다시 날아가고 있었다.

토요일 오전이라 그런지 납골당은 들러 주는 이들이 많았다. 가족 단위의 방문객부터 시작하여 눈시울을 적시는 중년의 여자, 지팡이를 짚어야만 걸음을 뗄 수 있는 고령의 할머니와 뭣 모르고 엄마를 따라나선 어린아이들까지. 저마다의 사연을 안고 찾았을 이곳에서 그들은 어떤 생각을 하고 있을까.

건물 안으로 들어간 신희는 익숙하게 자리를 찾았다. 아버지는 언제나 웃는 낯으로 그녀를 맞이했다. 아직도 사십 대의 얼굴 그대로 간직한 채, 사람 좋은 웃음을 짓고 있었다.

"아빠. 좀 더 있으면 나하고 같은 나이가 되겠네."

오랜만의 인사말을 그렇게 전한 후 싱긋 웃어 보였다. 이제는 웃으면서 아버지를 찾을 줄 아는 여유를 지니게 됐다.

"제삿날도 아닌데 그냥 와 봤어. 아빠가 보고 싶어서."

사진 속 아버지는 대답이 없었지만 신희는 행복했던 어린 시절로 돌아간 것 같은 착각에 사로잡혔다.

"잘 계셨어요?"

오가는 방문객들을 뒤로한 채 신희는 아버지의 사진과 유골함과 그녀가 넣어 둔 일기장을 아련하게 훑었다. 일기장은 모두 세 권으로 그녀가 중학생 시절부터 아버지가 돌아가시기 전까지 사용했던 것이다. 아버지의 죽음과 함께 일기 쓰기도 멈췄으며 동시에 그녀의 추억도 모두 이곳에 묻어 버렸다.

아버지는 돌아가시기 직전 한국에 묻히고 싶다고 유언을 남겼다. 양어머니는 싱가포르 외곽에 있는 공원묘지에 계시길 바라셨지만 결국 아버지의 유언대로 따라 주었다. 매일같이 한국에 가고 싶다는 말을 하셨던 아버지는 돌아가신 후에야 한국 땅을 밟았고, 그후 이곳에 들러 아버지를 기리는 일은 온전히 신희의 차지가 되었다.

양어머니가 이곳에 들르는지 아닌지는 알지 못했고 알고 싶지도 않았다. 서류로 얽혔던 모든 관계가 끝난 이상, 그리고 세월이 흘러 버린 지금, 손에 남은 것은 아무것도 없었다. 아버지의 죽음과 함께 찾아온 변화는 너무도 많았다.

"아빠. 나, 사랑하는 사람이 생겼어요."

그래서였다. 그렇게 텅 비고 공허한 가슴을 처음으로 메워 준 이에 대해서, 아버지에게 말하고 싶었던 것은. 그리고 그런 아버지에 대해서, 그에게 솔직하게 말해 주려 하는 것은.

"그래서 그 사람한테 아빠 얘기 해 주려고. 아직 아무에게도 말하지 못했는데 그 사람한테는 해야 할 것 같아서……. 해 주고 싶어서……. 근데 겁이 나. 내가 별 볼 일 없는 여자라는 걸 알게 된 그 사람한테서 버림받을까 봐. 나 또 버림받을까 봐. 그래서 있는 듯 없는 듯 혼자서만 사랑하려고 했었는데 그게 잘 안 됐어."

끝이 뻔한 연애라고 생각했다. 언젠가는 각자의 자리로 돌아가야 하는, 매우 한시적이고 충동적인 연애라고 생각했다. 그래서 매번 두 발을 모두 담그지 않은 채로 언젠가는 이별하게 될 거란 생각이 앞선 것도 사실이었다. 하지만 너 때문에 돌 것 같다는 그의 혼잣말에 신희의 모든 생각이 멈춰 버렸다.

위선이고 가식이었다.

언젠가는 이별하게 될 거라 생각하고 있었다지만, 사실은 이별하고 싶지 않다. 그에게 두 발 모두 담그고 완전하게 사랑하고 또 사랑받고 싶었다. 그가 돌겠다고 생각할 때까지 그녀 자신은 그를 위해 어떤 것도 하지 않았다는 것을 지금에야 깨닫는다. 그녀에게 마음을 다해 전속력으로 다가오는 그를 향해 진심을 내보인 적도, 진실로 다가간 적도 없었다.

버림받는 것이 두려우면서 오히려 자신이 그를 버릴 준비를 하고 있었던 건 아니었는지. 매 순간 안으로 잠그기만 하면서 그를 향해 단 한 번도 열어 준 적 없었던 제 마음이 원망스러웠다. 이렇게 무거운 마음을 끌어안고, 어떻게 될지 모를 미래를 두려워하면서 그를 대하는 것도 지쳐 갔다. 그 끝이 어떠하든 진심으로 그에게 부딪쳐 들고 싶은 마음 간절해졌다.

그리고 그것은, 자신의 전부를 꺼내어 보이는 것에서부터 시작해야 하리라.

  아버지를 만나고 내려오는 발길은 아까보다 더 가벼웠다. 아까 내렸던 택시 승강장에서 택시를 기다리는 마음도 한결 가뿐했다. 머플러를 좀 더 두텁게 여민 후 가방을 고쳐 멘 신희는 코트 주머니 속에서 울리는 핸드폰을 꺼내며 빙긋이 미소 지었다. 당연히 영모일 거라 생각하며 들여다본 액정엔 영모가 아닌 윤경의 이름이 떠 있었다.

  "네. 언니."

  — ……으, 응?

  "신희예요. 왜 전화했어요?"

  — 어, 그냥 토요일이니까 얼굴 좀 볼까 해서. 바쁘니?

  "바빴는데 이제 한가해졌어요. 언제 볼까요?"

  — 저녁에 쉘부르로 나와. 5시쯤 괜찮겠어?

  "그럼요. 알았어요."

  윤경은 한마디 더 하려고 머뭇거리다 전화를 끊었다. 시계를 보았다. 지금부터 부지런히 움직여야 윤경이 정한 시간 안에 도착할 수 있을 것 같았다. 멀리 택시 한 대가 거리를 좁혀 오고 있었다. 신희는 손을 흔들었다.

  택시를 타고 다시 터미널로 가 서울행 버스에 몸을 싣고 돌아오는 내내 시시각각 색을 달리하는 겨울 하늘에서 시선을 떼지 않았다.

혼자인 줄 알았던 윤경의 곁에는 초면인 남자가 앉아 있었다. 처음엔 형진인가 했지만 형진과는 달리 남자는 검은색 뿔테 안경을 쓰고 있었다. 평소 윤경의 장난기를 떠올려 봤을 때, 이 상황은 십중팔구 제게 남자를 소개하려는 시도가 아닐까 했다. 하여 신희는 쉘부르의 입구에서부터 긴 한숨을 쏘아 올렸다.

왜 원하지도 않는 일을 벌이는 걸까.

"응. 왔니?"

다른 날과 달라 보이는 윤경의 모습에 신희는 앉지도 못하고 어정쩡하게 서 있었다. 짙은 화장과 허벅지가 훤히 드러난 원피스 아래엔 붉은색의 하이힐이 신겨 있었다. 신희는 윤경의 옆에 앉은 남자의 눈치를 흘긋 보며 주춤주춤 앉았다.

"오늘 무슨 일 있어요?"

"일은 무슨. 우선 인사나 해. 이쪽은 장원석. 여긴 내 대학 후배 채신희. 내가 말했었지?"

윤경이 장원석이라 불린 남자를 향해 무척 자연스럽게 신희를 소개했다. 남자 따위 필요 없다고 강력하게 어필하고 싶은 마음을 잠시 누른 채 신희는 엉거주춤 일어나 남자를 향해 고개 숙였다. 안경을 쓴 탓인지 어딘가 어수룩하게 생겼다고 생각했지만 막상 미소를 지으니 인상이 확 달라 보였다.

대체 누구지?

"난 그럼 일 보고 있을게. 끝나면 전화해."

장원석이라는 남자가 윤경을 향해 핸드폰을 귀에 대는 모션을 취하자 윤경이 알았다는 듯 고개를 끄덕였다.

"그럼, 실례하겠습니다. 잘 놀다 가세요."

남자는 신희에게도 인사를 한 뒤 유유히 테이블을 떠났다. 그가 입구를 나가는 것까지 주시한 신희는 고개를 갸웃거리며 윤경을 쳐다봤다.

"누구예요?"

"누굴 것 같아?"

"제가 알아요?"

"전 남친."

"으익?"

윤경의 전 남자 친구라 함은, 결혼 약속을 하고 아이까지 가진 윤경과 과감하게 헤어진, 그래서 한동안 윤경을 절망의 늪 속에서 허우적거리게 만든 장본인이 아니던가. 사랑을 지키기 위해 노력한 번 하지 않은 채로 윤경에게 아이를 지우라 강요했었던 바로 그 남자를, 왜 다시 만나는 거지?

신희는 팔짱을 끼고 등받이에 등을 기댄 채 느릿하게 물었다.

"그래서요?"

"뭐가 그래서야?"

"전 남친을 왜 만나요? 그걸로 끝 아니었어요?"

"그렇게 됐어. 다시 찾아와서 빌더라. 도저히 못 잊겠다고. 이번엔 잘할 테니까 한 번만 더 믿어 달래."

"아하. 그래서 믿으시려구요?"

"반신반의야. 반만 믿을 거야. 또다시 뒤통수 맞긴 싫으니까. 생각해 봤어. 내가 재한테서 뒤통수를 안 맞으려면 어떻게 해야 할까. 양다리를 걸쳐서 어장을 만들어야 하나. 아니면 완벽하게 휘어잡으면서 살아야 하나. 사실 예전에 연애할 때 내가 걔 눈치를 많이 보긴 했지. 사사건건 열등감 투성이였거든, 걔."

"그렇게까지 해서 다시 만나려는 이유를 모르겠어요."

"그거 아니? 처음으로 내 몸과 마음을 모두 줬던 사람은 세월이 지나도 안 잊힌다더라. 저주에 가까운 일이야, 진짜."

"언니……."

"나도 도저히 안 잊히더라. 다른 남자를 만나도 친구들과 수다를 떨어도, 정신이 나갈 정도로 술을 마셔도, 내 안 어딘가에서 계속 살아 있어. 살아서 막 움직여. 집착인지 미련인지는 모르겠지만, 반쯤 미치겠더라구. 그 타이밍에 쟤가 다시 나타난 거야."

"그래서 다시 만나게요?"

"사람과 사람이 만나서 사랑하는데 조건이나 배경의 차이가 다 뭐야. 금수저나 흙수저나 어차피 옷 벗으면 알몸인 건 마찬가진데. 어장이나 만들어 볼까, 휘어잡고 살아 볼까, 말은 그렇게 해도 난 또다시 걔한테 내 모든 걸 걸 거야. 한 열흘 후쯤에 난 걔를 위해서 우리 부모님한테 피를 토하며 편을 들고 있을 거야. 나라는 년은 그렇게 생겨 먹었거든."

얼마쯤 씁쓸한 말투였다. 얼굴은 웃고 있지만 입매는 파르르 떨리는 것처럼 보였다. 윤경은 길다면 길고 짧다면 짧은 표류를, 그렇게 정리한 듯했다. 실타래가 완벽하게 풀린 건지는 알 수 없었지만 윤경이라면 예전과 같은 실수를 반복하지는 않을 것이다. 윤경이 저가 마시던 칵테일 잔을 신희에게 스윽 내밀며 말을 이었다.

"너한테 가장 먼저 이 사실을 알리고 싶어서 불렀어. 내 연애만큼은 우리 부모님보다 네 지분이 더 커. 웃기지?"

"전혀 안 웃겨요."

"응원해 줄 수 있어?"

"글쎄요. 내가 뭐라고 언니 연애에 응원하고 말고 해요? 그저 언니 마음이 편해졌으면 그걸로 됐어요."

"나 아까 좀 놀랬다? 너랑 통화할 때 말이야."

"왜요?"

"스스럼없이 '언니'라고 불러 줘서 좀 당황스러웠어."

"그렇게 부르라면서요."

"응. 그랬지. 근데 좀 어색하달까. 역시 채신희는 딱딱한 게 어울리는 걸까?"

"그러지 마세요. 나 이제부터 언니라고 부를 생각인데. 그리고 남친 때문에 또다시 힘들면 언제든 불러내세요. 기꺼이 나올게요."

"뭐, 그래. 고마워."

신희의 다정한 면모가 여전히 어색했던지 윤경은 입술을 삐죽 내밀며 고개를 끄덕였다. 그러거나 말거나 신희는 장원석이 마시던 잔을 윤경에게 건넨 뒤, 자신의 잔을 들고 건배를 시도했다. 허공에서 짠 하고 잔들끼리 부딪쳤다. 윤경은 한 잔을 모조리 비웠고 신희는 두어 모금만 마셨다.

장원석이라는 남자에게서 연락이 오자 신희는 윤경과 함께 자리에서 일어났다. 어디에 있는지 알 수 없는 남자 친구를 향해 달려가는 윤경의 뒷모습은 사랑에 처음 빠진 여자처럼 설레어 보였다. 다시 똑같은 사람과 똑같은 사랑을 시작하려는 윤경이, 처음으로 예뻐 보였다.

깜빡깜빡. 네온사인이 명멸하는 인도의 한가운데서 신희는 잠시 멀거니 서 있었다.

미치도록, 그가 그리웠다.

지금 동경행 비행기 티켓을 끊으면 미친 거겠지.

전할 수 없는 그리움이 목까지 차올라 신희는 애먼 핸드폰만 만지작거렸다. 침묵에 잠겨 있는 그것을 다시 주머니에 집어넣고는 지하철역을 향해 발길을 돌렸다.

내일이면 그가 온다. 함께 저녁을 먹을 거니 오랜 시간 같이 있을 수 있다. 그러니까 참자, 오늘은.

"여보. 좀 더 높이 들어요. 여기 너무 복잡해서 그냥 지나칠 수도 있을 것 같아요."

"응? 이렇게?"

진규는 두 손으로 들고 있던 작은 피켓을 제 머리보다 더 높게 들어 올렸다. 피켓에는 '싱가포르에서 오신 배연숙 님을 환영합니다.' 라고 적혀 있었다. '배연숙'이라는 세 글자에 강세를 두는 것도 잊지 않았다. 평일에도 복잡한 인천공항이니 주말에는 더 복잡할 것이라는 진규의 아이디어였다.

입국장 가이드라인 밖으로는 진규와 마찬가지로 피켓을 들고 선 인파로 북적거렸으며 그들끼리의 자리다툼도 치열했다. 진규는 옆에서 보호하고 있는 혜정을 든든한 버팀목 삼아 굳건하게 그 자리를 지키고 있었다.

"응? 이제 도착한 것 같아요."

혜정이 도착한 비행기 편명을 손으로 가리키곤 입고 있는 가죽
점퍼의 깃을 여미고 머플러를 단정하게 고쳐 맸다. 머리 손질까지
하고 있으니 진규가 그 모습을 빤히 쳐다본다.

"그렇게 긴장돼?"

"응? 나 긴장돼 보여요?"

"응. 당신 오늘 아침밥도 제대로 못 먹었잖아."

진규의 말을 듣고 보니 그제야 허기가 느껴져 실소가 흘렀다. 아
무래도 자신의 작품에 대한 구매 여부를 판단하러 오는 상대다 보
니 신경이 예민해진 건 사실이었다.

"그런가 봐요. 솔직히 내 나이에 또 이런 기회를 만나는 게 흔하
겠어요? 이제 끝물이라 생각하고 우울했었는데 해외에서 떡하니
연락이 오니 어찌 긴장이 안 될 수 있겠냐구요. 잘 거래해서 성사
시켜야죠. 나 스무 살 때 당신 처음 만났던 그때처럼 떨려요."

"당신이 끝물이라니. 끝물인 사람한테 그것도 해외에서 연락이
오진 않지. 아직 당신은 여전히 잘나가. 그러니까 안심하고 편하게
생각해."

"그러려고요. 당신이 옆에 같이 있어 주니까 아무래도 여유가 생
기고 편해요."

"오늘도 내가 딱 옆에 같이 붙어서 움직일 테니까 걱정하지 말
라고."

남편의 따뜻한 말에 혜정은 만족스럽게 웃으며 그의 팔짱을 척
꼈다. 배연숙이라는 여자를 만나 함께 집으로 가서 작업장을 구경시
키고 업무에 대해 대화를 나눈 후 저녁 식사를 대접할 계획이었다.

"아, 문이 열렸군."

진규가 턱짓으로 입국장 정면을 가리켰고 혜정 역시 얼른 그쪽으로 고개를 돌렸다. 한두 명씩 입국장으로 나오는가 싶더니 이내 인파가 쏟아진다. 연숙의 얼굴을 모르니 진규와 혜정은 그저 피켓을 높이 들고 초조하게 응시할 뿐이었다.

열심히 두리번거리고 있는 두 사람에게, 잠시 후 누군가가 다가왔다.

"저어. 홍혜정 여사님 내외분 되십니까."

돌아보니 백발의 노인이 검은색 정장을 입은 채로 무척 정중하게 서 있었다. 얼핏 혜정은 그의 뒤에 서 있는 중년의 여자에게 시선을 주었고 미소 띤 여자의 얼굴을 보며 배연숙 당사자임을 직감했다.

"네. 맞습니다."

혜정은 노인을 향해 인사를 한 후 연숙에게로 걸음을 옮겼다. 연숙 역시 한 걸음 다가와 손을 내밀었고 두 사람은 반갑게 인사했다.

"이렇게 뵙습니다. 사장님. 홍혜정입니다."

"정말 반갑습니다. 저희가 불쑥 찾아와 실례가 된 건 아닌지 모르겠어요."

"아유. 별말씀을요. 저흰 언제든 환영이에요."

사람 좋은 미소로 혜정이 친근감 있게 다가갔다. 진규 역시 연숙과 반갑게 인사를 나눈 후 네 사람은 입국장 언저리를 빠져나갔다.

"이분은 제 비서세요. 저희하고 일한 지 무척 오래되셨죠. 한국 분이신데 젊어서 싱가포르에 이민 오셨고요."

진규가 차를 가지러 주차장으로 간 사이 연숙이 윤 비서를 소개했다. 두 사람이 부부인가, 반신반의했던 혜정은 사실을 알고 나서 연숙을 향한 믿음이 더욱 굳어졌다. 오래도록 함께 일한 사람이 있다는 건 분명 오너로서 그리고 인간으로서의 신뢰가 존재했기 때문이리라. 혜정은 고개를 끄덕이고 연숙을 쳐다봤다.

"한국엔 자주 들어오시나요?"

"아뇨. 불행히도 그렇지는 못해요. 음, 그러니까…… 10년 전쯤에 한 번 다녀갔었네요."

연숙은 그 말을 하며 입속이 서걱거리는 것을 느꼈다. 한국 땅에 묻어 달라는 남편의 유언이 아니었다면 그녀 평생 한국 땅을 밟게 될 일은 없었을 것이다. 그사이 그녀는 단 한 번도 남편의 납골당을 찾지 않았다. 한국에는, 이 땅에는 그녀를 괴롭게 하는 것들이 있었다. 남편도, 그리고 신희도.

얼마 전부터 찾아왔던 몸살 기운은 이제 사라졌지만 아무래도 한국행은 여전히 부담일 수밖에 없었다. 사업을 위해서라는 간단한 이유를 주문처럼 외면서 비행기에 몸을 실었던 것이다. 어서 빨리 혜정과 계약서를 쓰고 싱가포르로 돌아가고 싶은 마음뿐이었다.

"지금 저희 집에 가셔서 차 마셔요. 제 작업장이 거기에 있거든요. 그리고 저녁은 저희가 근사한 곳을 예약해 두었으니까 거기로 가시면 돼요."

"그렇게 폐를 끼치고 싶지는 않은데……."

"폐라뇨. 당연히 저희가 모셔야죠. 가시고 싶은 데가 있으면 언제든지 말씀하세요. 저희 남편, 운전도 잘해요. 아, 그리고 저희 집이 무척 크니까 거기서 주무셔도 돼요."

"아뇨. 그렇게까지는 하지 않으셔도 돼요. 호텔을 따로 예약해 두었답니다."

"어머나. 아쉽네요."

혜정은 나이답지 않게 무척 발랄해 보였다. 제 또래로 보이면서도 소녀 같은 미소를 곧잘 짓는가 하면 익살스러운 표정도 지어 보였다. 대체적으로 소탈하고 털털한 면모가 강했다. 일에 있어서 인정받고 사회적으로도 성공한 여자의 도도함이나 예민함 같은 건 찾아볼 수가 없었다. 남편한테서 사랑받고 자식들한테서 존경받고, 가정을 훌륭하게 일구어 가는 보통의 여인네 같은 혜정의 모습에, 연숙은 알 수 없는 착잡함을 느꼈다.

그녀 자신의 얼굴에는 절대 나타나지 않을 저런 온화하고 온건한 분위기가 부러운 건지도 몰랐다. 남편과 신희가 동시에 떠올랐다. 한때 자신 역시 그들로부터 사랑받고 사랑해 주면서 살고 싶은 마음이 간절했던 때가 있었다. 결국 자신의 모가 난 성격으로 인해 모든 것들이 바뀌었지만.

"타세요. 사장님."

진규가 모는 차가 도착했다. 한국의 겨울은 매서울 정도로 추웠다.

"이 작품이 사장님께서 이메일로 받아 보셨던 그 작품인 것 같은데요."

건너편에 있던 윤 비서가 고개를 비스듬히 기울이고 연숙을 쳐다보며 말했다. 연숙은 걸음을 옮겨 윤 비서에게 다가갔다. 분홍색과 붉은색의 사이, 그 애매한 줄타기를 완벽하게 일구어 낸 다홍

빛깔의 치마에 여름 바다를 연상시키는 검푸른 색의 저고리였다. 소매 끝동에는 헤엄치는 작은 물고기가 독특한 자수법으로 수놓여 있었으며 그것은 옷고름에도 마찬가지였다.

자칫 화려한 상의에만 시선이 갈 것을 대비하여 치마 끝에는 파도 문양의 자수가 고운 선으로 이루어져 있었다. 바다 문양만 보면 지중해가 떠오르지만 이것은 말 그대로 한복이었다. 따라서 동서양의 조화가 적절하게 이루어진, 판매용 옷이라기보다는 전시 용품에 가까운 예술성이 담보돼 있었다.

연숙은 고개를 끄덕였다.

"으음, 그러네요. 역시 생각했던 대로 화면보다 실물이 더 나아요. 선이 살아 있어요. 염색에도 직접 관여하신다더니 과연 색감도 뛰어나네요."

이곳은 혜정의 작업실이었다. 혜정 부부가 다과를 준비하러 위층으로 올라간 사이, 연숙은 윤 비서와 함께 작업실 한편에 전시된 한복을 둘러보고 있었다. 수백 가지 종류가 넘는 천이 즐비했고, 동정이나 실, 그리고 바늘의 종류도 다양하게 준비되어 있었다. 과연 한복 명장으로 불리는 이름값다운 작업실이었다.

"무척 성실한 분 같습니다. 홍혜정 여사님 말이지요."

"그래요? 윤 비서님이 그렇게 느끼신다면 그게 맞는 거겠죠?"

"계약이 성사된다면 우리 몰의 새로운 바람이 될 겁니다."

"나도 그렇게 생각해요. 나이가 꽤 있으신데도 어쩌면 감각이 이렇게 신선한지. 연륜에서 오는 노력 같은 건가 봐요."

"옷을 만드는 사람들이 다 그런 것 같습니다. 유행과 시류에 민감하기 위해선 끊임없이 노력을 하지 않습니까?"

"네. 그렇죠."

"계약이 끝나고 하루 정도 더 체류하실 예정이신데 특별히 가보고 싶으신 데가 있으십니까, 사장님?"

윤 비서의 물음에 연숙은 입을 다물었다. 윤 비서가 어떤 저의로 질문을 해 온 건지 잘 아는 까닭이다. 남편이 묻힌 곳에 가는 것과, 그리고 혹여 신희를 만나 볼 의향이 있는지 묻는 것이리라. 그리고 윤 비서는 아마도 자신이 어떤 대답을 할지도 알 것이다.

"그이한테 한번 가 봐야죠."

"신희는……."

"잘 살고 있겠죠, 어딘가에서. 그 아이를 만난다 한들 할 얘기도 없고, 또 그 아이도 날 만나는 것에 부담을 느낄 거예요. 무엇보다 그 아이와 난, 이제 더는 만날 필요가 없는 사람들이죠."

연숙은 윤 비서의 말을 중간에서 자르며 얼마쯤 서늘하게 대답했다. 혜정이 만든 한복을 응시하면서도 뇌리가 복잡하게 꼬여 드는 것을 어쩔 수 없었다.

"너무 예뻐요."

제 손에 내밀어진 작은 케이스 속의 물건은 팔찌였다. 라피스 라줄리와 다이아몬드의 작고 둥근 알이 교대로 박혀 고개를 이쪽으로 돌리면 푸르스름한 빛이, 반대쪽으로 돌리면 영롱하고 투명한 빛이 반사돼 눈이 부셨다. 가볍고도 산뜻한 디자인이라 언제 착용해도 편할 듯하지만 그렇게 소모하기엔 아까운 기분이 들었다.

"이리 줘 봐. 내가 채워 줄 테니까."

영모가 신희의 손에 들린 팔찌를 가져가더니 그녀의 가는 손목에 천천히 둘러 주었다. 제 손목에 채워진 팔찌의 광채를 보고 있자니 은연중에 그와 단단한 관계가 된 듯한 착각이 일었다.

영모는 책상에 엉덩이를 걸친 채 제 앞에 선 신희의 허리를 끌어당겼다. 앙고라 니트의 부드러운 질감 속에 숨겨져 있던 그녀의 얇은 살결에 손길이 닿자 며칠간 차곡차곡 산재해 있던 욕망이 고개를 드는 것 같았다.

한국에 도착한 지 두 시간째. 휴일이지만 출장지에서의 업무를 업데이트시켜 놓아야 했으므로 영모는 어쩔 수 없이 공항에서 회사로 온 상태였다. 그 소식을 듣고 신희 역시 회사로 들어온 게 조금 전. 영모는 출장지에서 구입한 선물을 내밀면서 내내 그녀의 마음에 들었으면 좋겠다고 생각했었다.

"네가 마음에 들어 하니 다행이야. 팔찌를 고를 때 네 손목만 생각했지. 가늘고 여리고 또 하얀……."

앉은 상태의 영모는 금세 신희의 젖가슴에 얼굴을 파묻을 것처럼 나른한 눈빛을 보내왔다. 신희는 어깨를 들썩거릴 정도로 크게 숨을 들이쉬었다가 다시 내뱉었다. 이 남자가 이런 눈빛을 보내올 때면 그게 얼마나 치명적인 상황을 예고하는 건지 잘 아는 까닭이다. 하지만 여긴 회사였고 휴일이었지만 출근했을 직원이 있을지도 모를 일이다. 신희는 일부러 새침하게 굴고 싶어졌다.

"일은 안 하고 여자 팔찌나 고르고 있었다는 거죠?"

"음. 가늘고 여리고 하얀 건 또 있지."

피식 웃은 그가 작정한 듯 니트 아래로 손을 집어넣었다. 눈은 계속해서 신희에게 고정시킨 채였다. 브래지어를 들추고 기어들어 간 손바닥이 이내 젖가슴 하나를 거머쥔다. 그의 눈빛이 좀 전보다 더 붉어지고 있었다.

"아하, 이건 가늘진 않다. 풍만해. 빨고 싶어질 만큼."

"설마, 여기서 지금……."

신희의 뒷말은 니트 아랫단을 들어 올리는 그의 행위에 멈추어 졌다. 검은색의 브래지어를 들춘 후 그쪽으로 입술을 내린 그가 유두를 가볍게 머금는다. 탄력적인 살결을 만질 때마다 며칠간 묵혀 있던 갈증이 목을 타고 올라왔다. 당장 그녀의 옷을 벗기고 파고들 고 싶어져 좀이 다 쑤셨다.

"권영…… 보, 본부장님, 그만……."

신희는 허리를 비틀며 겨우 그의 얼굴을 제 가슴에서 떼어 냈다. 그의 얼굴은 여전히 욕망의 빛에 잠겨 있었다. 낮은 목소리가 그의 입에서 흘러나왔다.

"지금, 싫어?"

"여긴 회사잖아요. 출근한 직원들이 있을지도 몰라요."

"없을걸? 모터쇼 끝나고 내달까진 회사 한가한 거 너도 알잖아."

"그래도 이 상태로는……. 우선 일부터 빨리 끝내세요. 그러고 나서 저녁을 같이 먹고 차도 마셔요."

영모는 수줍어하면서도 제 할 말은 반드시 하고야 마는 그녀의 고집스러운 성정에 절로 웃음이 났다. 그러면서도 음흉한 뉘앙스의 말을 대답으로 돌리는 것을 잊지 않았다.

"밥도 먹고 차도 마시고 나면? 그다음엔 뭘 할 건데?"

"그다음엔…… 두고 보면 알 일이죠."

그다음엔.

신희는 입 밖으로 말을 끄집어내는 것을 자제했다. 오늘은 그에게 자신의 모든 것을 들려줄 작정이니까. 말이 앞서서 좋을 건 없었다. 그녀의 열 살, 열다섯 살, 열여덟 살, 스무 살이 어떠했는지, 어떤 생각을 가지고 버텨 왔는지, 어떻게 어른이 되고 어떻게 상처를 견뎌 왔는지, 모두 말해 줄 생각이었다.

그러고 나서도 그가 이 연애를 지속하고 싶어 한다면 제 모든 걸 걸고서라도 그를 사랑할 생각이다. 그를 사랑함에 있어 어떤 것도 거리낄 게 없이 당당해질 것이다.

그가 입술 끝을 비스듬히 끌어 올리며 말했다.

"맞아. 나한테 할 말이 있다고 했었지. 기대되고 기다려지네. 일을 빨리 끝내야겠군. 비서실에서 기다려 줄래? 네가 눈앞에 있으면 힘들어. 몸이 미쳐 버리거든."

"도망가야겠네요. 그럼 이따 만나요."

신희는 그에게 손을 흔들어 보였다. 본부장실을 나와 자신의 책상에 앉으며 다시금 팔찌를 들여다봤다. 그러면서 후회를 했다. 그와 이렇게 깊어지기 전에 진작 털어놓았어야 할 고백이었다. 감정이 짙어지면서 죄책감은 커졌고 그것은 걷잡을 수 없는 무거움으로 다가왔다. 그녀의 삶에서 권영모라는 남자가 절대 이방인이 아니라는 것을, 누구에게도 꺼내 본 적 없었던 그녀 자신을 보여 주는 것으로 알리려 한다.

그 후의 일은 생각하고 싶지 않았다. 선택은 어쩌면 오로지 그의 몫일지도 모른다. 별다른 노력을 하지 않아도 굴곡 없는 삶을 살아왔을, 모든 것들이 완벽하게 준비가 된 인생을 살아왔을 그 자신과, 모든 것들이 결핍된 채로 살아온 그녀의 차이를 어떻게 인지하고 어떤 선택을 할지는 온전하게 그에게 달려 있었다.

그가 이 연애를 거부한다고 해도 어쩔 수 없는 일이었다. 결혼 적령기를 통과하고 있는 그에게 시간 낭비를 하게 할 정도로 무모하거나 어리석지는 않았다. 그러니 마음 따위 묻어 두고 그의 행복을 비는 것으로 이 연애의 종지부를 찍게 될지도.

어차피 짝사랑이었잖아.

애초에 보답을 바란 적 없었으니, 더 큰 욕심이 생기기 전에 그의 손을 놔 버리는 것이 옳은 일이리라. 신희는 깊은숨을 들이쉬면서 생각을 갈무리했다. 하지만 가슴 한편에 도사리고 있는 아픈 감정은 어쩔 도리가 없었다. 차가운 계절만큼, 언제까지 시린 가슴을 안고 살아가야 할까.

팔찌를 만지작거리면서 이런저런 갈등과 생각을 반복하던 그녀는 30분쯤 후에야 본부장실을 나온 영모를 다시 만날 수가 있었다. 수심 가득한 낯빛을 지우고 다시 미소를 띤 얼굴로 그와 함께 회사를 나섰다.

영모가 예약해 둔 곳은 한식당이었다. 번화가에 자리하고 있지만 대지가 꽤 넓어 식당 건물을 둘러싼 커다란 공간은 마치 시골 한적한 농가를 떠올리게 하듯 전통적인 풍경을 자아내고 있었다. 농기구와 말린 채소들이 장식품으로 걸려 있고 실제 텃밭에선 작은 비닐하우스를 지어 상추며 각종 야채가 심겨 있기도 했다.

주차장은 이미 방문 차량으로 즐비했다. 그의 팔에 팔짱을 끼고 나란히 입구에 들어서자 개량 한복을 곱게 차려입은 직원들이 격한 환대를 건네 왔다. 예약된 좌석으로 걸음을 옮기려는데 등 뒤에서 날아든 음성이 방해했다.

"얘! 영모야!"

영모와 신희는 동시에 고개를 돌렸다. 두 사람의 표정이 극명하게 엇갈렸다. 우연찮게 부모를 만난 영모의 얼굴엔 반가움이 일었고, 그 부모님 뒤에 선 여인과 백발의 노인을 본 신희의 얼굴은 차갑게 경직되어 갔다.

어머니라고도, 어머니가 아니라고도 할 수 없는 그 존재가, 생각만으로도 신희의 가슴을 여전히 할퀴는 그 존재가 서 있었던 것이다.

13. 교차로에서 그대를 만나다

"이쪽은 제 아들입니다. 지금 선우자동차 본사에서 마케팅본부장으로 있어요. 영모야, 여긴 내가 계약할 패션몰 대표님이셔. 싱가포르에서 오늘 도착하셔서 함께 저녁 먹으러 왔단다."

혜정이 나서서 영모와 연숙 간의 소개를 시도했다. 영모가 먼저 정중하게 고개를 숙였고 혜정이 미소와 함께 답례하면서 악수를 청했다.

신희는 영모와 악수를 하는 연숙의 표정이 미묘하게 굳어졌다가 다시 펴지는 것을 놓치지 않았다. 세상에 존재하는 많고 많은 우연들 중 하필 이런 모습으로, 더구나 이런 순간에 일어난 일이라니.

자신만큼 당황스럽고 아연해하고 있을 연숙을 향한 신희의 시선은, 불쑥 끼어든 혜정의 한마디에 다시 제자리로 돌아왔다.

"그리고 여긴 제 아들이 만나는 아이예요. 신희 양? 이렇게 만난 것도 인연인데 인사 정도는 해 둬요. 사람 인연이라는 게 언제 어디서 다시 부딪히게 될지 알 수 없는 거니까."

아무도 모르게 주먹을 잠시 말아 쥐었다가 폈다. 손바닥에 찬 땀을 닦고 싶은 마음이 간절했다. 그때나 지금이나, 연숙을 대할 때면 자신도 모르게 긴장하는 습관은 여전했고 목구멍이 얼얼할 정도로 체기가 느껴지는 게 똑같았다.

"안녕하세요. 채신희라고 합니다."

그 인사를 전하며 신희는 아차 싶었다. 파양됐음에도 양아버지의 성을 그대로 따르고 있는 그녀를 연숙이 어떻게 받아들일까 하는 마음이 뒤늦게야 따라왔다. 예상대로 연숙의 낯빛이 아주 잠시 일그러지는 것이 보였다. 다만 불쾌한 마음을 힘껏 수습하고 형식적인 미소를 지어 주어서 고맙다고 해야 하나.

"반갑습니다, 배연숙이에요."

짐짓 반가운 척 인사를 건네 오는 연숙의 어깨 너머로 윤 비서가 보였다. 얼굴 가득 반가움과 그리움이 공존하고 있는 듯한 표정이 서려 있었다. 아버지와 함께 그녀에게 힘이 되어 주었던 존재. 그분을 뵈니 마치 아버지를 다시 만난 듯하여 와락 회한이 치밀어 올랐다. 아무도 모르게 윤 비서를 향해 인사를 건네 본다. 윤 비서도 그 인사를 알아보았는지 설핏 웃어 주었다.

"이렇게 만난 것도 인연인데 같이 합석해서 밥을……."

혜정은 생각지도 못한 만남에 얼마쯤 들떠 보였다. 생각만 해도 등골이 저릴 그 발언에 영모가 가장 먼저 손을 내저었고, 진규가 뒤이어 아내의 말을 수습했다.

"여보. 아이들은 따로 먹게 둡시다. 얘네들 약속으로 온 걸 텐데 방해하면 안 되지. 배 사장님과 당신 역시 할 이야기가 따로 있고."

"제가 그 정도 눈치도 없을까 봐요. 합석해서 밥을 먹어야겠지만 오늘은 날이 날이니만큼 각자의 테이블에서 먹도록 해요. 영모야, 신희 양. 밥 많이 먹어요. 먹고 나면 인사할 필요 없이 가도 돼. 그럼 우리 먼저 들어가요, 사장님."

"네."

네 명의 어른들은 영모와 신희를 지나쳐 안내된 룸으로 들어갔다. 그들이 사라지자마자 영모가 그녀에게 돌아섰다. 갑작스러운 만남에 혹여 부담을 느끼지나 않았을까 하는 염려 때문이었고, 어쩐지 눈에 띄게 굳어진 듯한 그녀의 등을 차분하게 토닥여 주었다.

"당황했겠군. 갑자기 부모님을 만났으니."

"아뇨. 절대 그렇지 않아요."

그녀가 당황한 건 영모의 부모님 때문이 아니라 그들과 동행한 이들 때문이라는 것을 그는 절대 알지 못할 것이다.

직원이 다가와 두 사람을 예약된 룸으로 안내했다. 디딤돌을 디디고 쪽마루에 올라 한지가 정갈하게 발린 문을 열자 가느다란 풍경 소리가 울린다. 따뜻하게 데워진 2평 남짓한 온돌방에는 통유리로 된 창문이 한쪽 벽면을 차지했고, 단원 김홍도의 모작 몇 가지가 액자로 걸려 있었다.

모서리의 각기둥과 천장의 서까래, 그리고 은은하게 들리는 가야금 소리가 청각과 시각을 장악하고 있었지만 신희는 그 어떤 감흥도 느끼지 못하고 있었다.

두 사람이 자리에 앉자마자 정갈하고 야무지게 요리가 세팅되기 시작했고 탁자 너머로 영모의 살피는 듯한 시선이 끊임없이 이어지고 있었다.

"아무래도 오늘은 날을 잘못 잡았나 봐. 어서 먹고 일어나자."

웃으며 말했지만 그녀의 시야에서 자신은 배제된 듯한 기분을 떨칠 수가 없었다. 한순간도 신희의 머릿속에 자신이 들어 있지 않은 것이 용납되지 않았다. 몸은 제 옆에 있는데 생각이 딴 데로 빠진 그녀를 쳐다보는 것은 힘든 일이었다. 설령 그것이 부모님과의 갑작스러운 만남 때문이라 해도.

"느긋하게 먹어도 돼요. 이거 다 먹고 일어나요. 비싸게 사는 건데."

신희는 입술을 샐쭉 내밀기까지 하며 억지로 애교를 부려 보았다. 지금 순간만큼은 누구도 아닌 그에게만 집중하자. 떨쳐지지 않겠지만 최선을 다해 권영모라는 남자만 쳐다보자. 출장지에서 돌아오자마자 그녀를 찾았던 이 남자에게만 열중하자. 지금은.

흐트러진 뇌리를 억지로 정리한 신희는 전복조림 접시를 영모의 앞으로 내밀어 주었다.

"이거 먹어 봐요. 예전에 식당에서 한 번 먹은 적 있었는데 맛있었어요."

"두 개니까 하나씩 먹으면 되지."

영모가 전복 하나를 신희의 밥그릇에 얹어 주었다. 이어서 구절초를 쌈에 싸서 그녀의 접시에 담아 준다. 꽃게 살을 발라 건네주고, 잘 볶인 아스파라거스를 담아 주고……. 왈칵 눈물이 쏟아질 것 같았다. 연숙과 함께 살던 시절의 빈약한 밥상이 떠오른 탓이다. 시험 날 아침에도 제 손으로 차려 먹어야 했던, 반찬 하나를 먹는 것에도 연숙의 눈치를 보아야만 했던 그때의 자신이 생각나서.

당연한 건 줄 알았다.

연숙에게서 늘 객식구 대접을 받아 온 그녀에게 풍족한 식탁이 존재할 리 없는 거라고, 언제나 자신을 다독거렸었다. 스무 살이 되어서 대학 내 구내식당에서 밥을 먹을 때에도 그 습관이 여전히 남아 있었다. 식판에 반찬을 더는 일도 뒤에 줄을 선 학생들의 눈치를 봤던 것이다.

그런 눈칫밥을 극복한 건 그녀가 사회생활을 시작하면서부터였다. 그게 당연한 게 아니었다는 것을 깨닫기까지, 오랜 시간이 걸린 셈이다.

그래서 영모가 하나하나 선사해 주는 산해진미는 더욱 특별했다. 멀리 떨어져 있지 않은 곳에 연숙이 있지만, 하여 마음이 여전히 시렸지만, 잠시나마 안정을 되찾을 수 있었다.

"하고 싶은 말이 뭐였는지 해 봐."

식사가 절반쯤 진행됐을 무렵이었다. 영모의 그 말은 새삼스럽게 신희의 뒷목을 내리치는 기분이었다. 모든 걸 말하려 마련한 자리임에도 불구하고 갑자기 등장한 연숙의 존재 때문에 생각의 결이 헝클어져 버렸다.

'사실은 나 고아였고 어렸을 때 입양됐고, 스무 살이 되기 전에 파양됐어요. 나를 파양시킨 장본인이 지금 우리 근처 방에서 당신 부모님과 식사 중이에요.' 라는 말을 거리낌 없이 내뱉을 자신감이 지금은 완전하게 사라진 상태였다.

혼란은, 끊임없이 뒤를 돌아보게 만들었다.

연숙이 그의 모친의 사업과도 관련되었다는 걸 안 이상, 순전히 자신만의 입장에서 말을 내뱉었다가 어떤 상황을 초래하게 될지 짐작할 수 없다는 불안감이 켜켜이 쌓여 그녀를 흔들었다. 그에게 솔직하고 싶었던 순수한 마음만 앞서 자칫 주변 사람들을 혼란에 빠뜨릴 수도 있는 것이다. 신희는 입술 끝을 깨물다가 결국 입을 열었다.

"사실은."

"음. 말해."

"갈수록 당신이 좋아지고 있다는 말을 해 주고 싶었어요. 한식당과는 어울리지 않는 고백인 것 같지만, 그래서 당신이 어떻게 받아들일지는 알 수 없지만, 권영모 씨, 당신이 좋아요."

생각지도 못한 고백이었지만 가히 기쁘지만은 않았다. 영모는 눈을 가늘게 뜨고 그녀를 살피다가 완벽하게 기쁘지 않은 이유를 가만히 생각해 보았다. 그녀는, 뭔가, 숨기고 있다. 그것이 감정이든 아니면 어떠한 일이든. 뭘까. 갑자기 스미는 육감에 영모는 눈매를 치켜올렸다가 다시 내렸다.

"사랑한다는 말을 듣고 싶었는데, 이왕이면."

좀처럼 중심을 잡지 못하는 그녀에게서 익숙한 불안감이 날아들었다. 그녀가 언제든 자신을 떠날지도 모른다는 느낌. 단순했던 그 느낌은 지금 여러 갈래로 선명해져 그를 조급하게 만들었다. 그녀가 숨기고 있는 감정이 무엇이든, 헤어지자는 것만 제외하면 그 어떤 것도 받아들일 준비가 되어 있는데, 왜 섣불리 입을 열지 못하는 건지.

마음이 부박해진다.

그녀의 손목에 채웠던 팔찌도, 제게 좋아한다고 나직이 던진 그 고백도, 그의 마음을 온전히 안정시킬 수 없었다. 밤을 함께 보내고 몸을 섞는다고 해서 결코 마음까지 섞여 들지 않는다는 것을, 그는 뼈아프게 깨닫고 있었다.

식사는 신희의 말대로 느릿하게 진행됐고 후식으로 나온 한과와 수정과를 다 먹고 난 후에야 두 사람은 일어났다.

부모님께 인사드리고 나가자는 신희의 제안을 가볍게 묵살한 영모는 그녀를 차에 태우고 도로로 나왔다.

"아파트로 갈까?"

정면에 시선을 둔 채 그가 물어 왔다. 아파트라는 건 그의 집을 의미하는 것이다. 함께 밤을 보내자는 말이었고 내일 아침 함께 출근하자는 뜻이기도 했다. 신희는 고개를 저었다.

"오늘은 피곤해요. 대신 내일, 당신을 웃게 해 줄게요."

"그렇군."

그의 옆얼굴은 딱딱해 보였다. 실망을 한 건가. 그렇다고 해도 오늘의 지친 마음을 질질 끌고 그에게 안길 자신이 없었다.

그는 신희의 오피스텔로 말없이 차를 몰았고 신희 역시 침묵만 지킨 채 창밖을 응시했다. 숨 막히는 정적은 그녀의 오피스텔에 차가 도착하면서 조금씩 깨졌다.

"고마워요. 피곤할 텐데 얼른 들어가서 쉬어요."

몸과 마음이 한꺼번에 늪 속으로 빨려 들어가는 기분이었다. 심신이 지쳐 그에게 인사를 건네는 것조차 힘에 부쳤다.

그는 고개를 끄덕였다. 차 문을 딸깍하고 여는데 그가 낮게 제이름을 부른다.

"신희야."

다정한 그 목소리에 마음이 북받쳤다. 떨리는 아랫입술을 질끈 깨물고 고개를 돌리려던 찰나, 그가 그녀의 뒷목을 끌어당겨 입을 맞추어 왔다. 추위에 일렁이던 공기마저 집어삼킬 정도로 따뜻하고 온기가 흐르는 입맞춤이었지만 정작 그녀를 잃고 싶지 않은 절박함이 담겨 있다는 것을, 신희는 알아채지 못하고 있었다.

"아드님께서 참으로 듬직해 보이더군요."

윤 비서는 여전히 가슴이 두근거리고 있었다. 이런 가슴 아픈 우연적 만남에 그는 식사를 무슨 정신으로 했는지 알 수 없었다. 신희를, 손녀처럼 예뻐하던 그 신희를 이런 곳에서 만나게 될 줄은 꿈에도 알지 못했다. 게다가 파양됐음에도 여전히 아비의 성을 따르고 있는 신희를 보면서 가슴이 메었다.

"아, 감사합니다. 외아들이라 어려서부터 애지중지했지요. 크면서부터는 저도 제힘으로 살길 찾겠다고 부모 손을 떠났지만요."

진규가 윤 비서의 칭찬에 몸 둘 바 몰라 하며 대답하자 윤 비서는 다시금 진심을 전했다.

"얼굴이며 풍채며 어느 것 하나 부럽지 않은 것이 없더군요."

"하하하. 이거 왜 이러십니까, 윤 비서님. 윤 비서님 자제분들도 훌륭하게 크셨을 텐데."

"훌륭하긴요. 그냥저냥 먹고사는 수준이지요."

"이제 결혼만 제대로 하면 좋겠는데. 저희 부부는 아들이 빨리 결혼하길 바랐답니다. 그래서 몇 번이나 맞선도 억지로 보게 했는데 알고 보니 그렇게 어여쁜 아이와 연애 중이지 뭡니까."

"그분…… 아드님께서 연애하시는 그분도 참으로 단정하고 우아해 뵈더군요."

"아, 저희 아들 비서로 일하고 있어요. 아무래도 가까이에서 서로 겪다 보니 자연스럽게 감정이 싹튼 것 같습니다."

"그렇군요."

윤 비서는 고개를 끄덕였다. 대기업의 비서라니. 훌륭히도 컸구나, 신희야. 입속으로 뇌까리면서 눈동자에 회한을 가득 담았다. 하지만 일면 걱정이 움트는 것도 어쩔 수 없는 일이었다. 이런 집안에서 신희를 과연 탐탁게 여기는 걸까. 이들은 신희에 대해 어디까지 알고 있을까.

"두 사람이 결혼을 하게 되면 저희에게도 연락을 주십시오. 달려오겠습니다."

"어이쿠. 그런 부담이야 지울 수 있나요. 아직 그쪽 집안 어른들과 인사도 못 한 단계입니다."

진규는 손사래 치면서도 흐뭇함을 감추지 못했다.

반면 윤 비서의 얼굴은 급속도로 어두워졌다. 이들은 아직 신희의 처지에 대해 어떤 것도 알지 못하고 있었던 것이다.

"아, 어서 나오십시오."

진규가 화장실에서 함께 나오고 있는 두 여자를 환대하며 차 문을 열어 주었다. 한식당 주차장은 식사 때를 넘기자 드문드문 차가 비기 시작했고, 네 사람을 태운 차 역시 서서히 식당을 빠져나왔다.

집으로 돌아가 다과를 좀 더 즐기자는 혜정의 제안을 겨우 거절한 연숙은 시내 모처에 도착하자 윤 비서와 함께 차에서 내렸다. 예약해 둔 렌터카가 그곳에 정차돼 있었고, 아쉬운 얼굴을 보이는 혜정 부부를 향해 연신 인사를 하며 그들과의 첫 만남을 마무리했다.

무엇보다 서둘러 혼자 있고 싶었다. 혼자서 오늘 있었던 우연에 대해 생각을 정리하고 싶었다. 연숙은 렌터카의 조수석에, 윤 비서는 운전석에 앉았다.

윤 비서는 시동을 걸면서도 연숙의 표정을 연신 살피는 것을 잊지 않았다. 묻지 않아도 분명히 심중이 복잡하리라. 자신조차 이렇게 혼란스럽고 마음 아플진대, 한때 어머니와 딸의 관계에 놓였던, 그리고 서류 한 장으로 그 관계가 끝나 버린 상대를 대한다는 건 일상이 뒤흔들릴 정도로 혼란스러운 일이리라.

"호텔로 곧장 가겠습니다, 사장님."

"네. 그렇게 해 줘요."

차가 시내 도로에 미끄러지듯 진입하자 연숙은 그때까지 단단히 부여잡고 있던 감정의 끈이 탁 풀리는 듯했다. 신희를 파양했던 계절. 그 계절마다 알 수 없는 두통과 통증에 시달려야 했던 지난날들이 말끔하게 잊힐 정도로, 그 아이는 아름답고 바르게 성장해 있었다.

그래, 그 아이의 그런 모습을 질투했었지.

어떤 바람에도 흔들림 없이 자신의 자리에 깊게 뿌리내려서 주변 사람들에게 좋은 기운을 건네주었던 신희였다. 그래서 남편도 신희라면 끔찍하게도 아꼈고 윤 비서도 예뻐했었다. 아이를 낳지 못하는 자신에 비해 지나치게 완벽했던 그 아이에게 모정이 생기지 않았던 건 그래서였다고 자위했던 적도 많았다.

신희의 생기발랄함과 끓어넘치는 온기를 대할 때면, 자신의 결핍이 지나치게 커 보였고, 제 이마에 새겨진 주홍 글씨가 도드라지게 느껴졌다. 신희는 그렇게 연숙에겐 상처만 되는 존재였다.

하지만 시간과 거리가 그 아이와의 사이에 놓여 있기 때문인 걸까. 연숙은 아까 신희와 처음 만났을 때, 그 아이의 눈동자 속에 고였던 자신을 향한 원망과 증오를 읽어 내곤 이유도 모르게 명치끝이 쿡쿡 쑤시는 느낌을 받았다.

"술이라도 한잔하시겠습니까."

길게 이어진 적막을 윤 비서가 깼다. 창밖에 고정돼 있던 시선을 거두어들인 연숙이 고개를 끄덕였다.

"그래 주세요. 룸서비스로 와인 한 병만 들여보내 주시면 고맙겠어요."

"그러지요."

"아무래도…… 아무래도 한국엔 괜히 온 것 같네요."

"왜 그런 말씀을 하십니까. 신희 때문입니까?"

"참 기막힌 우연이죠? 아니, 악연인가."

"생각보다 더 잘 자랐더군요. 제법 좋은 청년과 연애도 하고 있으니 돌아가신 사장님도 기뻐하실 겁니다."

"그 사람은 기쁘겠죠."

"사장님 또한 신희가 늘 마음의 짐으로 남아 있었을 테니, 지금의 신희에게 고마움을 느끼셔야지요. 부모의 손길이 가장 필요하던 시절을 사고무친, 홀로 지내 왔을 테니."

"저를 나무라시는 것 같네요."

"그럴 리가요. 제가 어찌 사장님 개인사를 두고 평가할 수 있겠습니까. 저는 다만 신희가 반가울 뿐입니다. 한데……."

"말씀하세요."

"아직 홍 선생님 댁에선 신희의 처지에 대해 아무것도 모르시는 눈치인데, 이참에 사장님께서 신희 모친 역할을 한 번만 하시면……."

"당치도 않은 말씀이에요. 저뿐만 아니라 신희도 원하지 않을 거예요. 그리고 계약이 성사되는 대로 싱가포르로 돌아가겠어요. 출국 날짜를 조정해 주세요."

말이 끝나자마자 연숙은 시트를 뒤로 넘기고 등을 기대었다. 그녀가 눈까지 감는 통에 윤 비서는 다른 말을 더 하지 못했다.

한숨이 공기를 적셨고 도심의 밤 속으로 차는 빠르게 흘러들었다. 아무래도 내일은, 신희를 만나 봐야 할 것 같았다. 오로지 돌아가신 사장님을 위해서라도 말이다.

첫눈이 내렸다.

퇴근 시간에 맞춰 내린 눈 때문에 건물 밖 사람들의 걸음은 바빠지거나 혹은 느려졌다. 눈을 즐기는 사람들은 속도를 늦췄고 귀갓길 교통 상황을 걱정하는 이들의 그것은 빨라졌다.

신희는 로비에 잠시 멈춰 서서 미약하게 흩날리는 눈발을 쳐다봤다. 어둠 속에서 온갖 불빛을 받아 반사된 눈은 장맛비 같았다.

'첫눈'이라는 것을 인식하게 되었던 열 살 무렵이 떠올랐다. 겨울이 없는 나라여서 눈을 보여 주기 위해 그녀를 데리고 스위스 여행을 했던 아버지 덕분에 처음 눈의 감촉을 맛보게 됐다. 피부가 얼얼할 정도로 차가워서 금세 놓쳐 버리고 만 눈덩이를, 아버지가 다시 손바닥에 곱게 올려 준 기억이 생생했다.

친구를 만들어 준답시고 눈사람이라는 것을 지어 올린 기억. 산 속 산장에서 바비큐를 구워 먹던 기억. 세찬 바람에 모자를 잃어버려 아버지가 새로 사다 준 기억. 그 모든 것들이 동공에 여전히 아로새겨져 아주 잠시 그녀를 과거로 되돌려 놓았다.

신희가 다시 현실로 돌아온 건 영모한테서 걸려 온 전화 때문이었다.

— 거기도 눈이 와?

"네. 막 내리기 시작한 것 같아요. 거긴요?"

그와 통화를 하면서 로비를 천천히 가로질렀다. 그는 늦은 오후에 수원 공장으로 출장을 갔고 따라서 오늘 퇴근 이후에 그와의 데이트는 없는 셈이었다. 어제 한식당에서의 식사 이후로도 그는 여전히 살갑고 다정했다. 그래서 자신의 현실이 더욱 비참하게 깨달아진다.

— 응, 여기도. 올라가는 길이 힘들겠어.

"하루 머물고 내일 오세요. 회의는 오후로 미뤄 둘게요."

— 상황 봐서. 이제 퇴근하는 거야?

"네. 혼자 퇴근하는 게 무척 오랜만이라서 설레고 기대돼요."

— 흐음. 그렇단 말이지? 내가 내일부터 네 오피스텔로 퇴근하는 수가 있어.

"아하, 그것도 기대되네요."

― 나중에 다시 전화할게. 공장장이 다시 등장하셨군.

"알았어요."

영모와의 통화는 긴 여운을 남기고 끝났다. 핸드폰을 만지작거리는 것으로 여운을 달래고 있던 신희는 회전문을 열고 나가자마자 걸음을 우뚝 멈추었다. 윤 비서가 우산을 쓴 채 계단참에 서 있었던 것이다. 어쩌면 윤 비서가 자신을 찾아올지도 모른다는 생각이 들긴 했으나 막상 대면한 순간에는 아무 생각이 나지 않았다.

그저 지어질 듯 말 듯 한 미소를 희미하게 짓는 것밖에는.

"윤 비서님."

계단을 두 칸 내려가 윤 비서와 마주 섰다. 할아버지뻘인 윤 비서의 얼굴에는 그녀가 매일 대하던 그 시절보다 더 짙고 많은 주름이 져 있었다. 마치 아버지를 다시 보는 것 같은 반가움과 그리움이 동시에 치밀어 올랐다. 어제 한식당에서 마주쳤을 때 부득이 외면할 수밖에 없어 미안해하고 있는 그녀에게 윤 비서가 우산을 씌워 주었다.

"추운데 차라도 한잔 마시면서 얘기하자꾸나, 신희야."

신희는 고개를 끄덕였다. 자연스럽게 신희가 근처 찻집으로 그를 이끌었고 갑작스러운 눈발에 발목이 묶인 몇몇 행인들이 자리한 테이블을 지나 구석진 곳에 앉았다. 찻집의 내부에는 언 몸을 녹이기에 충분한 온기가 흘렀지만, 윤 비서와 마주한 신희의 가슴에는 싱가포르에서 겪었던 혹독한 기억이 차갑게 흐르고 있었다.

"잘 지내셨어요? 할아버지?"

주문한 차가 나오고 신희는 겨우 말문을 열었다. 윤 비서의 주름진 입가가 미소로 얼룩졌다.

"응. 아깐 네가 윤 비서님이라고 불러서 조금 먹먹했는데 다시 할아버지라고 불러 줘서 기쁘구나."

"제 회사는 어떻게 아신 거예요?"

"어제 홍 여사님 부군께서 말씀해 주시더구나. 이런 인연도 있다니, 참 신기했지. 잘 지내는 것 같아 다행이고, 또 다행이야."

"그분은……."

말을 잇다 움칫했다. '어머니'라는 호칭이 나올 뻔했으나 가까스로 삼켜 내고 대신 흘러나온 단어는 '그분'이었다. 윤 비서도 자신의 이런 사정을 이해할 것이다.

"그분도 잘 지내시죠?"

"응, 그래. 우연찮게 홍 여사님과 연락이 닿아 이번 일을 추진하게 됐어. 사장님이 꼭 한복 매장을 열고 싶어 하셨으니까."

"네."

윤 비서는 신희의 얼굴을 찬찬하게 살폈다. 다행이다. 이렇듯 훌륭하게 커 주어서. 이들 가족을 위태롭게 지켜보았던 장본인으로서 윤 비서에게 신희의 올곧은 성장은 그저 반갑고 또 다행스러운 일이었다.

"저어, 할아버지."

"응?"

"칵테일 한 잔만 할게요. 여기 찻집이지만 칵테일도 팔거든요."

"그래. 그러려무나."

왜 그런 생각이 들었는지 알 수 없었다. 윤 비서를 가까이에서 보자 목구멍부터 시작해 심장을 관통하고 아랫배까지 훑어 대는 통증이 찾아왔다. 은은한 녹차로는 어떻게 해도 달래지지 않을 그 통증을 잊기 위해선 술을 마셔야 할 듯했다.

주문한 칵테일이 나오자 신희는 그것을 단박에 비워 내고 두 번째 잔을 더 주문했다.

윤 비서가 걱정스럽게 쳐다봤지만 신희는 기어코 두 번째 잔도 비웠고, 세 번째 잔을 추가로 주문했다. 절반쯤 취기가 올랐고 결코 돌이키고 싶지 않은 과거와 마주해야 하는 지금의 현실이 괴로움으로 다가왔다. 낫지 않은 상처가 다시 후벼 파이는 기분. 그래서 그 따끔거리는 아픔을 재차 겪어야 하는 불편함.

다 나았을 거라고 생각했다. 이쯤이면 상처를 일부러 꺼내어도 흔들림 없는 뿌리가 그녀 안에 내렸을 거라고 생각했다. 하지만 윤 비서의 망설임 끝에 내뱉은 말에 신희의 눈동자가 격하게 흔들렸다.

"사장님을 한번…… 만나 봐야 하지 않겠니?"

단단하게 야물었던 이마가 띵하게 아파 왔다. 취기 탓인지 아니면 윤 비서의 물음 탓인지 알 수가 없었다. 신희는 결국 세 번째 잔마저 혹 들이켠 뒤 대답했다.

"그래야 할 이유가 있어요? 이제 남남이에요. 같은 피가 흐르는 것도 아니고 서류로 이어진 것도 아니잖아요."

"그래. 내가 괜한 이야길 했구나. 늘그막에 안타까운 일들만 보게 되는 것 같아서."

"할아버지를 뺐으니 그걸로 전 됐어요."

"그래. 알았어. 널 파양했던 그 계절만 돌아오면 사장님이 이유도 없이 시름시름 앓으셔. 난 그 이유를 알 것 같은데 사장님은 모르시더구나. 그래서…… 그래서 네가 먼저 찾아가는 게 좋지 않을까, 괜한 오지랖을 부렸어. 내 말은 흘려버려, 신희야."

이 세상에는 인간의 머릿속에서 망각만을 떼어 내는 섭리가 따로 있을지도 모른다. 그렇지 않고서야 윤 비서의 그 말을 듣자마자 이렇게 동요하지는 못할 것이다. 양모가 제게 보였던 그 냉대를 다 잊을 정도로 울컥해지다니. 한때는 그래도 '그분'이 마음 정도는 아플 거라 믿었었으나 그런 기대마저도 흐릿해진 지 오래였다.

그랬는데, 그렇게 냉랭하고 차갑게 굴던 당신이 왜 그 계절마다 아픈 건데?

무슨 자격으로 그 아픔을 남한테 보이는 건데?

왜 그걸 알게 된 나는 또 이렇게 마음 아픈 건데?

파란색의 칵테일은 끝도 없이 그녀의 입안으로 흘러들었다.

정신을 차려 보니 영모의 아파트 입구 앞이었다. 시간은 벌써 밤 11시. 취기가 남아 있었지만 찬바람으로 인해 이성이 얼마쯤 돌아와 있는 상태였다.

윤 비서와 찻집에서 칵테일을 죽어라 마신 후 헤어지고 나서, 여기저기를 혼자 돌아다니다 이곳으로 왔으리라. 아직 눈발이 간간이 흩날리고 있었다. 아파트 단지 주차장은 차들로 빼곡했다.

그는 오늘 돌아오지 않을지도 모르는데, 무작정 여길 찾아와서 뭘 어쩌자는 건지. 자신의 청승맞고 대책 없음에 한숨이 났다. 조경이 잘된 바위 위에 앉아 무릎을 세워 끌어모았다. 세운 무릎 새로 얼굴을 묻으며 한숨을 지었다.

어서 일어나 단지를 빠져나가자. 그러곤 택시를 타고 집으로 돌아가 뜨거운 물에 샤워를 하고 머리를 비운 채 자는 거다. 그러고 나면 생각도 마음도 모두 정리가 될 것이다.

신희는 그렇게 마음을 먹은 후 가까스로 몸을 일으켰다. 가방을 고쳐 메고 얼마쯤 쌓인 눈 위를 걸어가는데 구둣발이 그녀의 앞에 멈춰 섰다. 익숙한 목소리가 정수리로 쏟아진 건 그다음이었다.

"채신희."

들어 올린 시야에 얼마쯤 놀란 그의 얼굴이 흐릿하게 들어왔다. 아⋯⋯. 신희는 벅찬 마음에 눈을 껌뻑거렸다. 만나지 못할 줄 알았던 남자는, 내리는 눈발 사이로 하얀 실루엣을 하고 나타났다. 그는 언제나 기다림에 대한 보답을 해 주었었지. 굳이 뒤돌아보지 않아도 늘 제 뒤에, 혹은 앞에, 그리고 옆에 서 있었던 남자.

"안 올 줄 알았는데."

일부러 해사하게 웃음을 지으니 그가 한 걸음 더 다가왔다.

"안 올 줄 알았는데, 넌 왜 여기에 있는 거야."

"그냥 발길이 여기로 왔어요."

영모는 서둘러 팔을 뻗어 신희의 얼굴을 감싸 쥐었다. 차갑고도 뜨거운 이상한 온도가 미약하게 느껴진다. 출장지에서 올라오는 내내 신희의 오피스텔로 향하고 싶었던 마음을 억누르느라 지쳐 있었는데, 기약도 못 한 이런 만남에 몸과 마음이 한꺼번에 들뜨는 건 어쩔 수 없는 일이었다.

"술 마셨어?"

"네. 칵테일 세 잔? 취하진 않았어요."

"앞으로 술은 나하고 있을 때만 마셔."

"그러겠습니다."

그녀는 고분고분 대답을 하며 콧잔등을 찡긋했다. 영모는 볼을 쥐고 있던 손을 내려 신희의 손을 잡았다.

"들어가자."

"아뇨. 여기 있을래요. 들어가면…… 나오기 싫어질 것 같아요."

들어가면 분명 나오고 싶지 않을 것이다. 현실이 아닌 곳으로, 그의 품으로 도피하여 내내 그곳에 안주하고만 싶어질 것이다. 무력해지고 나태해져 끝도 없이 추락하고 말 것이다. 그러니 이제라도 자신이 딛고 선 비참한 현실을 일깨우고 상기시켜 어떻게든 마음을 가라앉히고 싶었다.

"권영모 씨. 당신한테 할 말이 있어요."

"음, 말해."

"어제 하려고 했지만 할 수 없었던 얘기를 지금 하려구요."

신희는 그렇게 말한 후 그에게 잡힌 손에 힘을 주었다. 그러자 그의 손에도 힘이 잔뜩 들어간다. 마치 서로를 놓지 않으려는 사소한 몸부림 같았다.

신희는 고개를 들고 그의 두 눈을 마주했다. 벚꽃처럼 날리는 눈발을 사이에 가두고 그를 향한 시선을 흔들림 없이 고정시켰다.

"난, 고아예요."

짧았지만 강했고 낮았지만 그 어떤 소리보다 잘 들렸던 그녀의 한마디에 영모는 그간의 일과 느낌들이 파노라마처럼 스쳐 지나가는 것을 느꼈다. 자신과 함께 있어도 어딘가 공허해 보였던, 그래서 한 발자국 더 다가가고 싶게 만들었던.

"세 살 때 싱가포르에 사는 어떤 한인 부부에게 입양됐죠. 양어머니가 아이를 낳지 못했던 몸이라 양아버지가 적극 입양을 추진했다고 들었어요. 아버지는 저를 친딸로 여기고 따뜻하게 대해 주셨어요. 한국어를 가르쳐 주셨고 부모의 사랑을 알게 하셨고 늘 바르게 커야 한다는 걸 강조하셨죠. 하지만 양어머니는 달랐어요. 그땐 이해하지 못했지만 아마도 저라는 존재가, 아이를 낳지 못하는 양어머니의 자존심을 건드렸을 거라고 지금은 생각해요. 무척 자존감이 강하고 고고하신 분이었으니까."

"계속해."

"고등학교에 다닐 때 아버지가 갑작스러운 사고로 돌아가셨어요. 그리고 그 일 이후로 양어머니는 저를 파양시키셨죠. 한 번쯤은 그래도 날 파양시키면서 괴로워하셨을 거라고, 미안해하셨을 거라고 믿고 싶지만 이젠 아무래도 상관없어요. 살면서 어쩌면 그것보다 더한 일을 겪을지도 모르는데, 벌써 나약해지는 건 싫었으니까요."

이력서 속 가족 사항의 공란이 그제야 납득됐다. 고아로서 입양과 파양. 인생의 양극단을 맛보았을 그녀의 허한 가슴을 달래 주고 싶었다. 뺨을 감싸 쥐었다. 자신의 체온을 나누어서라도 그녀가 아파했을 시간을 위로하고 싶었다.

하지만 이어진 신희의 말에 영모는 눈을 가늘게 떴고, 그녀의 뺨에 얹힌 손바닥이 머뭇거려졌다.

"그런데 어제 그분을 우연찮게 만났어요. 당신의 부모님과 동행해 한식당에 오셨던 그분이에요."

"……뭐?"

"난 버림받는 것에 익숙해요. 그래서 본부장님이 연애하자고 제안했을 때도, 그걸 받아들였을 때도, 언젠가는 버림받을지도 모른다고 생각했어요. 항상 끝이 두려워 시작을 못 했던 나였지만 본부장님과의 연애는 겁이 나지 않았어요. 훨씬 전부터 제가 본부장님을 좋아하고 있었거든요. 있는 듯 없는 듯 지내 달라고 첫 대면에서 말했을 때부터요."

"채신희."

"본부장님과 연애하면서 늘 딴생각을 했어요. 두 발 모두 담그지 않고 한 발만 걸쳤죠. 모든 게 완벽하게 갖춰진 당신과 모든 게 부족하고 결핍으로 가득한 나의 연애는, 끝이 뻔하다 생각했어요."

고저 없이 낮은 음성이었다. 격렬하게 떨리지도 그렇다고 차분하고 담담하지도 않았다. 영모는 한순간의 망설임도 없이 이어진 그녀의 말을 모두 듣고 난 후 머릿속이 복잡해지는 것을 느꼈다. 하지만 뒤엉켜 버린 생각들을 모두 밀어내고 가장 먼저 떠오른 한 가지는 그녀가 겪어 왔을 숱한 상처와 좌절의 시간이 눈에 그려진다는 것이다.

울고 또 울었을 어린 시절의 그녀, 친구들과 어울리면서도 항상 외로웠을 사춘기의 그녀, 그리고 모든 것들로부터 버림받았던 그 후의 그녀가 손에 잡히는 듯했다. 감당하기 힘든 삶을 혼자서 굳건하게 버텨 온 그녀에게 대견하다 칭찬을 해 주고 싶었지만, 지금은 핀트가 엇나간 행동처럼 느껴졌다.

그녀의 표정이 유난히 굳어 있었기 때문이다.

영모는 턱을 굳히고 물었다.

"하고 싶은 얘기, 정확하게 뭐야."

"이 연애, 이쯤에서 멈춰도 돼요."

망설임 없이 내뱉어진 말. 어쩌면 이런 순간이 올 거라 예견했던 탓일까. 그다지 마음에 동요는 생기지 않았다. 하지만 쉼 없이 쏟

아지는 실소를 나직이 삼킨 후에는 그녀를 향한 야속한 음성만이
남았다.

"멈춰 달라도 아니고 멈춰도 된다, 라……. 결국 나한테 선택을
하라는 거야?"

"네."

"궁금해. 그게 네 진심인지."

"난 당신한테 어울리는 상대가 아니에요. 그건 부정할 수 없는
진실이에요."

"그런데도 내 제안을 덥석 문 건 그 전부터 날 짝사랑해서라
고?"

"우습지만 그랬어요. 사실이에요. 아주 이기적이었죠. 그래서 나
에 대한 모든 걸 고백하고 나 스스로 가벼운 마음이 돼, 끝을 생각
하지 않고 당신을 만나고 싶었어요. 하지만 갑자기 나타난 그분 때
문에, 내 현실이 얼마나 저급하고 우스운지 새삼 깨달았어요. 당신
을 차지하고 싶다는 마음이 모두 쓸데없는 욕심이고 허상이라는
거. 그래서 다시 이기적으로 굴어 보려구요."

"그런 거야 어쩔 수 없지. 우습게도 나 또한 너 때문에 발정 난
몸을 어떻게 할 수 없어 연애를 하자고 했던 거였으니까. 나도 이
기적이지 않았다곤 할 수 없어. 채신희, 네 상처가 구체적으로 얼
마나 너 자신을 무너뜨렸는지, 네 인생에서 얼마나 큰 영역을 차지
하고 있는지 난 아직 몰라. 그걸 영원히 구원해 줄 수 없을지도 모
르지. 나 역시 부족한 점투성이니까. 사람이 사람을 감싸 주고 어
루만진다는 건 어불성설이라 생각해. 사람은 신이 아니고 상처는
스스로 극복하는 것이지 의지하는 게 아니거든."

"본부장님."

"그런데도 멈춰도 된다는 네 말에 난 지금, 쓰러질 것 같아."

"……."

"넌 공을 나한테 넘겼지만 난 갖고 놀 생각이 없어. 그리고 멈출 생각도 없어. 한마디 더 할까?"

"……."

"나한테 당당해져 봐. 넌 나한테 그 자체로 아름다운 사람이니까 그걸 인정하고 나서 나한테 다시 와. 그땐 네가 날 잡아. 내가 널 잡았던 것처럼. 난 언제나 기다리고 있을 테니까."

밤은, 끊임없이 파고들었다. 땅을 향해 내리꽂히던 눈발은 어느새 차츰 가늘어지고 있었다.

14. 결혼의 이유

그런 순간들이 있다. 새집으로 이사를 와 여기저기 질서도 없이 널브러져 있는 짐을 정리하는 게 막막하지만, 어느 시점부터 하나 둘씩 차곡차곡 손길이 닿고 제자리를 찾아가고 급기야 제대로 된 질서를 맞이하게 되는 순간. 모든 것들이 완벽하게 정리된 집 안을 둘러보면서 새집에서의 새로운 결심을 준비하게 되는 순간.

그에겐 지금의 신희가 그랬다.

불순하고 무질서했던 시작은 어느새 돌아갈 길이 아득하게 느껴질 정도로 멀리 왔고, 돌이키고 싶지 않은 간절함이 되었다. 멈춰도 된다는 그녀의 말을 들었을 때부터 영모는 속절없이 휘청거리고 있었다. 제 옆에 신희가 없을지도 모른다는 생각은 불안감을 안고 켜켜이 쌓여 가고 있었다.

그래서 사람들은 결혼이라는 걸 하는 건가.

결혼을 하면 그 이유를 찾게 된다는 모친의 말은 아무래도 틀린 듯하다. 적당한 조건의 상대를 만나 제 조건을 걸고 하는 게 결혼이라는 자신의 생각도 틀린 듯하다. 결혼은 간절함이고 욕심이고 나아가 내 것을 만들어 가는 과정이 아닐까. 감정을 나누고 시간을 나누고, 그리고 삶을 나누고픈 상대로 서로를 만들어 가는 과정인 것 같다.

사실 그에게 결혼 상대로서의 신희의 조건은 큰 문제가 되지 않았다. 중요한 건 현재고, 그녀는 무척 건강하고 바른 사람이니까. 그럼에도 불구하고 그녀에겐 그 상처가 이 관계에 있어 중요한 걸림돌이 되는 거라면, 극복할 수 있도록 시간을 주는 것이 자신이 할 일이라고 여겨진다. 그런 후 그녀가 다시 제게 왔을 때 망설임 없이 손을 뻗어 안아 주리라.

"그래서 내년 봄에 결혼하겠다고?"

"결혼하기 좋은 계절이잖아요, 봄은."

출근 시간. 붐비는 엘리베이터 안에서 뒤에 선 남자 직원들의 웃음기 섞인 대화 소리가 들려왔다. 엘리베이터 안은 어제 내린 첫눈이 아닌 누군가의 결혼 소식이 난데없이 화제에 올라 있었다. 영모가 고개를 흘깃 돌리니 직원들이 보고하듯 너나없이 입을 열었다.

"본부장님. 장 대리님 내년 봄에 결혼한대요."

"신부가 좋아 죽겠나 봐요. 연애 3개월 만에 콩 볶듯이 결혼하는 걸 보면."

"혹시 모르지. 혼수로 배 속에……."

"아이참. 그런 건 아니라니까요. 그런 거면 벌써 식 올렸지, 내년 봄까지 기다립니까?"

결혼하기 좋은 계절이라.

영모는 직원들이 주고받는 대화에 씁쓸한 미소를 흘리며 다시 고개를 바로 했다. 위로 올라갈 때마다 엘리베이터 안 사람들의 숫자가 차츰 적어졌고, 마침내 본부장실에 다다랐을 때 영모는 크게 호흡을 골랐다.

"출근하셨어요?"

예상은 했었다. 늘 출근 시간이 빨랐던 그녀였기에 오늘도 다르지 않게 자신을 맞이할 거라는 걸. 하지만 어젯밤, 그 굉장한 소용돌이를 일으킨 장본인치곤 너무도 멀쩡한 모습의 그녀에게 얼마쯤 부아가 치밀었다. 그 자신, 잠을 이루지 못할 정도로 허우적거렸던 게 허탈할 정도였다.

영모는 느릿느릿 걸음을 옮겨 신희에게 다가갔다. 인사를 하느라 고개를 숙이고 있는 그녀의 턱을 부여잡고 치켜들자 그제야 시선이 부딪쳤다. 왜 이렇게 딱딱하게 구는 거지? 눈빛으로 물으니 그녀가 뒤늦게 웃는 낯을 보여 주었다. 그녀의 표정 하나하나에 민감하게 반응하고 있는 자신이 안쓰럽기까지 하다.

"차 한 잔."

"알겠습니다."

영모는 제 앞에서 서둘러 탕비실로 사라지는 그녀를 물끄러미 쳐다봤다. 뒤따라오는 커다란 한숨이 애처롭다. 걸음을 옮겨 본부장실로 들어간 그가 재킷을 벗고 소파에 앉자 얼마 지나지 않아 찻잔을 든 신희가 들어왔다. 겨울에 어울리는 차림새의 그녀를 보자니 뜻하지 않게 몸이 동해 온다.

갈색 톤의 모직 원피스에 얇은 허리가 강조된 가는 허리끈, 커피색 스타킹에 비쳐 드는 살결은 안타까울 정도로 하얗게 보였고, 매니큐어 하나 칠하지 않은 매끄러운 손이 유난히 여려 보인다. 영모는 그녀의 손목에 채워진 팔찌를 주시하다 입을 열었다.

"앉을래?"

머뭇머뭇. 신희는 소파에 앉았다. 그의 앞에서 최대한 동요하지 않으려 애쓰고 있었지만 이 긴장은 언제 풀어질지 알 수 없었다. 처음엔 갑자기 나타난 연숙이 몰고 온 선명한 상처의 자국 때문에 힘겨웠지만, 지금은 눈앞에 있는 이 남자로 인해 이 위태로운 평화가 버겁다. 왜 나는, 사랑하는 것조차도 힘에 부쳐야 하는지.

"안색이 안 좋아 보여요."

갖은 힘을 끌어모아 입을 열었다. 찻잔을 집어 든 그 역시 숨을 크게 고른 뒤 대답했다.

"네가 애를 먹이니까. 또……."

말을 잠시 멈추고 지어 보이는 미소. 함께 밤을 보낼 때마다 보여 주던 나른하고 유혹적인 미소를 그가 짓고 있었다.

"오늘따라 왜 이렇게 예쁜 거야, 화나게. 네가 나한테 완전하게 넘어올 때까지 안을 수도 없는데."

"날 안아도 돼요."

"거짓말. 내가 바라는 건 네 몸이 아니야. 네 정신, 마음, 마지막 한 가닥까지 전부 다 가지고 나한테 와야 돼. 안 된다고 하지 마. 내가 이렇게 기다리고 있는데."

후둑후둑. 가슴을 후벼 파는 그의 말들이 건너왔다. 싸늘한 아픔이 멈추지도 않고 밀려들었다. 신희는 시선을 떨어뜨려 제 손목에 걸쳐진 팔찌를 내려다봤다. 무거운 공기 속에서도 빛을 잃지 않은 보석이 영롱하게 반짝거리고 있었다.

윤 비서로부터 전화가 걸려 온 건 다음 날 밤이었다. 며칠간 이어진 불면 때문에 일찍부터 잠자리에 들었지만 잠이 올 리 만무했다. 협탁 위 스탠드를 켰다가 껐다가를 반복하면서 의미 없이 억지로 눈을 감고 있는데 핸드폰이 울려 댔다. 신희는 팔을 뻗어 더듬더듬 핸드폰을 끌어왔다.

번호를 가르쳐 드리지 않는 건데.

윤 비서의 이름이 뜬 액정 화면을 보자마자 며칠 전 만났던 윤 비서에게 대뜸 핸드폰 번호를 알려 준 것을 반쯤 후회했다. 시간은 10시. 아직 싱가포르로 돌아가지 않은 건가. 생각하니 골머리가 아파 신희는 어쩔 수 없이 눈을 질끈 감고 통화 버튼을 눌렀다.

"네. 할아버지."

— 응. 안 잤니? 내 전화가 실례가 된 건 아닌지 모르겠구나.

"아니에요. 이 시간에 무슨 일이세요? 아직 한국이세요?"

— 응, 원래 내일이 돌아가는 날이었는데 사장님이 갑자기 아프셔서.

핸드폰을 쥔 손에 바짝 힘이 들어갔다. 무뎌져야 하는데 무감해져야 하는데, 연숙이 아프다는 소식에 저도 모르게 눈이 스르르 떠지는 건 어쩔 수 없는 일이었다.

— 병원에 다녀오고 약을 먹었는데도 도무지 차도가 없구나. 그래서 출국 날짜를 며칠 후로 미뤘단다.

"저한테 전화하신 이유가 뭐예요, 할아버지."

— 무척 미안하고 또 말이 안 되는 줄은 알지만, 사장님을 한번 만나 주지 않겠니? 내 보기엔 아무래도 마음의 병인 것 같거든. 너 보고 나서부터 시름시름 앓고 계시니.

철옹성 같던 분이셨다. 어쩌면 가슴이 온통 얼음으로 뒤덮인 사람일지도 모른다고 어린 신희는 늘 생각했었다. 상처가 무엇인지 고통이 무엇인지도 모르는, 감각 자체를 느끼지 못하는 사람. 신희에게 박혀 있는 연숙의 느낌은 늘 그랬었다. 그런 사람이 나를 만나고 나서부터 아프기 시작했다고?

무심하려 노력하며 코웃음까지 치고 싶었던 순간, 신희는 영모가 해 주었던 말을 떠올렸다.

'나한테 당당해져 봐. 넌 나한테 그 자체로 아름다운 사람이니까 그걸 인정하고 나서 나한테 다시 와. 그땐 네가 날 잡아. 내가 널 잡았던 것처럼. 난 언제나 기다리고 있을 테니까.'

어떤 일에 방향이 뒤바뀌는 계기는 항상 존재하는 법이었다. 돌부리에 걸려 넘어진 뒤 그 일을 반복하지 않으려 다른 길을 택하기도 하고, 왔던 길을 되돌아가기도 한다. 그녀는 지금 다른 길을 택해야만 했다. 더 큰 돌부리가 그녀를 넘어지게 할지도 모르니까. 하지만 충동은 꽤 크게 다가왔고 신희는 기꺼이 그러겠다고 약속했다.

윤 비서와 통화를 끝내고 나서 잠시 멍해졌다. 내가 지금 무슨 약속을 한 거지? 자신의 행동에 아연해하면서도 잠옷을 벗고 옷을 갈아입었다. 아파 쓰러져 가는 모습을 보며 통쾌해하고 싶은 걸까. 상황이 뒤바뀌고 전세가 역전된 것을 눈으로 확인하면서 매서운 화살이라도 날려 주고 싶은 걸까.

현관을 나서면서, 신희는 고개를 저었다. 솔직해지자. 진심은 그게 아니니까. 어쩌면 이 만남에서 한 가지 희망을 찾을 수 있을지도 모른다는 실낱같은 바람이 느린 행동을 차츰 채근했다. 자신이 모르는 게 더 있을지도 모른다고, 그 사람은 어쩌면 의외로 따뜻한 사람일지도 모른다고. 그래서 영모의 말대로 당당해질지도 모른다고. 제 마음을 가라앉힐 수 있는 그 한 가지를 찾기 위해서 신희는 서둘렀다.

오피스텔 앞에서 택시를 잡아타고 연숙과 윤 비서가 머물고 있는 숙소인 호텔까지 30분을 달렸다. 윤 비서가 알려 준 방까지 엘리베이터를 타고 올라가면서 갖가지 생각이 머릿속을 들쑤셨다.

"미안하다, 신희야. 이렇게 수고하게 만들어서."

벨을 누르자 문을 열고 나타난 윤 비서는 미안한 기색을 감추지 못하고 있었다. 괜한 일을 저질러 일을 더욱 꼬아 버린 게 아닌가 하는 뒤늦은 자책과 후회도 얼핏 스치는 듯했으나, 그는 기꺼이 신희를 위해 비켜서 주었다.

방에 들어선 신희는 고급 가구로 치장된 화려한 거실을 둘러보았다. 그리고 굳게 닫힌 방문으로 시선을 던진다. 윤 비서의 눈길도 그 방을 향했다.

"여긴 거실이고 사장님이 기거하고 계시는 방은 저기야. 난 아래층 712호에 묵고 있으니까 내가 필요하면 언제든 거기로 오렴. 네가 온 거, 사장님은 모르신단다. 열은 좀 전에 조금 내려간 상태야."

윤 비서는 제법 상세하게 상황을 설명하고 나서 그곳을 나갔다. 문이 닫히는 소리에 신희의 어깨가 절로 움찔거렸다. 두 발은 한참 동안 그 자리에 붙어 있었다. 무거운 추라도 매달린 듯 움직여지지 않던 발은 방 안에서 연숙의 기침 소리가 들려오자 그제야 바닥으로부터 떨어지기 시작했다.

무언가 보이지 않는 힘이 등을 떠미는 듯했다. 발걸음은 의외로 가볍게 문 쪽으로 향했고 심호흡을 크게 가다듬은 그녀는 당당하게 문을 열고 들어갔다. 연숙은 상반신을 침대 헤드에 기댄 채로 앉아 있었다. 숨 막히는 적막 속에서 저를 향해 나아오는 연숙의 시선을, 신희는 제법 담담하게 받아 내고 있었다.

"윤 비서가…… 괜한 일을 하셨구나."

시키지도 않은 일을 할 만한 배짱을 가진 이는 윤 비서뿐이다. 연숙은 무척 부담스러운 이 상황을 만든 장본인을 향해 힐난을 퍼붓고 싶었지만 그것도 잠시뿐, 약 기운으로 여전히 몽롱한 시야에 담긴 신희의 얼굴을 보곤 이해할 수 없는 감정의 폭풍에 시달려야 했다.

저 아이를 파양시킨 것에 대해 어떤 후회나 잘못도 없다고 생각했는데, 그래서 더 당당하게 굴며 살아왔는데, 왜 이렇게 가슴에 멍이 드는 것처럼 묵직하게 아파 오는 건지.

있는 듯 없는 듯 지낼 테니 파양시키지 말아 달라고 절규하던 사춘기 시절 신희의 얼굴이 겹쳐졌다. 그것은 무서운 속도로 연숙의 죄책감으로 파고들었고 잠시 가라앉았던 두통을 치밀어 오르게 했다. 생각지도 못한 신희와의 만남은 연숙을 그렇게 고통 속으로 내몰았다.

"물 드세요."

신희는 방 한편에 있는 테이블 위 생수를 컵에 따라 그것을 들고 연숙에게 다가갔다. 표정과 말투는 차가웠지만 컵을 내민 손은 간절했다. 연숙은 말없이 컵을 받았고 한 모금 머금었다. 신희는 컵을 다시 받아 주었다. 여유가 파고들 틈도 없이 숨 막히는 정적이 꽤 오래 흐른 후 연숙이 고개를 들었다.

"오지 않아도 돼. 윤 비서가 괜한 일을 한 것 같으니까."

아파서 그런 걸까. 연숙의 얼굴에선 예전의 그 냉랭하고 차갑기 그지없는 분위기는 사라지고 없었다. 큰 패션몰을 경영하는 사업가로서의 예민하고 날카로운 면모만이 적나라하게 느껴질 뿐이었다. 예전 같았다면 주눅부터 들고 말았을 테지만 세월이 흐르고 그만큼 심지가 단단해진 탓에 신희는 연숙의 말을 흘려듣고 의자를 끌고와 앉았다.

"어디가 어떻게 아픈 건데요."

"신경 쓰지 마. 우리가 그럴 수 있는 사이는 아니잖니."

"저도 신경을 끄고 싶은데 그럴 수가 없네요. 전 어머니처럼 냉정하지 못한가 봐요."

어머니.

연숙은 얼마쯤 멈칫하며 그 단어를 입으로 되뇌었다. 그래, 한때는 내가 이 아이의 어머니였지. 피가 아닌 서류로 맺어졌지만 나를 어머니로 불렀던 존재가, 한때엔 있었지.

"아버지를 위해서니까 제가 온 것에 대해 크게 부담 갖지 마세요. 윤 비서님이 아프셨다고 해도 저는 달려왔을 거예요."

"그래서…… 네 아버지 성을 그대로 쓰고 있는 거야?"

"안 될 건 없잖아요. 파양당하면서 성을 바꾸어도 된다는 얘길 들었지만 거부했어요. 제 이름엔 '채' 씨가 가장 잘 어울리는 것 같아서요."

"알았다. 알았으니까 이제 그만 가 보도록 해. 난 널 보는 게 힘들어. 너도 그럴 거라 생각하고. 그러니까 피차 힘든 일은 그만하자."

"힘드시다니 잘됐네요."

말끝이 뾰족한 것을 느꼈는지 연숙의 시선이 주춤하며 위로 들렸다. 신희는 개의치 않고 말을 이었다.

"저 때문에 힘드신 모습을 보고 싶었어요."

"그래서…… 지금 후련하니?"

"아뇨. 안타까워요. 거리낄 게 없이 절 내치셨던 그때의 그 모습은 어디로 가고 이렇게 힘들어하시는 건지. 지금도 전 어머니께 아무것도 아닌 존재예요?"

"……."

"왜 말씀을 안 하세요? 그때처럼, 제가 어머니 바지 붙들고 애원할 때처럼 차갑게 돌아서기라도 해 보세요. 왜 아무것도 안 하고 멍하니 계시는 거예요?"

"넌…… 넌…… 내 부족한 부분을 자꾸만 들춰 버리는 아이였어. 널 보면 내가 하찮고 아무짝에도 쓸모없는 여자라는 사실이 너무 선명하게 다가왔지. 네 아버지에 대한 미안함, 죄책감, 그런 것들을 넌 절대 이해하지 못할 거야."

"아뇨. 다 알고 있었어요. 어머니가 왜 저를 파양시키셨는지. 어른이 되고 머리가 커지니 짐작할 수 있겠더라구요. 그래서 이해하려 하다가도 아주 가끔은 좌절감이 들어요. 내가 그걸 이해까지 해야 하는지. 한 번쯤은 저한테 손을 내밀어 보지 그러셨어요. 혼자 불행해지지 말고 저한테라도 다가오지 그러셨어요."

"……."

"난 지금…… 웃을 수도 없어요. 내가 사랑하는 남자한테 당당하게 안길 수도 없어요. 사람 마음이 영원하지 않다는 걸 잘 아니까요. 버리고 버림받는 일이 나한텐 너무 익숙하거든요. 내 꼴이 이렇게 우습고 하찮은데 어떻게 그 사람을 자신 있게 사랑할 수가 있겠어요."

"……."

"말씀해 보세요. 저를 키우면서, 정말 단 한 순간도 행복했던 적은 없었어요?"

눈물이 쉴 새 없이 흘러내렸다. 흐린 시야에 들어오는 건 연숙의 희미한 실루엣뿐, 정말로 알고 싶고 궁금한 것에 대해 연숙은 끝까지 입을 다물었다. 눈물 뒤로 허탈감이 와락 몰려들었다.

뭘 확인하고 싶었던 건가. 확인해서 뭘 어쩌자는 건가. 입을 다물어 버린 연숙을 상대로 더는 어떤 행동도 말도 하고 싶지 않았던 신희는 천천히 몸을 일으켰다.

"가 볼게요. 몸조리 잘하시고 안녕히 돌아가세요."

"있었다."

문을 열려던 순간이었다. 연숙에게서 대답은 듣지 못했지만 오랜 시간 동안 가슴에 켜켜이 쌓아 두기만 했던 시큰거리는 감정을 모조리 쏟아 내고 나서, 밀려드는 모종의 후련함에 크게 한숨을 지은 뒤였다. 등을 향해 무뚝뚝하지만 드문드문 울컥거림이 느껴지는 연숙의 말이 부드럽게 날아왔다.

"너 열 살 때 그린 내 그림을 보고. 열다섯 살 때 학교에서 받은 장학금으로 내 머플러를 사 준 거. 열일곱 살 때 네 생리대를 처음 사다 주었을 때."

연숙이 언급했던 그 모든 장면이 동공으로 선명하게 흘러간다. 희미한 미소가 처연하게 올랐다. 차분한 침묵이 사방으로 흩어졌다. 그걸로 됐다. 신희는 그것으로 됐다고 생각했다. 흐르는 눈물은 멈추지 않았지만 읊조리듯 중얼거린 한마디를 연숙은 분명히 들었을 것이다.

'고마워요, 어머니.'

연숙의 호텔을 나온 신희는 다시 택시에 올랐다. 기사에게 건넨 목적지는 영모의 아파트. 낯선 감정이 전율처럼 일었다. 이렇게 간절하게 그가 그리웠던 적이 없었다. 기다릴 테니 언제든 오라던 그의 말이 이토록 무섭게 머릿속을 달구었던 적이 없었다. 그 조급함은 아파트에 도착하고 나서도 한동안 이어졌다.

엘리베이터에서 내리자마자 초인종을 눌렀다. 숨이 차 어깨가 들썩거릴 정도로 호흡을 고르면서도, '채신희.'라며 놀란 얼굴로 자신을 부른 그가 현관문을 열기가 무섭게 그의 품에 와락 안겨 들었다. 언제든 자신을 안아 줄 것 같은 넓은 가슴팍에 얼굴을 묻었다. 눈물을 보이고 싶지 않았지만 그가 입고 있는 셔츠가 젖었을 테니 들키고 말았으리라.

신희는 가슴팍에 얼굴을 묻은 채로 느릿하게 입을 열었다.

"당신을 잃고 싶지 않아요."

그의 허리를 감은 팔에 힘을 주었다.

"……안아 줘요."

가슴팍이 눅눅하게 젖어 드는 것을 선명하게 느끼면서 영모는 잠시 허공에서 허우적대던 손을 그제야 신희의 등에 밀착시켰다. 틈도 없이 안겨 있는 여체를 생생하게 감각하면서도 욕망보다 더 짙고 깊게 밀려드는 묵직한 감정이 솟구치는 것을 느꼈다.

그녀가 제게 오지 않으면, 돌아오지 않으면, 마음으로 수도 없이 불안해하며 느긋해하기를 여러 번. 날갯짓 한 번으로 추락할 위기의 작은 새가 이제야 보금자리를 찾은 듯한 이 안도감에 어깨가 다 쑤실 지경이었다.

영모는 천천히 제 품에서 신희의 얼굴을 떼어 냈다. 젖어 버린 얼굴을 들키고 싶지 않은 듯 눈을 꼭 감은 그녀의 얼굴을 감싸 쥐었다. 느리게 다가간 입술은 얼마쯤 성마르게 그녀의 입술을 머금었다.

눈물과 타액이 섞인 작고 도톰한 입술에 가볍게 낙인을 찍고는 다시 고개를 든 영모가 쉰 목소리를 끌어냈다.

"나한테 온 거라고 믿고 싶은데……."

"난 언제나 당신한테 갔었고 옆에 있었어요. 한 번도 떠난 적 없어요."

"그래. 넌 그랬지."

흐릿하게, 느른하게 영모가 웃었다. 곧이어 따라 웃기 시작하는 신희의 입술에 다시금 입을 맞추었다. 이번엔 좀 전보다 더 짙은 키스가 얼마쯤 거칠어진 숨결과 함께 찾아들었다. 윗입술과 아랫입술을 번갈아 훑으면서 곧장 열고 들어간 혀가 감질나게 뒤엉킨다. 두드리듯 노크하듯 그녀의 의사를 묻는 것 같은 혀의 움직임은 무척 세심하고 배려가 느껴졌다.

그러나 곧장 무지막지한 힘과 속도로 빠르게 입속을 잠식해 가는 그 뜨거움에 신희가 휘청거리자, 그가 허리를 더욱 강하게 끌어안았다.

신희는 그의 키스 세례를 받으면서 동시에 그가 입고 있는 셔츠의 단추를 하나씩 풀어 갔다. 여전히 서툰 손길이었지만 셔츠가 열리는 길을 따라 손바닥을 갖다 대니 고동치는 그의 심장 박동을 느낄 수 있었다.

그 역시 부지런히 손을 움직였다. 그녀의 코트를 벗기고 니트를 벗기고 바지를 벗기고, 속옷을 벗기는 손길은 조금 다급했다. 여전히 그녀의 입술을 머금은 채였지만, 모든 움직임에 군더더기가 없었다.

그리고 마침내 신희가 나신이 됐을 때 영모는 지체 없이 입술을 떼어 내고 그녀를 안아 올려 방으로 들어갔다.

암막 커튼이 드리워진 안방의 침대에 그녀를 눕힌 영모는 무릎을 구부려 그녀의 몸 위로 올라갔다. 손바닥을 시트에 짚고 엎드린 채 신희를 내려다본다. 이미 몸은 방사 직전의 상태로 부풀어 있었지만 제게 기꺼이 달려와 준 신희에게 마음을 전하는 것부터 먼저였다.

"널 사랑하게 됐어. 채신희."

신희의 눈꺼풀이 파르르 떨렸다. 연애를 시작하면서 그가 사랑한다는 말을 한 건 처음인 탓이다. 저를 옭아매는 눈빛과 탐하고픈 욕망과 사랑을 건네는 속삭임의 달콤함이 어우러져 신희는 가슴이 터질 것만 같았다. 두 팔을 들어 올려 그의 얼굴을 어루만졌다.

"계속 이야기해 줘요."

"여자한테서 느끼는 사랑의 감정이 어떤 건지 잘 몰랐어. 연애가 귀찮아서 곧바로 결혼으로 갈 수 있는 형식이어도 상관없다 생각했거든."

"당신의 그런 성향, 잘 알죠."

"그런데 너한테 갈수록 욕심이 생겨. 네가 내 옆에 없을지도 모른다고 생각하니까 돌겠더라고. 당당하게 나한테 와서 나를 잡으라고 말했지만, 불안했어. 네가 돌아오지 않으면 어쩌나. 이대로 끝나 버리면 어쩌나. 눈과 마음에 늘 널 담아 두면서 업무조차 제대로 눈에 들어오지 않을 때 알게 됐지. 이런 게 사랑이 아니면 뭐란 말이지?"

그윽한 눈길 속에 그가 며칠 동안 얼마나 힘들었을지 짐작케 하는 고통의 색채가 보였다. 잠자코 자신을 기다려 준 그가 안타까우면서도 미안해져 신희는 괜히 엄지로 그의 볼을 간질였다. 그가 말을 이었다.

"그때도 말했지만 난 아직 네가 어떤 상처를 가지고 살아왔는지 가늠할 수 없어. 짐작만 할 뿐이지. 앞으로도 영원히, 내가 네가 아닌 이상 완벽하게 이해하지 못할지도 몰라. 그래도 약속할 수 있는 건, 절대 널 혼자 두지 않을게. 다치게 하지 않을게."

약속은 무척 뜨겁고 은밀하게 이루어졌다. 그녀의 사타구니 사이에 자리한 하체를 요령껏 비벼 대면서, 욕망을 불러일으키고 긴장을 완화시켜 주었다. 답신처럼, 그리고 고백처럼 잔잔한 신희의 말이 이어졌다.

"고마워요. 예전에도 지금도, 난 당신을 사랑해요."

유두 끝이 아프게 깨물리자 신희는 어깨를 움찔 떨었다. 그의 머리칼을 비집고 손가락을 집어넣고는 그를 유혹한다. 탄력적인 젖가슴이 그의 입술에 눌리기 시작하면서 동시에 여성 깊은 곳의 본능이 들추어졌다. 젖가슴을 시작으로 옆구리와 복부를 쓸어 가는 입술의 감촉은 신희를 곧장 무아지경으로 빠져들게 만들었다.

군살 하나 없는 매끈하고 탄탄한 살결을 그의 입술이 하나도 빼놓지 않고 모조리 스쳐 갔다. 둔부를 쥔 채 사타구니 사이로 입술을 옮겨 갈 때엔 신음이 절로 흘러나왔다. 젖어 버린 여성, 그 언저리 어딘가를 훑는 온도는 높았고 숨결은 흐트러졌다. 신희는 허리를 비틀며 그의 애무를 재촉했다.

어느 순간 그녀 역시 상체를 일으킨 채 그의 허벅지 위에 올라앉았다. 그의 이마로부터 콧날, 그리고 볼과 인중을 서툰 키스로 쓸어 갔다. 여전히 젖가슴을 지분거리는 손바닥, 아래의 그곳을 찌를 듯 건드리는 날카로운 남근, 뒤섞이는 타액과 호흡, 스치듯 닿아오는 매혹적인 시선. 그 모든 것들이 밤의 열기와 한데 묶였다.

"하웃……."

신희는 고개를 뒤로 젖히며 외마디의 신음을 쏟아 냈다. 그가 그녀의 허리를 가볍게 들어 올린 뒤 남근의 끄트머리에 정확하게 내려앉힌 것이다. 그의 것을 물고 차분하게 머금어 가던 그녀의 몸은 마침내 그를 끝까지 완전하게 품은 채 내려앉았다. 텅 비었던 내부가 빈틈없이 메워지자 반항하듯 속살이 긴장했다.

의도치 않게 그의 것을 꽉 조이며 하체에 힘이 들어가자 윤활유처럼 미끈한 샘물이 흘러내린다. 그것은 영모를 더욱 유혹했다. 그는 신희의 하얀 목덜미에 입술을 묻은 채 가는 허리를 좀 더 세게 끌어안았다. 더듬더듬 아래로 내려온 입술이 풍만한 젖가슴에 입맞춤을 하자마자 그녀가 천천히 허리를 움직인다.

고개를 떼고 그녀와 눈을 마주했다. 한때 이 여자를 영영 잃을 것이 두려워 초조함에 떨던 순간들이 스쳤다. 의식하지도 못한 사이에 그녀가 준 것들이 너무 많았다는 것을 깨달았을 때, 다른 선택은 없었다. 결혼하기 좋은 계절. 그 계절이 오면 그녀의 삶 속으로 흘러들 준비를 하리라.

"신희야."

"으, 응."

제 안에 들어와 자신의 전부를 휘젓는 그의 열기 때문에 숨을 쉴 수 없었던 신희는 겨우 대답했다. 허리를 움직이면서도 닿은 음부에서 나는 차진 소리에 본능이 곤두서고 있었다. 자신의 심장까지 찌르고 들어오는 영모의 눈빛은 열망에 잠겨 있는 듯했다.

"신희야……."

별다른 말을 하지 않은 그는 계속해서 그녀의 이름만 불렀다. 허리를 움직이는 속도가 빨라지고 그의 얼굴 앞에 드리워진 젖가슴이 거세게 출렁거리며 부르짖는 교성이 격한 떨림과 함께 머릿속을 가득 채울 무렵, 붉어진 얼굴로 긴장의 순간이 찾아왔다. 신희는 영모의 어깨에 얼굴을 묻고는 몸을 떨었다. 자신을 송두리째 삼킬 듯한 쾌감은 전신을 내달려 손끝까지 저릿하게 만들었다.

아래의 그곳으로 뜨뜻하게 퍼져 가는 미끈한 액체를 느낄 새도 없이, 신희는 그의 어깨에 이를 박았다. 하아 하아, 흐트러진 숨소리가 방 안을 가득 잠식해 갔다. 가까스로 고개를 든 그녀의 이마에 입을 맞춘 영모는 그녀를 안은 채로 시트에 쓰러졌다. 가슴팍에 그녀의 등을 닿게 하고 허리를 끌어당겼다.

새우처럼 몸을 만 채로 두 사람은 쾌감의 잔재 속으로 나른하게 잠겨 들었다. 영모는 신희의 옆구리를 만지고 그녀의 어깨에 다시 입을 맞추었다.

긴 머리칼을 한 갈래씩 정돈해 주던 그는 문득 그녀의 양모라는 사람을 떠올렸다. 두 사람은 어떻게 된 것일까. 신희는 어떻게 정리를 하고 제게 온 것일까.

"묻고 싶은 게 있어. 네가 부담스럽지만 않다면."

한결 차분해진 호흡을 가다듬고 영모가 입을 뗐다. 무척 낮고 신중한 말투였다. 등을 보이고 있는 신희가 어떤 표정을 하고 있는지 궁금했지만 그대로 두었다. 짐작했던 대로 담백한 음성이 들려온다.

"괜찮아요. 뭘 묻고 싶어 하는지 알고 있으니까."

"그래. 그럼 말해 줄래?"

"으음. 뭐라고 해야 하나……. 그분과는 아마 다시 예전으로 돌아갈 수 없겠죠. 돌아가고 싶지도 않구요. 고통스러웠던 그 시절로 돌아가는 건 그분도 나도 원하지 않아요. 그래서 이대로 영원히 만날 수 없다고 해도 상관없어요. 그런데, 그분이요. 날 키우면서 행복했던 때가 적어도 세 번은 있었대요."

"아……."

다행의 탄식인지 아니면 안타까움의 한숨인지, 영모 자신도 알 수 없었다. 파양을 당할 정도였다면 양어머니라는 사람에게 신희에 대한 애정이 전혀 없었다고 짐작할 수 있으므로 어쩌면 '아!' 라는 소리의 의미는 전자에 가깝겠다.

"그분께도 사랑받고 싶었던 건 내 욕심이었죠. 양아버지한테서 넘치는 사랑을 받았는데도 왜 잊고 있었는지. 그 사실만으로도 얼마든지 당당할 수 있었는데 왜 난 깨닫지 못하고 있었는지. 지금 생각해 보면 파양이라는 게 내 인생에 아무것도 아니었던 건데, 난 왜 오랫동안 괴로워했었는지. 피해 의식을 가지고 자학하고 있었는지."

"으음. 아무것도 아닌 건 아니지. 그 시간이 있었기 때문에 지금을 소중하게 생각할 수가 있는 거야."

"아, 그래요. 그런 것 같아요. 힘들어했던 시간이 아까워서라도 지금부터는 알차게 보낼래요. 당신을 사랑하면서."

"그런 의미에서……."

영모는 말을 잠시 끊고 신희의 어깨를 제게로 돌렸다. 그녀의 낯을 반쯤 가린 헝클어진 머리칼을 정갈하게 뒤로 넘겨 주곤 볼과 입술에 차례로 입을 맞추었다. 그러곤 음흉하게 입꼬리를 끌어 올리며 유혹적으로 속삭인다.

"한 번 더 하면 어때?"

"이 남자, 에너지가 넘치시네."

"에너지 넘치는 남자 맛 한번 보시지."

혓바닥으로 목이며 가슴께를 간질이는 영모 때문에 신희는 자지러졌다. 한 번 더, 라고 말했지만 그는 어쩌면 이 밤이 지나도록 그녀를 놓아주지 않을 심산일지도 몰랐다. 상관없다. 이런 기분과 마음이라면 오늘 밤뿐만 아니라 며칠 밤을 그와 보낸다고 해도.

신희는 온몸에 부딪쳐 드는 흔적을 느끼면서 그의 목을 끌어안았다.

한국의 겨울이 얼마나 추웠는지, 연숙은 새삼 서울에 살았던 젊은 시절의 자신을 떠올렸다. 사계절이 뚜렷했지만 먹고사는 데에 급급하여 계절을 놓치고 낭만을 놓치고 나아가 감정까지 상실하게 됐던 자신. 어쩌면 지금의 이 냉혹할 정도로 건조한 성격은 그때부터 시작된 건지도 모른다.

생각해 보면 따뜻하기만 했던 어린 시절의 겨울도 있었는데, 고3 때 부모님이 한꺼번에 돌아가신 후로 시간과 계절을 잊고 살아왔던 것 같다. 그 커다란 상실감을 어쩌면 신희도 비슷하게 느꼈을 거라 생각하니 더욱 숨 쉬기가 힘들었다.

연숙은 호텔 거실 소파에 앉아 창문을 응시하며 이틀 전 밤 저를 찾아왔던 신희를 떠올렸다.

신희의 얼굴이 엉망이었다.

그토록 대하기 힘들었던, 순백처럼 맑았던 얼굴은 금세 울 것처럼 파리해 있었고 꽤 야위어 있었다. 어쩌면 우연히 만나게 된 이후부터 신희 역시 일상의 사이클을 잃었으리라. 자신이 그랬던 것처럼. 신희와 재회한 후부터 지끈지끈 아파 왔던 두통은 도무지 나을 기미가 보이지 않았었다. 약을 먹고 아무리 휴식을 취해도 체온계의 눈금은 여전했다.

그랬던 두통이 이틀 전 신희가 찾아온 뒤로 거짓말처럼 가라앉았다. 지금 생각해도 아이러니한 일이다. 그렇게 내보내고만 싶었던 그 아이를 다시 만났는데 이유를 알 수 없이 마음이 저리다니. 웃을 수도 없노라고 제 앞에서 절규할 땐 함께 울고만 싶었다. 마음에서 깨끗하게 지웠다고 생각했는데, 실상은 까맣게 상흔이 된 채로 한가운데 떡하니 박혀 있었나 보다.

그 아이를 내치면서 잠시 잠깐 들었던 죄책감 따위 세월의 더께가 쌓이면서 깡그리 사라졌다고 생각했는데, 여전히 화인처럼 자리하여 그녀를 괴롭히고 있었다. 신희를 파양한 계절이 오면 늘 저를 아프게 만들면서 상처를 잊지 않도록 끊임없이 되새겼으니. 연숙은 한숨을 지었다.

언젠가는 꼭 말해 주고 싶었다. 그 아이가 그린 그림을 보면서, 그 아이가 사 준 머플러를 하면서, 생리대를 사다 주면서, 나에게도 그런 소소한 일상을 누릴 권리가 있다는 것을 알았다고. 그 소소한 행복이라도 감사해 할 줄 알았다면, 더 큰 무언가를 욕심내며 그 행복을 불행으로 만들지 않았을 거라고. 자신이 어리석었다고. 신희에게 꼭 말해 주고 싶었다.

특히나 사랑하는 남자에게 당당하게 안길 수도 없다는 말에서 연숙은 날카로운 대못으로 가슴이 마구 난자당하는 기분이었다. 모두 연숙 자신의 손으로 만든 최악의 결과였다. 파양의 악몽에서 벗어나지 못한 건 자신뿐만이 아니었던 것이다.

"사장님. 차 드시지요."

가슴이 북받친다는 게 어떤 건지 생생하게 느끼고 있을 무렵, 윤 비서가 찻잔 두 개를 들고 들어왔다. 짐짓 태연한 척한 연숙은 찻잔 하나를 집으며 물었다.

"준비는 다 됐나요."

"예. 체크아웃만 하시면 됩니다. 아직 한 시간 정도 남았으니 차 마시면서 몸을 좀 더 추스르세요, 사장님."

"몸은 이제 괜찮아요. 녹차인가요?"

"예."

윤 비서는 대답하고 연숙의 맞은편 자리에 앉았다. 제 몫의 찻잔을 들고 슬쩍 연숙의 눈치를 본다. 두통은 이제 말끔하게 나은 듯했다. 오늘 연숙의 안색은 그 어느 날 보다 화창해 보였다. 그래서였다. 약간의 망설임 끝에 이틀 전 밤의 일을 입에 올렸다.

"아직 저를 나무라고 싶으시면 그렇게 하십시오."

"뭘요?"

"사장님의 허락 없이 신희를 부른 것 말입니다."

찻잔을 쥐고 있던 연숙의 손이 잠시 어그러졌다가 다시 펴졌다. 일부러 아까보다 더 태연한 척했지만 눈동자가 흔들리는 것까지는 어쩌지 못했다.

"나무라 본들 뭐 하겠어요. 이틀이나 지난 일인데."

"죄송합니다, 사장님."

"생각해 보면 참 신기한 우연이에요. 그 아이, 신희가 만나는 남자의 부모가 홍 선생 내외라니."

"어떻게 보면 인연이죠."

"난 이제 신희 엄마가 아니니 인연이라고까지 할 수는 없죠."

긴장한 심정을 들키지 않으려 서둘러 차를 마셨다. 쓰디쓴 맛이 목구멍을 타고 내려갈 무렵, 연숙의 흔들리던 눈빛이 어느 순간 윤 비서에게로 고정되었다. 걱정과 갈등이 묻은 눈빛이었다.

"홍 선생 내외가…… 그러니까 혹시…… 신희가 부모가 없다는 걸 알고 반대하는 건 아닐지……. 내 생각이 너무 앞서가는 건가요?"

"좋은 분들로 보였는데 설마 그렇게까지……."

윤 비서는 내심으로 놀라며 대답했다. 연숙이 그런 생각까지 하고 있는 줄은 몰랐던 탓이다. 이제 신희의 엄마가 아니라고 본인 입으로 말했으면서 부모 없는 신희의 처지를 걱정하고 있는 것이다. 연숙 자신은 알고나 있을까. 지금의 모습은 영락없이 신희 엄마의 모습이라는 걸. 연숙은 잠자코 있다가 혼잣말처럼 중얼거렸다.

"일에 있어 좋은 사람들이 실생활에서도 좋으리라는 법은 없어요."

"걱정되십니까?"

"나한테 그럴 권리가 있나 모르겠어요. 다만…… 신희 그 아이가 좋은 사람을 만났으면 하는 마음은 있어요."

연숙은 한숨을 쉬고 찻잔을 내려놓았다. 그리고 윤 비서에게 불쑥 질문한다.

"비행기 시간이 어떻게 되죠?"

"오후 3시입니다."

"혹시 미룰 수 있어요?"

"예?"

"아무래도 좀 만나야 할 것 같아요."

"누굴……."

그건 거의 충동과도 같은 일이었다. 무의식적으로 튀어나온 본능적인 행동이나 마찬가지였다. 연숙 스스로도 왜 그러는지 이유를 헤집지 못하고 다짜고짜 핸드폰부터 집어 들었다.

"홍 선생님. 저 배연숙입니다. 잠시 만나 주시겠습니까? 드릴 말씀이 있어요."

차분함과 초조함이 공존한, 평소의 연숙답지 않은 목소리였다.

"흑흑흑."

"그만 울어. 누가 보면 초상이라도 난 줄 알겠어."

진규는 손수건으로 연신 눈물을 훔치고 있는 아내의 등을 토닥이며 위로했다. 아내가 손수 뜬 자수가 그려진 손수건의 한 귀퉁이는 이미 흥건하게 젖어 있는 상태였다. 위로를 하고는 있으나 진규 자신도 이 상황을 선뜻 흘려버리기엔 마음이 무거웠다. 겨우 손수건을 얼굴에서 떼긴 했지만 혜정의 울음기 섞인 말은 계속해서 이어졌다.

"미안해요, 여보. 나도 나이를 먹었나 봐. 10년 전이었다면 이런 일은 가볍게 넘겼을 텐데 이젠 울컥해지니. 텔레비전에서 시골 어르신들이 다리를 저는 모습만 봐도 나 막 울잖아. 일하는 사람이 이렇게 마음이 약하면 안 되는데. 그래도 눈물이 나요. 난 신희 양이 그렇게 살아온 아이인 줄 짐작도 못 했어요. 우리같이 오래 산 사람들은 얼굴만 딱 봐도 알잖아요. 좋은 부모 아래서 티 하나 없이 잘 자란 규수인 줄로만 알았지."

"그래. 당신뿐만 아니라 나도 그랬지."

"그래서 더 미안하네요. 난 그저 우리 영모 짝으로만 대했고 앞으로도 그럴 거라 생각했는데, 한 인간으로서 그 아이를 생각해 봐요. 그 어린 나이에, 얼마나 억장이 무너진 채로 살아왔을지."

그러니까 상황은 몇 시간 전에 연숙에게서 걸려 온 전화 한 통으로부터 비롯됐다. 오늘이 싱가포르로 돌아가는 날이라 혜정과 진규는 공항에 나가 배웅할 생각으로 준비를 하고 있던 참이었다. 잠시 만나 줄 수 있느냐는 연숙의 질문에 그렇지 않아도 공항으로 나갈 텐데 무슨 일일까, 생각을 하며 흔쾌히 수락했다.

연숙은 공항으로 가기 전 잠시 들른 거라며 집으로 직접 찾아왔다. 윤 비서와 대동했지만 윤 비서는 잠시 밖으로 나가 있었고 차나 커피조차 거부한 상태로 무겁게 입을 열었다.

'말씀을 드려야 하나 말아야 하나, 사실 고민은 되지 않았습니다. 무조건 찾아뵙고 사실을 털어놓아야 한다는 생각뿐이었으니까요.'

연숙의 표정이 상당히 경직되고 굳어 있어, 진규와 혜정은 이번 계약을 무르자는 이야기라 지레짐작하고는 덩달아 초조하고 불안해했다. 그러나 그 불안감은 잠시 후 놀람과 당황스러움으로 이어졌다. 지체 없이 쏟아 낸 연숙의 고백 때문이었다.

'두 분의 아드님이 만나고 있는 그 아이, 그러니까 채신희라는 아이의 양엄마였어요, 전.'

결코 짐작조차 하지 못한, 다른 세계의 이야기를 듣고 있는 듯한 낯설면서도 안타까운 스토리가 연숙의 입에서 흘러나왔다. 중간 추 임새 한 번 없이 연숙의 길고 긴 이야기를 끝까지 듣고 있었던 두 사람의 입술이 볼품없이 떨리고 있었다. 그 여운은 연숙이 돌아가고 난 뒤에도 남아 있어 혜정은 끝내 눈물이 보이고야 말았던 것이다.

혜정의 등을 토닥이면서도 진규는 내내 생각했다. 파양을 시킬 정도였다면 애정이 한 톨도 없다는 말인데 왜 배연숙이라는 여자는 말하는 내내 그녀 자신을 악역으로 묘사한 걸까. 마치 신희가 콩쥐나 백설 공주처럼 양모한테서 끊임없이 멸시와 학대를 받은 피해자고, 자신은 가해자인 것마냥.

이럴 경우 오로지 제 입장에서 자신에겐 잘못이 없다는 것을 절박하게 어필하는 게 인지상정이 아닌가 말이다. 어찌 됐든 아내와 사업적으로도 관련된 이라 그저 묵묵히 듣고만 있었는데 연숙이 돌아가고 난 뒤 밀려든 건, 신희라는 아이를 향한 연민과 안타까움이었다. 그건 혜정도 마찬가지여서 두 부부는 더욱 마음이 무거워졌다.

얼마쯤 진정이 된 아내를 위해 진규는 커피를 내렸다. 잔 두 개를 들고 다시 아내 곁에 돌아왔다.

"그렇게 안 봤는데 배 사장님, 참 모진 데가 있었네요."

손수건으로 콧물을 한 번 스윽 닦은 혜정이 커피를 들이켰다. 진규 역시 고개를 끄덕였다.

"그러니까. 하지만 이 계약을 무르지는 마. 당신 지금껏 고생한 게 아깝잖아."

"누가 물러요? 절대 안 물러요. 위약금도 어마어마한데. 일적으로 부딪칠 건 그다지 없을 거예요. 그래도 기분은 묘해요. 영모가 만나는 여자애의 양어머니라니. 아니, 양어머니였다니."

"그렇게 나쁘게 볼 건 아닌 것 같아."

"예? 그게 무슨 뜻이에요?"

"자기 입장에서 말을 하는 건데 시종일관 자기 자신을 나쁜 여자로 표현했잖아. 다른 사람 같았다면 신희라는 아이의 결점만 들먹이면서 자신을 피해자인 양 포장하지 않았을까. 파양에 대한 정당성을 확보하기 위해서라도 말이야. 사람은 누구나 자신을 방어하고 싶어 하기 마련이지. 그런데 안 그랬잖아. 어쩌면 양심적이고 솔직한 사람일지도 몰라."

잔을 머금던 혜정이 곰곰이 생각하며 고개를 끄덕였다. 그저 신희에 대한 가련함만 앞서 한 부분만 보았는데 남편의 말대로 수긍이 가는 점도 있었다.

"당신 말을 듣고 보니 그러네요. 휴우, 그래도 안타깝고 슬픈 건 여전하지만요."

"그래서 당신, 신희라는 아이에 대해 입장이 바뀌기라도 했어?"

"무슨 입장이요?"

"부모 없는 고아라고 영모 짝으로 반대라도 하고 싶은 심산이냐고."

"참 나. 당신은 나를 그렇게 겪고도 몰라요? 내가 사람 겉면이나 조건만 보고 관계를 맺어 왔어요? 나 그런 인간 아니에요."

"알아. 알지. 노파심에 해 본 말이야. 내가 비록 영모 녀석 결혼을 적극적으로 주장하고 맞선까지 강요한 사람이지만, 연애든 결혼이든 서로 마음만 맞으면 조건 따위가 무슨 상관이겠어."

"나요, 신희 그 아이가 만약 우리 영모 짝이 된다면 잘해 줄 거예요."

눈물 찍 콧물 찍, 기침까지 내뱉던 혜정은 갑자기 의지를 불태웠다. 진규는 헛웃음이 나려 했지만 아내의 그런 면모에 가만히 고개만 끄덕였다. 태생적으로 불쌍한 것을 그냥 지나치지 못하는 성격이다. 10년 전이었다면 가볍게 흘려 넘겼을 거라고 말했지만, 10년 전의 아내도 지금과 마찬가지로 울어 주었을 것이다.

"여보. 우리 당분간 아는 척 하지 말아요. 우리가 알 정도면 당연히 영모도 알고 있겠죠. 영모랑 신희 양이 나중에 어떻게 될지는 모르겠지만 나 벌써부터 부담 주고 싶지 않아. 그냥 둘이 변함없이 연애했으면 좋겠어요."

"응. 그러자구."

"냐앙."

진규의 대답이 떨어지기가 무섭게 구석진 곳에 쭈그리고 앉아 있던 세리가 어슬렁어슬렁 걸어오더니 혜정의 발치에 볼을 비벼 댔다. 혜정이 허리를 숙여 세리를 안아 들었다.

"세리야."

혜정의 품에 안긴 세리는 눈을 끔뻑이더니 금세 편안하게 고개를 뉘었다.

"우리 세리를 그렇게 살뜰하게 보살펴 준 것만 봐도, 그 아이 심성은 장담할 수 있을 것 같네요."

혜정은 '우웅.' 콧소리를 내며 세리를 들어 올렸다. 털을 얼굴에 대고 비비적거리며 온기를 전하니 세리가 '냐아.' 한다. 한숨과 눈물과 여유가 어우러진 오후의 작업실이었다.

탕비실에 들어가 하루의 흔적이 묻어 있는 찻잔과 쟁반, 그리고 스푼 등을 깨끗하게 씻은 뒤 행주를 빨았다. 주말 이틀 동안 먼지가 내려앉지 않도록 그릇과 찻잔 등에 덮개를 씌운 후 책상으로 돌아온 신희는 마지막으로 이메일을 체크했다. 제휴사에서 미팅과 회의 건으로 보내온 빼곡한 자료를 모아 파일로 압축한 후 영모의 이메일 주소로 보냈다.

이로서 금요일의 모든 업무가 끝.

길게 기지개를 켠 신희는 컴퓨터를 끄면서 본부장실 문을 잠시 응시했다. 퇴근 시간인데, 그에게선 아직 어떤 신호도 오지 않고 있었다. 오늘은 저녁 회의나 미팅 내지 외부 약속도 없는 날이라 내심 데이트를 기대하고 있었는데, 그사이 자신이 모르는 약속이 생겼을지도 모르는 일이니 섣부른 기대감은 가지지 않기로 했다.

백을 열고 이것저것 주워 담는데 핸드폰이 울린다. 윤 비서였다. 신희의 얼굴에 복잡 미묘한 표정이 스쳤다가 이내 사라졌다.

연숙과 윤 비서가 한국에 다녀간 지 일주일이 흘렀다. 그사이 윤 비서는 두어 번 연숙의 소식을 메시지로 전해 주곤 했다. 연숙과 자신 사이에 가교 역할을 톡톡히 하는 중인 것이다.

[이번에 몰 신상으로 예쁜 여름 원피스가 나왔기에 한 벌 사서 보냈단다, 신희야. 너한테 무척 잘 어울릴 듯해서⋯⋯. 부담 갖지 말고 잘 입으렴.]

무척, 부담이 된다. 원피스를 보낸 이가 윤 비서가 아니라 연숙일지도 모른다고 생각하기 때문이었다. 윤 비서든 연숙이든 딱히 상관은 없었다. 이 사람들과 다시금 연락을 하고 관계를 맺고 살아가는, 제법 비현실적인 일들이 아직 실감이 나지 않을 뿐이었다. 오피스텔 주소는 회사를 통해 알았으리라. 그게 아니라면 영모가 자신 몰래 전했을지도.

"뭐 해?"

정수리로 그의 음성이 묵직하게 쏟아졌다. 번쩍 고개를 든 신희는 반쯤 가늘게 떠진 눈으로 그녀를 내려다보고 있는 그를 향해 어깨를 으쓱했다.

"윤 비서님이 저한테 선물 같은 걸 보내셨다고 해서요."

"선물?"

"네. 원피스라나 봐요."

대수롭지 않게 여기는 척, 핸드폰을 백 속에 넣고 일어난 그녀에게 영모의 지긋한 시선이 따라붙었다.

"즐겁지 않나 보군."

"즐거운 건지, 아닌 건지, 애매해요. 나도 반드시 보답을 해야 할 것만 같은 의무가 생긴달까."

"그러지 말고 즐겨. 넌 그럴 자격 충분하니까."

이 남자, 가끔 그녀 자신보다 더 그녀를 잘 알고 있는 듯한 착각이 든다. 이런 선물을 마냥 즐기고 싶다는 제 진심을 한눈에 꿰뚫어 버리는 그의 직감이 두려울 정도였다. 신희는 허탈한 웃음과 함께 고개를 끄덕였다.

"그럴게요."

"나가자."

"알았어요. 본부장님 먼저 나가세요. 10분 뒤에 나갈게요."

평소대로였다. 다른 직원들의 눈에 띄지 않도록 늘 그가 먼저 앞섰고 시간적인 여유를 두고 그녀가 뒤따르는 것. 그리고 회사 근처 어딘가에서 만나 그의 차에 올라타는 것.

하지만 오늘 영모는 고개를 삐뚜름하게 기울인 채 잔뜩 미간을 구겼다.

"아니. 오늘은 함께 내려가. 그리고 당당하게 내 옆에 타. 알았지?"

명료한 선을 그리고 있는 입술이 단호하게 말했다. 순간적으로 머릿속이 뒤엉켰다. 앞뒤 재고 따지고 있는 신희의 뇌리가 경고 신호등을 보내온다. 이대로 함께 나가 그의 차에 올라탄다면 월요일 아침 직원들의 입방아에 십중팔구 톱뉴스로 오르내릴 것이다. 신희는 영모보다 더 고개를 비스듬히 기울이고 되물었다.

"설마 지금 제정신이에요?"

"아니. 반쯤 넋이 나간 거지."

"휴우. 놀래라. 하던 대로 해요. 난 우리 회사 여직원들의 꿈과 희망을 빼앗고 싶지 않으니까요."

"반쯤 넋이 나간 상태니까 너라도 말리지 마. 네가 여직원들의 꿈과 희망을 지키는 사이에 내 꿈과 희망은 산산조각이 날 수도 있어. 그러니까 어서 나가자."

그의 말에 반박할 여유도, 안 된다고 반항할 틈도 없었다. 그는 곧장 신희의 손을 잡았고 그에 당황한 신희가 '어어어.' 하는 사이에 비서실의 문을 열고 나섰다.

퇴근 시간과 맞물린 영모의 행동은 엘리베이터를 기다리며 복도에 서 있던 수많은 직원들의 시선을 단박에 빼앗았다. 남녀 할 것 없이 모든 직원들이 어깨까지 움찔하며 눈을 크게 뜨고 사태를 관망했다.

놀라고 당황한 건 신희도 마찬가지여서 귀밑까지 붉게 물든 홍반에 그의 악력에서 어떻게든 벗어나려 손목을 비틀었지만 소용없는 일이었다. 특히 그중에는 경희도 끼여 있어 어쩌면 월요일 아침의 출근이 더욱 힘들지도 모른다.

경희는 경악한 얼굴로 두 사람을 보고 있었다. 차마 그 얼굴을 볼 수 없었던 신희는 될 대로 되라는 심정으로 엘리베이터가 빨리 도착하기만을 빌었다.

마침내 엘리베이터가 내려왔지만 기다리던 직원들 그 어느 누구도 감히 탈 생각을 하지 못하고 있었다. 그 틈을 타 영모가 신희의 손을 이끌었고, 결국 두 사람만 엘리베이터에 탄 꼴을 연출했다.

문이 스르르 닫히는 것과 동시에 바깥에 선 직원들이 '세상에!', '본부장님이랑 채 비서랑, 맞아?', '지금 내가 본 게 맞는 거야?' 등의 놀라움 섞인 대화가 시작되는 것이 들려왔다. 신희는 눈빛을 일렁이며 그를 향해 홱 돌아섰다.

"이건, 이건 정말⋯⋯."

"네가 무슨 말을 할지 알아."

그는 여유롭게 벽에 등을 기대고 심지어 눈까지 느긋하게 감고 있었다. 남의 심장을 들었다 놓은 것도 모자라 저런 여유까지 부리고 있는 그가 야속해졌다. 이 사태를 어떻게 무마시키고 수습할지에 대해서 머리를 맞대어야 할 판에 말이다.

"무슨 말을 할지 알면서 그런 거예요?"

"자꾸 이러면 엘리베이터가 주차장에 도착하는 순간에 맞춰 너한테 키스할 수도 있어. 지금 시간에 주차장에 직원들이 얼마나 많은지 잘 알지?"

그가 장난스럽게 입꼬리를 들며 협박했다. 그러나 그에 흔들릴 그녀가 아니었다.

"직원들 입방아, 어쩔 거예요. 권영모 씨, 왜 이렇게 무모해요?"

나름대로 열심히 다그쳤지만 그는 꼼짝도 하지 않고 눈을 감고 있었다. 신희는 한숨을 깊게 쏘아 올리곤 아랫입술을 깨물었다. 슬쩍 전광판을 보니 엘리베이터는 어느새 지하 주차장에 도착하고 있었다. 여기서 열을 올려 봐야 전해지지 않을 메아리일 거란 생각에 어쩔 수 없이 몸을 바로 했다.

나가기만 해 봐.

차에 타기만 해 봐.

반드시 이 일을······.

생각은 기습적으로 다가온 그의 키스와 함께 멈추어졌다. 엘리베이터의 문이 차르르 열리는 것과 동시에 퇴근을 위해 주차장에 내려온 많은 직원들의 시선이 이쪽으로 쏠리는 게 보였다.

신희의 두 팔이 전투적으로 힘이 들어가던 좀 전과는 달리 아래로 축 늘어졌다. 절박하게 닿아 오는 영모의 입술에서 그가 진정 뭘 원하고 있는지 선명하게 알게 된 까닭이다. 장난이나 충동적인 행동이 아니었다는 것을, 그의 감은 눈에서 부드럽게 겹쳐 오는 입술에서 다정하게 맞닿아 오는 체온에서 느낀다.

엘리베이터를 향해서 일제히 다가오는 시선들. 그들의 시선 너머로 며칠 내로 퍼져 나갈 그와 자신의 이야기가 두려웠지만, 이제

돌이킬 수 없는 일이 되어 버렸다.

"그래도 너무했어요. 난 아무 준비가 안 되어 있었는데."

그는 신희를 옆에 태우고 서울에서 가장 전망이 좋다는 산의 나지막한 언덕에 올라 있었다. 야경을 즐기기 위해 나온 연인들의 차가 즐비한 와중에, 다행스럽게도 영모의 차는 전망 좋은 장소에 주차시킬 수 있었다. 차의 앞 유리를 통해 어둠을 조각내고 있는 불빛이 촘촘하게 박혀 있는 것이 보였다.

"그렇게라도 하지 않으면 우린 당당해질 수 없어. 앞으로도 나만 믿어."

"두 번 믿었다간 뉴스에도 나오겠어요."

"하하하."

그가 소리 내어 웃었다. 그 웃음소리가 좋아 한 번은 용서해 주지. 신희는 내심 실소를 터뜨리며 눈꼬리를 치켜올렸다.

잠시 흐른 침묵 사이로 두 사람의 시선이 야경으로 고정되었다. 눈이라도 올 모양인지 하늘에 별은 보이지 않았지만 시원하게 트인 광경으로도 가슴이 얼마쯤 훈훈해졌다.

"채신희."

제법 길게 이어진 침묵을 깬 건 그였다. 숨소리만이 적막을 흩뜨려 놓고 있을 때였다. 신희는 영모에게로 고개를 돌렸다.

"네?"

"이걸 받아 줄래?"

커다란 그의 손바닥에 놓인 작은 벨벳 상자. 신희의 멈칫한 시선이 잠시 그의 얼굴을 주시했다가 다시 상자로 내려갔다. 그가 선물

한 팔찌가 채워진 손이 머뭇거리다 상자를 집어 들었다. 똑딱하는 소리와 함께 상자 뚜껑이 열리고 환한 빛을 내고 있는 반지를 눈으로 확인한 신희는 저도 모르게 숨을 들이켰다.

"이건……."

"결혼하기 좋은 계절에, 나하고 결혼해 줘."

목이 메는 것 같았다. 머릿속이 텅 비는 듯도 했다. 가슴이 세차게 뛰었으며 손끝이 파르르 떨려 왔다. 심신이 한꺼번에 긴장하여 등골이 아플 지경이었지만 신희는 꽤 차분하게, 설핏 미소를 문 얼굴로 물었다.

"그게 어떤 계절인데요?"

"네가 좋아하는 계절."

심연보다 더 깊은 눈빛이 그녀를 향해 다가왔다. 곧이어 다시금 머금어지는 입술. 내내 시렸고 추웠고 한기 가득했던 가슴이 따뜻한 온도로 가득 채워지고 서늘한 심장이 데워진다.

결혼하기 좋은 계절에, 이 남자의 손을 잡는 상상을 해 보았다. 맑고 밝은 빛줄기가 아름답게 드리워진 날, 공기마저 영롱하게 퍼져 나가는 날, 그런 날에 이 남자의 손을 잡고 함께 걷는 상상을 해 보았다.

신희는 그의 어깨를 붙잡았다. 고개를 기울여 더욱 깊게 입술을 맞물리며 그의 키스에 열렬하게 답했다. 결혼 계절을 이제부터 기다려야 할 차례였다.

에필로그 1

『여긴 어제에 이어 비가 계속 오는구나.

아침엔 서늘하더니 오후가 되니 다시 더워져서 겉옷을 벗었단 다. 한국의 계절은 지금 가을의 한복판에 서 있을 텐데. 아주 가 끔 한국의 봄이 그리워. 개나리가 피고 목련이 열리고 진달래가 울긋불긋하던 산들도 그립고. 네가 싱가포르에 계속 살았다면 그 런 아름다운 것들을 몰랐을 테지.

그래, 이건 어쩌면 파양에 대한 내 합리화일지도 모르겠구나. 소중한 것들은 곁에 있을 땐 모른다지? 세월이 지나고 나이가 들 다 보니 내가 놓치고 살아왔던 것들의 소중함을 조금씩 알아 가 고 있어. 그땐 왜 그랬을까, 그럴 수밖에 없었던 걸까, 조금 더 나은 방법이 있지 않았을까 후회도 하면서.

하지만 돌이킬 수도 없다는 걸 알아. 다시 붙이려고 애를 써 봤자 이젠 통하지도 않을 거라는 것도 알아. 그래도 이렇게 편지를 띄워도 받을 수 있을 만큼의 여유를 네가 보여 줘서 다행이라고 생각해. 난 아무것도 바라지 않아. 그러니까 절대 부담 가지지 말았으면 좋겠어.

이 드레스는 나의 친정어머니께서 물려주신, 내가 네 아버지와 결혼할 때 입었던 웨딩드레스란다. 보관이 잘돼서 지금 네가 입어도 무리는 없을 거야. 조금 촌스러워도, 네 취향에 맞지 않는대도, 네가 이걸 입고 결혼식장에 들어갔으면 좋겠구나.

초대해 줘서 고마워. 결혼식 때 만나자꾸나.

다시 한번, 결혼을 축하한다, 신희야.」

"어머나, 세상에. 드레스가 취향을 저격하는구나."

신희가 상자에 동봉된 편지를 읽는 동안 윤경은 웨딩드레스를 허공에서 펼쳐 보고 감탄을 금하지 못하고 있었다. 신희는 고개를 돌려 그것을 바라봤다. 실크의 감촉이 고급스럽게 느껴지는 앞면과 달리 시스루 형식의 뒷면은 퇴폐적인 분위기를 자아내고 있었다. 고르게 퍼진 치마에는 레이스 장식뿐만 아니라 윤이 흐르는 진주알과 손톱만 한 다이아몬드가 군데군데 박혀 있어 시선을 압도한다.

언젠가 부모님의 결혼식 사진에서 본 그 드레스가 확실했다. 윤경은 드레스의 독특한 디자인에 탄복하고 있었지만 정작 드레스를 입을 주인공인 신희는 남다른 감회에 젖어 있었다.

연숙과 외할머니가 입었던 드레스라니. 오랜 세월 동안 빛이 바래지 않도록, 온갖 정성과 공을 들였을 저 드레스를 흔쾌히 보내 준 연숙의 마음은 어떤 것이었을까.

청첩장을 보낼 때만 해도 이런 호사를 바라지는 않았었다. 지난해 겨울 초입에 한식당에서 오랜만에 재회한 후로 가끔 윤 비서를 통해서, 혹은 직접적인 통화로 안부를 주고받긴 했고 연락이 거듭될수록 신희도, 연숙도, 무척 자연스럽게 근황을 이야기하게 될 정도가 됐지만, 이런 드레스까지.

"신희야. 상자 안에 뭐가 하나 더 있다?"

드레스에 대한 감회에 젖어 멀거니 서 있던 그녀의 팔을 윤경이 툭툭 쳤다. 그러곤 하얀색 봉투를 내민다. 봉투는 한국 수표를 제법 두툼하게 품고 있었다.

"세상에. 이게 다 얼마야. 야아…… 채신희, 횡재했네."

윤경이 얼른 수표를 세는 동안 신희는 동봉된 편지를 다시 쳐다보며 끄트머리를 읽어 내려갔다.

『P.S. 돈은 부담 가지지 마. 내가 주고 싶어서 주는 거야. 계좌 알려 달라고 하면 넌 분명히 거부할 테니까. 딱 이번까지만 내 마음대로 할게. 부디 네가 이 돈을 모두 써 줬으면 해.』

"족히 기천만 원은 되겠다. 이걸 선물 상자에 넣다니 간도 크시다, 네 전 양엄마."

신희는 윤경의 끝나지 않는 감탄을 한 귀로 흘려듣고는 소파에 가만히 앉았다. 그러자 그녀의 분위기를 읽었는지 윤경도 호들갑을 중단하고 부른 배를 움켜잡고 옆에 앉았다.

"왜 그래. 기분이 착잡해?"

윤경이 신희의 손을 잡았다. 신희의 심정이 어떠한지 구체적으로 알 수는 없지만 복잡 미묘할 거라 나름대로 추측하고 있었다.

윤경이 신희의 사연을 알게 된 건 몇 달 전 그녀의 결혼식 전날이었다. 피부가 칙칙해질 거란 걱정을 하면서도 신희와 소주를 기울였었다. 그때 신희는 처음으로 과거의 사연을 털어놓았고, 윤경은 그런 사연을 품은 사람치고 제법 밝고 똑똑했던 신희를 대견하다 생각했었다.

한편으론 저런 무거운 과거까지 공유할 정도로 친한 사이가 됐다고 생각하니 가슴이 뿌듯하기도 했다. 그녀가 아는 채신희는 늘 장막 한 겹을 둘러싼 채 절대 그것 밖으로 나오지 않는 사람이었으니까.

아무튼 혼전 임신으로 윤경이 먼저 결혼을 하게 됐지만, 신희는 임신한 윤경을 늘 챙기는 유일한 후배로 지금까지 남아 있었다.

신희가 모시는 상사와 결혼을 하게 됐단 소식에, 윤경은 누구보다 기뻐했란다. 들어 보니 연애한 지 1년째란다. 그렇다면 자신과 교류하고 있을 시절에도 연애 중이었다는 말인데, 그걸 감쪽같이 속인 데 대해서 원망했지만 원래 그런 아이니까.

"네 양엄마가 이런 분인 줄 알았다면 나도 거기서 드레스를 했을 텐데."

윤경이 분위기를 쇄신코자 농담을 띄우니 신희도 빙긋이 웃었다.

"지금은 양엄마가 아니죠, 언니."

"그래그래. 알았어. 전 양엄마. 됐지?"

"그냥 기분이 좀 묘해서요. 내가 이걸 받을 자격이 있나."

"줄 자격도, 받을 자격도 있으니까 아무 걱정 하지 말고 받아. 그리고 즐겨. 그분 입장에선 그동안 너한테 못 해 준 것들을 후회하고 있을지도 모르잖아."

"나도 지금한 돈 꽤 돼요. 결혼식에 있어서 다른 사람들한테 뒤지지 않을 만큼 할 자신도 있어요."

"누가 몰라? 그래도 성의를 무시하는 건 아니지. 더구나 상대가 상대니만큼."

"이 돈은 저금해야겠어요. 나중에 아이가 태어나면 그때 쓸 거야. 그래도 되겠죠?"

"그럼. 네 돈인데 뭐."

문득, 때때로 요즘처럼 행복한 적이 없다는 생각이 들었다. 아버지의 사랑과 어머니의 냉대 속에서 허우적대던 십 대와, 아르바이트와 학업을 병행하느라 몸이 고달팠던 이십 대 초반과 중반을 거쳐 한 남자와의 사랑을 시작하고 그 사랑의 결실을 이제 맺으려 하고, 그리고 냉대로 일관하던 양어머니와의 관계에 온기가 스며들고 있고.

너무 행복하면 반드시 불행이 뒤따라오는 법이라고 생각했던 습관조차도, 지금의 안온함을 건드리진 못할 듯했다. 신희는 핸드폰을 들었다. 연숙의 번호를 찾아 메시지를 보낸다.

[선물, 고마워요. 잘 입고 잘 쓸게요. 정말, 고맙습니다.]

다소 멋없는 메시지라 생각했지만 연숙은 자신의 진심을 알아줄 것이다.

메시지를 보내고 나서 신희는 퍼뜩 생각난 듯 핸드폰 속 사진첩을 뒤적거렸다. 며칠 전 레스토랑에서 영모와 찍은 사진 하나를 쳐다보면서 회심의 미소를 짓는다.

"이걸 보내 드리면 되겠다."

"응?"

윤경이 고개를 내밀며 다가오더니 핸드폰 속 사진을 들여다봤다.

"이걸 어디에 보낸다는 거야?"

"이분한테. 잠깐만요, 언니."

신희는 사진까지 연숙에게 전송하고는 큰일을 끝낸 사람처럼 깊은 숨을 들이쉬고 소파에 등을 기댔다. 그러다 벌떡 일어나 주방으로 가 과일이며 쿠키, 그리고 젤리 등을 접시에 담아 윤경에게 가져갔다.

"먹어요, 언니. 집에선 형부 때문에 이런 거 마음껏 못 먹는다면서요."

"내가 너희 집에 오는 근원적인 이유 아니겠어?"

샐쭉 웃은 윤경이 젤리를 집어 들고 입속으로 쏙 넣었다. 맛있게 먹는 윤경을 보고 있자니 문득 자신도 임신을 하게 되면 영모가 먹는 것까지 제한을 시키려나, 하는 근심이 생겼다. 그런 신희의 앞서 나간 고민의 표정을 알아챘는지 윤경이 젤리를 씹다 말고 입을 열었다.

"걱정 마. 여자가 임신하면 남자는 두 부류야. 음식을 강제로 가리게 하거나 가리지 않고 먹게 하거나. 너의 그 본부장이라는 사람은 후자일 거야."

"그걸 어떻게 장담해요?"

"내 남편 같은 좀생이는 다신 없을 테니까."

"먹고 있을래요? 아니면 좀 쉬다가 돌아갈래요? 나 지금 나가 봐야 하거든."

남산만 한 배를 쥐고 젤리를 거의 퍼먹다시피 하고 있는 윤경을 쳐다보다가 시간을 확인한 신희가 자리에서 일어났다. 윤경의 시선이 자연스럽게 따라왔다.

"어딜 가는데?"

"시어머니 되실 분과 만나기로 했어요. 이것저것 같이 살 게 있다고 하시네."

"아아, 너도 시월드 입성이구나, 드디어."

"시월드는 아니야. 시부모님 두 분 얼마나 좋으신데요. 그분들이랑 여기저기 같이 다니는 것도 재미있어."

"처음이야 그렇지. 시간 좀 지나 봐. 학을 뗄 거다. 내가 산증인이지."

"그럴 땐 또 그때대로 방법이 생기겠죠. 나 그럼 나가요. 언닌 좀 더 쉬었다가 가요."

"고마워. 아마 저녁밥까지 여기서 챙겨 먹고 갈지도 몰라. 우리 신랑 오늘 주말 야근이고 네가 만든 반찬이 맛있잖아."

"그래요? 밥통에 밥 있고 국 있고, 냉장고에 밑반찬도 있어요. 설거지는 그냥 둬요."

"그래. 땡큐."

신희의 오피스텔은 어느새 윤경의 아지트가 되어 가고 있었다. 어차피 다음 주면 이 오피스텔의 주인이 바뀔 테고 그녀는 신혼집으로 들어가 있을 테니, 그 전까지 윤경이 마음껏 쉴 수 있는 장소가 되는 것쯤은 상관없었다. 단지 윤경이 가고 나면 늘 설거지거리가 꽤 쌓여 있다는 사실이 고달플 뿐.

늦은 오후의 도심은 주말을 맞이해 어디든 북적거렸다. 혜정이 기다리고 있을 백화점은 회사 맞은편에 위치했다. 작년 이맘때, 그러니까 영모와 연애하기로 한 뒤에 혜정과 우연히 마주쳤던 바로 그 백화점이다. 신희는 약속한 4층의 커피숍까지 에스컬레이터로 부지런히 이동했다.

결혼 날짜가 잡히면서 혜정과는 더욱 빈번하게 만나곤 했다. 진규와 혜정은 신희에게 밑반찬을 가져다주기도 했고 시간 되면 집으로 놀러 오게 하여 식사 대접을 하기도 했다. 대부분 영모와 함께였지만 그가 불가피하게 출장 스케줄이 잡히더라도 신희 혼자 진규와 혜정을 만나고 오기도 했다.

처음엔 두 부부의 부탁으로, 그리고 지금은 진심으로 그분들과 함께하는 시간이 즐거워서. 혜정이 작업하는 모습을 물끄러미 보는 것이나, 진규가 텃밭에 물을 주는 것을 한참 동안 보고 오는 것이 전부였지만, 그렇게 두 분을 만나고 온 후의 일주일은 꽤 활기가 생기곤 했다. 물론 영모는 자신의 존재만이 그녀에게 활력이 되고 있다고 여전히 믿고 있지만 말이다.

"신희야, 여기!"

커피숍 한가운데에 있는 작은 테이블에 혜정이 앉아 있었다. 반갑게 손을 흔드는 모습이 마치 딸을 반기는 듯하다. 신희는 웃으며 고개를 숙이곤 걸음을 재촉했다.

혜정의 호칭이 '신희 씨'에서 '신희야'라고 바뀌게 된 계기는 연숙 때문이었다. 엄밀히 말하자면 연숙과의 과거, 때문이라 하겠다.

어느 날, 신희와 영모는 신희의 과거와 현재에 대해 남김없이 말씀드리고자 함께 부모님을 찾아뵈었고, 모든 사실을 이미 알고 있다는 두 분의 답변을 듣게 되었다. 당시엔 얼마쯤 당황스러웠고 비참했고 어떤 말을 해야 할지 감 잡지 못할 정도로 난처했지만, 전혀 개의치 않겠노라 다짐하는 두 분의 모습에서 커다란 위로를 받은 기분이었다. 그때부터였다. 혜정의 호칭이 바뀌기 시작한 건.

"길 막히지 않든? 서울로 들어오는 데만 30분이 걸리더라."

테이블로 다가간 신희의 손을 따뜻하게 잡은 혜정이 애교 섞인 불평을 늘어놓았다. 신희도 고개를 끄덕였다.

"고생하셨죠, 어머님? 주말 오후라 사람들이 쏟아져 나왔나 봐요."

"어서 커피 시켜. 그래도 일찍 약속을 잡아서 시간은 넉넉하니까."

"네."

신희는 다가온 직원에게 혜정이 마시고 있는 아몬드라테를 주문했고 그것은 금세 테이블에 도착했다. 혜정이 라테를 마시는 신희의 얼굴을 뚫어져라 쳐다보더니 부러운 뉘앙스를 풍겨 왔다.

"넌 피부 관리를 따로 받을 필요도 없겠어. 워낙 깨끗해서."

"아니에요. 가끔 잠을 못 자는 날이면 뾰루지가 생겨요. 결혼식 전날엔 잠을 잘 자야 할 텐데 걱정이에요."

"잘 자야지. 정신없겠지만 마음 편히 먹도록 해."

"네. 그러려구요."

"저어기. 이런 거 물어봐도 되는지……."

충분히 망설이다 겨우 입을 떼는 혜정이 어떤 말을 하려는지 신희로선 충분히 짐작이 갔다. 신희는 혜정이 미처 꺼내지 못 하고 있는 말을 대신 이었다.

"싱가포르에서…… 오시는지 궁금하신 거죠?"

"응? 어……. 엊그제도 일 때문에 통화를 하긴 했는데 차마 물어볼 수가 없었거든. 너는 편하니까 내가 물어보는 거야."

"윤 비서님이랑 같이 오실 것 같아요. 혼주 자리에 앉으시지는 않으실 거지만 객석 어딘가에서 보시겠죠."

"그렇구나. 다행이야, 오신다니."

혜정은 진심으로 기뻐하는 듯했다. 그녀에겐 과분한 분들, 과분한 사랑, 그리고 과분한 행복에 주체할 수 없는 감정이 흘러내렸다. 신희는 내달리는 감정을 애써 눌러 담고는 혜정의 손을 잡았다.

"어머님."

"응. 얘기해."

"꼭 한 번 말씀드리고 싶었어요. 이것저것 모두 이해해 주셔서 감사드려요. 아버님께도 감사하다고 꼭 말씀드릴게요."

"에이, 뭐 그런 걸로. 잘 성장했고 생각이 바르면 그걸로 된 거지. 누구한테 감사할 일은 아니야. 정 감사하려면 네 자신한테 감사해야지. 혼자서 잘 컸구나, 하면서."

"네. 그럴게요."

"아버지랑 난 그저 너희들끼리 잘 살면 그걸로 됐어. 우린 우리끼리 충분히 행복하니까 너희도 너희끼리 행복하면 되는 거야. 특별히 잘하려고 애쓰지 않아도 돼."

"명심하겠습니다, 어머님."

"난 시집살이를 좀 겪었거든."

잔잔하게 이어지던 대화가 혜정의 한숨과 함께 실려 나온 한마디에 얼마쯤 분위기가 딱딱해졌다. 신희는 눈을 크게 뜨고 그녀가 하는 말에 귀를 기울였다.

"그러셨어요?"

"응. 영모 할머니가 성격이 아주 독특한 분이셨어. A를 해 가면 B를 해 왔어야지 나무라시고, C를 하면 D를 안 했다고 호통치셨어. 결국 A와 C에 담긴 내 노력과 수고는 헛것이 되는 거지. 자의식이 굉장히 강하신 분이어서 당신이 손수 하시는 게 아니면 절대 인정을 하지 않으셨어. 그러면서 타인이 하는 일엔 늘 불평불만이셔서 마음고생이 심했단다. 아들이나 손자야 같은 피가 흐르니 이해 못 할 일이지. 나만 이상한 사람이 되는 거지, 나만."

"세상에……."

"남자들이야 워낙 공감 능력이 부족하잖아. 어쩌면 그래서 영모 결혼을 더 채근한 걸지도 몰라. 빨리 내 아군이 생기길 바랐거든."

"앞으론 제가 힘닿는 대로 어머님 편에 설게요."

"고맙다, 신희야."

혜정은 키득대며 웃기까지 했다. 오랜 염원을 실현시킨 승리자의 미소였다. 최근 들어 알게 된 것이지만 혜정은 가끔 소녀 같은 감성을 여전히 지니고 있었다. 한복을 만들고 그것을 예술로 승화시키는 역할을 오랜 세월 해 와서인지, 사물을 바라보는 시선이나 어떤 상황을 생각하는 견해에 감성이 자주 실린다. 신희는 그런 혜정의 면모가 좋았다. 가끔 친구처럼 여겨지기도 한 탓이다.

"사실은 영모도 불렀어. 내가 저녁 살게."

혜정이 눈을 찡긋하며 말하자 신희가 대뜸 놀랐다.

"본부장님은 지금 제주도 출장 중이신데……."

"지금 여기로 오고 있을걸? 스케줄이 일찍 끝났대. 깜짝 등장 한다고 너한텐 비밀로 하라고 했는데 입이 근질근질해서. 출장 때문에 너희들 4일 동안 못 만났다며?"

"네……."

얼떨떨한 기분이었다. 다음 주 월요일이나 되어야 제주도 출장에서 돌아올 거라 생각하고 있었다. 이렇게 무방비인 채로, 아무 예정에도 없던 갑작스러운 만남에 신희는 어쩔 수 없이 긴장이 됐다.

"어머나. 호랑이도 제 말 하면 온다더니. 저기 온다, 네 애인."

신희의 고개가 자연스럽게 엘리베이터 쪽으로 향했다. 반쯤 열린 문 새로 영모가 모습을 드러내고 있었다. 청바지와 간편한 점퍼 차림의 그는 금세 두 여자를 발견하고 손을 흔든다. 신희의 얼굴에 반가움과 그리움의 색채가 동시에 올랐다.

그녀의 애인이, 다가오고 있었다.

"이렇게 우스꽝스러운 모습으로 춤을 추게 되다니."

영모가 입술 끝을 비틀며 속삭였다. 덩달아 피식 신희도 웃었다. 무더위가 쏜살같이 여기저기를 훑고 지나가는 태평양 어느 작은 휴양지에서, 머리에 각종 꽃을 엮어 만든 화관을 쓰고 클럽 연주팀이 연주하는 삼바 리듬에 맞춰 서로를 껴안은 채 춤을 추고 있는 신혼부부. 생각하자니 더욱 웃음이 나와 신희는 그만 그의 어깨에 이마를 묻고 웃음을 터뜨리고 말았다.

덕분에 그들과 똑같은 모양새로 춤을 추고 있는 신혼부부들의 이목을 잠시 집중시켰으나, 어느새 다시금 삼바 리듬에 빠져들고 만다.

상의를 모두 벗은 채 땀으로 얼룩진 근육을 온통 드러낸 영모는 신희의 허리를 더욱 바짝 끌어당겼다. 그의 이마와 뺨, 콧날에 솟은 땀방울이 홀의 불빛을 받아 번들거렸다. 신희는 얼굴을 가까이로 가져가 그의 콧날에 가볍게 입을 맞추었다. 영모의 눈꼬리가 슬쩍 휘어진다.

"벌써부터 이렇게 유혹하면 곤란한데. 이제 겨우 저녁 8시야."

영모는 키득거리며 신희의 귓전에 입술을 가져갔다. 열기만큼이나 더워진 몸은 여체와 접촉되면서부터 발정하기 시작했다.

결혼식을 끝내고 열 시간이 넘는 비행 끝에 오후에 도착한 이곳에서, 여장을 풀고 곧장 향한 클럽이었다. 그들 말고도 세계 각지에서 몰려든 신혼부부들로 만원이었고, 열대음료와 과일, 그리고 어딜 둘러봐도 기름진 음식들이 즐비한, 파란 바다에 둘러싸인 곳이었다.

일주일 동안 이곳에 머물면서 말 그대로 '휴양'을 즐길 예정이었던지라 모든 것을 천천히 누리고 싶었다. 신희는 눈을 가늘게 뜨고 입술 끝을 끌어 올렸다. 새침한 표정으로 그를 쳐다보며 입을 열었다.

"유혹 아닌데요. 그냥 당신 콧날에 땀이 많은 것 같아서."

"이 여자, 이제 보니 고수가 다 됐군."

"모두 그쪽한테서 배운 거예요."

"자꾸 이러면 지금 당장 숙소로 돌아가는 수가 있어."

"이 분위기를 즐기지도 않구요?"

신희가 다른 외국인 커플들처럼 그의 목을 좀 더 바짝 끌어안았다. 젖가슴의 골이 아슬아슬하게 드러나 보이는 흰색 탑에 늘씬한 복부가 과감하게 노출됐고, 배꼽보다 한참 아래에 얇은 랩스커트를 걸치고 있어 허리선이 육감적으로 굴곡져 보였다. 몸매에 비해 다소 풍만한 젖가슴이 그의 가슴팍에 닿을 때마다 몸 끝이 긴장했다.

영모는 일부러 신희의 등을 끌어안고 여체가 제 몸과 겹쳐지도록 했다. 클럽의 직원이 술잔이 담긴 쟁반을 들고 커플들 사이를 왔다 갔다 했고 밴드의 연주도 차츰 절정을 향해 치달을 무렵, 도저히 참지 못한 영모가 신희의 귓불을 깨물고는 뜨겁게 속삭였다.

"지금 나가자."

"으, 응……."

사실은 이곳의 자유롭고 이국적인 분위기에 좀 더 취하고 싶었지만 제 아랫배를 연신 찔러 오는 남근의 느낌에 신희는 겨우 고개를 끄덕였다. 그것은 일종의 신호였고 영모는 그 신호를 따라 충실하게 움직였다.

숙소인 빌라에 도착하자마자 그녀의 얼굴을 감싸 쥐고 키스를 퍼부었다. 신발을 벗는 둥 마는 둥 방으로 들어가기 전 이미 거실에서부터 그녀의 탑과 스커트를 거칠게 벗겨 냈다.

키스 때문에 헐떡이는 호흡을 고를 새도 없이 신희 역시 그의 면바지를 벗겼다. 다급한 움직임에 바짓단이 발에 걸려 깡충깡충 뛰면서도 얽힌 혓바닥을 풀지 않았다. 영모는 나체가 된 신희를 거실바닥에 쓰러뜨리고 저 역시 그녀의 몸 위로 재빨리 올라탔다.

땀이 범벅이 된 야윈 여체 곳곳에 입술을 묻어 갔다. 젖무덤을 강하게 움켜쥔 손바닥이 뜨겁게 움직였다. 이미 열정에 꼿꼿해진 유두를 혀끝으로 희롱하면서 연신 그녀의 표정을 살폈다.

"흐응……."

새된 신희의 신음은 꽤 자극적이었다. 손을 내려 뜨겁게 이글거리고 있는 음부를 쓰다듬었다. 그를 위해 만개한 여체는 이미 그의 것을 모조리 집어삼키려는 듯 수축과 이완을 반복하고 있었다. 촉촉하기 젖어 들기 시작한 그곳을 손가락으로 빠르게 넘나들면서 그는 그윽한 목소리로 속삭였다.

"결혼식 때 너 정말 예뻤어."

연숙이 보내 준 드레스는 거짓말처럼 신희에게 꼭 들어맞았다. 어깨를 훤히 드러낸 것과 동시에 등이 들여다보이는 시스루라 육감적이기도 하고, 물결처럼 퍼진 앞자락의 레이스는 단아했다. 무엇보다 간결하게 묶어 내린 머리에 조그만 진주가 박힌 티아라를 쓴 그녀는 색다른 아름다움을 보여 주었다.

그러나 그를 가장 감동시킨 건 함께 입장할 때 제게 속삭였던 그녀의 한마디였다.

'당신한테 늘 멋진 여자가 될게요.'

그것은 약속이었고 다짐이었고 그 또한 멋진 남자가 되어 달라는 무언의 부탁이었으리라. 영모는 아주 오랫동안 그녀의 말을 잊지 못할 것 같았다.

"당신도 마찬가지였어요."

"앞으로 같이 살면서 좋은 모습 나쁜 모습 다 보게 될 텐데, 그

때마다 칭찬이나 부탁을 꼭 해 주기로 해."

"으음. 그래요. 그럴게요."

벌려진 다리 새의 입구가 뜨겁다. 영모는 조그맣게 벌어진 그녀의 입술을 혀끝으로 쓸고는 이미 방사 직전의 부풀어 오른 제 물건을 힘차게 밀어 넣었다. 그녀의 허리가 틀어지고 격렬한 숨소리가 어깨 너머로 흐른다. 이제 완전하게 서로의 것이 된 몸은 살결이 닿아 문질러질 때마다 경련하고 또 경련했다.

그는, 그 어느 때보다 깊게 들어왔다. 숨이 막힐 것처럼 격한 통증에 신희는 그의 어깨에 이를 박고 신음을 쏟아 냈다. 그가 제게로 짓쳐 들 때마다 온몸의 혈류가 역류하고 진동하고, 마침내 쾌감의 고지에 도달하여 아찔한 전율이 찾아들었다. 그렇게 그와 사랑을 나누면서, 신희는 그간 그와의 사이에 있었던 일들을 파노라마처럼 추억했다.

그를 혼자 짝사랑하던 일.

그의 맞선 소식에 좌절하며 쓴웃음을 짓던 일.

그의 고양이를 봐주기 위해 그의 집으로 출퇴근하던 일.

어느 순간부터 제게 부쩍 다가와 있던 그.

짝사랑이 소통하기 시작하고 서로 사랑을 속삭이던 그때.

그리고 그녀에게 반지를 내밀던 그.

어느 것 하나 버릴 게 없는 추억들은 어느새 그녀의 무겁던 삶의 무게를 덜어 주고 있었다. 박력 있게 허리를 움직이고 있는 그의 목을 신희는 주저 없이 끌어안았다. 고마워요, 사랑해요. 교성 속에 섞여 나오는 중얼거림을 그가 알아들었는지 '나도.' 라고 속삭인다.

숨소리가 더욱 거칠어졌다. 체온이 쉴 새 없이 높아졌다. 온몸에 흐르고 있는 긴장과 공기를 데우는 열기가 이 밤이 계속되도록 채근하고 있었다.

새벽녘의 바다는 낮과는 달리 눈이 시릴 정도로 짙푸른 색으로 변해 있었다. 백사장을 맨발로 거닐고 있는데 잠시 사라졌던 영모가 뛰어왔다. 그의 양손에는 아이스크림이 들려 있었다.

"먹어. 새벽이라 공기가 그다지 덥지 않아서 다행이야. 다 녹을 뻔했어."

그의 싱그러운 웃음과 함께 신희는 아이스크림을 받아 들고 혀끝으로 핥았다. 망고 알갱이가 곳곳에 박혀 씹히는 질감이 일품이었다.

한 손에는 신발을, 그리고 다른 손에는 아이스크림을 든 채로 두 사람은 나란히 백사장을 걸었다. 멀리 바다에서 요트 몇 개가 둥둥 떠다녔다. 갈매기 떼가 날아들었다가 다시 떼 지어 날아간다.

평화로운 정경이었다. 먼 바다를 응시하던 신희가 고개를 돌려 그를 쳐다봤다.

"이렇게 한가롭게 여행을 온 건 무척 오랜만이에요."

"정말이야?"

"네. 열 살 때 아빠랑 했던 스위스 여행 이후로 처음이니까요."

"흐음. 안타까운 일이군."

"뭔가 내 인생에서 아주 즐거운 일이 시작되는 것 같은 기분이 들어요. 당신은요?"

"난 아무 생각이 안 나. 지금도 널 안고 싶은 것 외엔."

"으잇!"

그를 향해 눈을 흘긴 신희가 그의 발등을 꽉 찍어 내리자 영모가 엄살을 떨며 미간을 좁혔다. 그에 굴복하지 않고 신희가 엄벌을 내렸다.

"어떻게 매시간을 그렇게 밝히는지. 한 번 더 그 말 하면, 오늘 밤엔 따로 잘 거예요."

"사실을 사실대로 말한 건데 그렇게 나오시겠다? 이 여자가 아직 남편의 뜨거운 맛을 덜 봤군."

영모가 아이스크림을 머금은 신희의 입술에 입을 맞추기 위해 성큼성큼 다가오자, 신희는 '꺄아.' 소리를 치며 백사장을 달리기 시작했다. 하늘하늘한 원피스가 바닷바람에 날리는 것도 무시하고 뒤따라 달려오는 그를 연신 돌아보았다.

그녀의 웃음소리가 해변가를 가득 울릴 무렵, 영모는 앞서 뛰던 신희가 갑자기 걸음을 멈추고 어딘가를 쳐다보는 것을 발견했다. 덩달아 그도 뜀박질을 멈추고 잔잔한 걸음으로 그녀의 곁에 선다.

신희가 쳐다보고 있었던 건 한 노부부였다. 현지인이 틀림없을 생김새였다. 남편으로 보이는 할아버지는 앞이 보이지 않는지 지팡이로 연신 땅을 툭툭 치며 방향의 갈피를 잡고 있었고, 할머니는 그런 할아버지의 팔짱을 끼고는 어느 쪽으로 가야 한다는 말을 해 주고 있었다.

"저 할아버지랑 할머니, 보기 좋지 않아요?"

"할머니가 길을 알려 주고 할아버지가 스스로 찾아가시는 거네."

"우리도 저렇게 나이 들어 가면 좋겠어요. 서로 의지하면서."

"내 꿈이지."

"기분이 묘해요. 지금 우린 이렇게 젊은데 언젠가는 나이를 먹고 흐른 세월을 안타까워하면서 살겠죠? 몸도 마음도 늙어 갈 테고."

"그렇게 생각하면 서글프지만, 그때에도 우리가 서로의 곁에 있을 거라는 생각을 해 봐. 위안이 되지 않아?"

"그래요. 그러네요."

신희는 영모의 어깨에 옆머리를 기댔다. 노부부는 해변가에 난 길을 따라 천천히 사라지고 있었지만, 젊은 신혼부부는 그들이 간 길을 제법 오랫동안 지켜보고 있었다.

에필로그 2

"아직 느껴질 시기가 아닌 건가?"

영모가 신희의 배에 귀와 손바닥을 번갈아 갖다 댄 채 눈동자를 이리저리 굴렸다. 신중하기가 이를 데 없는 그의 표정에 신희는 아연해져선 웃음을 흘렸다.

"이제 겨우 3개월인데요. 태동이 느껴지려면 두어 달 더 있어야 한댔어요."

"그래? 아쉽네. 이 녀석아, 얼른 좀 움직여 봐. 아빠랑 엄마가 이렇게 목 빼고 기다리는 게 넌 좋아?"

아쉬움이 컸는지 그녀의 배를 한 번 더 스윽 쓸고는 입맛을 다셨다. 그렇게 불러 있다는 느낌이 아직은 없는, 평상시와 다름없는 복부인데도 영모의 시선엔 어쩐지 금방이라도 아이가 나올 것만 같은 기대감이 부풀어 있었다.

신희는 허리를 세운 영모에게 다가가 여느 아침과 마찬가지로 넥타이를 매 주었다.

"아픈 덴 없지?"

무척 정갈하고 군더더기 없는 손길로 넥타이를 매고 있는 그녀를 물끄러미 응시하던 영모가 입을 열었다. 늘, 언제나, 그의 걱정은 신희뿐이었다.

지난달, 임신 사실을 알고 그의 권유 아래 휴직한 신희가 집에 머무는 동안 지루해하지는 않는지, 아픈 곳은 없는지, 하고 싶은 것과 먹고 싶은 것이 무엇인지 파악하고 함께하는 건 자신의 역할이었다.

"없으니까 열심히 일하고 오세요."

"먹고 싶은 건?"

"없어요. 엊그제 어머님이 망고랑 수박 사 오셔서 그거 다 먹어야 해요."

"흐음. 먹어야 하는 것과 먹고 싶은 것의 차이를 분명히 하길 바라. 먹고 싶은 건 그게 아니지?"

"아…… 음."

신희는 입을 열려다 말고 한숨부터 지었다. 역시 남편이라 다른 건가. 좋은 것만 먹어야 한다며 과일과 건강식품만 꾸준하게 사 오는 혜정과 달리, 영모는 금세 신희의 본심을 간파하고야 말았다. 그는 신희의 두 팔을 잡고 얼굴을 가까이 가져다 대며 부드럽게 말했다.

"자, 어서 말해 봐."

"사실은 내가 살던 오피스텔 근처 포장마차에서 파는 떡볶이가 먹고 싶어요."

"오피스텔 근처?"

"네. 거기가 양념이 특이해서 입맛이 당기게 하거든요."

"알았어. 오늘 거기에 다녀오려면 퇴근이 좀 늦을 수도 있겠어. 그래도 같이 저녁밥 먹게 기다리고 있어."

"고마워요. 지하철 타고 혼자 다녀오려고 했었는데."

"으음. 앞으론 그런 거 숨기지 말고 다 얘기해. 어머닌 건강식을 사다 주시니 난 내 와이프가 먹고 싶어 하는 걸 사 줘야지."

"우리 남편이 최고네요."

"당연하지. 그걸 이제야 알았단 말이야? 그나저나……."

영모가 말을 하다 말고 다시 허리를 숙여 신희의 배를 손바닥으로 쓰다듬었다.

"어서 움직여라, 아가야."

그녀의 남편은 최고기도 하지만 못 말리기도 했다. 아이를 낳으면 성별에 상관없이 딸바보, 혹은 아들바보가 되는 건 아닐지 벌써부터 염려가 되는 가운데, 신희는 어제 빌라 근처를 산책하다 본 광경이 얼핏 떠올랐다.

"우리 앞 동에 말이에요."

"응."

"어느 집인지는 모르겠지만 노부부가 사시더라구요."

"노부부?"

"네."

"그게 어때서?"

"우리 신혼여행에서 봤던 노부부 기억나요? 할아버지는 눈이 멀어지팡이를 짚고, 할머니는 그런 할아버지를 부축하고 있었잖아요."

"기억나지."

"비슷한 상황을 봤지 뭐예요? 눈먼 할아버지는 지팡이로 바닥을 더듬거리고 할머니는 옆에서 부축을 하고."

"그래?"

되묻기만 했지 별다른 생각은 들지 않았다. 신희는 무척 신기해하는 듯했지만 그에겐 여전히 신희의 배 속에서 아직 조그만 점으로 존재하고 있을 생명체가 더 신기했으므로.

'다녀와요.', '사랑해요.' 등의 열렬한 신희의 배웅을 받으며 빌라를 나온 영모는 주차장에 도착했다. 운전석에 올라 시동을 걸고 천천히 주차장을 빠져나왔다.

여름 초입으로 향하는 계절은 싱그러운 아침을 선사하고 있었다. 벌써부터 초록으로 물들기 시작하는 빌라 건물 사이사이의 가로수가 덥지도 차갑지도 않은 바람을 맞이해 이리저리 흔들리고 있었다.

서행을 하며 앞 동을 지나가던 영모는 시야에 포착된 장면을 주시하곤 차를 갓길에 멈춰 세웠다.

빌라 단지 사이에 주민들을 위해 마련한 팔각정에 노부부가 앉아 있었기 때문이다. 선글라스를 걸친 할아버지는 지팡이를 쥐고 있었고, 부인으로 보이는 할머니는 팔각정 옆에 서 있는 나무에서 떨어진 매실을 줍고 있었다. 허리가 편찮으신지 연신 허리를 두들기는 품새가 영 불편해 보인다.

영모는 서둘러 차에서 내려 노부부에게 다가갔다.

"제가 주워 드리겠습니다, 할머니."

영모는 초록색으로 잘 익은 매실 몇 개를 주워 할머니의 손바닥에 부었다. 할머니의 낯을 온통 차지하고 있던 주름이 미소로 일그러진다.

"어머나. 고마워요, 젊은 양반."

"매실을 좋아하십니까?"

"아뇨. 그냥 바닥에 떨어져 있기에 지루하던 참에 주웠죠. 여기에 살아요?"

"예. 어르신께서도 이 빌라에 사십니까?"

"아뇨. 우린 저어기 도로 건너편 아파트에 살아요."

"아……."

영모는 고개를 끄덕였다. 노부부가 앞 동에 사는 것 같다던 신희의 생각은 착오였던 것 같다. 할머니는 이 빌라에 거주하지도 않으면서 주민들을 위한 팔각정에 부부가 나란히 앉아 있는 모습이 민망했던지, 서둘러 덧붙였다.

"이 빌라가 들어서기 전에 여기 터에 우리 집이 있었거든요. 그 집에서 아들딸 낳고 살았죠. 우리 집 양반이 작년부터 기억을 다 잃어버렸어요. 그런데 여기서 살았던 건 어떻게나 또렷하게 기억하고 있는지, 아침밥만 먹으면 집에 가자고 하도 성화여서."

할머니는 변명처럼 말하면서도 씁쓸하게 웃었다. 영모는 시선을 돌려 할아버지를 보았다. 선글라스에 가려진 눈은 먼 어느 허공을 향해 있었다. 할머니는 곧장 할아버지에게 다가갔다.

"여보. 이제 일어나야죠."

"응? 여기가 우리 집인데 어딜 가?"

"우리 집은 저기 건너에 있고요. 여긴 이제 우리 집 아니에요."

"무슨 말을 하는 거야, 이 사람이. 여기가 우리 집인데."

할아버지의 고집을 도저히 꺾지 못하겠는지 할머니가 난감한 눈빛으로 영모를 쳐다보았다. 영모는 어떤 표정을 지어야 할지 몰라 그저 쓰게 웃기만 했다.

"좀 더 쉬시다 가십시오."

자신이 지은 팔각정은 아니지만 그렇게 허락을 해야 할 것 같았다. 그래야 할아버지와 할머니가 마음 편하게 머물다 가시지 않을까.

다시 차에 오른 영모는 도로로 진입했다. 붉은색 신호등 앞에 차를 세우고 핸드폰을 연결했다.

— 신호등 때문에 차 세우고 지루해서 나한테 전화한 거죠?

연결음은 그리 오래가지 않았다. 신희의 웃음기 섞인 음성은 차 안 가득 울렸고 영모는 그 목소리를 좀 더 크게 듣기 위해 볼륨을 켰다.

"그냥. 네가 생각나서."

— 누가 들으면 우리 둘 아주 멀리 떨어져 있는 줄 알겠어요.

"일찍 들어갈게."

— 그래요. 기다릴게요.

"신희야."

— 응?

"검은 머리가 파뿌리가 될 때까지, 열심히 사랑하자."

— 아…….

"왜?"

— 이 남자, 알고 보면 꽤 애교가 많단 말이야.

혼잣말 같은 신희의 칭찬에 어깨를 으쓱한 영모는 신호등이 파란불로 바뀌자마자 힘차게 시동을 걸었다.

또 한 번의 새로운 계절이, 그들에게 다가오고 있었다.

— The end

작가 후기

4년 전 어떤 글을 쓸 즈음에 꽤 젊은 나이였던 시어머니가 아프셨습니다. 그 글이 완성돼 책으로 출간될 때쯤, 어머님은 돌아가셨습니다. 그리고 몇 개월 지나지 않아 시아버님이 쓰러지셨고 그길로 일어나지 못하시고 긴 시간 병상에 누워 계셨습니다.

그러던 아버님이 작년 9월에 돌아가셨습니다. 어머님이 작고하신 지 꼭 4년째 되던 즈음에요.

다른 나이 든 많은 노년 부부들이 그렇듯, 저희 시부모님도 서로 데면데면하며 사셨는데, 무엇이 아버님을 일어나지 못하게 만들 정도로 누르고 있었던 건지 늘 가슴 아프고 측은했어요. 돌아가시기 전 얼마 동안은 저희를 알아보지도 못했던 아버님이 지금도 마음 한편에 남아 있습니다.

그때 깊게 생각했던 것 같습니다.

결혼이란 뭘까. 부부란 뭘까.

모든 부부에게 시작은 어땠고 중간은 어떠하며 끝은 어떤 모습이 될까.

분명 아버님과 어머님의 시작도 있었을 테지요. 행복한 과정도 있었을 거고. 저희는 알지 못하는 두 분의 행복했던 시작은 어떤 모습이었을까, 에 대한 고민이 이 책의 출발점이었습니다.

모든 시작과 끝이 한결같다면 참 좋겠지만 살면서 무수히 많은 일들이 일어나겠죠. 그건 때때로 두 사람을 시험에 들게 할 것이고, 묶어 주기도 할 것이며, 견고하게 만들어 주기도 할 것이고 때론 등 돌리게도 할 것입니다. 그럴 때마다 시작이 어떠했는지 돌이켜 보고 상기하고자 하는 노력을 잊지 말아야겠어요.

아버님의 장례를 치를 때 남편의 힘들고 슬펐던 뒷모습이 아직도 어른거립니다. 제가 아무리 사랑을 쏟아 준다고 해도 부모를 잃은 남편의 가슴 한구석은 언제나 뻥 뚫려 있겠죠. 그게 참 슬픕니다.

그곳에서 어머님과 함께 평안하셨으면 좋겠습니다.

편집 작업으로 고생하셨을 이영은 팀장님, 수고 많으셨습니다.

사랑하는 우리 가족, 올 한 해도 힘냅시다.

독자님들도 부디 한 해 복 많이 받으시고, 건강하세요.

2018년 1월

반해 드림

결혼 계절

초판 2쇄 찍음 2018년 2월 9일
초판 2쇄 펴냄 2018년 2월 19일

지은이 | 반 해
펴낸이 | 정 필
펴낸곳 | **(주)뿔미디어**

기획 · 편집 | 이영은
표지 디자인 | 박현진

출판등록 | 2002년 9월 11일 (제1081-1-132호)
주소 | 경기도 부천시 원미구 소향로 17, 303(두성프라자)
전화 | 032)651-6513 / 팩스 | 032)651-6094
E-mail | dahyangs@naver.com
블로그 | http://blog.naver.com/dahyangs
비북스 | http://b-books.co.kr

값 9,000원

ISBN 979-11-315-8557-3 03810

www.b-books.co.kr

www.b-books.co.kr